Günter Hofmann

Flucht und Vertreibung vor 70 Jahren

Wir erinnern uns – Zeitzeugen berichten

HILLE
Druckerei & Verlag

Günter Hofmann

Flucht und Vertreibung vor 70 Jahren

Wir erinnern uns – Zeitzeugen berichten

Bibliografische Information der Deutschen Nationalbibliothek
Die Deutsche Nationalbibliothek verzeichnet diese Publikation in der Deutschen Nationalbibliografie; detaillierte bibliografische Daten sind im Internet über http://dnb.d-nb.de abrufbar.

Günter Hofmann: Flucht und Vertreibung vor 70 Jahren – Wir erinnern uns – Zeitzeugen berichten
Dresden, 2015.

Umschlagfoto: „Flüchtlinge 1945 – In Richtung Westen bewegen sich die zahllosen Flüchtlinge", 1945, Quelle: Bundesarchiv, Signatur: Bild 146-1985-021-09
Übersichtskarte: Sophie Hesse (Karte nicht maßstabsgetreu nach Kartenmaterial der Jahre 1945 und 1946)

ISBN 978-3-939025-55-9

Gesamtherstellung: Druckerei & Verlag Hille, Dresden
Printed in Germany

Befreiende Memoria

Günter Hofmann hat mit seinem Buch eine Epoche deutscher Zeitgeschichte ans Licht gebracht, die in den letzten sieben Jahrzehnten schmählich vernachlässigt worden ist. Die Vernachlässigung geschah weniger absichtlich und subjektiv, sie ergab sich durch verschiedene Motive und Momente. Der Kalte Krieg und die Systemauseinandersetzung ließen das besondere Aufarbeiten der Leiden der vertriebenen Deutschen kaum zu. Im Osten noch mehr als im Westen. Im Westen hatte das Volk der Täter – wie man sagte – kein Anrecht auf das Verbinden der geschlagenen Wunden und das Ausheilen der dabei erlittenen Traumata. Das Volk der Täter hat über seine Wunden zu schweigen, sagte der politisch korrekte Volksmund. Menschen in der damaligen DDR durften keine Vertriebenen sein, hatte doch Josef W. Stalin sich mit Franklin D. Roosevelt und Winston Churchill über eine humane Umsiedlung geeinigt. In der westdeutschen Bundesrepublik galt es mit den über zwölf Millionen Flüchtlingen aus Ost-Deutschland, aber auch aus Rumänien (Siebenbürgen), Slawonien und dem Banat fertig zu werden, die nicht in ein blühendes Wirtschaftswunderland kamen, sondern in ein Deutschland, dass auch wirtschaftlich total am Boden lag und von der ganzen Welt zu Recht verachtet wurde.

Deshalb haben die Vertriebenen bis heute nicht den Respekt für ihre Lebensleistung erhalten, der ihnen zustand und zusteht. In der Vergangenheitsform wollte ich das deshalb sagen, weil ich in den letzten Monaten neben diesem Buch von Günter Hofmann auch andere Erlebnis- und Erinnerungsbücher vorfinde, die alle zu einer Zeit erscheinen, in der die Generation unserer Eltern schon lange gestorben ist. Für sie wäre es ein nicht geringer Trost und im schönsten Sinne des deutschen Wortes eine Genugtuung gewesen, solche Lebenszeugnisse wahrzunehmen und zu lesen.

Auch dieses Buch macht noch einmal deutlich, was vor Jahren der aus dem Osten stammende Historiker Christian Graf Krockow in einem Buchtitel „Die Stunde der Frauen“ nannte. Was damals die Frauen und Mütter geleistet haben, das muss wenigstens in das Geschichtsbuch der Deutschen eingehen. In die Aktivitäten der in der Moderne so groß gewordenen emanzipatorischen Frauenbewegung ist diese Zeit und sind diese unglaublich vorbildlichen Frauen und Mütter nie einbezogen. Leider, muss man sagen.

Ich selbst muss bekennen, dass mich solche Erinnerungen immer an die Zeit denken lassen, als ich selbst mit der eigenen Mutter, den drei Geschwistern, zwei Brüdern und einer älteren Schwester auf dem Treck unterwegs war im Juni 1945. Diese Kraftanstrengung, die Familie und die Kinder zusammenzuhalten, und das alles ohne die Väter und Männer, die da irgendwo noch entweder im Krieg oder schon in Kriegsgefangenschaft waren, die gilt es bis heute vor der deutschen Geschichte zu würdigen. Was die Mutter von uns vier Neudeck-Kindern geleistet hat, werden wir ihr auch nach dem Tode nicht wiedergutmachen und zurückgeben können.

Alles das, was wir in unserem Leben heute in der Ordnung einer industrialisierten Republik für selbstverständlich halten, der Schutz von Kindern, zumal von Kleinkindern, der Respekt vor den Frauen und den Müttern war damals nicht nur nicht präsent, es war das Gegenteil, was wir Kinder erlebten. Unsere Mutter war während des Fluchtweges gefährdet durch die Gefahr einer Vergewaltigung und des Abtransportiert-Werdens nach Sibirien an jeder Wegecke und an jedem Hauseingang.

Das von Günter Hofmann herausgegebene Buch wirkt auf mich wie eine gute Botschaft: Denn nur wenn wir uns erinnern können, kann die Memoria an die furchtbar schweren Zeiten am Ende des Kriegs und nach 1945 befreiend sein. Man liest das Buch auch befreit, weil uns deutlich wird, dass wir in unserer Zeit und unserem Land keine Angst haben müssen, weder um das Überleben noch um unsere Sicherheit. Es sind Geschichten, die das Buch aufblättert, die mit Herzblut geschrieben sind. Menschen verloren ihre Heimat, es geht mir als Leser durch Mark und Bein, wenn in dem Bericht von Esther Neugebauer die Vertreibung von Frühjahr 1948 beschrieben wird. Die Vertriebenen saßen in einem Viehwagen der Eisenbahn mit 60 Personen. Der Zug fuhr die ganze Nacht hindurch, und die Vertriebenen sangen: „Nun ade, Du mein lieb Heimatland“. Da kommen einem im Erinnern an die eigene Flucht die Tränen.

Ich selbst war am 30. Januar 1945 als noch fünfjähriger Zeuge unseres Wegs von Danzig-Langfuhr nach Gdingen, heute Gdynia. Damals hatte der Hafen den Nazinamen Gotenhafen. Wir kamen in diesem klirrend kalten Winter durchgefroren im Hafen an, ein Schiff war gerade mit über 10 000 Flüchtlingen ausgelaufen. Ein Onkel kam auf meine Mutter zu und sagte: „Mein Gott, Gertrud, warum kommst Du so spät, ich hatte noch Karten für das Schiff!“. Das Schiff war die MS Wilhelm Gustloff, am späten Abend hörten die Erwachsenen und wir Kinder in einem warmen Seemannsheim, dass die Wilhelm Gustloff von drei Torpedos der sowjetischen Rotbannerflotte getroffen worden war und über 9 300 Flüchtlings-Passagiere in den Fluten der Ostsee ertrunken und erfroren waren.

Daraus haben wir Neudecks einen neuen Überlebens-Grundsatz für uns gezimmert. Manchmal wird der, der zu spät kommt, vom Leben belohnt. Also anders als der Gorbatschow-Satz wirkt die Weisheit der Lebenserhaltung manchmal auch umgekehrt: Wer zu spät kommt, den belohnt das Leben.

Das Buch versammelt Zeugnisse noch lebender Zeitgenossen aus dem Osten Deutschlands und darüber hinaus, voller bewegender Einzelheiten und Facetten. Es ist gut, dass wir uns angesichts der tragischen Flüchtlingsströme aus Syrien, aus dem Nord-Irak, aus Eritrea und ganz Afrika immer wieder an die eigene Fluchtsituation zurückerinnern. Und daraus das lernen, was der lateinische Weisheitsspruch uns gesagt hat: „Hoc meminisse iuvabit". „Sich daran zurückzuerinnern, wird helfen", das eigene Leben in Gegenwart und Zukunft zu bewältigen – und anderen, die jetzt in dieser lebensbedrohlichen Situation zu überleben hoffen, beizustehen.

Rupert Neudeck

Inhalt

Fluchtberichte aus Schlesien

Anhang

Vorwort

Es geschahen vor 70 Jahren – Flucht und Vertreibung. Mir ist es wichtig, dass diese Dramatik nicht in Vergessenheit gerät. Die Erinnerung soll dazu dienen, über Ursachen und Fehlverhalten nachzudenken, die die Menschheit schon zu oft an den Rand von Abgründen geführt haben. Wenn heute rücksichtslos Politik und Wirtschaft betrieben werden, die langfristig – deshalb nicht sofort erkennbar – auf einen gefährlichen Ausgang zusteuern, dann kann vielleicht die Erinnerung an bereits erlittene Katastrophen lehr- und hilfreich sein.

Ich wollte mich mit der Geschichte von Flucht und Vertreibung beschäftigen und derer gedenken, die den Leidensweg vor 70 Jahren auf sich nehmen mussten, obwohl meine eigene Familie davon nicht betroffen war.

Nach dem Krieg saß ich als Schuljunge neben Kindern, die zu geflüchteten Familien gehörten. In drei Klassen meines Jahrgangs mit 120 Kindern erlebten 40 Kinder Flucht und Vertreibung. Die Dramatik, die mit dem Wort Flucht und Flüchtling verbunden ist, war für mich damals nicht erfassbar und wurde mir erst viel später bewusst. Selbst die damals Erwachsenen, die davon verschont geblieben waren, haben wohl den vollen Umfang der mit Flucht, Vertreibung und Elend verbundenen Schicksale nicht erfassen können. Manch einer wollte sie auch nicht wahrhaben – man dachte oft zuerst an sich. Die Frage nach der eigenen Schuld an den Ereignissen wurde verdrängt. Auch der offizielle Sprachgebrauch machte es deutlich: es waren nicht Flüchtlinge, sondern die Umsiedler, die es einzugliedern galt. So haben die Betroffenen von vor 70 Jahren nicht nur den Verlust der unwiederbringlich verlorenen Heimat erleiden, sondern darauf folgend noch das bittere Nichtwillkommensein erfahren müssen.

Es ist mir sehr wichtig, mit den folgenden Erinnerungen und Berichten das Leid dieser Generationen wachzuhalten und dem Vergessen zu entziehen. Es war ein Jahrhundert, in dem in seiner ersten Hälfte die Menschen in zwei katastrophale Weltkriege geführt wurden. Der letzte endend mit Flucht und Vertreibung von Millionen Menschen. Das, was geschah, lässt sich historisch nüchtern beschreiben. Jedoch das Leid der Menschen ist voll von Bitterkeit, von unbeschreiblicher, unmenschlicher Härte gewesen, für den außenstehenden Betrachter kaum fassbar. Was haben die Flüchtenden, die Vertriebenen alles an Elend, Hunger, Not und Verzweiflung aushalten müssen. Dieses Empfinden ist für Außenstehende nicht möglich, es bleibt allein bei den Betroffenen.

Was haben Mütter mit ihren Kindern, die Frauen, die Alten und Schwachen auf sich nehmen, was haben sie leisten müssen ohne ihre Männer. Die wehrhaften Männer waren im Krieg, sie fielen, blieben vermisst oder kamen in Gefangenschaft zum Teil bis in die Mitte der 1950er Jahre. Die Kinder und Jugendlichen waren ihrer Kindheit und Jugendzeit beraubt, sie wurden sehr früh erwachsen und wurden zu einer traumatisierten Generation. Das alles ist für nachfolgende Generationen kaum vorstellbar. Doch die Folgen sind noch heute spürbar.

Die aufgeschriebenen Zeitzeugenberichte sind für den Leser nicht nur eine Information, sondern auch eine Lektion. Sie wecken hoffentlich Verständnis für das menschliche Leid und regen zur Nachdenklichkeit über Ursachen, die im Fehlverhalten von Menschen und Diktaturen zu finden sind, an.

Obwohl wir – Gott sei Dank – seit diesen verheerenden Katastrophen des 20. Jahrhunderts von weiteren militärischen Auseinandersetzungen verschont geblieben sind, der Kalte Krieg durch friedliche Aktionen vorerst beendet wurde, ist daran zu erinnern, welche Folgen es hat, wenn der Wille zum friedlichen Miteinander und der Rücksichtnahme bedenkenlos dem Eigennutz geopfert wird. Wer glaubt, alles dem neuen Gott „Wirtschaftswachstum“ opfern zu müssen, damit es einem Teil der Menschheit gut geht, und dabei diejenigen vergisst, die davon nicht oder viel zu wenig profitieren können, der steuert in eine bedenkliche Zukunft. Die wachsenden Unterschiede zwischen Armen und Reichen, zwischen Hungernden und Satten auf dieser Welt treiben die Menschen dazu an, Flucht in die Länder zu ergreifen und dorthin zu gehen, wo sie sich ein besseres Leben versprechen. Die gravierenden Unterschiede der Lebensbedingungen werden zu der sich immer weiter spannenden Triebfeder für weltweite Fluchtbewegungen. Wir erleben es jetzt – Europa ist davon betroffen.

Ich denke, dass der Wahn vom ständig proklamierten Wirtschaftswachstum, gepaart mit der Gier nach Macht, dirigiert und begünstigt vom ungenügend kontrollierten Verhalten der Banken und dem krankhaften Streben nach Vorherrschaft auf den Märkten, bedrohliche Situationen und ein enormes Ungleichgewicht schafft. Wenn es nicht bald durch längst überfälliges, ernsthaftes Nachdenken, Einsicht und Bereitschaft – jedes Einzelnen und der Gesellschaft – zum Verzicht auf unnötige Ansprüche und durch die notwendige Bescheidenheit zu einer Kurskorrektur kommt, ist es nur eine Frage der Zeit, wann das zugespitzte Problem der Unterschiede und Ungerechtigkeiten üble, nicht überschaubare, katastrophale Folgen haben wird. Das Risiko des Erklimmens der Fahnenstange, an deren Ende es nur noch abwärts geht, sollten wir nicht aus dem Auge verlieren. Die Auswirkungen der gravierenden Unterschiede sind nicht mehr zu übersehen, sie sind spürbar geworden und haben den Anfang einer absehbar nicht endenden Fluchtbewegung in Gang gesetzt.

Einführung

Flucht – was ist das?

Flucht hat mit Angst und Furcht zu tun. Beides ist nicht das Gleiche, sie berühren sich. Furcht ist das Gefühl einer konkret fassbaren Bedrohung. Sie bezeichnet die Reaktion des Bewusstseins auf eine gegenwärtige oder vorausgeahnte Gefahr. Die Furcht ist meist rational begründbar und wirklichkeitsgerecht. Sie fürchtet sich vor etwas ganz Konkretem.

Sie unterscheidet sich von der Angst. Angst wird von diffusen Gefühlen bestimmt, sie ist ein Gefühlszustand, der auf nichts Bestimmtes gerichtet ist. Angst ist wie der Blick auf eine nicht durchschaubare Wand mit der Vermutung, dass sich dahinter etwas Unheimliches, Bedrohliches, mit einer Gefahr Verbundenes verbergen könnte. Furcht ist anders, sie ist spür- und erfassbar. Die Angst hingegen hat nichts Konkretes erfasst, ihre konkrete Definition ist offen. Sie ist wie das Befinden in einem Nebel, nach vorn und hinten, unten und oben ist nichts sichtbar, es ist beängstigend unheimlich.

Der Entschluss zur Flucht wird durch Angst und Furcht ausgelöst. Er ist gleichzeitig mit dem Gefühl der Hoffnungslosigkeit verbunden. Das Hoffen auf Veränderung beängstigender Zustände, bedrohlicher nahender Ereignisse wird aufgegeben. Es kommt der Gedanke der Flucht auf, dem Bedrohlichen zu entrinnen. Die Entscheidung für den Zeitpunkt und den Fluchtweg wird bestimmt von der aktuellen Situation.

Die Flucht und der Flüchtling sind so alt wie die Menschheitsgeschichte. Das Alte Testament, die Heilige Schrift der Bibel, ist voll davon. Bei den Büchern Mose angefangen und in den folgenden Schriften der Propheten ist viel von Verfolgung, Flucht und Flüchtlingen nachzulesen. Die Begriffe ziehen sich wie ein roter Faden durch die jeweiligen Bücher. Es sind Belege dafür, dass Bedrohung und Verfolgung zur Flucht der Bedrohten vor den Verfolgern führt – Furcht und Angst sind die Auslöser. Auch im folgenden Neuen Testament ist das Thema zu finden. Die Jesus-Geschichten beginnen mit der verzweifelten Herbergssuche der Eltern in einer Gesellschaft, die Willkommensfreundlichkeit vermissen lässt. Es beschreibt das Misstrauen und die Absichten des Königs Herodes, das Kind umzubringen, und berichtet von der Flucht der Eltern mit dem Neugeborenen nach Ägypten, um den Tötungsabsichten des Königs zu entfliehen. Diese Geschichte ist heute im 21. Jahrhundert wieder hoch aktuell.

In den von Historikern verfassten Geschichtsbüchern spielen Flucht und Vertreibung immer wieder eine Rolle. Die Geschichte ist von diesen üblen Erlebnissen geprägt. Der Drang, Einfluss und Macht über andere Menschen und andere Völker zu erlangen, sie zu unterwerfen und zu beherrschen, für eigene Zwecke auszunutzen, das ist wohl die Triebfeder menschlichen Verhaltens. Das spielt sich nicht nur im kleinen Rahmen, im Verhältnis Mensch zu Mensch ab. Es wird von den Völkern, den Staaten, auf den Kontinenten praktiziert und hat mehrfach Völkerwanderungen ausgelöst.

Die Erklärung dafür ist in der menschlichen Natur zu suchen, die Diagnose – Egoismus. Die uns anhaftende negative Charaktereigenschaft des Selbsterhaltungstriebes ohne Rücksichtnahme verführt den Menschen, die Völker, zum rücksichtslosen Umgang mit dem Nächsten und den mit ihnen auf diesem Planeten lebenden Menschen. Die den Menschen aufgrund ihres Fehlverhaltens vor vielen tausend Jahren verordnete göttliche Richtschnur in Form der „Zehn Gebote“, war nötig. Sie haben – von den Menschen zur Kenntnis genommen, aber nicht akzeptiert – Krisen, Kriege, Umweltverbrechen nicht verhindern können, und es gibt bis heute keine wirksamen Bremsen für diese menschlichen Verhaltensweisen. Die Gottlosigkeit, die damit einhergehende Nichtbeachtung und Verachtung der gebotenen Verhaltensregeln, führt kurz- oder langfristig in bedenkliche Situationen, die, wenn keine Einsicht und Korrektur erfolgt, in Katastrophen enden. Das zurückliegende Jahrhundert hat uns das anschaulich vor Augen geführt.

Am Ende solcher Katastrophen stehen auf der einen Seite die Sieger, auf der anderen die Verlierer der Auseinandersetzungen eines Kampfes, der mit der Gier nach Besitz, Herrschaft, Macht und Unterwerfung geführt wurde. Zwischen die Fronten geraten die Unschuldigen. Sie geraten, ohne verantwortlich zu sein, in eine Situation, in der sie um ihr Leben, oder ihre Existenz, Weiterentwicklung, Gesundheit fürchten müssen. Dann bleibt nur noch der Weg, sich durch Flucht in Sicherheit zu bringen, um das Leben unter menschenwürdigen Bedingungen weiterzuführen. Flüchtlinge fliehen vor einer Gefahr und nehmen das Risiko einer neuen Gefahr auf sich – das der Flucht. Wie übel sind die Ängste, Befürchtungen und Erfahrungen der Menschen, die dieses Risiko auf sich nehmen.

Und erneut erleben wir eine Zeit, die weltweit Flüchtlingsströme auslöst. Es wird von 50 Millionen Flüchtlingen weltweit gesprochen. Kriege in vielen Teilen der Welt, der bedrohliche Ukraine-Konflikt in Europa, die andauernden und immer wieder neu aufflammenden kriegerischen Auseinandersetzungen in so vielen Regionen Afrikas, der blutige Krieg von religiösen Fanatikern, die einen islamischen Gottesstaat errichten wollen, der Unfrieden zwischen Israel und den Palästinensern im Nahen Osten, der Bürgerkrieg in Syrien, die militärischen Auseinandersetzungen im Irak, in Afghanistan und Pakistan, die Unruhen in den verschiedenen heute zu Russland gehörenden ehemaligen Sowjetrepubliken – das treibt die Menschen an, sich, – wenn möglich durch Flucht, in Sicherheit zu bringen, nach einer neuen Existenz zu suchen. Dabei gibt wohl nicht in allen Fällen die augenblickliche Situation den Auslöser, den Impuls zur Flucht, sondern die aussichtslose Zukunft. Wer keine Perspektive für sein Leben in der Heimat sieht, für den gibt es kein Halten mehr, sondern nur noch die Möglichkeit, eine hoffnungsvolle neue Heimat zu suchen und zu finden. Da Europa für die Menschen aus den Konfliktgebieten als ein Paradies erscheinen mag, werden sie wie vom Sog eines starken Magneten angezogen. Wer die Gesetzmäßigkeiten des Magnetismus kennt, weiß, dass Unterschiede sich anziehen, und je unterschiedlicher sie sind, um so kräftiger wirkt die anziehende Kraft. Die gravierenden Unterschiede des Lebensstandards zwischen dem reichen Europa und den angrenzenden armen Ländern und Kontinenten werden in Zukunft die Flüchtlingsströme kräftig anschwellen lassen. Die Europäische Union wird von einem Flüchtlingsstrom eines bisher noch nie vorgekommenen Ausmaßes erreicht werden. Gegen die „Fluchtauslöser", die machtbessenen, nach Herrschaft strebenden Diktatoren, die Religionsfanatiker, die mordbrennend durch Länder ziehen, muss sich die Weltgemeinschaft formieren und ihnen Einhalt gebieten. Wird das gelingen, oder ist auch hier der „Staatenegoismus" eine üble Verhaltensweise, die ein geschlossenes Vorgehen gegen Kriegs- und Wirtschaftsverbrecher nicht möglich werden lässt.

Nur das Schaffen zumutbarer Lebensbedingungen, das Leben in Sicherheit, ohne Angst und Schrecken und mit Perspektiven für die Menschen kann den Flüchtlingsstrom stoppen.

Das muss eine Aufgabe der Völkergemeinschaft sein.

Solange Verfolgung nachweisbar ist, solange sind Flüchtlinge aufzunehmen. Dieser Anforderung kann sich Europa nicht entziehen.

Erinnerung muss wachgehalten werden

Not und Elend auf unserer Welt entstehen immer wieder aufgrund menschlichen Versagens. Das ist verbunden mit dem Vergessen. Aus Fehlern, aus Fehlverhalten kann gelernt werden, das wissen wir, aber wie wird das praktiziert? Die Fehleranalyse sollte zu einem Instrument der Erkenntnis, zur Vermeidung der Wiederholung von Fehlern führen. Oft ist das Ergebnis der Analyse schwer zu akzeptieren. Der selbstkritische Umgang damit kann sehr hilfreich sein. Ich habe jedoch den Eindruck, dass uns Menschen das Vergessen leichter fällt als richtige, der Analyse nötige Konsequenzen folgen zu lassen. Wir sind eher geneigt, herausfordernden Ergebnissen mit Vergessen, gepaart mit Verdrängen, zu begegnen – und das nicht unwissend, sondern wissentlich. Eine fatale menschliche Eigenschaft; sie führt immer wieder zu den Fehlern, die bereits, wenn auch – je nachdem – lange zurückliegend, mit schwerwiegenden negativen Folgen begangen wurden. Erinnern an zurückliegende traumatische Erfahrungen weckt, so meine Hoffnung und mein Wunsch, das Verständnis für in Not geratene Menschen. Es soll zum Nachdenken und zur Bereitschaft beitragen, sich selbst zurückzunehmen, zu bescheiden und demütig zu werden, im Sinne des Dienens zu helfen.

Mit den in diesem Buch gesammelten bisher nicht veröffentlichten 17 Berichten der vor 70 Jahren – 1944/45 – Geflüchteten und Vertriebenen soll den nachfolgenden Generationen ein anschauliches Bild vermittelt werden, was Flucht und Flüchtling sein bedeuten.

Die Schreiber der Berichte sind heute hochbetagt oder nicht mehr am Leben. Die Kinder stellten mir ihre Berichte zur Verfügung, andere erzählten mir ihre Erlebnisse.

Sie sind im Umfang sehr unterschiedlich. Einige nur wenige Seiten lang, andere sehr anschaulich und detailliert aufgeschrieben und in ihren Schilderungen individuell ganz unterschiedlich. Sie erlauben zum Teil auch einen Blick in die Familie und deren Geschichte. Diese Berichte sind keine „Bettlektüre“. Sie erschüttern, rütteln auf und regen – so hoffe ich – zum Nachdenken an.

Historische Betrachtung von Gregor Delvaux de Fenffe

Flucht und Vertreibung

14 Millionen Deutsche verlassen Ende 1944 ihre Heimat, werden deportiert oder in die Flucht geschlagen. In unzähligen Trecks drängen Flüchtlingsströme aus den ehemaligen deutschen Gebieten Ostpreußen, Pommern, Brandenburg und Schlesien in den Westen. Schlecht ausgerüstet, ohne ausreichende Lebensmittel und den militärischen Kräften schutzlos ausgeliefert, begeben sich die Deutschen auf einen Leidenszug quer durch das zerstörte Land.

Die geballte Kriegsmaschinerie der Alliierten richtet sich in den letzten Kriegsmonaten gegen den Aggressor Deutschland. Der Krieg gegen Nazideutschland wird zunehmend zum Krieg gegen die zivile Bevölkerung. Hatten die Deutschen bereits die Schrecken der alliierten Bombenangriffe auf die großen Städte des Deutschen Reiches durchlitten, beginnt nun die systematische Einkreisung Deutschlands durch Bodentruppen. Der Einmarsch der Roten Armee und der westlichen Streitkräfte mündet schließlich in der bedingungslosen Kapitulation Deutschlands am 8. Mai 1945.

Die große Flucht 1944/45

Als Flüchtlinge werden Personen bezeichnet, „die als Folge der Ereignisse in Europa gezwungen sind, ihren Wohnsitz mit Rücksicht auf Gefahr für ihr Leben und Freiheit zu verlassen“.

Vertriebene hingegen sind „Personen, die mit Gewalt oder sonstigen Zwangsmitteln aus ihrer Heimat entfernt werden, gleichgültig, ob dem eine völkerrechtliche Übereinkunft zugrunde liegt oder nicht." In der Praxis sind die Grenzen zwischen Flucht und Vertreibung verwischt. Viele Bewohner der deutschen Ostgebiete erleben beides, Flucht und Vertreibung.

Als die Rote Armee im Oktober 1944 erstmals ostpreußischen Boden betritt, können die Sowjets noch einmal zurückgeworfen werden. Doch schon in der kurzen Zeit des ersten russischen Einmarschs ist es zu Übergriffen auf die deutsche Bevölkerung gekommen. Bald beginnen ostpreußische Flüchtlinge, Richtung Westen aufzubrechen. Ihre Berichte von Gräueltaten der russischen Armee provozieren ab Oktober 1944 gewaltige Flüchtlingstrecks der deutschen Bevölkerung, die sich in den Westen des Deutschen Reiches zurückziehen will.

Die deutsche Odyssee

Mit dem Oktober des Jahres 1944 haben die Wintermonate begonnen. Diesmal ist die kalte Jahreszeit besonders hart und früh hereingebrochen. Zu Millionen flieht die deutsche Zivilbevölkerung bei Schnee und eisiger Kälte aus Ostpreußen, Schlesien und Pommern. Alle Zugverbindungen sind durch die Front unterbrochen. Kraftfahrzeuge und Motorräder besitzt nur die Wehrmacht. Die Menschen fliehen zu Fuß, mit Handwagen oder Pferdefuhrwerken in das westliche Reichsgebiet. Alte Männer und Frauen sitzen wenig geschützt vor dem eisigen Winter auf den Wagen, Mütter schieben kilometerweit Kinderwagen mit Kleinkindern. Es gibt keine medizinische Versorgung, keine Lebensmittel und kaum Trinkwasser. Säuglinge und Kleinkinder sind die ersten Opfer. Sie fallen der Kälte zum Opfer oder sie verhungern. Auch alte, kranke und schwache Menschen haben nur geringe Überlebenschancen. Kleidung und „Fluchtausrüstung" sind denkbar ungeeignet. Viele Flüchtlinge tragen unhandliche, schwere Koffer, die wenigsten verfügen über einen Rucksack.

Die Menschen fliehen oft unkontrolliert, in wilder Panik und im letzten Moment. Es bleibt ihnen kaum Zeit, an das Nötigste zu denken. Viele Fluchtwillige werden zudem von NS-hörigen Kreis- und Gauleitern mit Durchhalteparolen zu lange am Verlassen ihrer Heimat gehindert.

Millionen Menschen fliehen auf einen Schlag nach Westdeutschland. Doch sie können, von den Strapazen der Flucht geschwächt, nur wenige Kilometer am Tag zurücklegen. Die russische Front dringt hingegen täglich 50 bis 70 Kilometer tief in das Reichsinnere vor. Die schnell vorrückende Rote Armee überrollt buchstäblich die Flüchtlingstrecks, die nicht schnell genug ausweichen können. Panzer schießen in die Wagen, russische Tiefflieger beschießen die Flüchtlingskolonnen. Längst wird zwischen feindlichen Soldaten und der Zivilbevölkerung kein Unterschied mehr gemacht. Wer von den russischen Soldaten eingeholt wird, dem drohen Misshandlung, Vergewaltigung und Ermordung. Schätzungen gehen von etwa 1,4 Millionen vergewaltigten Frauen aus. Aufgegriffene Männer, Jugendliche und Kriegsgefangene werden zu Hunderttausenden als „lebende Reparationszahlung“ nach Russland deportiert.

Flucht über das Frische Haff

Als Ostpreußen Ende Januar 1945 durch die sowjetische Armee eingekreist und vom Rest des Deutschen Reiches abgeschnitten wird, versuchen die Flüchtlingstrecks, den Russen zu entkommen, indem sie den Weg über das zugefrorene Frische Haff wagen. So wollen sie nach etwa acht Kilometern die Frische Nehrung erreichen, eine schmale Landzunge an der Ostsee. Von dort aus wollen sie weiter zum rettenden Danziger Hafen gelangen. Die Flucht über das zugefrorene Frische Haff erweist sich als fatal. Die Menschen müssen durch 25 Zentimeter hoch stehendes Eiswasser waten, jederzeit droht die Gefahr einer Bruchstelle im Eis. Zahlreiche Fuhrwerke brechen in das brüchige Eis ein, weil sie von sowjetischen Tieffliegern beschossen werden. Die Menschen ertrinken und erfrieren in Scharen.

Der Weg übers Meer

Etwa zwei bis drei Millionen Flüchtlingen gelingt die Flucht nach Kiel, Lübeck oder Dänemark. Doch viele der Fluchtwilligen schaffen es nicht auf eines der wenigen Transportschiffe. Aber auch wer es geschafft hat und auf einem der überfüllten Flüchtlingsschiffe Platz gefunden hat, ist keineswegs in Sicherheit. So wird am 30. Januar 1945 das ehemalige Kreuzfahrtschiff „Wilhelm Gustloff" mit mehr als 10 000 Flüchtlingen und verwundeten Soldaten an Bord von drei sowjetischen Torpedos getroffen und sinkt. Mehr als 9 300 Menschen ertrinken und erfrieren im Eiswasser der Ostsee, nur 1 239 Passagiere werden gerettet.

Systematische Vertreibung

Parallel zu den großen Fluchtwellen beginnt zwischen Winter 1944 und Sommer 1945 die systematische Vertreibung der Deutschen aus den ehemals besetzten Gebieten. In Polen, im Sudetenland, den südlichen, nördlichen und westlichen Randgebieten der böhmischen Länder (Tschechoslowakei), in der deutschen „Wolga-Republik" auf russischem Territorium, in Ungarn, Rumänien (Siebenbürgen, Banat), Kroatien (Slawonien), Serbien (Wojwodina), Slowenien und im Baltikum: Die expansionistische Siedlungspolitik unter dem NS-Regime hat zahllose Opfer gefordert. Jetzt entladen sich die Ressentiments der jahrelang unterdrückten Völker gegenüber der deutschen Zivilbevölkerung. Hass und Zerstörung sind die Antwort auf die Gewaltverbrechen der Nazis. Willkürliche Übergriffe, Morde, Hinrichtungen, Vergewaltigungen, Enteignungen, Demütigungen und Repressalien treffen die verhassten Deutschen mit ganzer Härte. Die deutsche Bevölkerung wird erst vereinzelt, später systematisch aus den osteuropäischen Ländern vertrieben.

Das Potsdamer Abkommen

Das politisch gewollte Ausmaß der Vertreibungsaktionen wird im August 1945 auf der Konferenz von Potsdam zwischen den Siegermächten bekräftigt. Doch soll eine Regelung der „ethnisch-territorialen Neuordnung“ Ostmitteleuropas gefunden werden, die einen „ordnungsgemäßen und humanen Transfer“ der Bevölkerung garantiert. Doch diese vertraglich geregelte Übereinkunft einer geordneten Vertreibung ist das Papier nicht wert, auf dem sie steht. Trotz Potsdamer Abkommen herrschen weiterhin chaotische Zustände. Deutsche werden oft von einem Moment auf den anderen ausgewiesen. Sie werden enteignet, ihr Eigentum, Grund und Boden entschädigungslos konfisziert. Die Vertreibungen aus den ehemaligen Ostgebieten des Deutschen Reichs halten bis lange nach Kriegsende an. Viele der Daheimgebliebenen sind der Rache vor allem von Tschechen und Polen ausgesetzt, Tausende werden ermordet, Hunderttausende werden in Lagern inhaftiert oder müssen oft über Jahre hinweg Zwangsarbeit leisten.

Das Chaos der Stunde Null

Weit über zwölf Millionen Flüchtlinge und Vertriebene suchen nach 1945 eine neue Heimat. Erste Anlaufstellen sind zunächst Verwandte in den alliierten Zonen, wenn es sie denn gibt. Zumeist verläuft die Odyssee der Flüchtenden aber ziel- und orientierungslos. Es herrscht zum Teil erhebliche Desinformation. Im Chaos der unmittelbaren Nachkriegszeit streben die trekkenden Flüchtlinge und Vertriebenen in erster Linie Schutz und Sicherheit vor gewaltsamen Übergriffen und Kriegshandlungen seitens der Sieger an. Ein eigentliches Ziel der Reise gibt es für die meisten nicht.

Der deutsche Exodus
Die gewaltigen Flüchtlingsströme verlaufen quer durch das zerstörte Deutschland und treffen auf Menschen, die durch Bombenangriffe und Kriegshandlungen selbst kaum über das Nötigste zum Leben verfügen. Vielerorts werden die Neuankömmlinge daher misstrauisch beäugt und nicht selten feindselig behandelt. Es ist das Deutschland der „Stunde Null", und in den kriegszerstörten Ruinenlandschaften mangelt es an Wasser, Lebensmitteln, Medikamenten, Wohnraum, Kleidung, Heizmaterial und Arbeit. Viele Heimatvertriebene müssen jahrelang in Auffanglagern oder Baracken leben, Wohn- und Lebensraum muss erst neu geschaffen werden. Die Vertriebenen trifft neben den Strapazen der Flucht und dem Verlust der Heimat das Los des sozialen Abstiegs. Sie müssen mit leeren Händen den Neuanfang versuchen. Haus, Hof, Hab und Gut haben sie zurücklassen müssen. Mitgenommene Wertgegenstände sind meist von den Besatzern konfisziert worden, Entschädigungen gibt es nicht.

Soweit die Ausführungen des Historikers.

Flucht am Ende des zweiten Weltkrieges

Für die Deutschen im Osten des Reiches im vergangenen 20. Jahrhundert gab es 1944/45 nur eine Fluchtrichtung – die nach Westen, um der aus dem Osten heranrückenden Roten Armee zu entgehen. Die Flucht war letztendlich mit der Hoffnung und der trügerischen Annahme verbunden, bei den „Volksgenossen" – wie es in der NS-Gesellschaft hieß – den

Landsleuten in den westlich gelegenen Gebieten des Reiches, als Landsleute vorübergehend mit Verständnis aufgenommen zu werden. Auch hatten wohl die Flüchtlinge den Gedanken und die Hoffnung, dass das Verlassen der Heimat nur vorübergehend sein werde. In einigen Fluchtberichten wird diese Hoffnung öfters zum Ausdruck gebracht. Für die meisten der Fliehenden war es wohl eine Selbstverständlichkeit, in die angestammte Heimat zurückzukehren – für viele nur eine Frage der Zeit. Die Menschen ahnten nicht, dass bereits nachdem Hitler-Deutschland den zweiten Weltkrieg begonnen hatte, die Alliierten sich ernsthaft und ganz konkret Gedanken darüber machten, wie im Falle des Sieges über Deutschland mit dem Besiegten zu verfahren sei. Mit der Frage, wie nach dem Kriege, der mit einer Niederlage Deutschlands endet, und mit der damit entstandenen neuen Situation in Europa umzugehen ist, hatten sich die Kriegsgegner wohl intensiv befasst. Bei diesen Erwägungen ging es nicht nur um Gebietsansprüche und Aufteilung des Reichsgebietes unter den Alliierten. Eine wesentliche Frage ist es schon gewesen, wem wird was zugeordnet, wer wird was übernehmen. Dabei war nicht der erste Gedanke die Wiedergutmachung, die vom Verursacher eingefordert werden solle. Das wohl auch. Aber der dominierende, auch verständliche Gedanke war der, mit Deutschland das Land, das die Welt verantwortungslos in zwei Katastrophen geführt hatte, so zu schwächen, dass eine Wiederholung verhindert und in Zukunft nicht mehr möglich werden würde. Das sollte mit den geplanten Gebietsabtrennungen erreicht werden. Damit einher gingen die wesentlich sensibleren Probleme. Was wird oder soll mit den Menschen geschehen, deren Heimat in den Reichsgebieten liegt, die dann in die Machtbereiche der Sieger gelangen? Aus historischen Dokumenten geht hervor, dass eine Flucht und ein Transfer von Menschen ungeahnten Ausmaßes in Gang gesetzt wurde. Dessen war man sich auf alliierter Seite bereits Anfang der vierziger Jahre voll bewusst.

Dabei hatte man nicht nur die Bevölkerung des östliche Reichsgebiete in Betracht gezogen. Es war damit auch die Erwägung verbunden, alle Deutschen, die in den von den Deutschen okkupierten Ländern ansässig waren, zum Verlassen aufzufordern, und das letztendlich mit Hilfe von Ausweisung und Vertreibung zu realisieren. Wer nicht Russe, Pole, Ungar oder Tscheche werden wollte, musste gehen: Der Prozess der Ausweisung und Aussiedlung, der sich wohl noch bis Anfang der fünfziger Jahre hinzog. Das Kriegsende lag Jahre zurück.

Es ist mir sehr wichtig, mit dem folgenden Abschnitt der Flüchtlingsberichte an die Menschen zu erinnern, die aufgrund eines wahnwitzigen, überheblichen Machtanspruches die Welt und das eigene Volk in eine Katastrophe bisher ungeahnten Ausmaßes geführt haben. Vor 70 Jahren ging der Zweite Weltkrieg zu Ende. Bereits während des Krieges begannen Zwangsumzüge, die größten in der neueren Geschichte. Millionen von Menschen verloren ihre Heimat. Gewaltige Flüchtlingsströme waren die Folge. Der überwiegende Teil der Flüchtlinge zog nach Westdeutschland und musste sich in die auch dort unter den Kriegsauswirkungen leidende Gesellschaft einfügen.

14 Millionen Deutsche gingen auf die Flucht

Der Historiker Gregor Delvaux de Fenffe schreibt zu Flucht und Vertreibung als Kriegsfolge:

Zwischen 1939 und 1950 fand eine Völkerwanderung statt, die etwa 25 bis 30 Millionen Menschen erfasste und nicht nur aus Flüchtlingen und Vertriebenen bestand. Zehntausende Kinder kehrten aus der Kinderlandverschickung zurück, Hunderttausende ehemals Evakuierter kamen nach Hause. Millionen ehemaliger Soldaten, befreiter KZ-Häftlinge und Zwangsarbeiter waren unterwegs, um in ihre Heimatländer zurückzukehren. Die größte von Migration betroffene Gruppe waren etwa 14 Millionen Deutsche, die zwischen 1944 und 1950 der Flucht und Vertreibung zum Opfer fielen. Mehr als 17 Millionen Deutsche lebten vor Kriegsende auf dem heutigen Gebiet von Polen, in den baltischen Staaten, Russland, Ungarn, Tschechien, der Slowakei, Jugoslawien und Rumänien. Gut zwei Millionen Deutsche verließen ihre von der Roten Armee eroberte Heimat nicht und waren in der Folge erheblichen Repressalien ausgesetzt. Hunderttausende von ihnen mussten nun ihrerseits Zwangsarbeit leisten, viele wurden in KZ-ähnlichen Lagern inhaftiert.

Die Verluste unter den fliehenden Deutschen waren enorm. Rund zwei Millionen Menschen starben auf der Flucht durch Gewalt, Erfrierungen, Hunger, Erschöpfung und Krankheit. Die Überlebenden kamen entkräftet und mittellos in den verbliebenen Gebieten Deutschlands an.

Die gewaltigen Flüchtlingsmassen mussten innerhalb der vier Besatzungszonen verteilt und integriert werden. Mit gut 3,3 Millionen Menschen kam der größte Anteil deutscher Flüchtlinge und Vertriebener aus Schlesien, gefolgt von 2,9 Millionen Sudetendeutschen aus der Tschechoslowakei, zwei Millionen Ostpreußen und über zwei Millionen Deutschen aus der Kurmark, Brandenburg und Pommern.

Infolge von Flucht und Vertreibung lebten im geteilten Deutschland bald doppelt so viele Menschen pro Quadratkilometer wie vor dem Zweiten Weltkrieg. Dabei nahm die spätere Bundesrepublik (die amerikanische, britische und später französische Besatzungszone) etwa acht Millionen Vertriebene und Flüchtige auf. Das entsprach einem Bevölkerungsanteil von etwa 16 Prozent. Dagegen integrierte die künftige DDR (die sowjetische Besatzungszone) mit vier Millionen Vertriebenen sogar einen Gesamtbevölkerungsanteil von 25 Prozent.

Der Flüchtling

Wenn ich die Fotos meiner Grundschulklasse ansehe – es gibt aus dieser Zeit nur zwei Aufnahmen, die der vierten und fünften Klassen der Jahre 1950/51 – dann erinnere ich mich wieder an die Kinder, die damals als sogenannte Umsiedlerkinder zu unserer Klasse gehörten. Die Bezeichnung Umsiedler ist sachlich völlig falsch. Es waren Flüchtlingskinder. Aber damals von Flüchtlingen oder gar von Geflohenen und Vertriebenen zu reden, war nicht nur unerwünscht, sondern wurde von den neuen Machthabern in der Sowjetischen Besatzungszone nicht geduldet. Zu Hause und unter sich wurde wohl von Flüchtlingen gesprochen, aber in der Öffentlichkeit, bei Behörden und in der Schule war die Bezeichnung Flüchtling oder gar Vertriebener nicht erwünscht und geduldet. Dort waren es die Umsiedler. Das Wort Vertreibung war ein Tabu. Wer bei Behörden auf die Frage nach der Heimat von Ostpreußen, Schlesien oder Pommern sprach, wurde mehr oder weniger rüde und verständnislos darauf hingewiesen, dass diese Gebiete zur Sowjetunion, Polen oder Tschechoslowakei gehörten. Die Menschen, die 1944/45 ihre Heimat wider Willen verlassen mussten, sei es durch Flucht aus Angst vor der aus dem Osten anrückenden Roten Armee oder aufgrund der nach Kriegsende von den Alliierten festgelegten neuen Grenzen, die den Verlust großer Gebiete des ehemaligen Deutschen Reiches zur Folge hatten, und nachträglich aus diesen Gebieten ausgewiesen und vertrieben wurden, wurden nun durch das Verbieten der Heimatbezeichnung zusätzlich gedemütigt. Es war nicht nur der Verlust der Heimat, den sie erlebten. Es war eine brutale „Operation". Sie wurden ihrer jahrhunderte alten Wurzeln beraubt und von ihnen irreparabel abgeschnitten. Dazu kamen die mit Flucht und Vertreibung verbundenen schrecklichen Erfahrungen, Entbehrungen, Begleitumstände der Flucht. Es war die Begegnung mit dem allgegenwärtigen Tod, der täglichen Angst, das Leben zu verlieren, und dem ständig nagenden unerträglichen Hunger. Die Angst war verknüpft mit der überall lauernden Gefahr von Übergriffen durch die Sieger – Totschlag, Vergewaltigung und Plünderung. Dazu kamen allerorts durch mangelnde Hygiene und Unterernährung ausbrechende Krankheiten und Seuchen – Typhus, Lungentuberkulose breiteten sich aus. Das alles mussten die Geflohenen und Vertriebenen über Wochen, Monate und Jahre ertragen, den Witterungsunbilden des Winters mit Schnee und eisigem Frost und im Sommer belastender Hitze ausgesetzt. Das allgegenwärtige Sterben von Schwachen, Kranken, Alten und Kindern zu erleben war eine weitere psychische Belastung. Der Tod war ein ständiger Begleiter der Flüchtlingsströme. Für Tote gab es kein Begräbnis, sie wurden einfach am Straßenrand zurückgelassen – der Treck zog weiter. Die Flucht, die verbunden war mit bitteren furchtbaren Erlebnissen, mit den schrecklichen Bildern brutaler Gewalt, die Eindrücke der unzähligen Toten, die es nicht weiter schafften und am Straßenrand zurückgelassen werden mussten, konnten die Überlebenden nie vergessen. Die Bilder der durch Kampfhandlungen verstümmelten Leichen und der abgetrennten Körperteile, die einst zu Menschen gehörten, sind für das menschliche Bewusstsein, die Psyche prägende unvergessliche Bilder, und sie werden für lange Zeit – vielleicht bei dem einen oder anderen unauslöschlich – im Gedächtnis geblieben sein.

Meine Kindheitserinnerungen an die Flüchtlinge

Frühjahr 1945 – der Krieg war zu Ende, unsere Familie wohnte in Mylau, einer Kleinstadt im Vogtland, im Haus des Großvaters. Alle Zimmer einer nicht genutzten Wohnung in der zweiten Etage, sie gehörte einer Familie, die in Spanien lebte, wurden einer Frau mit ihren beiden Söhnen, die in den Märztagen 1945 in Chemnitz ausgebombt wurde, zugeteilt. Die übrigen Zimmer in der gleichen Wohnung erhielten zwei Flüchtlinge, Frauen aus Pommern und Schlesien. In zwei winzigen ausgebauten Bodenkammern zog ein älteres Ehepaar aus Ostpreußen mit einer Tochter ein. Meine Großmutter, eine ehemalige Diakonisse, hat sich oft mit dieser Familie unterhalten. Sie hat uns Kindern mit sehr ernstem Gesicht und knappen Worten gesagt, dass die beiden Frauen schreckliche Dinge erlebt hätten – mehr wurde uns nicht erzählt. Das Kinderzimmer unserer Wohnung im Erdgeschoss wurde einer aus dem Osten des Reiches, ich weiß nicht mehr woher, geflüchteten Mutter mit ihren beiden – nicht mehr schulpflichtigen – Kindern zugewiesen. Nach all den Jahren kann ich mich doch noch erinnern, dass es den im Hause Wohnenden, also den Großeltern und meinen Eltern, schwer fiel, sich in diese Situation zu schicken. Und noch viele Jahre danach, wenn es auf diese Zeit zu sprechen kam, war die eigene Einschränkung, die mit der Aufnahme der Flüchtlinge verbunden war, das Thema. Die mitfühlenden Gedanken der Menschen, die alles behalten hatten für die Geflüchteten und Vertriebenen, die alles verloren und schreckliche Erfahrungen und Erlebnisse hinter sich hatten, hielten sich oft beschämend in Grenzen. Die Flüchtlinge waren mit ihren fürchterlichen Erlebnissen allein, wer wollte davon etwas wissen. Die Nachkriegszeit war für alle Menschen entbehrungsreich. Sie ließ kaum Verständnis und Mitleid für die aufkommen, die durch den Verlust der Heimat nicht nur Hab und Gut, sondern alles verloren hatten. So hart es klingen mag, die Flüchtlinge waren im Allgemeinen nicht willkommen. Jeder hatte mit sich selbst und dem Überleben zu tun, auch wenn man nichts verloren, alles behalten hatte. Der verlorene Krieg, die ganz allgemeine Not, der Hunger, die Ungewissheit, wie wird es weitergehen, all das hatte die Menschen verängstigt und nicht wenige davon bis zu einem gewissen Grade rücksichtslos und gnadenlos gegenüber den Betroffenen, gegenüber den unschuldig leidenden Flüchtlingen gemacht. Fehlendes Verständnis und Einfühlungsvermögen und das nicht vorhandene Wahrhabenwollen der unverschuldeten Flüchtlingsschicksale, die Angst davor, von dem, was man besaß, abgeben zu müssen, ließen bei der Bevölkerung nur schwer und unzureichend Solidaritätsgedanken gegenüber den Flüchtlingen und Vertriebenen aufkommen. Flüchtlinge und Vertriebene waren in der Regel ungern geduldet und wurden selten zuvorkommend und verständnisvoll angenommen. Man war froh, wenn man sie wieder los war. Von den Einheimischen, den eigenen Landsleuten – die alles behalten hatten – so viel Unverständnis und abweisende Hartherzigkeit zu erfahren, was vielerorts auch mit beleidigender Verachtung verbunden war, ist für die Flüchtlinge und Vertriebenen eine traurige, bittere Erfahrung geworden. Die Einheimischen begegneten den anderen, den Ausgebombten, die über Nacht alles verloren hatten, und den Geflohenen und Ausgewiesenen, die von jetzt auf gleich alles zurücklassen mussten und Jahre unterwegs waren, bis sie wieder eine sichere Bleibe gefunden hatten, mit der Befürchtung abgeben oder teilen zu müssen. Es waren wohl die Ausnahmen, die aus Barmherzigkeit halfen. Barmherzigkeit war wohl ein bekannter Begriff, aber das Praktizieren fiel in der chaotischen Endphase des Krieges und nach seinem verheerenden Ende vielen Menschen schwer. Große Not kann zur Barmherzigkeit anregen, aber ebenso zu egoistischer Hartherzigkeit. Letzteres ist wohl den Flüchtlingen sehr oft begegnet, und – vergessen wir es nicht – sie waren Landsleute. Was für ein Verständnis wird die Gesellschaft, werden die Menschen heute gegenüber einem unschuldigen Flüchtling aus dem Ausland aufbringen? Wie begegnet die Wohlstandsgesellschaft Menschen, die aus Kriegsgebieten zu uns kommen wollen und an deren Äußerem – ihrer

Hautfarbe – sichtbar ist, dass sie keine Europäer sind und vermutlich anderen Religionen angehören?

Es darf nur ein Bekenntnis der Gesellschaft geben – den Bedrohten, den nicht straffällig gewordenen und verfolgten Flüchtlingen ist Asyl zu gewähren.

Umgezogen – nicht geflüchtet, aber fremd

Es war ein großes Glück für meine Familie, Vater musste nicht in den Krieg ziehen. Als Leiter des Materialeinkaufs in einer Firma, die voll auf Rüstung umgestellt war und unter anderem Flugzeugersatzteile produzierte, wurde er mehrfach „UK" (unabkömmlich) gestellt und blieb so der Familie erhalten. Bei seinen öfteren Dienstreisen während des Krieges zwecks Materialbeschaffung bei großen Stahlkonzernen im Ruhrgebiet erlebte er in Luftschutzkellern und Bunkern verheerende Bombardierungen, das hatte er postalisch nach Hause mitgeteilt und erzählte oft von den katastrophalen Ausmaßen der Zerstörung. Zu Hause, in unserer Kleinstadt Mylau im Vogtland, waren lediglich die ständigen Meldungen über die Beobachtung des Luftraumes und die Warnungen vor feindlichen Flugzeugverbänden im Rundfunk zu hören. Für die Eltern waren die letzten Kriegsmonate und die neben der NS-Propaganda doch durchsickernden Frontberichte beunruhigend und Besorgnis erregend, deren Tragweite für uns Kinder, – mich, einen Viereinhalbjährigen, und meinen siebeneinhalbjährigen Bruder – nicht erfassbar war. Als Kinder erlebten wir das per Gesetz angeordnete Verdunkeln der Wohnungsfenster am Abend nach dem Eintritt der Dunkelheit wie eine alltägliche Selbstverständlichkeit, ebenso wie beim Ertönen der Sirenen, die den Fliegeralarm auslösten, das Flüchten in den Keller. Wir wurden oft in der Nacht schlaftrunken aus dem Bett geholt, von den Eltern in

Windeseile angezogen. Im Keller trafen sich dann alle Bewohner des Hauses. Wir hörten die dumpfen Motorengeräusche der überfliegenden Bomberverbände. Es war im Frühjahr 1945. Nach der Entwarnung ging mein Vater mit uns aus dem Keller auf unseren Hof ins Freie. Wir sahen in der Dunkelheit am Horizont den glutrot erleuchteten Himmel über der in dieser Nacht zum wiederholten Mal bombardierten – 25 Kilometer entfernten – Stadt Plauen. In den letzten Monaten liefen wir tagsüber bei Fliegeralarm in den zirka 400 Meter entfernten Luftschutzbunker, der unter der Burg Mylau in den Felsen getrieben worden war. Gut in Erinnerung ist mir das Flüchten vor Tieffliegern geblieben. Meine Mutter war mit mir zu einer orthopädischen Behandlung nach Reichenbach gelaufen, und auf dem Rückweg wurden wir von Tieffliegern überrascht. Mutter erreichte mit mir noch einen Luftschutzbunker, der gegenüber einer großen Textilfabrik zum Schutz für die dort Beschäftigten gebaut worden war. Es fielen keine Bomben, aber die Angst war groß. Wenn ich heute zu Besuch in die alte Heimat fahre und an diesem nun nach 70 Jahren vom Strauch- und Baumwerk verdeckten Bunkereingang vorbeikomme, dann kommen die Gedanken und Bilder von damals wieder zurück. Wir blieben zu Hause immer verschont, es fielen keine Bomben. Jedoch in den letzten Monaten des Krieges, im Frühjahr 1945, gab es Fliegeralarm, einige Sprengbomben, die den unweit von unserem Haus befindlichen Bahnhof treffen sollten und zum Teil auch beschädigten, sorgten dafür, dass unser mit Schiefer gedecktes Hausdach durch die Luftdruckwellen zu einem beträchtlichen Teil abgedeckt wurde und ein erheblicher Teil der Fensterscheiben zersprungen war. Vater nagelte dann als Ersatz für die zerstörten Scheiben Pappe in die Fensterrahmen. Mit Dachpappe erfolgte die Notreparatur des Daches. Die fünf Bombentrichter – 100 Meter vom Haus entfernt – wurden dann zum „Kinderspielplatz“.

Im April 1945 sollte sich Vater bei dem im September 1944 aufgestellten Volkssturm – Männer zwischen 16 und 60 Jahren – als „Volkssturmmann“ in Mylau in einer Schule einfinden. Die heranrückenden Amerikaner sollten aufgehalten werden. Er selbst hatte nicht den Mut sich zu weigern, das hätte ihn auch unter Umständen das Leben kosten können, denn Feigheit vor dem Feind und Defätismus wurden gerade in den letzten Wochen des Krieges von fanatischen Nazis – ohne Gerichtsurteil – mit dem Tod geahndet.

Am angegebenen Gestellungsort hatte sich außer ihm nur noch ein Mann eingefunden. Sie beschlossen beide, wieder nach Hause zu gehen. Wenige Stunden später, am 15. April 1945, hatten die Amerikaner auch Mylau erreicht. Die oft in den vergangenen Jahren gehissten Hakenkreuzfahnen waren verschwunden, stattdessen waren jetzt weiße Tücher zu sehen. Kinder erhielten Kaugummi und Schokolade, die Bevölkerung wurde aufgefordert, Fotoapparate, Radios, Schreibmaschinen herauszugeben und vor den Häusern auf der Straße auf dem Fußsteig abzustellen. Im Betrieb, in dem mein Vater beschäftigt war, erlangten nun auch die vielen Fremdarbeiter – es waren wohl hauptsächlich Franzosen – wieder ihre Freiheit. In diesen Tagen klingelte es an der Haustür. Zwei Franzosen – ehemalige Fremdarbeiter – brachten meinem Vater ein paar nagelneue Schuhe. Sie hatten es nicht vergessen, dass Vater ihnen in unbeobachteten Situationen mehrmals Zigaretten zugesteckt und sie anständig behandelt hatte. Vater hat später manchmal davon erzählt, dass ihm die unwürdige Behandlung der Menschen durch Aufsichtspersonal zuwider war und abgestoßen hat. Jedoch durften menschliche Gefühle gegenüber den Fremdarbeitern, noch dazu von einem Mitglied der NSDAP, nicht auffällig werden.

Die Amerikaner zogen ab, am 2. Juli 1945 kamen die Russen. Vater hatte vom Ankommen der neuen Besatzer gehört und lief mit mir zum Marktplatz. Eine sehr große Menschenansammlung auf dem Markt sah dem Einzug der Soldaten zu. Sie führten Panje-Wagen mit sich, die nicht mit Kriegsgerät, aber mit vielen Gegenständen beladen waren, die wohl unterwegs zu ihrer Beute geworden waren.

Das Plündern von ehemaligen Wehrmachtsdepots war streng verboten. Jedoch wurde, wenn es nicht beobachtet und unbemerkt blieb, aus diesen Depots herausgeschafft, was möglich war – gebraucht wurde alles. Alle Sachen fanden ihre Verwendung oder dienten als Tauschware. Die alliierten Besatzer versuchten das durch Kontrollen zu unterbinden. Meinem Vater gelang es mehrmals, bei diesem illegalen „Organisieren" einiges an Konserven für die Familie zu ergattern – Büchsen mit Trockenmilch sowie Fleisch- und Wurstkonserven. Da bei diesen Aktionen Rucksäcke und Taschen auffällig waren, versuchte man, durch das Tragen entsprechender Kleidung die nicht rechtmäßig erworbenen Sachen zu verbergen. Meinem Vater dienten seine dafür gut geeigneten Knickerbocker sowie weite Jacken und Mäntel mit großen Taschen. Es ging einfach um das Überleben. Not und Hunger trieben die Menschen an, auch mit unrechten Mitteln die Existenz, das Leben – wie auch immer – zu erhalten. Da waren viele Mittel recht. In dieser Nachkriegszeit wurde viel gestohlen. Es gab ganze Banden, die des Nachts in den Kellern der Häuser nach Essbarem suchten – Kartoffeln, Eingewecktes, Fleisch, Gemüse, Obst, das alles war nicht mehr sicher vor der Not und dem Hunger der Menschen. In unserer Kleinstadt im Vogtland waren die Diebe – bis auf Ausnahmen – keine Flüchtlinge, es waren die Einheimischen, die alles an Hab und Gut behalten, aber zu wenig oder nichts zu essen hatten. Es war so, dass der Hunger Menschen antrieb, ihre Mitbewohner, ihren nächsten Nachbarn im Ort zu bestehlen. Teilweise war das bandenmäßig organisiert und wurde als eine Art Gewerbe betrieben. Sie stahlen nicht nur für den Eigenbedarf, sondern auch zum Weiterverkauf und zur Verwendung als Tauschartikel. Viele Einwohner hielten sich Kaninchen, die in ihren Ställen nicht mehr sicher waren. Entsinnen kann ich mich, als ein gefasster Räuber – der Anführer einer Einbrecherbande – für Stunden im Schaufenster eines Geschäftes auf dem Marktpatz ausgestellt wurde. Das Schaufenster wurde für ihn zum Pranger. Die verunsicherten, bestohlenen Einwohner brachten ihre Entrüstung, ihre Wut vor dem im Schaufenster sitzenden Einbrecher durch Drohgebärden mit erhobenen Fäusten und Bespucken der Scheibe zum Ausdruck.

1946 erlebte ich noch in Mylau die vollständige Demontage der Metallwarenfabrik, in der mein Vater beschäftigt war. Tagelang standen die demontierten Maschinen und Aggregate in riesigen Holzkisten verpackt auf der Straße und warteten auf den Abtransport in Richtung Osten – in die Sowjetunion. Auch die Büroräume des Betriebes wurden „demontiert"; was nicht niet- und nagelfest war, nahmen die sowjetischen Besatzer mit. Meinem Vater gelang es noch, einige Gegenstände bei Nacht und Nebel aus seinem Arbeitszimmer zu retten, darunter ein größeres, sehr schönes Bild – eine Originalradierung mit dem Weißen Turm von Rothenburg o. T. Das Bild, ein Andenken an diese Zeit, hängt heute in meinem Wohnzimmer in Dresden. Wenn ich es betrachte, sehe ich gleichzeitig das Bild mit der Straße vor mir, wo die Kisten für den Abtransport bereitstanden.

Nun änderte sich auch in diesem Betrieb die Besetzung in der Führungsetage. Die Betriebsleiter und Geschäftsführer hatten sich bereits in Richtung Westen abgesetzt. Zwar bekam mein Vater eine vom *„Sonderdienst der Kriminalpolizei"* *„Politische Unbedenklichkeitsbescheinigung"*, datiert vom 16. Februar 1946, in der folgendes festgestellt wurde:

„... war wohl seit dem Jahre 1937 Mitglied der ehem. NSDAP, bekleidete aber innerhalb dieser Organisation keine Ämter. Hofmann hat sich parteipolitisch nie irgendwie hervorgetan.

Etwas Nachteiliges über Herrn Hofmann ist uns hier nicht bekannt geworden …"

Trotzdem war er für die Genossen als Abteilungsleiter ungeachtet seiner bewiesenen fachlichen Fähigkeiten "nicht mehr tragbar". Ehemalige SPD- und KPD-Leute – ohne erforderliche Qualifikation und Betriebserfahrung – übernahmen nun die Leitungsebenen. Da Vater nicht die Degradierung zur Hilfskraft annehmen wollte, suchte er nach einer neuen Tätigkeit.

Sein Schwager, mein Onkel – Ingenieur in der sächsischen Kleinstadt Pulsnitz – wollte sich selbständig machen und suchte einen fähigen, verlässlichen Kaufmann. So kam es schweren Herzens zum Umzug unserer Familie. Im Sommer 1947 zogen wir aus dem Vogtland, der alten angestammten Heimat, in die sächsische Kleinstadt Pulsnitz in Sachsen – angrenzend an die Lausitz. Wir waren keine Flüchtlinge oder Vertriebene. Wir hatten in den Kriegsjahren nichts verloren. Die Wohnungseinrichtung mit allem Inventar, Kleidung, Wäsche, alles was zum Leben gehörte, war uns geblieben. Wir hatten die gleichen Sorgen wie die Einheimischen, den Hunger, die Sorge um die tägliche Ernährung, die Sorge um das Beschaffen von Brennmaterial zum Heizen der Wohnung im Winter. Das waren sehr sorgenvolle Zeiten mit belastenden Problemen für die Familie, zumal Mutter mit mehrfachen Lungenentzündungen lebensbedrohlich erkrankte.

Im Sommer 1947 angekommen in der neuen Umgebung, die nun zur zweiten Heimat werden sollte, waren wir die Fremden. Materiell war uns alles geblieben, aber wir waren Fremde unter den Einheimischen. Außer den Verwandten, dem Onkel mit seiner Familie, die auch aus dem Vogtland stammte, war das Verhältnis zwischen den Alteingesessenen und uns neu Zugezogenen durch eine spürbare Barriere gekennzeichnet. Es hat Jahre gedauert, bis dieser spürbare Abstand sich langsam löste und wir das Gefühl bekamen, als anerkannte Einwohner als Dazugehörende angenommen zu sein. In den ersten Jahren lernten meine Eltern Menschen kennen, die als Flüchtlinge und Vertriebene nach Pulsnitz gekommen waren und im Gegensatz zu uns alles – die Heimat, Hab und Gut und Angehörige – in den Kriegswirren und auf der Flucht verloren hatten. Die in dieser Zeit entstandenen Freundschaften unserer Familie mit den Flüchtlingen haben sich über Jahrzehnte erhalten.

Die Fremden und die Flüchtlinge fanden zueinander. Das Angenommenwerden von seiten der Einheimischen war ein längerer Prozess. Das dauerte seine Zeit.

Fluchtberichte aus Ostpreußen

Bericht von Eva Kretzschmar

Frau Kretzschmar geborene Kammer, Jahrgang 1928, lebt heute in Frankfurt/M. und stellte mir ihren Bericht im Dezember 2014 zur Verfügung

Meine Flucht aus Insterburg (heute russisch *Tschernjachowsk*) in Ostpreußen

Im Herbst 1944, also nach den Sommerferien, als unser Geschäft geschlossen und mein Vater durch den Krieg sehr krank war, zogen wir zu meinen Großeltern nach Königsberg (heute russisch *Kaliningrad*). Dort war allerdings schon Artilleriebeschuss und Königsberg wurde zur Festung erklärt und von den Russen eingeschlossen. Es wurden Parterre-Wohnungen zum Teil als „Festung" umgebaut, und Lebensmittel gab es nur portionsweise im „Landeshaus" für alles. Zum Glück wurde Königsberg wieder befreit, aber im Februar 1945 starb mein Vater durch das im Krieg zugezogene Nierenleiden. Meine Mutter musste ihn unter großen Schwierigkeiten beerdigen lassen. Sie hat dann meine Großeltern und mich betreut. Mein Großvater hat dann versucht, Kontakte aufzunehmen, und so gelang es, dass wir mit einem Frachtkahn auf dem Pregel (heute russisch *Pregolja*) nach Pillau (heute russisch *Baltijsk*) gelangten. Hier kamen wir in einer leerstehenden Wohnung unter und mussten zirka drei Wochen in Pillau unter laufendem Beschuss und zahlreichen Toten auf den Straßen ausharren, bis mein Großvater es geschafft hat, einen Platz auf einem Kriegsschiff zu bekommen. Wir waren also vom 7. bis etwa 21. März 1945 dort. Dieser Geleitzug bestand aus vier bis fünf Schiffen, die ursprünglich Swinemünde (heute polnisch *Swinoujscie*) anlaufen sollten, doch dort war bereits der Russe, und so kam der Befehl, nach Kopenhagen zu fahren. Zwischendurch wurde der Geleitzug auf See umgruppiert, da er wohl von den Russen entdeckt worden war. Doch zum Glück landeten wir am 1. April 1945 in Kopenhagen. Von hier wurden wir in Säle der Freimaurerloge einquartiert. Nach ein paar Wochen ging es dann nach Kolding. Dort war ein Barackenlager. Vorher will ich noch erwähnen: Nach der Freimaurerloge wurden wir noch mit vielen Flüchtlingen in einer Kopenhagener Schule untergebracht. In jedem Klassenraum zirka 20 Personen. Als Betten dienten Strohbündel, und Verpflegung wurde mittags ausgeteilt. Hier starb dann mein Großvater. Zahnarztbesuch o.a. durfte man nur in Begleitung eines Wachpostens, denn das Lager wurde abgeschirmt und eingezäunt.

Wie schon erwähnt, kamen wir dann nach Kolding. In jeder Baracke lebten etwa 20 Personen, allerdings standen hier zweistöckige Betten. Trotz allem haben sich besonders die jüngeren Menschen nicht unterkriegen lassen. Es wurde ein Kindergarten gegründet, und dort habe ich die fünf- bis sechsjährigen Kinder betreut. Von Kolding aus sind wir dann nach Skallerup gekommen, also ganz im Norden von Dänemark. Das war ein Ferienlager mit kleinen Baracken an der See. Natürlich war es auch umzäunt, aber es war das Beste von allen. In jeder Baracke mit den zweistöckigen Betten lebten auch 20 Personen in einem Raum, in der Mitte ein kleiner Eisenofen, der auch sehr nötig war, denn der Winter war sehr kalt. Es wurde auch eine Großküche eingerichtet, in der dann auch meine Mutter mit tätig war. Trotz allem haben die Jüngeren das Beste aus vielem gemacht. Es wurden kleine Theaterstücke aufgeführt, und manchesmal konnte (natürlich mit Bewachung) die Theatergruppe auch mal andere Lager besuchen.

1947 sollte der Rücktransport für die Flüchtlinge nach Deutschland beginnen, und jeder sollte eine Adresse angeben.

Wir hatten Bayern angegeben (eine Cousine meiner Mutter lebte dort), dort sind wir nie hingekommen. Unser erstes Auffanglager war eine Brauerei in Mellrichstadt. Von hier kamen wir weiter nach Marktheidenfeld/Main. Aus einem Sammellager wurden die Flüchtlinge in umliegende Ortschaften verteilt. Wir, das heißt meine Großmutter, Mutter und ich, kamen in ein kleines Bauernhaus mitten im Ort Lengfurt/Main. Dort hatten wir ein kleines Zimmer, mit winziger Küche und einem Herd, der mit Holz geheizt werden musste.

Meine Mutter hat dort in einer Suppenwürfel-Fabrik gearbeitet, und ich konnte von dort täglich mit dem Zug nach Wertheim/Main fahren und dort zur höheren Handelsschule gehen. Eine andere Alternative gab es nicht. Meine Mutter suchte dann die Möglichkeit nach Frankfurt zu kommen, wo sie das Glück hatte, da sie als junges Mädchen in einer Bank tätig war, bei der Bundesbank angestellt zu werden. Sie holte uns dann 1948 nach Frankfurt, und somit lief das Leben wieder „normal".

Bericht von Esther Neugebauer

Frau Neugebauer, Jahrgang 1934, lebt heute in Dresden, sie stellte mir Ihre Aufzeichnungen im Januar 2015 zur Verfügung.

Ein Bericht über die Flucht, Rückkehr und Ausweisung, im Jahre 2007 aufgeschrieben von Esther Neugebauer, geb. Mett, aus Krähenberge/Warnakallen – Ostpreußen

Von Warnakallen nach Dresden

Im Ersten Weltkrieg brannte unser Hof bis auf die Scheune nieder. Meine Großmutter war mit ihren Kindern nicht geflüchtet. Vom Nachbarhaus aus sahen sie ihren Hof brennen und konnten nicht einmal das Vieh retten. Später wurden das Wohnhaus, der Stall, die Speicher mit Wagenschauer wieder aufgebaut.

Um es vorwegzunehmen: Meine Großmutter Auguste Mett, geborene Niederländer, weigerte sich auch im Zweiten Weltkrieg, mit ihrer kranken Tochter Ida Radtke, geborene Mett, Anfang August 1944 zu flüchten. Seitdem sind beide Frauen vermisst. Die Vorfahren unserer Großmutter Dorothea Horn, geborene Moser, von mütterlicher Seite, sind zur Zeit der Protestantenverfolgung 1732 aus dem Salzburger Land nach Ostpreußen gekommen.

Ab meinem zweiten Lebensjahr lebte ich mit Unterbrechungen bei Familie Lukat in Burgkampen (heute russisch *Sadowoje*), Kreis Ebenrode (heute russisch *Nesterow*). Die Ferien verlebte ich immer bei meinen Eltern und Geschwistern. In meinen letzten Sommerferien 1944 waren die Nächte sehr unruhig. Amerikanische und russische Flugzeuge überflogen unser Gebiet, auf dem Rückflug wurden die Dörfer mit Bordwaffen beschossen. Meine Mutter rief dann: „Kinder – aufstehen, die Flieger sind da."

Etwa 100 Meter entfernt vom Hof befand sich ein Erdbunker, in dem wir Schutz suchten, bis der Spuk vorbei war. Anfang August 1944 erfolgte der Durchbruch der russischen Armee und wir mussten Krähenberge (Warnakallen), Kreis Schloßberg (Pillkallen) (heute russisch *Dobrowolsk*), verlassen.

Die Einwohner unseres Ortes Krähenberge wurden nach Grünrode (heute russisch *Sinjawino*) bei Breitenstein (heute russisch *Uljanowo*) evakuiert. Wir fuhren zu unseren Großeltern, der Familie Horn, nach Bumbeln und dann wieder zurück nach Burgkampen zu meiner Tante Frieda Lukat, geb. Horn. Da die Front zurückgedrängt wurde, fuhren meine Eltern wieder nach Krähenberge, um die Ernte einzubringen, meistens unter Beschuss. Kinder durften nicht mit, nur mein Bruder Waldemar schmuggelte sich durch. Er züchtete Kaninchen und war sehr traurig, dass die Tiere trotz geöffnetem Stall gestorben waren.

Mit zwei Pferdefuhrwerken ging unsere Flucht im Oktober 1944 weiter bis Klein Kaylau (heute russisch *Poddubnoje*) im Kreis Wehlau (heute russisch *Snamensk*). Dabei waren meine Eltern Anna Mett, geborene Horn, Emil Mett, Großtante Anna Rohloff, geborene Moser, Großonkel Julius und wir vier Kinder Waldemar (12), Esther (10), Hildegard (8), Renate (6) sowie „unser Franzose“ Armand Landry. Den Leiterwagen hatte mein Vater mit der Plane vom Selbstbinder bespannt. Hinten im Wagen befand sich ein großes Holzfass mit fünf bis sechs lebenden Gänsen, außerdem war er vollgepackt mit Lebensmitteln und Futter für die Pferde. Mit dabei waren auch unsere beiden Schäferhündinnen Dina und Senta. Kurz vor Groß Kaylau, es war schon dunkel, kam uns ein Zug entgegen. Unser Pferd Mona scheute vor der Feuer speienden Lokomotive und schob den schweren Leiterwagen rückwärts.

Auf dem Gut in Klein Kaylau bekamen wir für acht Personen zwei winzige Mansardenzimmer. Mein Vater wurde zum Volkssturm eingezogen und als er schrieb, dass er an der vordersten

Front kämpfen müsse, weinte meine Mutter und sagte: „Wir werden unseren Vater nicht wiedersehen.“ Meine Mutter erkrankte schwer und kam ins Krankenhaus nach Tapiau (heute russisch *Gwaroleisk*).

Wir vier Geschwister wurden von Tante Frieda (Muttis Schwester) und Onkel August aufgenommen. Sie befanden sich als Flüchtlinge in Liebnicken (Koppelbude) (heute polnisch *Lipniki*), Kr. Preußisch Eylau (heute russisch *Bagrationowsk*). Mitte Januar 1945 mussten wir weiterflüchten. Man hörte schon in der Ferne die Detonationen der nahenden Front. Mit der Schwester meiner Mutter, Minna Horn, und der Wirtsfrau von Liebnicken, waren wir acht Personen auf dem Pferdewagen. Da die Front vorrückte und sich der Kessel bei Elbing schloss, hatten wir nur noch die Möglichkeit, über das Eis des frischen Haffs zu fahren. Bis in die Nähe von Frauenburg (heute polnisch *Frombork*) fuhren wir auf der Autobahn. Dann ging es durch einen Wald Richtung Frisches Haff. Es war ein abschüssiger, vereister Hohlweg. Ich hatte große Angst und stieg vom Wagen. Da dieser keine Bremsvorrichtung besaß, steckte mein Onkel einen dünnen Baumstamm zwischen die Speichen der Wagenräder, um zu bremsen.

Am Haff angekommen, gab es aus der Gulaschkanone warmes Essen. Es war schon finster, als die Wagen im Abstand von 30 Metern auf das Eis geschickt wurden. Zuerst lief ich zu Fuß, da sah ich aus dem Eis eine Wagendeichsel, Teile vom Dach eines Pferdewagens und Pferdeohren herausragen. Es war schrecklich. Viele der Stuten verfohlten.

Über eine sehr kritische Stelle mit Bombenlöchern rechts und links hatte man zur Überbrückung Bretter gelegt. Mein Onkel führte die Pferde am Halfter darüber hinweg. Dann kam der Angriff aus der Luft! Es wurden von russischen Flugzeugen Bomben auf das Eis geworfen und die Trecks im Tiefflug mit Bordwaffen beschossen. Im Nachbarwagen schrieen Kinder.

Wir suchten Schutz unter den mitgenommenen Federbetten. Unsere Pferde hatten kleine Splitterverletzungen abbekommen, aber wir hatten einen Schutzengel. Um die Mittagszeit erreichten wir das andere Ufer – die Nehrung bei Kahlberg (heute polnisch *Krynica Morska*). Als wir vom Haff herunterfuhren, ging es durch eine tiefe Senke. Ich dachte, jetzt gehen wir unter.

Es war Mitte Februar mit Minustemperaturen von 15 bis 20 Grad Celslius, und wir hatten kein Nachtquartier und kein warmes Essen. Die Straßen waren durch das auf dem Rückzug befindliche Militär völlig verstopft. In manchen Orten hingen an den Haustüren Schilder mit der Aufschrift „Diphtherie". Wir fuhren in Dirschau (heute polnisch *Tczew*) über die Eisenbahnbrücke und weiter nach Schöneck (heute polnisch *Skarszewy*). Dort übernachteten wir auf dem Marktplatz in unserem Wagen.

Weiter ging es auf vereisten und verschneiten Straßen über Berent (heute polnisch *Koscierzyna*) bis Bütow (heute polnisch *Bytow*). Da der Treck Richtung Stolp (heute polnisch *Slupsk*) unter Beschuss geraten war. wurden wir umgeleitet über Lauenburg (heute polnisch *Lebork*) bis Klein Schwichow (heute polnisch *Swichowko*), also Richtung Ostsee. Dort hieß es umkehren! „Der Russe kommt von vorn!"

Jetzt begann cinc schlimme Zeit. Mein Onkel ging in unserem Quartier vor die Tür und wurde von einem Offizier mit Dolmetscher angerufen. Es kam zu einem Wortwechsel: „Du Partei, du Hund lügst …!" Dann nahm er die Pistole und schoss (ein Nachbar war Zeuge).

Mein Onkel war danach querschnittsgelähmt und starb drei Tage später. Wir haben ihn in einer Sandgrube begraben, drei kleine Kiefern darauf gepflanzt und ein Holzkreuz mit seinem Namen aufgestellt. Plünderungen waren an der Tagesordnung. Wir haben an solchen Tagen alles liegen lassen, was die Russen aus den Koffern zogen. So kehrten die Nächsten gleich um.

Es gab auch viele nächtliche Einbrüche und Vergewaltigungen durch die russischen Soldaten. Die 16-jährige Gastwirtstochter und ein 17-jähriges Flüchtlingsmädchen wurden von ihnen vergewaltigt und erschossen.

In Klein Schwichow nahm uns eine Frau mit ihrer Tochter in ihrer Wohnung auf. Wir waren acht Personen, zusammen mit einem älteren Ehepaar sogar zehn Personen. Wir breiteten abends unsere Pelzdecke auf dem Fußboden als Nachtlager aus. Morgens wurden die Federbetten in Säcke gestopft, um Platz zu schaffen.

Nach der Kapitulation übernahm der Pole Pommern. Die Bevölkerung und die Flüchtlinge mussten sich auf einem Hof aufstellen. Es wurde „sortiert"! Junge Leute wurden zur Arbeit verpflichtet. Andere Flüchtlinge bekamen die Order, zurück nach Hause zu gehen. Ein Nachbar fuhr uns mit dem Pferdewagen nach Lauenburg, dort wurden wir auf einen voll beladenen Kohlenzug verfrachtet. Es war sehr beschwerlich, mit Gepäck und kleinen Kindern hinauf zu gelangen. Manchmal fuhr der Zug schon weiter, bevor alle eingestiegen waren. Kinder und Erwachsene schrien. Im polnischen Korridor mussten alle Flüchtlinge den Zug wieder verlassen und wurden auf ein großes Gut getrieben. Dort wurde abermals sortiert! Wer arbeitsfähig war, musste bleiben, so auch unsere Tante Minna. Auf dem Hof lagen Gepäckstücke, Kinderwagen und Koffer herum. Weiter ging die Fahrt wieder auf dem Kohlenzug in Richtung Heimat. Ein Pole lief über die Kohlenberge von Wagen zu Wagen und nahm uns unsere Papiere, Geburtsurkunden, Sparbücher und den wenigen Proviant weg. In Bartenstein (heute polnisch *Bartoszyce*) endete der Zug, und wir mussten zu Fuß weitergehen. Wir liefen am Tag zirka 25 bis 30 Kilometer. Einmal fuhr ein Lastauto mit Brot vorbei. Ein Soldat warf ein Brot herunter, doch ich fand es nicht. Als Proviant hatten wir kalte Pellkartoffeln mit Rhabarbermarmelade, die wir am Abend vorher gekocht hatten. Unterwegs fanden wir einen kleinen, zweirädrigen Militäranhänger. Wir luden unsere letzte Habe und auch meine sechsjährige Schwester Renate darauf, wenn sie nicht mehr laufen konnte.

In Insterburg (heute russisch *Tschernjachowsk*) mussten wir durch eine Postenkontrolle. Der Soldat von dieser Kontrolle kam am Ende der Stadt zu uns und forderte uns auf, zur Kommandantur zu kommen. Dies betraf meine Tante, uns vier Geschwister und eine Frau mit ihrer Tochter. Er brachte uns weit abgelegen auf ein Gut, wo wir unsere Handwagen vor dem Stall abstellten. Dann trieb er uns in den Stall, und wir mussten uns mit dem Gesicht zur Wand aufstellen. Ich dachte, dass wir nun alle erschossen würden. Aber wir durften weiter.

Es regnete in Strömen, weit und breit kein Haus, dann endlich ein Gehöft. Wir suchten in der Scheune Schutz, tief ins Stroh eingewühlt. Ein russischer Panje-Wagen mit Soldaten war auch da. Sie setzten uns eine große Pfanne mit Bratkartoffeln und Büchsenfleisch vor und gaben uns einen Kristallteller mit Brot. Den Teller haben wir später im Lager Kattenau (heute russisch *Neschinskoje*) in Litauen gegen Lebensmittel eingetauscht.

Bald hatten wir noch einmal große Ängste auszustehen. Es überholten uns einige Zivilrussen, die uns am Dorfanfang die Wagen aus der Hand rissen. Sie trieben uns auf den Boden eines Hauses. Auf der Treppe stand einer mit einer Pistole in der Hand, um uns in Schach zu halten. Als sie verschwanden, kam ein alter Mann die Treppe hoch, der vor der Tür die durchgewühlten Sachen gesehen hatte.

Und noch ein erschütterndes Erlebnis! Eine Truppe deutscher Kriegsgefangener zog an uns vorbei, bewacht von russischen Posten. Ganz am Ende des Trupps schleppten zwei Soldaten einen schwerkranken deutschen Soldaten mit, der nicht mehr gehen konnte. Der Posten schlug ihm mit dem Gewehrkolben in den Rücken und wollte ihn erschießen. Die Kameraden flehten: „Nicht schießen!“

Über Insterburg und Kattenau erreichten meine Tante Frieda und wir vier Geschwister Ende Juni 1945 schließlich Burgkampen, Kreis Ebenrode, den Heimatort meiner Tante Frieda Lukat. Der Hof war abgebrannt, ebenso das Nachbargehöft von Albert Hundrieser und die gegenüber liegenden Insthäuser sowie der Hof von Bergau. Das Gendarmenhaus war auch fast völlig zerstört.

Einige andere Bewohner waren auch schon zurückgekehrt, darunter ein älteres Ehepaar, Edith Meyhöfer und Horst Wunderlich mit seinem kleinen Bruder. Sie waren per Fußmarsch getrieben worden, wobei der Bruder von Edith Meyhöfer, Horst, erschöpft am Wegesrand zurück blieb. Edith Meyhöfer war schwer krank, völlig abgemagert und hatte bereits Hungerödeme. Sie starb einen Monat später im Lager Raineck. 1947 starben die Geschwister Berger und Frau Bischoff, die Mutter des Lehrers Helmut Bischoff.

Lagerleben in Raineck (heute russisch *Simonowka*) und Kattenau (heute russisch *Neschinskoje*)

Vierzehn Tage nach unserer Rückkehr nach Burgkampen hatten wir auf Geheiß der Soldaten im Lager Raineck zu erscheinen. Wir lebten mit bis zu drei Familien in einem Zimmer. Die meisten Städte und Dörfer waren durch die Kriegseinwirkungen zerstört. In der Luft lag der Geruch verwesender Leichen und Tierkadaver. Auf den Feldern stand das Unkraut mannshoch. Die russischen Minensucher entschärften oder sprengten die in den Feldern gesichteten Minen. Wir wurden dazu eingesetzt, Leichen und Tierkadaver zu begraben und die Schützengräben zuzuschütten.

Aus den Bunkern holten wir uns transportable Herde, Bettgestelle und andere brauchbare Gegenstände. Um ein Haus im Lager bewohnbar zu machen, mussten Fenster, Türen und Dachziegel von anderen Gebäuden verwendet werden. Wir Kinder durchsuchten Häuser und Gärten nach etwas Essbarem. Trotz Hunger mussten wir hart arbeiten.

Es gab einige Pferde im Lager. Kinder über 14 Jahre arbeiteten mit Pferdegespannen, um die verunkrauteten Felder urbar zu machen. Auch am Samstag und Sonntag musste gearbeitet werden und dies von Sonnenauf- bis Sonnenuntergang. Meine Tante arbeitete tagaus, tagein schwer. Mein Bruder arbeitete mit den Pferden, und ich habe nur für das Essen gearbeitet. Im Einzelnen hieß das: Essen mit dem Handwagen aufs Feld fahren, auf dem Speicher und auch auf dem Feld arbeiten und als Kindermädchen im Haushalt helfen.

Für uns Kinder gab es während der ganzen Lagerzeit keine Schule. Im Lager gab es weder einen Arzt noch einen Zahnarzt. Typhus und Malaria breiteten sich aus. Als die Krankheiten überhand nahmen, bekamen die Kranken Malariatabletten (Chinin). Gegen Typhus wurde allerdings geimpft. Die Erkrankten brachte man mit dem Pferdewagen ins Krankenhaus nach Ebenrode.

Der Winter 1946/47 war das schlimmste Hungerjahr. Viele Lagerinsassen starben. Die Waisenkinder wurden in ein russisches Kinderheim gebracht. Um das zu verhindern, hatten wir vier Geschwister den Nachnamen der Tante angenommen. Sie wurde somit zu unserer Mutter. Zu essen gab es nur noch Rüben. Die Menschen litten an Durchfällen und hatten Hungerödeme. Säuglinge bekamen Rübensaft zu trinken. Wir gruben in unserer Not große Flächen gefrorenen Bodens um, um nach Kartoffeln zu suchen.

Viele Lagerinsassen gingen nach Litauen, nur um für Essen zu arbeiten. Kleine Kinder bettelten. Auch wir gingen nach Kibarty (heute litauisch), um unsere letzten Habseligkeiten gegen Essen einzutauschen. Die Kinderzuteilung im Lager war sehr unregelmäßig. Dies lag auch am jeweiligen Kommandanten. In der Zeit bis 1948 fand ein fünfmaliger Wechsel statt.

In Burgkampen war die Militärküche im Haus von Fraaz stationiert. Dort gab es auch etwas zu essen für uns. Im Sommer 1947 brachten Lastwagen Zivilpersonen aus dem Kreis Wehlau (heute russisch *Snamensk*) zu uns ins Lager. Es war auch eine Krankenschwester dabei. Sie übernahm die Krankenpflege im Lager.

Ende 1947 und zum Jahresbeginn 1948 verbesserte sich unsere Lage. Das Essen war aber immer noch so knapp, dass von den Feldern trotz Wachposten gestohlen wurde. Zwei Frauen, die dabei ertappt wurden, sollen nach Sibirien gebracht worden sein. Für die ersten Rubel, die wir für unsere Arbeit bekamen, konnte man Lebensmittel und auch Stoffe kaufen.

Noch ein Lagererlebnis! Mit Herta Gindler ging ich auf ein abgelegenes Gehöft, Birnen zu holen. Ich kletterte auf den Baum, um welche zu pflücken. Da sah ich zwei Männer auf das Gehöft zulaufen. Wir nahmen unsere Birnen und rannten um unser Leben. Die Rettung war das hohe Unkraut. Wir warfen uns ins Gras und bewegten uns nicht mehr.

An einem Abend bei Dunkelheit, die Käuzchen schrien über dem Feld, wollten wir Roggen aus den Sämaschinen holen. Auf einmal pfiffen Gewehrkugeln über unsere Köpfe, denn der Posten hatte uns bemerkt. So kamen wir ohne Roggen zurück.

Die Ausweisung der Deutschen

Im Frühjahr 1948 begann die Ausweisung der ersten Deutschen, vorwiegend alter Menschen und Familien mit kleinen Kindern. Zugleich kamen die ersten russischen Familien, die zwangsangesiedelt wurden. Man sagte, ihnen seien die Pässe abgenommen worden, damit sie nicht mehr zurück konnten. Wer weiß, was man ihnen versprochen hatte. Sie kamen in ein fremdes, vom Krieg zerstörtes Land.

Im Herbst 1948 kamen weitere russische Familien. Wir wurden im September 1948 ausgewiesen. Auf Lastwagen ging es nach Ebenrode. Dort wurden wir bis zu 60 Personen in einen Viehwagen gesteckt. Der Zug fuhr die ganze Nacht durch, und wir sangen: „Nun ade, du mein lieb Heimatland“, ging es doch heim „ins Reich“. In Königsberg (heute russisch *Kaliningrad*) angekommen, wurden wir noch um einiges erleichtert; denn man verlangte unseren Schmuck, Uhren und Silbergeld. Vor der Fahrt durch Polen wurden alle Personen gezählt und die Waggons verplombt.

Am 22. September 1948 erreichten wir das Quarantänelager Nieder-Oderwitz. Wir waren in der Schokoladenfabrik Kosa untergebracht. Im großen Saal standen 250 Doppelstockbetten. Unsere Kleidung wurde entlaust. Am 7. Oktober 1948 wurden wir von unserer Tante Frieda Lukat getrennt. Sie kam nach Wilthen. Wir wurden zuerst ins Kinderlager Bischofswerda in Baracken untergebracht, ärztlich versorgt und die Waisenkinder für den Suchdienst fotografiert. Diese Fotos wurden im Kino in der Wochenschau gezeigt.

Dann ging es nach Weißenborn ins Kinderheim, das in einem Schloss untergebracht war. Wir bekamen neue Kleider und Zahnbürsten – die ersten nach vier Jahren. In Weißenborn besuchten wir nach vierjähriger Unterbrechung wieder die Schule. Im Januar 1949 holte uns unsere Tante über das Jugendamt zu sich nach Wilthen.

Meine Mutter hat trotz ihrer Krankheit bei den Polen schwer arbeiten müssen. Am 25. Mai 1946 ist sie vom Flüchtlingstransport zusammen mit der Großtante sofort in das Flensburger Krankenhaus eingewiesen worden. Sie starb am 23. November 1946 an den Folgen ihrer Krankheit und den Strapazen der Flucht. Im Lager hatte ich einen Traum! Ich sah ein Flugzeug mit einem großen roten Kreuz auf mich zukommen. Es war oben offen und die Leute saßen im Kreis. Ich sah meine Mutter unter ihnen sitzen, in einem dunkelblauen Wintermantel und

Fuchskragen. Als das Flugzeug landete, sagte meine Mutter zu mir: „Du kannst nicht mitkommen, du musst hier bleiben!"

Mein Vater ist seit 1945 vermisst. Ermittlungen des Suchdienstes blieben ohne Ergebnis. Unsere Eltern haben wir nicht wiedergesehen.

Meiner Tante Frieda Lukat – sie verstarb 80-jährig – haben wir vier Kinder unser Leben zu verdanken. Sie schaffte es, dass wir Geschwister die Flucht und das Lager überstanden haben.

1993 unternahmen wir, meine Schwester Renate Böhme und ihr Mann Lothar sowie mein Mann Günther, eine Reise in das nördliche Ostpreußen zu unserem Heimatdorf Krähenberge (Warnakallen), Kreis Schloßberg (Pillkallen).

Von unserem Hof standen nur noch die Grundmauern. Der ganze Ort Krähenberge war vom Erdboden verschwunden. Die Orte Willuhnen bis Grabenbrück existieren nicht mehr. Bis 1991 war diese Gegend russisches Übungsgelände und Sperrgebiet.

Zum Abschluss noch ein Lied von Hellmut Süßmann, gesungen von Wolfgang Petri, das viele unserer Gedanken ausdrückt:

„Mein Zuhaus, das liegt weit, ganz am Ende der Zeit
mein Zuhaus, das liegt heut unerreichbar weit,
denn man hat über Nacht eine Grenze gebaut,
ich kann nicht mehr zurück in der Heimat sein.
Nur als Kind war ich dort daheim."

Die Flucht aus Ostpreußen 1944/45

Im Frühjahr 2014 erzählte mir Herr Peter Weszkalnys aus Dresden – Jahrgang 1935 – von den Wurzeln seiner ostpreußischen Heimat und die Geschichte der Flucht seiner Familie von dort.

Die Heimat

Familie Weszkalnys, eine Familie aus Ostpreußen, ihre Heimat liegt im östlichen Teil der Provinz im Landschaftsgebiet Masuren. Es ist bekannt durch seine auffallend wunderschöne Seenlandschaft und nach wie vor ein von Touristen bevorzugter Anziehungspunkt mit seinen Wäldern, großen und kleinen Seen und der Vielfalt der dort lebenden Tierwelt. Im Norden dieses Gebietes liegen der große Mauer See und der Dargeinen See. Ihm folgt der Löwentin See und im Süden der größte der Seen – der Spirding See. Ein Gebiet mit einer Ausdehnung von zirka 55 mal 90 Kilometern – einer Fläche von etwa 5 000 Quadratkilometern.

Zum Anwesen der Familie Weszkalnys gehörten die Höfe – Buttenhof und Grünhöfchen – in einer Landkarte mit dem Maßstab 1: 300 000 sind die Höfe verzeichnet.

Buttenhof erhielt seinen Namen in der NS-Zeit. Viele Ortsnamen, die den Nationalsozialisten nicht genehm waren, nicht arisch klangen, auf slawische Herkunft schließen ließen, wurden getilgt und durch neue Ortsnamen ersetzt. So wurde 1938 aus dem Ortsnamen Klein-Sawadden der Name Buttenhof. Heute trägt es den polnischen Namen *Zawady Male.*

Die Kreisstadt, die für das Gebiet der Höfe zuständig war, ist die im Nordosten dieses Gebietes gelegene Stadt Angerburg (polnisch *Wegorzewo*). Sie gehörte zum damaligen Regierungsbezirk Gumbinnen (seit 1946 sowjetisch *Gussew,* heute Russland).

Die Kreisstadt Angerburg am Mauer See lag unweit der berühmt berüchtigten „Wolfsschanze“, dem durch den Zweiten Weltkrieg bekannt gewordenen Führerhauptquartier, das immer im Zusammenhang mit dem Ort Rastenburg (heute polnisch *Ketrzyn*) genannt wird. Rastenburg jedoch liegt ungefähr 20 Kilometer Luftlinie entfernt von diesem düsteren Ort der deutschen Geschichte.

Die beiden benachbarten Höfe – Buttenhof und Grünhöfchen – sind etwa zwei Kilometer voneinander entfernt. 15 Kilometer nördlich von ihnen liegt die Kreisstadt Angerburg.

Großvater Horst Westkalnys und seine Ehefrau Emma geborene Neumann stammten aus der Gegend um Tilsit (heute russisch transkribiert *Sowjetsk im Bezirk Kaliningrad*). Er stammte aus Tannenwalde, einem kleinen Dorf nahe dem Dorf Lasdehnen, das 1938 in Haselberg umbenannt wurde und am Fluss Scheschuppe im Kreis Pilkallen, das 1938 in Schloßberg umbenannt wurde, liegt.

Anfang des 20. Jahrhunderts erwarb der Großvater die beiden Höfe Klein-Sawadden und Grünhöfchen.

Zu Grünhöfchen gehörten Instehäuser, hier wohnten die Inste oder Instleute, sie bekamen einen Barlohn und freie Wohnung für ihre Familien in den Instehäusern des Arbeitgebers. Stallungen und Futterscheunen gehörten zum Gutshof, dazu eine angrenzende Försterei. Beide Höfe bildeten eine wirtschaftliche Einheit mit einer 240 Hektar großen Bewirtschaftungsfläche – Äcker, auf denen größtenteils Roggen, Kartoffeln und Rüben angebaut wurde, dazugehörend Wiesen und Wald.

Die Familie

In der Ehe von Horst und Emma Weskalnys wurden neun Kinder geboren – sechs Jungen und drei Mädchen. Sohn Erich, der älteste, 1905 geboren, erhielt den Buttenhof. Der jüngste Sohn Walter, 1917 auf Grünhöfchen geboren, sollte später den Gutshof Grünhöfchen erben (die Folgen des Krieges – Verlust der Heimat – verhinderten das vorgesehene Erbe).

Der älteste Sohn Erich heiratete Martha Dellnitz aus der zwischen Goldap und Angerburg liegenden Kleinstadt Benkheim-Janellen. In dieser Ehe wurden vier Kinder geboren – zwei Jungen und zwei Mädchen.

Peter Weszkalnys, das älteste der Kinder, erblickte im März 1935 das Licht der Welt. Sein Vater Erich hatte sich frühzeitig für die Offizierslaufbahn entschieden. Als Oberleutnant der Infanterie zog er bereits 1939 in den Krieg. Onkel Walter wurde ebenfalls eingezogen. Onkel Konrad – Bruder von Erich und Walter – hatte von Geburt an ein Beinleiden, das ihn anfänglich vor der Einberufung schützte.

Vater Erich kam nicht mehr zurück. Er blieb seit 1943 bei Stalingrad vermisst.

Bis 1944 bewirtschaftete der ledige Onkel Konrad beide Höfe. Von den sechs Brüdern wurden fünf eingezogen, der sechste, Konrad, wurde zu Kriegsende trotz seiner Körperbehinderung noch kurz vor Kriegsende zum Volkssturm verpflichtet. Er kam nicht zurück, wahrscheinlich hat er dort sein Leben lassen müssen. Eine Todesnachricht gab es nicht. Von den sechs Brüdern ist einer gefallen und zwei sind vermisst, drei kamen aus dem Krieg zurück.

Seit Kriegsbeginn 1939 war Mutter Martha Weszkalnys allein auf dem Hof mit ihren vier Kindern, der Älteste, Peter, war gerade mal neun Jahre, das Jüngste der Geschwister drei Jahre.

Die Flucht

Das Jahr 1944 – die Front aus dem Osten rückte näher. An einem Abend im Oktober benachrichtigt der Bürgermeister die Familie vom Durchbruch der Russen an der Ostfront.

Wenige Tage zuvor ereignete sich noch eine Familientragödie. Der Großvater Horst, der Begründer des Anwesens der

Familie, er hatte Anfang des 20. Jahrhunderts Klein-Sawadden und Grünhöfchen erworben, war von dem erneut zu erwartenden Verlust der Heimat samt seiner Existenz, die er bereits nach dem Ersten Weltkrieg erlebt hatte, so betroffen, dass er nicht weiter wusste und sich mit 67 Jahren das Leben nahm.

Nach dem Tod des Großvaters und der beängstigenden Nachricht vom Durchbruch der Russen gab es kein Zurückbleiben mehr.

Der in der Scheune stehende vorbereitete Planwagen war bereits für die Flucht mit dem Nötigsten beladen. Jetzt wurden die Pferde angespannt, es begann die Flucht nach Norden etwa 15 Kilometer in Richtung Angerburg. Dieser Ort wurde nicht verteidigt, sondern im Zuge einer Frontbegradigung von der deutschen Wehrmacht aufgegeben. Dadurch konnte die deutsche Zivilbevölkerung planmäßiger als andernorts die Flucht antreten. Da die Rote Armee bereits auf Elbing vorgestoßen und Ostpreußen abgeschnitten war, blieb den meisten Angerburgern nur die Flucht über das Frische Haff oder den Seehafen Pillau. Am 25. Januar 1945 erreichte die Rote Armee die verlassene Stadt.

Von Angerburg in Richtung Barten (polnisch *Barciany*), liegt vier Kilometer westlich das Dorf Thiergarten (polnisch *Trygort*). In diesem kleinen Dorf, es war die erste Station auf der nun begonnenen Flucht, konnten sie bei einem Verwandten, er war Lehrer an der dortigen Dorfschule, im Schulgebäude für kurze Zeit unterkommen. Hier war der Unterricht schon längere Zeit aufgrund der unsicheren Verhältnisse und der heranrückenden Front ausgefallen und letztendlich eingestellt worden.

Die Meldungen vom Vorrücken der Roten Armee veranlassten die Familie, erneut mit Pferd und Wagen in südwestliche Richtung aufzubrechen. Der Fluchtweg führte sie in das 100 Kilometer entfernte Guttstadt (heute polnisch *Dobre Miasto*), eine Kleinstadt, damals zirka 6 000 Einwohner, und von da weiter in das in westlicher Richtung 20 Kilometer entfernt liegende Wormditt (heute polnisch *Orneta*), eine Kleinstadt, damals ungefähr 8000 Einwohner (am 11. Februar 1945 wurde die Stadt von der Roten Armee eingenommen).

Das Gespann musste zwischen Guttstadt und Wormditt zurück gelassen werden. Mutter Martha mit ihren vier Kindern erreichte nun nur noch mit dem Allernötigsten den Bahnhof Wormditt und fuhr mit der Eisenbahn in das 80 Kilometer nördlich liegende Königsberg.

Familie Weszkalnys hatte im Herbst 1944 nach dem verheerenden Bombenangriff auf Königsberg eine evakuierte Familie von da durch Vermittlung eines Königsberger Onkels in Grünhöfchen aufgenommen. Diese Familie war nicht ausgebombt. Jedoch nach den Verwüstungen durch die Bombardierungen begann man in Königsberg aus Sicherheitsgründen mit der Evakuierung in ländliche Gebiete. Die Familie lebte einige Wochen auf Grünhöfchen bei Familie Weszkalnys.

Doch bald bekam die evakuierte Familie große Bedenken. Die durchsickernden Frontberichte sorgten erneut für Ängste und Verunsicherung. Sie verließen Grünhöfchen westwärts, noch bevor der Weg von der Roten Armee im Westen abgeschnitten wurde und flüchteten ins Ruhrgebiet, wo sie eine gesicherte Unterkunft fanden. Sie übergaben der Familie Weszkalnys bei der Verabschiedung ihre Königsberger Adresse samt Wohnungsschlüssel und ermöglichten ihr so – bei Bedarf – die Wohnung auf dem Fluchtweg zu nutzen.

In Königsberg angekommen wohnten sie nun kurz nach Weihnachten 1944 in dieser Wohnung, die sich in einem Viertel befand, das bei den schweren Bombardements durch die Engländer im August 1944 verschont geblieben war. Peter W. erinnert sich bei Ankunft in dieser Wohnung an den noch stehenden geschmückten Weihnachtsbaum.

Königsberg wurde von der NS-Führung im Januar 1945 zur Festung erklärt, am 9. April kapitulierte die Wehrmacht.

Seit dem Herbst 1944 wurden von der Marine flüchtende Menschen auf dem Schiffsweg ins Reich gebracht.

Im Januar 1945 versuchte Mutter Martha mit den Kindern von Königsberg aus den in westlicher Richtung liegenden Hafen Pillau (heute russisch *Baltijsk*) am Frischen Haff zu erreichen und hoffte, mit einem Schiff in Richtung Westen fortzukommen.

Sie hatten Glück und erreichten mit den Kindern Pillau und auch ein Schiff. Es brachte sie über die Ostsee in die große Hafenstadt Gotenhafen/Gdingen (heute polnisch *Gdynia*, damals etwa 100 000 Einwohner).

Vom Schiff ging es zu einer Flüchtlingsunterkunft, in ein ehemaliges Kino. Hier mit vielen Flüchtlingen zusammen, mussten sie auf engstem Raum ausharren, bis sie in einem Haus ein Zimmer für eine Mutter mit vier Kindern zugewiesen bekamen.

Auch Gotenhafen war des öfteren Flugzeugangriffen ausgesetzt und so geschah es, dass das Haus durch einen Blindgänger getroffen und durch den Einschlag unbewohnbar wurde. Wie durch ein Wunder kam niemand zu Schaden, die Familie kam mit dem Schrecken davon.

Der 10. Geburtstag – März 1945

Im März 1945 ging es erneut mit einem Wehrmachtsschiff zur Hafenstadt Hela, polnisch *Hel*, an der Spitze der gleichnamigen Halbinsel Hela (auch Putziger Nehrung genannt), notdürftig für einige Tage in einer Wellblechhalle untergebracht.

Dort, wo sonst Flugzeuge abgestellt wurden, erlebte am 27. März Peter Weszkalnys seinen zehnten Geburtstag. An diesem seinem Geburtstag machte er das schreckliche Erlebnis eines Flugzeugangriffes mit Bombenabwürfen.

Das ist unauslöschlich im Gedächtnis. Die Familie blieb – Gott sei Dank – verschont.

Mit dem Schiff nach Dänemark

Hela mit seinem Hafen für Transportschiffe wurde zu Ende des Krieges zur hart umkämpften Halbinsel. Die Marine hatte im Januar 1945 mit der Evakuierungsaktion Operation „Hannibal" begonnen. Hier kamen unter anderem auch Handelsschiffe zum Einsatz. Die „Lappland" transportierte bei sechs Fahrten in den letzten Kriegsmonaten 34 233 Flüchtlinge. Dieses Schiff brachte auch die fünf Flüchtlinge aus Masuren aus der immer näher rückenden Frontzone westwärts über die Danziger Bucht nach Kopenhagen in das noch von Deutschland besetzte Dänemark. Fern von der Großstadt im ländlichen Gebiet bei Knappsdrupp – Mörkov wurden Familien mit Kindern zunächst in einer Schule untergebracht, deren Direktor sich wohlwollend gegenüber den Ankommenden verhielt.

Kriegsende – Internierung

Nach Kriegsende, Deutschland war besiegt, musste die Schule geräumt werden. Die Deutschen wurden von hier per Schiff an andere Orte Dänemarks, unter anderem nach Nordwestjütland, gebracht und in der Nähe der kleinen Stadt Lemvig am südlichen Ufer des Limfjords interniert.

In den Internierungslagern Rom 1 und Rom 2, in einer Heidelandschaft gelegen, lebten zirka 2 000 Personen in Holzbaracken. Das Lager wurden von dänischem und britischem Militär, ehemaligen Freiheitskämpfern und Feuerwehrleuten bewacht, durch hohe Stacheldrahtzäune gesichert und so von der Umwelt abgeschirmt. In den Unterkünften der Baracken befanden sich vierstöckige Holzgestelle, in denen die Menschen schliefen – oben und ganz unten wurden die wenigen Habseligkeiten aufbewahrt. Zum Inventar gehörten ein Tisch, einige Stühle und ein Kanonenofen. Bei großer Kälte wurden die Betten um den Ofen geschoben. Eine Hierachie – vom Lagerleiter über den Baracken- und Stubenältesten – sorgte für Ordnung und geregelte Tagesabläufe. Das Barackenlager war ursprünglich ein Wehrmachtslager, verfügte über einen Küchentrakt, in dem von den Internierten das Essen bereitet wurde.

Verstorbene wurden auf dem vier Kilometer entfernten Friedhof bestattet. Die Teilnahme an einer Beerdigung war die einzige Möglichkeit und willkommene Gelegenheit, für einige Zeit das Lager verlassen zu dürfen.

Die Suche nach einer neuen Heimat – die Entlassung

Im Sommer 1947 kam es endlich zur Entlassung. Für die Sowjetische Besatzungszone reichte ein Brief mit der Ortsangabe von Verwandten, aus dem hervorgehen musste, dass Aufnahme und Unterkunft möglich sei. Wer in die Westzonen wollte, musste Formalitäten für eine Einreise beantragen.

Endlich war es soweit. Ebenfalls geflüchtete Verwandte schrieben ihren internierten Verwandten in Dänemark. Sie waren endlich nach monatelanger Flucht Ende 1945 im Osterzgebirge, in Dippoldiswalde, angekommen und hatten ein Dach über dem Kopf gefunden. Sie teilten ihren noch im Lager befindlichen Verwandten den neuen Wohnort mit und informierten sie von der Möglichkeit der Aufnahme bei ihnen.

Mutter Weskalnys durfte nun mit ihren vier Kindern das Lager verlassen. Mit der Eisenbahn ging es bis zum dänischen Fährhafen Gedser, dem südlichsten Punkt Skandinaviens. Die Fähre brachte die Flüchtlinge über die Ostsee nach Rostock.

Mit der Eisenbahn erreichten sie die nächste Station. Es war Grimmen bei Demmin mit einem 14-tägigen Aufenthalt in einem Quarantänelager.

Aus dem Lager entlassen ging es weiter mit dem Zug in Richtung Süden durch das zerstörte Berlin, weiter in die Ruinenstadt Dresden, von hier aus westwärts nach Freital-Hainsberg und von da mit der Kleinbahn nach Dippoldiswalde. Sie wohnten mit ihren Verwandten am Ortsausgang von Dippoldiswalde Richtung Malter am Waldesrand im Haus „Grüß Gott“.

Bericht von Elfriede Rick

Frau Elfriede Rick lernte ich an einem Nachmittag im Dezember 2014 bei einer Veranstaltung des Bundes der Vertriebenen kennen. Sie stellte mir Ihre Erinnerungen an ihre familiären Wurzeln, die erlebte Zeitgeschichte, über ihre Flucht und Vertreibung und die erhaltene Hilfe durch die Litauer, die sie in den Jahren 2008 bis 2010 für ihre Familie aufgeschrieben hat, zur Verfügung.
Frau Rick ist Jahrgang 1931, sie lebt in Dresden.

Erinnerungen

Heute, am 25. Januar 2009, sind es genau 64 Jahre, als wir 1945 in die Mühlen des Krieges und der Rache gerieten. Es begann ein fürchterlicher Leidensweg.

Im Alter setzt das Langzeitgedächtnis ein. Man erinnert sich sehr massiv an die Kindheit und seine Umgebung. Ich rieche den Geruch der Pferde, sehe den Blick des Hundes, erinnere mich fast an alle Tiere. Ich will also von vorn anfangen.

Nach „eigenen Angaben" bin ich am 9. Dezember 1931 in Schelecken (heute russisch *Scholochowo*) (auf Gut Tuttenberg), Kreis Labiau (heute russisch Polessk) in Ostpreußen geboren. Geburtsurkunde, Schulzeugnisse und alle anderen Papiere sind durch die Kriegsereignisse verloren gegangen und angeblich nicht zu beschaffen.

Zunächst zu unserer Familie:

Unser Vater Karl-Wilhelm Riemer, Jahrgang 1897, unsere Mutter Charlotte, Magdalena Riemer geborene Szagunn, Jahrgang 1908 und ihre Kinder, Tochter Elfriede Rick, geborene Riemer, Jahrgang 1931, Sohn Konrad Riemer 1934 und Tochter Sophie 1936 geboren, waren in Ostpreußen – in Schelecken zu Hause.

Unsere Eltern haben am 31. Dezember 1930 geheiratet. Die Hochzeit wurde zusammen mit der Silberhochzeit unserer Großeltern mütterlicherseits gefeiert.

Von beruflicher Seite waren fast alle Bauern. Eine Großtante war Krankenschwester beim Roten Kreuz, sie soll im Krieg Operationsschwester in Lazaretten gewesen sein und war dadurch im Offiziersrang. Eine andere Großtante hatte einen Bahnbeamten geheiratet, die Ehe wurde aber wieder geschieden. Wir liebten diese Großtante Charlotte sehr, deshalb ließ sich Sophie von unseren Enkeln auch Großtante nennen. Ein Großonkel soll Schiffsoffizier und später ein hoher Bahnbeamter in Potsdam gewesen sein.

Vater hatte noch sieben Geschwister. Einer seiner Brüder hatte den väterlichen Hof in Herzogswalde geerbt, er hatte aber einen behinderten Sohn. Durch Kauf oder Heirat bewirtschafteten sie alle Bauernhöfe.

In Schelecken war das große Gut Tuttenberg aufgesiedelt worden. Dadurch entstanden mehrere kleinere Höfe. Unser Vater und sein älterer Bruder Herrmann hatten die Gebäude des Gutes direkt. In diesem Komplex war noch ein dritter Hof. Wir hatten knapp 25 Hektar Land, unser Onkel und die Familie Zikoll etwas weniger.

Uns gehörte auch ein großer Teil des Parkes. Jeder hatte seine eigene Wirtschaft.

Gelebt haben sie von dem, was sie auf dem Land selber angebaut haben und auch verkaufen konnten. Unser Vater züchtete außerdem Pferde. Es waren eingetragene Stutbuchstuten. Die Pferde waren wertvoll und der Verkauf aus der Züchtung gab ein gutes zusätzliches Einkommen. Diese Pferde mussten während des Krieges nicht abgegeben werden.

Krankenhausaufenthalte oder die Anspruchnahme eines Arztes mussten selber bezahlt werden. Für Kutscher oder Arbeiter mussten sogenannte Marken geklebt werden, sie waren im

Krankheitsfall versichert. Für die Eltern oder uns Kinder konnte ein Krankenhausaufenthalt oder eine lange Krankheit den Ruin des Hofes bedeuten. Alle Kosten mussten selber erwirtschaftet werden. Mißernten (zum Beispiel durch Unwetter) oder Verlust an Vieh mussten verkraftet werden.

In welcher Zeit lebten wir damals?

Wir lebten auf dem Land, unser Radius betrug 35 Kilometer. Unsere Mutter hatte als junges Mädchen kurz in Königsberg (etwa 60 Kilometer entfernt) nähen gelernt.

Als Fünfjährige war ich einmal in Herzogswalde (Kreis Mohrungen), dem Geburtsort unseres Vaters. Das war etwa 150 Kilometer von uns entfernt. Ich kann mich an sehr liebevolle Großeltern erinnern. Ein paar Jahre später hatte meine Großmutter Berta einen Herzschlag bekommen, als sie die Todesnachricht von ihrem im Krieg gefallenen Lieblingsenkel erhielt.

1933 kam Hitler an die Macht. Das interessierte uns Kinder nicht, wir lebten mit dem Vieh und allem drumherum im Einklang. Dem Alter entsprechend bekamen wir unsere Pflichten. Viele Dinge, die wir machen durften, zum Beispiel mit Pferd und Wagen selber zu fahren usw., gaben uns das Gefühl, ernst genommen und gebraucht zu werden, auch schon ein Stück erwachsen zu sein. Andere Pflichten, wie zum Beispiel Milchkannen waschen, waren nicht so erhebend. Als ich mit zwölf Jahren Brot selber gebacken hatte, lobte mich mein Vater sehr und sagte, dass ich schon bald heiraten könnte. Da fühlte ich mich sehr erwachsen. Bei uns wurde das Brot selber gebacken. Das waren im Abstand von 14 Tagen immer sechs Brote.

Zu Hause war ich die „Große“. Konrad war drei und Sophie fünf Jahre jünger als ich. Teilweise wurde ich von Mutter als Große herausgehoben, anderseits fühlte ich mich dementsprechend, sehr zum Leidwesen meiner Geschwister.

Zu Ostern 1938 kam ich in die sogenannte Volksschule. Aus den Dörfern gab es in den Volksschulen folgende Klassenzusammensetzungen: erstes und zweites Schuljahr eine Klasse, drittes und viertes Schuljahr eine Klasse und fünftes bis achtes Schuljahr eine Klasse.

Ich ging ab September 1942 in die Mittelschule unserer Kreisstadt nach Labiau. Das bedeutete etwa 20 Minuten Fahrzeit mit der Eisenbahn.

Schule in der Nazizeit

Als ich die ersten Monate in die Schule ging, wurde bei uns noch nicht mit dem Hitlergruß gegrüßt. Leider kann ich mich nicht mehr an die Lieder erinnern, die zu Beginn des Schultages gesungen wurden. Es waren aber keine Nazi-Lieder. Das ging aber nur die ersten Monate so. Wir hatten eine ältere Lehrerin, in unseren Augen war sie schon sehr alt. Plötzlich war sie nicht mehr da. Gedanken habe ich mir erst im Alter gemacht. Ging die Lehrerin in Pension, oder wo ist sie geblieben? Es war nicht bekannt, ob sie eine Jüdin war. Es kam vorübergehend ein Lehrer. Mit dem Lehrer kam auch der Hitlergruß. 1939 wurden viele Lehrer zu den Soldaten eingezogen. Es kamen Lehrerinnen, auch aus anderen Provinzen, die verpflichtet waren, dorthin zu gehen, wo sie gebraucht wurden. Im Juli 1940 kam dann Fräulein Schülke zu uns nach Mauern. Obwohl wir nur fünf Minuten Wegzeit bis zur Schule hatten, andere Kinder hatten es wesentlich weiter, lag die Volksschule im Nachbardorf. Woher Fräulein Schülke kam, wussten wir nicht. Sie war beliebt und Konrad, der 1941 in die Schule kam, war regelrecht in sie verliebt. Auf die Frage unserer Mutter, ob denn Fräulein Schülke schöner wäre als sie, antwortete er sofort: „Das wäre Fräulein Schülke, die hätte so schöne Locken".

Außer dem Hitlergruß spielte sich in den unteren vier Klassen kaum etwas ab. Die Jungmädel- und Pimpfzeit begann erst mit dem fünften Schuljahr. Für mich fingen einige Konflikte an. Ich wollte auch eine Jungmädelkleidung, das heißt schwarzer Rock, weiße Bluse, schwarzes Halstuch mit einem braunen Lederknoten und eine gelb-braune Jacke mit Hakenkreuz auf dem Ärmel haben, und die Eltern kauften sie mir nicht. Zu Hitlers Geburtstag ging es schulklassenweise ins Kino zur Wochenschau. Noch ein Mädchen und ich mussten auf dem Weg von der Schule zum Kino die Zweierreihe abschließen. Dabei wäre ich lieber vorn gewesen. Die etwas größeren Kinder wurden teilweise befördert. Sie bekamen je nach Rang unterschiedlich farbige Kordeln zu ihrer Kluft. Ich wollte viel lieber auf der Bühne stehen und nicht die Letzte sein. Die Eltern ließen sich nicht erweichen, sie beriefen sich auf die Arbeit zu Hause. Es ist ihnen trotzdem nichts passiert.

Ich war eine schlechte Sportlerin. Einmal hatte ich aber beim Sportfest eine sogenannte Siegernadel erreicht, war ich da stolz! In der Schule gab es Appelle mit dem Hitlergruß, Deutschland- und Horst-Wessel-Lied zu Beginn und Ende des Schuljahres. Im Unterricht lernten wir, dass der Himmel mit Fernrohren abgesucht worden wäre und man hätte den lieben Gott nicht gefunden. Wo soll er auch herkommen, damit gab ich mich zufrieden.

1944 wurde unsere Schule schon Lazarett. Wir hatten in Ausweichquartieren nur noch den nötigsten Unterricht. Mitte Januar 1945 war dann Schluss mit der Schule. Züge fuhren nicht mehr und es wurde mit Flüchtlingen und von der Ostfront zurückflutendem Militär alles ziemlich chaotisch.

Was brachte die Nazi-Zeit?

Wir lebten, wie bereits erwähnt, in einem Radius von etwa 35 Kilometer auf dem Land und hatten auch nur diese Sicht. Als Hitler an die Macht kam, wurde das zunächst positiv aufgenommen. Zunächst war die Kriminalität nahezu weg. Vorher waren die Höfe sehr umzäunt, nachts wurden die Hunde frei gelassen. Unser Großvater war Bürgermeister seines Heimatdorfes Schanzell, er verstaute die Gemeindekasse nachts unter seinem Bett und einen Knüppel daneben. Er ist aber nicht überfallen worden. Überfallen wurde aber Mutters Bruder, unser Onkel Robert, als er mit dem Fahrrad von Labiau nach Schanzell unterwegs war. Da waren unsere Eltern noch nicht verheiratet.

Im Unterschied zu Stalin und Mao Tsetung usw., gründete Hitler den Arbeitsdienst, das waren junge Leute, die für ein Jahr zur Arbeit, wo es not war, in Gruppen und Lagern eingezogen wurden, aber auch Fachleute, um zusätzliches Land fruchtbar zu machen, um die Ernährung einigermaßen zu sichern. Bevor Hitler an die Macht kam, hatte Stalin in der Ukraine Millionen Menschen verhungern lassen, weil sie sich der Kollektivierung widersetzt hatten. Das war der Unterschied zu den absolut kommunistischen Ländern und dem Nazi-Regime Hitlers, der die Bauern förderte, Stalin usw. ließ sie verhungern.

Von der Presse ist folgendes zu sagen:
Es gab nur zensierte Zeitungen. Radiogeräte kamen bei uns in den dreißiger Jahren in den Handel. Es gab die Volksempfänger, die sogenannten „Göbbelsschnauzen". Wir hatten ein Mende-Radio. Für die Antenne wurde ein Mast im Garten aufgestellt.

Fernsehapparate gab es nicht. Elektrischen Strom gab es bei uns ab 1930/31, bei den Großeltern ab 1938. Wie es im Kreis Mohrungen war, weiß ich nicht.

Die Eltern waren sehr autoritär erzogen worden. Da es verboten war, Feindsender zu hören, wurde das auch nicht getan. Man sah sich da durchaus auf biblischem Grund.

Juden gab es auf dem Land nicht. Ein Bauchladenverkäufer namens Kollek handelte mit Zwirn, Sicherheitsnadeln, Hosenträgern usw., verschwand während des Krieges. Ob er zu den Soldaten musste oder ob es ein Jude war, wer wusste es schon.

Ich habe keinen Juden mit einem Stern gesehen. Am 9. November 1938 gab es die Kristallnacht auch in Ostpreußen. In unserer Kreisstadt Labiau gab es zwei jüdische Geschäfte, die zerstört wurden. Es soll auch eine kleine Synagoge zerstört worden sein, die Leute wussten nicht, dass es eine gab.

Unser Onkel Robert war danach in Labiau und hatte die Trümmer gesehen. Jedesmal wenn die Großeltern, die Tanten oder Onkel Robert in Labiau waren, kamen sie kurz zu uns, weil es am Weg lag. Onkel Robert hätte gesagt: „Was die heute hier gemacht haben, werden wir mit unseren Köpfen bezahlen."

Dann kam 1939. Die Leute hatten große Angst vor einem Krieg mit Polen. Der Anlass war der Korridor, den Polen nach dem Versailler Vertrag als Verbindung zur Ostsee bekommen hatte. Ostpreußen war dadurch zur Enklave geworden. Wenn Züge von Ostpreußen nach Deutschland fuhren und umgekehrt, wurden sie verschlossen, man durfte sich nicht einmal durchs Fenster mit Verwandten auf den Bahnsteigen unterhalten.

1932 wurde die Nazi-Partei in Ostpreußen in sehr hohen Prozentzahlen gewählt. Der Grund dafür war hauptsächlich dieser Korridor. Man erhoffte sich Rettung durch Hitler.

Ostpreußen war durch die Enklavesituation auch wirtschaftlich sehr eingeschränkt. Andererseits gab es in Ostpreußen polnische Gastarbeiter, so weit ich weiß aber nur auf dem Land. Sie wollten keinen Krieg. Übrigens wurde bei der sogenannten Aufarbeitung der deutschen Geschichte in der DDR nie erwähnt, dass es ein Zusatzprotokoll vom 23. August 1939 zum Hitler-Stalin Pakt gab. Darin war festgelegt, dass, wenn Hitler in Polen einmarschiert, die Sowjetunion die baltischen Länder Litauen, Lettland und Estland okkupiert. Außerdem marschierte die Sowjetunion am 17. September 1939 von der östlichen Seite in Polen ein. Für die Enkel wird es eine Aufgabe sein zu erforschen, welche Geschichte es zwischen Russen und den Polen und der Oktoberrevolution 1917 gab. Polen ist 1939 nicht nur von Deutschland, sondern auch von der Sowjetunion überfallen worden. England und Frankreich hätten wegen des Hitler-Einmarsches in Polen Deutschland den Krieg erklärt. Das wusste ich bis 1990 nicht.

Nach dem Polenfeldzug kamen polnische Zwangsarbeiter zu uns. Wir bekamen einen knapp 18-jährigen Kaschek. Als er nach drei Jahren nach Hause auf Urlaub fuhr, erkannte ihn seine eigene Mutter nicht, denn er war ein großer starker Mann geworden. Nach dem Krieg wollte er in Deutschland bleiben und „Deutschfräulein" heiraten. Er fühlte sich für den Hof, aber auch für die Kinder, besonders für Konrad und Sophie, mitverantwortlich.

Im Herbst 1940 rückte deutsches Militär auf dem Vormarsch nach Russland auch in Ostpreußen ein. Im Frühjahr 1941 war der Vormarsch sehr massiv. Da unser Hof sehr nahe in Schelecken (etwa 200 Meter) an der Chausee – Königsberg (heute russisch *Kaliningrad*), Labiau, Tilsit (heute russisch *Sowetsk*) – lag, bekamen wir, ohne gefragt zu werden, sehr viel Einquartierung. Die auf dem Vormarsch zur Grenze befindlichen Soldaten schliefen am Tag. Tagsüber wurden die Geschütze unter Bäume gefahren, die Pferde in Scheunen untergebracht. Nachts wurde weiter zur Grenze marschiert. Oft war eine Marschkapelle dabei. Erstaunlich war, dass die Pferde im Rhythmus der Marschmusik gingen. Wie oft haben wir abends an der Straße gestanden. Wie viele dieser Soldaten sind sozusagen mit Marschmusik in den Tod marschiert!

Dann kam der 22. Juni 1941. Es war ein sehr sonniger schöner Sommertag früh fünf Uhr. Vater war aufgestanden, um das Vieh zu versorgen. Er hatte das Radio gehört, kam in die Schlafstube und sagte: „Und jetzt ist es aus, sie haben den Krieg mit Russland angefangen". Wir hörten den Kanonendonner. Abends war er nicht mehr zu hören, dafür kam schon der erste lange Lazarettzug mit verwundeten deutschen Soldaten von der

Grenze zurück, sie waren meist Minenopfer. Wir Kinder standen an der Bahnlinie und zählten die Eisenbahnwagen, die einen großen weißen Kreis und ein rotes Kreuz auf dem Dach hatten. Was wussten wir schon, wer in den Wagen war. Wie viele junge Männer (im heutigen Alter unserer Enkel im Jahr 2009) mögen da zerfetzt drin gelegen haben.

Im Herbst 1944 wurde es bei uns sehr unruhig. Einige Kreise an der litauisch-russischen Grenze mussten schon auf die Flucht, die sogenannte Ostfront kam zurück. Königsberg hatte in den letzten Augusttagen Bombenangriffe von angloamerikanischen Flugzeugen, ähnlich wie Dresden im Februar 1945. Die Bauern, die nicht im Krieg waren, mussten mit Pferdefuhrwerken nach Königsberg fahren, um Überlebende zu retten. Die Pferde waren wegen des Brandgeruchs und Schwelbränden nicht zu bewegen in die Stadt zu fahren.

Unser Vater war nicht Soldat, er wurde im Herbst 1944 zum Volkssturm eingezogen. Da er keine militärische Ausbildung hatte, fuhr er mit Pferd und Wagen Verwundete von der Front in die hinter der Front gelegenen Lazarette.

Kaschek war nicht mehr bei uns. Seine Mutter bat darum, dass er zusammen mit seiner Schwester arbeiten durfte. Das wurde durch die Behörden genehmigt.

Wir hatten inzwischen einen belgischen Kriegsgefangenen. Da Vater beim Volkssturm war, waren wir auf ihn angewiesen. Er war selber in Belgien ein Bauernsohn und hat sich bei uns dementsprechend verhalten. Im Januar 1945 ging er mit uns auf die Flucht. Nach der Gefangennahme durch die Sowjets am 25. Januar 1945 wurden wir von ihm getrennt. Ob er nach Hause konnte, wissen wir nicht.

Anfang Januar 1945 wurde es bei uns sehr unruhig. Heimlich hatte man Pferdewagen mit Dächern als Fluchtwagen gebaut. Das konnte hart bestraft werden.

Großvater war der Meinung, dass wir nicht fliehen sollten. Er hielt die sich verbreitenden schlimmen Gerüchte, trotz der Warnung der fliehenden Litauer, die bereits 1940 vorübergehend unter russische Herrschaft gekommen waren, für Propaganda. Seine Meinung war, dass wir nichts zu verbergen hätten, schließlich wäre alles nachprüfbar.

Am 19. Januar 1945 kam dann der Fluchtbefehl, am 21. Januar ging es direkt auf die Flucht.

Inzwischen schreiben wir den 21. Januar 2010.

Heute vor 65 Jahren gingen wir auf die „Flucht", zusammen mit den Großeltern mütterlicherseits Albert und Anna Szagunn und mit den zwei Schwestern unserer Mutter: Elisabeth Waschat und ihren Kindern Elfriede und Dorothea und Helene Haasmann.

Ich war im Dezember 1944 13 Jahre alt geworden, Konrad ebenfalls im Dezember 1944 zehn Jahre und Sophie im August 1944 acht Jahre.

Wir hatten zwei überdachte Pferdewagen, die Großeltern und Tante Lena einen und Tante Lisbeth mit ihren Kindern einen. Tante Lisbeths Kinder waren sechs und fünf Jahre alt.

Auf den Wagen war das Nötigste. Pelzdecken, Betten, Wäsche, Kochtöpfe, Lebensmittel usw. Es musste auch Futter für die Pferde mitgenommen werden.

Das Vieh: Kühe, zwei Pferde, ein sehr wertvolles Hengstfohlen, Schweine, Hühner, Hund und Katzen, es musste alles zurückgelassen werden.

Ich habe das Bild vor meinen Augen, als wäre es heute. Mutters Bruder und die Männer der Tanten waren zu den Soldaten eingezogen worden, unser Vater noch im Oktober 1944 zum Volkssturm. Keiner wusste, wo sie waren.

Es gelang uns, auf die dortige nahegelegene Hauptstraße zu kommen. Trotzdem haben wir erst einmal drei Tage für acht

Kilometer bis Labiau (heute russisch *Polessk*) gebraucht. Die Straße war verstopft mit zurückflutendem Militär und vielen, vielen Flüchtlingswagen. Die Temperatur betrug minus 15 bis minus 20 Grad Celsius und die Straße war spiegelglatt. Hinter uns hörten wir den Kanonendonner immer näher kommen.

Am 24. Januar abends kamen wir in Wangen – in der Nähe von Nautzken (heute russisch *Dobrino*) – bei einem Bruder unserer Großmutter an. Die Erwachsenen waren der Meinung, dass die Russen nur bis zur Adlerbrücke in Labiau kommen würden, denn 1914 waren sie nicht über die Deime (Fluß, heute russisch *Deima*) gekommen. Man fühlte sich erst einmal sicher.

Aber am 25. Januar1945 früh waren die Russen da. Die ersten Russen, sie hatten selbst den Tod vor den Augen, waren freundlich. Die Großtante bot ihnen Kaffee an, und nachdem wir vor ihren Augen getrunken hatten, tranken sie auch. Wir steckten mitten in der Front, und das Haus in dem wir waren, bekam an diesem Tag drei Artillerie-Volltreffer von der deutschen Seite. Es stürzten Wände ein. Trotz Panik gelang es uns, aus dem Haus herauszukommen. Die erste Nacht unter den Russen verbrachten wir auf einem gefrorenen Misthaufen. Am 25. Januar abends kam ja schon die russische Nachhut. Die Pferde wurden weggenommen und die Wagen geplündert. Die Uhren wurden auch weggenommen. Manche russische Soldaten hatten den Uniformgürtel voller Uhren.

Am 26. Januar wurden wir von Wangen mit einem Posten weggetrieben. Es muss um die Mittagszeit gewesen sein, als wir an einem Stallgiebel zum Erschießen aufgestellt wurden. Die Gewehre waren schon im Anschlag. Ich mit meinen 13 Lebensjahren begriff nicht so richtig, was da passierte, Konrad war zehn Jahre alt und kann sich bis heute nicht daran erinnern, aber Sophie mit ihren acht Lebensjahren schrie unwahrscheinlich. Daraufhin wurden wir von dem Giebel weg- und weitergetrieben. Unsere Cousine Dorothea (fünf Jahre alt) konnte sich bis zu ihrem Tod genau erinnern, in welcher Reihenfolge wir an dem Giebel gestanden haben. Sophies Schreien hätte sie ein Leben lang verfolgt. Sie starb mit 67 Jahren in Bonn.

Wir bekamen nichts zu essen oder zu trinken. Ich kann mich auch nicht erinnern, dass wir Hunger oder Durst gehabt hätten.

Für die nächste Nacht wurden wir und andere Gefangene in einem Haus eingeschlossen. Wir standen dicht gedrängt. Ich kann mich nicht erinnern, dass jemand auf die Toilette musste, es gab gar keine Möglichkeit dazu.

Draußen schlugen von der deutschen Seite noch Artilleriegeschosse ein, sie trafen aber nicht das Haus, in dem wir eingeschlossen waren.

Wir wussten nicht, was weiter auf uns zukommt, und der Gedanke kam auf, dass es barmherziger gewesen wäre, wir wären erschossen worden.

Inzwischen wurden von verschiedenen Seiten gefangene Zivilisten zusammengebracht, und wir wurden im Treck mit Posten zu Fuß bis Grenzberg (heute russisch *Pridoroschnoje*) (Skaisgirren) getrieben. Dieser Marsch dauerte einige Tage. Übernachtet wurde in leeren ausgeplünderten Häusern oder in Scheunen auf Stroh oder Heu. Man versuchte abends mit Ziegeln draußen eine Kochstelle zu improvisieren und mit einem gefundenen Kochtopf mit Wasser und gefundenem Mehl eine Suppe zu kochen.

Wer auf diesem Marsch nicht mehr laufen konnte, das betraf vorwiegend Alte und Kranke, blieb am Weg liegen und erfror. Auch Säuglinge und Kleinkinder hatten keine Überlebenschance.

Ich erinnere mich aber, dass ein russischer Soldat (ein Tatare) ein Stück Brot aß und als er sich sicher war, dass die Posten es nicht sahen, unserem Bruder Konrad das Brot von seinem Mund weg gab.

Grenzberg hatte ein schlossähnliches Gebäude. Dieses Haus war voll gefangener Zivilisten. Wir lagen in einem großen Raum dicht bei dicht auf dem Fußboden. Viele wurden nachts herausgerufen und vernommen. Man suchte die deutschen Kriegsverbrecher, die hatten sich aber beizeiten gen Westen abgesetzt.

Bei Tag fuhren russische Lastautos vor, und die Ladefläche wurde mit aufgerufenen gefangenen Zivilisten vollgeladen. Viele Mütter wurden von ihren Kindern getrennt.

Auch unser Großvater, Tante Lena und unsere Mutter wurden aufgerufen. Die Ladefläche des Autos war aber so voll, dass Tante Lena und unsere Mutter zurückblieben. Die anderen wurden nach Sibirien deportiert.

Jahre später hat unsere Cousine Dorothea in Erfahrung gebracht, dass unser Großvater von den Russen erschlagen worden sein soll. Er war 67 Jahre alt.

Die Angst getrennt zu werden war so groß, dass bei unserer Mutter Selbstmordgedanken aufkamen.

Wir wurden dann aber in der Nähe von Kreuzingen (heute russisch *Bolschakowo*) in verschiedenen leeren Häusern untergebracht. Für uns war es zufälligerweise der Hof von Tante Lisbeth. Das Vieh war weg, das Haus geplündert.

Hier ließ man uns einige Wochen in Ruhe.

Am 20. März 1945 starb unsere Großmutter. Onkel Ernst zimmerte aus ein paar gefundenen Brettern einen notdürftigen Sarg. Mit einem gefundenen Handwagen wurde der Sarg auf den Friedhof gebracht und mit einem gefundenen Spaten hatte man, so gut es ging, Erde ausgehoben und den Sarg unter die Erde gebracht.

Wir hausten damals in Tante Lisbeths Haus in einem großen Zimmer, wir und noch ein paar andere Zivilisten. Es war sicherer, zumindest hat man sich so gefühlt, wenn die Leute dicht bei dicht zusammen waren.

Hab und Gut hatten wir ja nicht mehr. Die Front war ein Stück weit weg, wir hörten keinen Kanonendonner mehr. Es kamen aber unkontrollierte russische Soldatenhorden durch, die mit ihren Gewehren herumballerten. Da fühlte man sich in der Gruppe geschützter. Die jüngeren Frauen hatten sich das Gesicht ein bisschen mit Ruß beschmiert und Kopftücher tief ins Gesicht gezogen, um möglichst alt auszusehen. Ich bekam einen Mittelscheitel und die Zöpfe möglichst kindlich geflochten und musste mich auf eine Fußbank setzen, wenn russische Soldaten kamen. Das sollte uns vor Vergewaltigungen schützen.

Da wir auch keinerlei Papiere (Geburtsurkunde usw.) mehr hatten, wurde ich ein Jahr jünger angegeben, um möglichst einer Deportation nach Sibirien zu entgehen.

Unser Großonkel Ernst und ein paar alte Männer durchstöberten die leeren Häuser ringsherum nach Kartoffeln, Mehl und Salz. Man hatte auch ein paar Streichhölzer gefunden, um Ofen und Herd zu heizen.

Es war zu unsicher raus zu gehen, wir blieben in dem dicht bewohnten Zimmer beisammen. Wir schliefen auch in den Sachen, die wir anhatten. Einen Kleiderwechsel gab es nicht, man hatte uns alles weggenommen.

Es gab keine Zeitung, kein Radio, keine Uhr. In dieser Situation fingen sehr einfache alte Frauen an zu singen. Die Lieder: Großer Gott wir loben dich; Näher mein Gott zu dir; So nimm denn meine Hände; Jerusalem, du hochgebaute Stadt, habe ich da gelernt.

Es war das Einzige, woran man sich halten konnte, das haben auch wir Kinder begriffen.

Mitte April 1945 wurden wir wieder zusammengetrieben und mit russischen Posten und einem Fußmarsch nach Breitenstein gebracht.

Unterwegs waren wir sehr hungrig, und wir hatten Mühe den Weg zu schaffen. In dieser Situation und auf diesem Weg fiel mir das Lied: „Jerusalem du hochgebaute Stadt“ ein, und ich sah mit meinen 13 Lebensjahren Jerusalem am Horizont als eine sehr leuchtende und helle Stadt wie eine „Fata Morgana“. Das Bild habe ich heute noch vor Augen.

In Breitenstein (heute russisch *Uljanowo*) wurden wir wieder in leeren ausgeplünderten Häusern untergebracht.

Hier mussten wir arbeiten. Die Arbeit bestand aus Möbelzusammentragen, die großen Breitensteiner Mühlenwerke mit abzumontieren und noch herumliegende halb mumifizierte deutsche Soldaten in Schützengräben zu bringen und zu verscharren. Es lagen auch noch tote Pferde und Kühe herum. Der Winter war sehr hart gewesen, jetzt taute die Erde auf, und die Nachwehen des Krieges konnten unter die Erde gebracht werden, und dafür wurden die gefangenen Zivilisten eingesetzt.

Einmal gab es eine folgende Episode: Wir mussten einen deutschen mumifizierten Soldaten in einen Schützengraben bringen, damit er da unter die Erde kam. Da haben die Frauen, sicher wussten sie es nicht besser, das Lied: „Ich hatt einen Kameraden“ gesungen. Der russische Posten drehte sich um und weinte.

Die zusammengetragenen Möbel, auch Klaviere, wurden nach Russland abtransportiert. Die Maschinen der Breitensteiner Mühlenwerke wurden auseinandermontiert, in provisorische Holzkisten gepackt und ebenfalls nach Russland abtransportiert.

Hier erzählte uns auch ein Natschalnik, dass „Woina“ kaputt wäre. Der Krieg war also zu Ende.

Ende Mai hieß es dann, dass wir nach Hause gehen können. Wir haben uns dann zu Fuß auf den Weg gemacht. Die Strecke betrug etwa 60 Kilometer.

Da wir sowieso kein Eigentum hatten, beschlossen unsere Mutter, Tante Lisbeth und Tante Lena zusammenzubleiben und gemeinsam auf das Gehöft der Großeltern zu gehen. Wir hatten inzwischen so etwas ähnliches wie einen Handwagen, einen

Kochtopf, einen Eimer und für jeden ein Kochgeschirr und einen Löffel. Auch ein Messer hatten wir gefunden.

Als wir in Schanzkrug (Schanzell) ankamen, trafen wir auf ein paar zurückgekommene Einwohner. Man sagte uns, dass wir hier völlig vogelfrei sind. Es gäbe immer wieder bewaffnete, plündernde, Gewalt ausübende russische Soldatengruppen. Was nun? Die Gebäude des großelterlichen Gehöftes standen noch, waren aber ausgeplündert.

Wie wir alle ratlos dastanden, kamen zwei Tauben und setzten sich auf das Dach des Stalles. Unsere Mutter sagte plötzlich, dass ihre (inzwischen verstorbene) Mutter damit sagen würde, dass wir auf dem Heuboden des Stalles übernachten sollten. Der Stall war noch 1939 neu gebaut worden.

In Ostpreußen war es üblich, dass der Heuboden über dem Stall war, in dem die Tiere untergebracht waren. Das hatte den Vorteil, dass man da im Winter das Heu für das Vieh nicht über den Hof schleppen musste. Das Heu wurde über eine Luke direkt in den Stall geworfen, außerdem wärmte es den Stall, denn die Winter waren damals sehr hart.

Die Idee mit dem Heuboden wurde auch von Mutters Schwestern als gut empfunden.

Es ging auf den Sommer zu. Man suchte und fand auch eine Leiter. Am Tag war man im Haus, es wurde aber keine Ordnung gemacht, zumindest nicht sichtbar. Wenn Russen kamen, ging man vom Hof, als würde man dort nicht wohnen. Abends ging es auf den Heuboden. Die Leiter wurde an die Luke gelegt, wenn alle oben waren, wurde sie hochgezogen und die Luke geschlossen. Von unten konnte man nicht sehen, dass da oben noch etwas war.

Wie haben wir manchmal gezittert, wenn Russen auf den Hof kamen. Oft hatten sie eine Art Lanze mit und haben alles, was sie fanden durchstochen. Auf dem Heuboden durfte sich niemand bemerkbar machen, auch nicht husten. Inzwischen kamen auch Bewohner aus dem Dorf, um bei uns zu übernachten. Obwohl zu der Zeit viele Gebäude von den russischen Soldaten angezündet wurden, hätte das auch den Stall betreffen können.

Wir haben die Zeit überlebt, man hat uns nicht gefunden. Als wir Ende Mai nach Schanzkrug kamen, fanden wir noch ein paar Kartoffeln, die wir, wenn auch primitiv, neu angepflanzt haben. Außerdem war ausgesäter Winterroggen auf den Feldern.

Bei den Großeltern fanden wir auch einen sogenannten Quirl, das sind zwei große runde Steinscheiben übereinander. An der oberen Steinscheibe ist ein Stab befestigt. Mit diesem Quirl konnte man Körner zu Mehl mahlen. Seitdem die Russen da waren, gab es keinen Strom.

Wir mussten in der Zeit nicht hungern, hatten aber kein Salz, kein Fett, auch keinen Zucker.

Es folgten ein paar Monate, in denen wir so dahinlebten. Es gab für uns keine Schule, keine Arbeit, kein Geld. Kamm, Nadel und Zwirn, Schere, Schlüpfergummi, auch Streichhölzer waren nahezu Heiligtümer.

Man versuchte sich zu verstecken, wenn man merkte, dass Gruppen mit russischen Soldaten unterwegs waren.

Im Sommer und im Herbst ernteten wir, wenn auch auf sehr primitive Weise, etwas Roggen und die angebauten Kartoffeln. Wir durchstöberten leere Häuser. Es war aber nichts zu holen, denn es war alles geplündert. Auf einem Boden fanden wir Courts-Mahler Romane. Die habe ich mit großem Eifer gelesen. Zwischen Mutter und den Tanten gab es Streit, weil Mutter mir erlaubte, die Bücher zu lesen, obwohl ich noch nicht konfirmiert war. Auf dem Gehöft unserer Großeltern fanden wir eine Bibel. Wenn sie auch durch Plünderung verdreckt war, so ist sie für uns sehr wertvoll, immerhin hatte unsere Großmutter sie 1905 zur Hochzeit geschenkt bekommen. Wir fanden auch eine Rechnung über den Möbelkauf zur Hochzeit unserer Mutter.

Bei uns war es so, dass in den bäuerlichen Familien die Frauen die Innenausstattung für den neuen Haushalt in die Ehe brachten und die Männer die Existenzgrundlage.

So haben wir zwar keine Geburtsurkunde, da uns alles weggenommen wurde, aber eine Rechnung über die Aussteuermöbel unserer Mutter von 1930.

Von Schanzkrug aus wanderten unsere Mutter und wir drei Kinder dann auch die etwa sieben Kilometer zu unserem „Zuhause" nach Schlicken (Schlecken). Stall und Scheune standen noch.

Auch hier gab es ein paar Leute, die nach Hause gekommen waren. Sie erzählten uns, dass unser Wohnhaus am 31. Mai 1945 einer Brandschatzung zum Opfer gefallen ist.

Unser Haus war noch von Januar 1945 bis April Lazarett gewesen. In unserem Park waren drei große mit Sowjetstern gekennzeichnete Gräber.

Wir lebten bis März 1946 noch in Schanzell (Schanzkrug), dann kamen große Lastautos vorgefahren und luden uns auf die Ladeflächen. Wohin es gehen sollte, wussten wir nicht. Wir wurden in Milluhnen (Mühlengarten, heute russisch *Iljuschino*) im Kreis Stallupönen (heute russisch *Nesterow*) ausgeladen.

Dort gab es eine Sowchose (das war eine von russischem Militär verwaltete große Landwirtschaft). Die Ackerflächen waren groß. Die russische Bewirtschaftung hatte in sehr kurzer Zeit den Feldern nicht gut getan. Hier gab es keine Kühe, kein Geflügel, keine Schweine, keine Hunde und Katzen mehr. Wir mussten mit halbverhungerten Pferden die Äcker bestellen. Mit meinen 14 Lebensjahren haben ich und andere in diesem Alter mit diesen Pferden die Äcker gepflügt. Später gab es ein paar Traktoren.

Die Tage verliefen so: Früh wurden wir, sobald es hell war, mit einer Glocke geweckt. Wir hatten ja keine Uhren mehr. Ein Brigadier (er war in Deutschland bis 1945 Briefträger gewesen) war jetzt bei den Russen ein großer Mann und ritt auf einem sehr gut genährten Schimmel. Sein Sohn war zwölf Jahre alt und kam früh auf diesem Schimmel geritten und weckte uns mit dieser Glocke. Wir mussten dann auf einem großen Hof antreten und bekamen unsere Arbeit bzw. Tagesnorm zugewiesen. Früh gab es auch einen halben Liter Malzkaffee. Mittags gab es einen Liter dünne Suppe, die bestand aus Wasser und Sauerkraut. Mit Sauerkraut habe ich heute noch Mühe. Abends bekamen wir 400 Gramm klitschiges Brot, wenn wir denn die vorgeschriebene Norm erfüllt hatten. Die Kinder, für uns Konrad und Sophie, mussten davon mitleben.

Während wir mit dem Pflug geackert haben, ist mir folgendes passiert: 1944 waren sehr viel Schützengräben ausgehoben worden, als Schutz vor Bordwaffen. Sie waren dann 1945 und später zugeschaufelt worden. Auch noch im März/April 1945 herumliegende Leichen waren darin teilweise unter die Erde gebracht worden. Diese Schützengräben waren aber doch nicht so fest zugeschaufelt, dass sie, wenn ein Pferd darüber ging, nicht eingesunken wären. Während des Ackerns ist mir ein Pferd in so einen Schützengraben bis zum Bauch eingesunken und konnte da nicht mehr raus. Obwohl ich mit meinen damals 14 bis 15 Lebensjahren gar nichts dafür konnte, es war einfach nicht zu sehen, dass die Erde dort locker war, wurde ich vom russischen Posten der Sabotage bezichtigt. Aber die anderen, die wie ich auf dem Feld waren, haben mir sehr geholfen und das Pferd mit ihren Pferden herausgezogen.

Bis auf den Briefträger/Brigadier und eine deutsche Frau, die es sehr mit den Sowjets hielt, sie hatte auch ein Kind von einem Russen und einem anderen Deutschen, der sehr gut russisch sprechen konnte und dadurch als Dolmetscher tätig war, waren alle anderen untereinander sehr hilfsbereit. Durch russische Gefangenschaft im Ersten Weltkrieg konnten einige Ostpreußen russisch sprechen. Dadurch wussten sie auch, dass der

Dolmetscher sehr zu unseren Ungunsten übersetzte. Erstaunlicherweise gab es dann Russen, die ihn in einem deutschen Gefangenenlager als Aufseher erlebt hatten und ihn wiedererkannten. Er war dann sofort weg.

Dort mussten wir unter sehr harten Bedingungen auf dieser Sowchose arbeiten. Ich war damals 14 Jahre alt. Wir haben mit halbverhungerten Pferden die Äcker bestellt.

Es gab keine Kühe, sie wurden in großen Herden nach Russland getrieben, keine Schweine, kein Geflügel, keine Hunde und Katzen mehr. Störche wurden durch russische Soldaten abgeschossen, Fische wurden durch ins Wasser geworfene Granaten getötet. Im Sommer 1946 war der Hunger so groß, dass ein Weißkohlfeld von russischen Posten bewacht wurde. Wir haben unter Lebensgefahr Weißkohl gestohlen. Ein fünfzehnjähriges Mädchen kam nach Sibirien, weil es vor Hunger grüne Äpfel aus dem Garten eines nicht bewohnten Grundstücks gestohlen hatte. Mein Bruder, damals zwölf Jahre alt, konnte vor Unterernährung nicht mehr aufstehen.

Dort wo wir waren, wurde der Hunger sehr groß. Konrad traf es am schlimmsten. Überhaupt haben die Männer weniger aushalten können als die Frauen. Ich habe erst jetzt erfahren, dass in diesem Lager 60 Prozent der Menschen verhungert sind.

Beim Kartoffellesen haben wir uns heimlich Kartoffeln in die Taschen gesteckt. Die Kartoffeln wurden auf einem gefundenen Reibeisen gerieben und als Suppe gekocht. Es gab nicht einmal Salz. Im Sommer suchte man Sauerampfer, Kamille, Melde, Brennnesseln usw. zu finden und als Suppe zu verwerten. Die Leute bekamen Typhus, teilweise Malaria (das hatte es früher in Ostpreußen nicht gegeben). Viele Leute bekamen Furunkeln. Da es keine Medizin gab, wurden Spitzwegerichblätter statt Salbe (Ichtiol) aufgelegt.

Da kamen die Leute auf die Idee, nach Litauen betteln zu gehen. Es hatte sich herumgesprochen, dass die Litauer helfen würden, obwohl sie selber sehr, sehr arm waren.

Milluhnen (heute russisch *Iljuschino*) lag etwa zehn Kilometer von der litauischen Grenze entfernt, wir mussten aber noch mindestens 30 Kilometer tiefer ins litauische Land gehen.

Meine Schwester Sophie und ich gingen erst einmal mit anderen Leuten bis hinter Pajevon in Litauen mit, und dann waren wir allein. Meine Schwester war neun und ich 14 Jahre alt. Zuerst wussten wir nicht, wie wir das Betteln anstellen sollten, denn wir konnten nicht litauisch sprechen. Wir haben sicher so elend ausgesehen, dass die Litauer von sich aus wussten, was uns Not war. Litauische Leute nahmen uns einfach mit zu sich an den Tisch, und wir bekamen eine Roterüben-Suppe zu essen. In einem anderen Haus bekamen wir ebenfalls zu essen.

In welchen Orten wir waren, wussten wir nicht, wir haben uns an den Kirchtürmen orientiert, um uns nicht zu verlaufen.

Als es an unserem ersten Betteltag auf den Abend zuging, wir konnten die weiten Betteltouren nicht an einem Tag bewältigen, kamen wir in eine Schmiede. Die Leute nahmen uns für die Nacht auf, und die Frau hat uns unsere Holzschuhe ausgezogen und die Füße, die voller Blasen waren, gestreichelt. Wir waren sehr müde und nachdem wir zu essen bekommen hatten, stellte uns die Frau ihr eigenes Bett zur Verfügung. Für uns, die wir lange kein Bett mehr gesehen hatten, war es, als wären wir im Himmel. Wir fühlten uns absolut geborgen und schliefen sehr schnell ein.

Um Mitternacht war der Raum plötzlich voll Männer, die aussahen, als wären sie Russen. Einer der Männer setzte sich auf den Bettrand, die anderen gingen alle in den Nebenraum. Ich dachte, wir wären in einen Hinterhalt geraten. Am anderen Tag erfuhren wir, dass die Männer antisowjetische Partisanen waren, sie wurden nachts reihum von Litauern beköstigt.

Die baltischen Länder waren ja durch den Hitler-Stalin-Pakt vom 23. August 1939 bereits 1940 an die Sowjetunion gefallen und hatten da sehr schlimme Erfahrungen gemacht. Die meisten Litauer haben sich auch nach 1945 sehr dagegen gewehrt, eine russische Republik zu werden.

Unser erster Betteltag war der Erlebnisreichste. Wir sind dann von Haus zu Haus gezogen und haben später sogar in litauischer Sprache um Brot gebeten. Fast überall bekamen wir ein Stückchen Brot, manchmal ein paar Kartoffeln, ab und zu ein Ei. Die Brotstückchen wurden im Rucksack gesammelt, sie trockneten ein und wurden dadurch haltbar. So eine Betteltour dauerte etwa vier bis fünf Tage. Wir haben nie draußen geschlafen, auch bei späteren Touren nicht. Meist wurde eine Schütte Stroh ins Haus gebracht und eine Decke darüber gelegt. Glücklich waren die bettelnden Kinder, wenn sie zum Beispiel beim Kartoffellesen helfen konnten und dafür einen Rucksack mit Brot und Kartoffeln als Lohn bekamen.

Die Rückwanderung nach Milluhnen nahm wieder einen ganzen Tag in Anspruch. Wenn wir einen zerschossenen Panzer erreicht hatten, hatten wir reichlich Zweidrittel des Weges hinter uns.

Nach unser Betteltour haben wir einen Tag ausgeruht, dann sind meine Schwester und ich wieder losgegangen. Das dritte Mal konnte unser Bruder schon mit. Er hatte sich durch das Brot, das wir mitgebracht hatten, doch wieder stabilisieren können.

Es hat sich dann so entwickelt, dass Mutter und ich gearbeitet haben und mein Bruder und meine Schwester uns mit Betteltouren ernährt haben.

Inzwischen sind über 60 Jahre vergangen. Die Zeit in Litauen hat mich sehr geprägt. Wir waren nicht die einzigen Bettler. Sind die Menschen, auch die Kinder, zu zählen, denen die Litauer eine Überlebenschance gegeben haben? Es war den Litauern verboten, unter Androhung von Deportation, Deutsche zu beherbergen, und doch haben sie es getan.

Die Litauer waren selber ziemlich arm. Dort, wo wir waren, hatten die Leute weiße Dielen in den Häusern. Viele aber nur Lehmfußböden. Konnten sie besser teilen, weil sie selber arm waren?

Wie oft haben wir ältere Frauen vor ihrem strohgedeckten Haus auf einer Bank sitzend angetroffen. Sie hatten den Rosenkranz in der Hand, legten ihn zur Seite und baten uns (Evangelische) ins Haus und gaben uns zu essen.

Ich wünschte, ich könnte diese Bilder malen, um sie der Nachwelt zu erhalten. Den Litauern gebührt ein sehr großer Dank, denn welches Land hat nach 1945 Erbarmen mit den hungernden Ostpreußen, vor allen Dingen Kindern, gehabt, die in die Mühlen des Krieges und der Rache geraten waren?

Wir hatten kein Schuhwerk, im Sommer gingen wir ohnehin barfuß, im Winter mit Schlorren, das waren Holzpantinen.

Wir hatten vom Januar 1945 – April 1948 keinen Arzt, keine Wechselwäsche, kein Waschpulver, keine Zahnbürste, keine Seife, keinen Strom, keine Uhr, keinen Kalender, keinen Staubkamm (sogenannter Läusekamm), keine Zeitung, das heißt keine Information, was überhaupt in der Welt passierte.

Dadurch, dass es auch keinerlei Post gab, wussten die Leute nicht, welche Angehörigen noch lebten, welche nach Sibirien deportiert waren usw. Das betraf unseren Vater, die Männer von Mutters Schwestern, Onkel Robert, aber auch unseren Großvater, der in unserem ersten Lager in Grenzberg weggebracht wurde.

Es gab keinen Pfarrer (weder katholisch noch evangelisch) unter den Deutschen, aber alte, sehr leidensfähige und Gott ergebene Frauen.

Die ostpreußischen Kirchen wurden zum großen Teil zerstört oder sehr zweckentfremdet benutzt.

Inzwischen fanden sich unter den Ostpreußen Leute, die Karten legten und pendelten. Woher sie die Karten hatten, kann ich mir nicht erklären. Man erhoffte sich dadurch Information über den Verbleib der Angehörigen.

Auf den Wegen nach Litauen war man völlig vogelfrei. Hätte man sich auf dem Weg verletzt, man hätte liegen bleiben müssen. Konrad erzählte erst jetzt, dass er und Sophie auf einem Rückweg aus Litauen eine Horde russischer Soldaten entdeckt hatten, die mit ihren Gewehren rumgeballert hätten. Konrad und Sophie hätten sich in einem Graben versteckt. Wenn Litauen nicht gewesen wäre, wir wären verhungert.

In dieser Situation zog sich unser Leben bis April 1948 hin. Mutter und ich arbeiteten, und Konrad und Sophie haben uns ernährt.

Dann hieß es plötzlich, dass wir nach dem jetzigen Deutschland ausgewiesen würden.

Wir wurden mit dem wenigen Handgepäck, es waren ohnehin nur gefundene Sachen, mit Lastautos nach Stallupönen auf den Bahnhof gebracht. Nach anderthalb Tagen kam ein Güterzug, und in Viehwagen wurden wir nach Königsberg (heute russisch *Kaliningrad*) gebracht. Zu ergänzen ist, dass in dieser Zeit russische Zivilisten in Ostpreußen angesiedelt wurden. Mit den russischen Methoden war das Land inzwischen sehr heruntergekommen. Unter diesen Bedingungen wurde diese Bevölkerung hier angesiedelt, und wir mussten das Land verlassen.

Ostpreußen ging nach dem Krieg erst richtig kaputt. Die neu angesiedelten Menschen haben den alten Reichtum nicht wieder erwirtschaften können.

Inzwischen kamen wir in Königsberg an. Hier wurde unser Handgepäck noch einmal durchsucht. Das letzte deutsche Bargeld wurde unserer Mutter bis auf zirka 100 Mark weggenommen. Was wir behalten durften, war eine kleine Geldbörse, die ich von meiner Lehrerin geschenkt bekommen hatte, und ein paar silberne Hindenburg-Taler, die unser Großvater Konrad und Sophie geschenkt hatte, auch ein goldenes Medaillon unserer Mutter.

Wir wurden in einen Güterzug verfrachtet, und die Wagen wurden verplombt. Nach knapp einem Tag setzte sich der Zug in Bewegung, und wir fuhren über die russisch-polnische Grenze. Auf der polnischen Seite wurden die Viehwagentüren wieder entplombt, und die Schiebetüren wurden sogar geöffnet. Als Toilette diente in unserem Viehwagen ein Eimer. In dem Wagen waren wir ungefähr 35 Personen. Wir fuhren jetzt durch den zu Polen gekommenen Teil Ostpreußens.

Folgende kuriose Geschichte: Einmal hielt der Zug an, und uns wurde gesagt, dass wir aussteigen und unsere Notdurft in den Büschen verrichten könnten. Wenn die Lokomotive pfeift, sollten wir wieder in den Zug. Andere Züge sollen teilweise auch durch Polen verplombt gefahren sein.

Als wir aus Ostpreußen rausfuhren, sangen ein paar beherzte Leute: „Nun ade du mein lieb Heimatland …“ Es wurde viel geweint, und auch wir jungen Leute (ich war inzwischen 16, Konrad 13 und Sophie elf Jahre alt) begriffen, dass dieses eine Zäsur für unser Leben bedeutet.

Wir waren in diesem Alter doch schon sehr erwachsen.

Wir haben unser „Zuhause“ erst 1998 wiedergesehen. Da standen keine Gebäude mehr, auch kein Baum. Bis 1995 soll unser Stall noch gestanden haben. Wir haben eine Fotografie davon. Ob die russischen Gräber von 1945 unter dem inzwischen undurchdringlichen Gestrüpp noch da waren, wissen wir nicht. Das Königsberger, jetzt Kalingrader Gebiet war bis zur Wende 1990 militärisches Sperrgebiet.

Meine Erlebnisse aus der Flucht und Gefangenschaft vom Januar 1945 bis Oktober 1946 Eine wahre Begebenheit – doch fast unglaublich

Erinnerungen von Emmy Lindemann, sie starb 2006, im Alter von 94 Jahren. Die gemeinsam mit ihrem Sohn aufgeschriebenen Erinnerungen erhielt ich im Herbst 2014 von ihrem Sohn Werner.

Mauenfelde (heute russisch *Klyuci*) war ein kleines Dorf mit etwa 240 Einwohnern im Kreis Gerdauen (heute russisch *Schelesnodoroschny*). Mitten im Herzen meines geliebten Heimatlandes Ostpreußen. Nach mehr als fünfzig Jahren kann ich mich noch an folgende Erlebnisse erinnern.

An den Anfang möchte ich die ersten Verse eines Gedichtes stellen, die mir in den letzten Tagen in die Hände fielen.

Januar bis Februar im Jahre 1945

Über Ostpreußens Fluren rast der Tod.
Er malt den Himmel so blutig rot
mit brennender Städte Feuerschein,
sein Weg ist Schrecken und Entsetzen,
Trümmer, Schutt und Leichenfetzen.
Wir mitten drin, vergessen, allein.

Wo ist eine helfende, rettende Hand?
Wo führt ein Weg durch Rauch und Brand?
Wo ist ein sicher rettender Pfad?
Ob Gott uns ganz verstoßen hat?

Kanonendonner – Bombenkrach,
Angst und Grauen Tag für Tag!
Schnee wirbelt in dicken Flocken.

Müd stampfen wir hinter dem Wagen her,
das Herz ist uns so schwer, so schwer.
Eiszapfen klirren am Kleid herab,
heimatlos ziehn wir straßauf, straßab.
Wie wird dieser Jammer enden?

Kanonendonner – Bombengedröhn,
Flammen und Rauch gen Himmel stehn.
Leichen säumen die Straßen.
Brennender Dörfer flackernde Glut,
fliegende Flammen wie Höllenbrut!
Hindurch! Hindurch! Wir müssen ohn' Zagen
das nackte Leben zu retten wagen.

Im Norden tobte bereits der Krieg, und auch wir wurden immer ängstlicher und fürchteten, auch bald flüchten zu müssen. Eines Tages vor der Flucht haben wir noch ein Schwein geschlachtet. Einen großen Teil haben wir im Dorf verteilt, und ich habe fast die ganze Nacht „Spirkel" gebraten und mit dem Fett in einen großen Eimer gekippt, bis dieser randvoll war. Diesen Eimer sollte mein Mann fast bis nach Danzig getragen haben. In den Rucksack packte ich einige Kindersachen, meine Gardinen und ein großes Bauernbrot. Mit dem Inhalt im Eimer und dem Brot dachte ich schon für die erste Zeit etwas Kräftiges zum Essen zu haben.

Auf der Flucht

Es war am 21. Januar 1945. Nacht, kalter ostpreußischer Winter, als es hieß, das Dorf sofort räumen. Da verließ ich mit meinem Mann, meinem Sohn Werner, neun Jahre, meiner Tochter Renate, vier Jahre, und meiner kranken Mutter, 68 Jahre, mein Elternhaus in Mauenfelde. Wir waren sicherlich fast die letzte Familie, die Mauenfelde vor der nahenden Front verließ. Da die anderen mit ihren Pferdewagen nur mit dem wenigen Hab und Gut auf der Flucht vor den Russen in Richtung Westen waren.

Wir sollten nur bis über die Brücke des Masurischen-Kanals gehen. Weiter kommt der Russe nicht, so hieß es. So kamen wir bis Trausen (heute russisch *Lipnjaki*) bei Gerdauen. Dort wurden wir in einer Schule untergebracht. Hatten nur einen Rucksack mit dem Allernötigsten bei uns.

Vielleicht klingt es dem Leser etwas unverständlich, doch ich dachte, Kleider kann man wieder kaufen. Aber meine Photos und Handarbeiten kann mir keiner ersetzen, ich habe als junges Mädchen sehr gern Handarbeiten gemacht, dabei waren ein paar Gardinen, weißer Stoff mit Hohlsaum und Lochstich, an denen ich zwei Jahre gearbeitet habe. Sie waren wunderschön, davon wollte ich mich nicht trennen, auch wenn der Rucksack immer schwerer wurde. Ich habe sie noch zwei Tage getragen, bis Preußisch-Eilau (heute russisch *Bagrationowsk*), unsere nächste Station, wo dann diese mir ans Herz gewachsenen, persönlichen Dinge auch blieben. Sicherlich hat auch nachfolgend kein Mensch dafür Interesse bekundet, da im Kampf um das nackte Leben das Auge dafür keinen Blick hatte.

Hier waren wir wieder in einer Schule untergebracht, bis die Front immer näher kam. In dieser Schule blieben wir zwei Tage. Dann kamen Autos mit verwundeten Soldaten, die in die Schule sollten. Wir Flüchtlinge sollten uns an die Straße stellen. Dort kamen Soldatenautos vorbei, und jeder, der Platz hatte, musste welche aufladen.

Hier kamen auch Soldaten, welche sich von irgendwo Zivilkleidung besorgt hatten. Die zogen sich hier um und mischten sich unter uns Flüchtlinge. Sie fühlten sich vielleicht so sicherer als ein Soldat. Die Frontsoldaten ließen es nicht zu, das wir den Russen jetzt schon in Gefangenschaft fallen würden. Nun wollte ich aus Werners Ranzen die Schulbücher entnehmen. Da fing er an zu weinen: „Der Lehrer schimpft, wenn ich keine

Bücher mehr habe". Ich brauchte den Platz, um einige Sachen von Werner reinzustecken.

Ein Soldat sagte zu mir: „Lassen Sie ihm den Willen, er braucht in keine Schule." Er sollte Recht behalten, es kam so, das er drei Jahre und neun Monate in keine Schule mehr kam.

Von hier nahmen uns Soldaten mit, leider nur einen Tag, dann ging es zu Fuß weiter. Nachts fanden wir immer leere Häuser zum Schlafen, auch etwas zu essen. Die einzelnen Orte weiß ich nicht mehr. Unser Ziel war die Frische Nehrung, von dort sollten wir mit dem Schiff fortkommen. Bis dahin kamen noch furchtbare Tage und Nächte, die der Hölle glichen und nicht mit Worten zu beschreiben sind. Während der Zeit mit den Soldaten befanden wir uns mitten in der Front und erlebten hautnah den Krieg. Unvergessliche Bilder werden bis zu meinem Lebensende haften bleiben. Eines Nachts sagte ein Soldat zu uns: „Was wollt ihr denn hier, in unmittelbarer Nähe schlagen Granaten ein und Flieger beschießen uns". Übermüdet und hoffnungslos dachte ich an das Ende. Während des Weges über Haff und Nehrung sind mir noch einige Bilder in Erinnerung geblieben. So waren auf dem zugefrorenen Haff kleine Tannen aufgestellt, welche dem unübersehbaren Pferdetreck den Weg auf dem Eis zeigten. Auch wir wurden von Soldaten auf einen Wagen geladen. Da das Eis auf dem Haff stellenweise nicht sehr fest gefroren war, brachen die Pferdewagen oft ein. Dabei kam es oft vor, das nur noch die Deichsel zu sehen war und alle Menschen und Pferde ertranken. Jeden Moment dachten wir, wir sind die Nächsten und somit unser Schicksal besiegelt.

Gelegentlich waren Soldaten postiert, die dann einen anderen Weg zeigten. Mit viel Glück erreichten wir dann die Frische Nehrung und hatten wenigstens Land unter den Füßen. Dort ging es dann zu Fuß neben dem Wagen weiter zu der Stelle, wo uns die Schiffe aufnehmen sollten. Das Ziel erschien uns wie der Himmel, aber der Weg dorthin war weit, weit und qualvoll.

So wurde nachts der Schnee weggekehrt, um schlafen zu können.

Meine Mutter hatte einen langen Pelzmantel an, den sie aufknöpfte und unter jede Hälfte ein Kind nahm. Viele Menschen waren früh erfroren. Sie mussten so liegen bleiben, denn keiner konnte sie ohne Spaten in der tiefgefrorenen Erde begraben.

Unser weiterer Weg war von umgekippten Pferdewagen, Leichen, Jammern, Schreien und Furcht gezeichnet. Renate war die Unterlippe aufgeplatzt. Sauberer Schnee war keiner zu finden. Blut und Kot lag nur überall. Eines Tages nahm ein Treckwagen die Kinder und die Mutter mit. Der Mann konnte die Pferde nicht mehr halten. So nahm mein Mann die Leine, wir beide gingen daneben mit. Immer wieder musste der Treck stoppen, wenn ein Granattrichter das Weiterfahren unmöglich machte. Da musste meine Mutter vom Wagen runter, ich ging mit ihr ins Gebüsch. Danach wollte sie nicht mehr mitkommen. Sie sagte: „Lass mich doch hier, ich will und kann nicht mehr. Du musst zu deinen Kindern gehen." Da stand ich sehr verzweifelt da, der Treck fuhr schon wieder weiter, und ich lief zum Wagen. Da sagte mein Mann: „Wir können Mutter hier nicht allein lassen. Wenn wir Herrmann treffen (mein Bruder), müssen wir ihm doch sagen, wo sie ist." Nun lief ich zurück, da kam sie mir langsam entgegen. Zum Glück musste der Wagen wieder einmal wegen eines Loches halten, so fanden wir die Unsrigen. Ich war so fertig, das ich auch ein Stückchen auf den Wagen kroch. Wir hätten ja alle Platz gehabt, aber viele dachten doch, es geht wieder nach Hause, und hatten viel von ihrem Hab und Gut aufgeladen, manche sogar ihre Matratzen. Wenn dann wieder mal so ein tiefer Trichter kam, haben sie die Matratzen, auch Sachen, hineingeworfen um mit dem Wagen da durchzufahren.

Eine andere Schreckensstunde war, als die Wagen wieder einmal vor so einem riesigen Granatloch standen. Wie sollte es nun weiter gehen? Da kamen Leute von vorn und sagten: „Ein Stückchen im Wald ist ein Forsthaus, dort gibt es Wasser." Für uns das Wertvollste, was es gab. Da ja der Treck nach unserer Meinung wegen des Riesenloches stehen bleiben musste, gingen Werner und ich mit einem Eimer los, fanden wirklich Wasser, tranken erstmal soviel wie wir konnten, eine Kuh hätte nicht mehr geschafft, das Gesicht gewaschen und mit dem Eimer voll zurück. Aber oh Schreck, der Treck war umgeleitet. Da standen wir vor dem Loch mit vielen anderen. Kinder suchten nach der Mutter und Mütter nach den Kindern. Es war sehr schrecklich. Wir beide liefen nun halb verzweifelt unseren Wagen suchen und hatten wieder Glück, denn wir fanden ihn und brachten einen Eimer Wasser mit. Alle tranken sich satt. Dann ging es zu Fuß weiter, denn der Wagen war angebrochen. Aber wir hatten ja ein Ziel – Schiff und damit unsere Rettung – so dachten wir.

Aber eines Tages war Werner fertig, er wollte nicht mehr, setzte sich auf einen Baumstamm und sagte: „Lasst mich doch hier – ich bin euch nicht böse." Da musste mein Mann energisch werden. Nahm ihm die Last ab, die er trug, er schleppte sich nur noch. Auch seinen Ranzen ließ er freiwillig dort liegen und kam langsam mit. Ich lief noch mal zurück, denn ich hatte zwischen die Bücher Fotos gelegt, welche ich wahllos entnahm.

An diese Tage über das Haff und auf der Nehrung erinnert mich das folgende Gedicht so sehr.

Zur Nacht sind wir aufgebrochen.
Beim Nachbarn hat's schon gebrannt.
Die Panzer kamen gekrochen.
Wir sind ums Leben gerannt.

Die Männer, die Buben erschossen.
Die Frauen – wer redet es aus?
Umsonst alle Tränen geflossen –
Würgengel Mongolenfaust!

Wir sind übers Haff gefahren.
Bei Tauwetter übers Eis.
Die Wagen, die Pferde waren
Wir selber vom Schneesturm weiß.

Wie viele im Wasser versunken!
Die Tiefe gibt keinen mehr her.
Wir haben Schmelzwasser getrunken.
Wir froren und hungerten sehr.

Gepfercht dann in Kolbergs Gassen!
Die Russen schossen hinein.
Mein Gott, Du hast uns verlassen!
Unsere Herzen wurden zu Stein.

Wir suchten zu Schiff zu entkommen.
Auf hoher See torpediert.

Ein Prahm* hat uns übernommen.
Der Prahm wurde bombardiert.

Wir sind in der See getrieben.
Bei zwanzig Grad Kälte und Wind.
Wo ist meine Schwester geblieben?
Die Mutter? Mein Mann? Und mein Kind?

** ostpreußisch für Fracht/Transportkahn mit vier Ecken*

Wir wurden an Land gespieen.
Wir lagen dort kalt und erstarrt.
Wir haben um Hilfe geschrien –
Die Herzen der Menschen sind hart.

Wir können es nicht erzählen,
die anderen glauben es nicht.
Wir müssen uns einsam quälen.
Wann kommt das große Gericht?

Jugend vergiß das nicht!

Nach unsagbaren Strapazen erreichten wir eines Tages Kolberg (heute polnisch *Kolobrzeg*) und die Ostsee und die Schiffe, die uns weiter in Richtung Westen bringen sollten. Tausende von Menschen hatten den gleichen Wunsch, aber kein Schiff nahm uns mit. Am Strand lagen Berge von SA-Uniformen, die waren dort, ohne „Heil Hitler" zu rufen – eben in eine andere Haut geschlüpft. Dabei war auch unser Lehrer Karl Tiedke. Er war in Mauenfelde Ortsgruppenleiter und erlaubte nicht, dass wir damals früher raus durften. Er sagte ganz erstaunt zu meiner Mutter: „Sie sind schon hier?" Er gab ihr noch die Hand. Ich weiß es noch, er hatte schwarze Fingerhandschuhe an, aber die Finger steckten raus, so kaputt waren sie. Er ist auch bis in den Westen gekommen.

Nach mühevollem Warten kamen wir dann endlich noch auf ein Schiff bis Danzig (heute polnisch *Gdansk*). Es war wie bei einem Roulettspiel, da es sich vor dem Betreten des Schiffes herumgesprochen hatte, dass mindestens drei von fünf Schiffen auf Minen stoßen. Dieser Gefahr sah jeder ins Auge, aber es war immer noch besser als den Russen in die Hände zu fallen. Aber wir erlebten die glückliche Landung. Hier lebten wir einige Wochen recht friedlich bei einem Herrn Petersen in einer schönen Villa. Der feine Herr hatte aus Sicherheitsgründen seine Familie in Richtung Westen gebracht. In Danzig gab man uns auch das Gefühl, dass uns der Russe hier nicht einnehmen würde und die Verpflegung für die nächsten zwei Jahre reicht.

Doch mit des Geschickes Mächten ist kein ewiger Bund zu flechten, und das Unglück schreitet schnell. Die Front kam näher. Danzig wurde beschossen, und wir mussten nachts in den Keller. Früh waren die Straßen nicht wiederzuerkennen. Danzig hat schmale Straßen, wenn ein Haus getroffen war, stürzte es über die Straße und riss die andere Seite mit.

Am Tage gingen wir nach oben und suchten dann aus den zerschossenen Geschäften etwas zu essen. Die Fliegerangriffe kamen immer öfter. Dann setzte die Stalinorgel ein, das kann kein Mensch vergessen. Ebenso die Stimme, die eines Nachts runterdröhnte: „Mann, alle raus." Es gab nun kein Fortlaufen mehr, im Nu waren sie unten. „Uhris" waren die ersten Worte. Uhr und Ringe waren wir gleich los. Das nächste Wort „Frau komm". Der Schrecken des Schreckens, schlimmer als die Tiere, was das bedeutet, kann der Leser sich denken. Nun kam uns die Gewissheit, wir sind den Russen ausgeliefert, und auf Gnade ist nicht zu rechnen. Somit hatte die Flucht vor den Russen ihr vorläufiges Ende, noch einige Zeit vor dem Ende des zweiten Weltkrieges, gefunden, und alles bisher Erlebte war ja nur der Anfang. Aber was ein Mensch alles aushalten kann, haben wir erlebt und mit uns die unschuldigen Kinder.

In der nächsten Zeit hatten wir uns eine Unterkunft gesucht. Viele waren ja noch beizeiten geflüchtet. Dort lernte ich zwei deutsche Mädchen kennen, die in einem Casino bei den Russen arbeiteten. Sie sagten mir, ich soll dort arbeiten kommen – sauber machen. Nun suchte ich noch eine Frau, alleine hatte ich Angst. Wir machten unsere Arbeit, und dafür gaben uns die Mädchen die Reste von den Tellern – was die Russen nicht aufaßen. Sie kratzten alles zusammen und gaben es uns heimlich mit. So hatten wir für unsere Kinder etwas zu essen.

Abends war Werner oft entgegengekommen. Er hatte sich in einem umgekippten Panzer, der am Wege lag, versteckt. Er sagte: „Ich habe heute Abend gebetet, die Russen sollten doch viel auf ihren Tellern liegen lassen." Zu hungern tut weh, aber Ekel konnte man sich nicht leisten. Die Männer durften sich nicht auf der Straße sehen lassen, weil sie dann verschleppt wurden.

So lebten wir nach der Kapitulation, noch bis Ende Mai 1945, in Danzig. Dann hieß es alle können heim – wieder nach Hause. Es wird alles so wie früher. Welcher Ostpreuße konnte damals dem Ruf zurück in die Heimat widerstehen? Nach der heutigen Sicht war es sicherlich die falsche Himmelsrichtung, die wir einschlugen. Der Weg in Richtung Westen hätte mir und meiner Familie viel, viel Leid erspart.

Heimkehr

Über das folgende Kapitel möchte ich an den Anfang das folgende mündlich überlieferte Gedicht stellen.

In meine Heimat kam ich wieder –
es war die alte Heimat noch,
dieselbe Luft, dieselben frohen Lieder,
und alles ist ein Andres doch.

Die Wellen rauschten wie einst vor Zeiten,
im Walde sprang wie einst das Reh,
von ferne hört ich Heimatglocken läuten,
die Berge glänzten aus dem Schnee.

Am Waldesrande steht eine Hütte
die Mutter ging dort ein und aus,

jetzt schauen fremde Leute aus dem Fenster –
es war einmal mein Elternhaus!

Es war ein sehr sehr weiter Weg von Danzig nach Mauenfelde. Ich glaube, wir sind vierzehn Tage zirka 200 Kilometer gegangen oder mehr, eine Zeitrechnung hatten wir ja nicht. Für Renate fanden wir einen kleinen Sportwagen. Er hatte nur drei Räder, aber sie wurde gefahren. Tragen konnte ich sie nicht mehr, hatte ja auch meine kranke Mutter am Arm. Nachts versteckten wir uns in Ruinen. Aber es war nicht mehr Winter, und es ging der Heimat zu. Aber wie groß war die Enttäuschung. Wir kamen die Straße von Melchersdorf (heute russisch *Iljuschino*) gegangen und sahen von weitem nur Ruinen. Mein Mann sagte, es hat sich nicht gelohnt der weite Weg – aber ein Wunder, unser Haus stand und sogar in gutem Zustand, nur Stall und Scheune waren abgebrannt. im Haus stand nichts mehr, nur ein gelber Kleiderschrank. aber was sollten wir reinhängen? Hatten nur das, was wir auf dem Leib trugen, und das hielt Jahre lang.

Ja es gab noch Wunder

Nun dachten wir, es kommen nun alle noch lebenden Mauenfelder wieder, und das Leben muss weitergehen. Als nächstes kam Frau Strasser mit zwei Kindern und Familie Gustaf Zwingenberg mit zwei Kindern. Wir suchten nun aus anderen Häusern so was wie Bettstellen zusammen und fanden auch etwas zum Zudecken. Es war ja alles ausgeplündert. In manchen Kellern lagen noch Kartoffeln. Wir fingen an, ein Stück Garten umzugraben und pflanzten Kartoffeln. Auch Zuckerrüben fanden wir, so kochte ich für alle Sirup.

Eines Tages kam noch unser Nachbar Otto Grischkat. Die Uniform hing ihm in Lumpen am Leib. An den Füßen trug er Holzklumpen, und er hatte einen leeren Brotbeutel umhängen.

Er war aus einem Lager geflohen – wochenlang unterwegs. Dieses blieb die ganze Einwohnerzahl von Mauenfelde.

Aber wir hatten Kartoffeln, ein Dach über dem Kopf, und aus der Mühle fegten wir uns Mehl zusammen, so konnten wir uns sogar Suppe kochen. Wir lebten für uns und warteten auf die anderen. Wo mochten sie sein? In der Natur fing es an zu grünen und blühen, also musste es Frühling sein.

Noch ein Wunder zu unserer Heimkehr. An unser Haus zur Gartenseite war eine große Glasveranda angebaut, die stand früher bei Schweichler, das war unser Nachbar. Unsere Gehöfte waren nur durch einen Gartenzaun getrennt. Wie sie die rübergebracht haben, weiß ich nicht.

In unserem Haus soll die Kommandantur gewesen sein, deshalb war es auch so gut erhalten. Aber was hat es uns genutzt, unser Bleiben war ja nicht lange, und auf der Haustürschwelle lag ein Kuhschädel. Die Bauern hatten doch alle Tiere losgebunden, sehr viel Futter von oben auf die Scheune und Schuppen geworfen, die Türen auf, so hatten sie vorläufig zu fressen.

Meine Schwägerin hatte eine Stute vor ihren Fluchtwagen angespannt, aber das kleine Fohlen blieb doch nicht alleine. Es kam ihrem Wagen nachgelaufen. Dreimal hat es die Schwester zurückgejagt, es störte ja das Fortkommen der Wagen, dann hat es sich bestimmt verlaufen und ist verhungert und erfroren. Eine traurige Geschichte.

Hinter unserer Scheune, die aber abgebrannt war, war ein Roßgarten. Darin stand eine kleine Feldschmiede, und darin fanden wir einen toten Soldaten. Wir gruben ihm ein Grab und haben es bis oben hin mit Flieder gefüllt, er blühte so schön. Die Männer trugen ihn auf zwei Spaten, anfassen konnten sie ihn nicht mehr, denn er war schon zu sehr verwest. Meine Mutter hat das Vaterunser gebetet, und ich sagte ein Gedicht.

Draußen auf freiem Feld unter dem Rasen
schlummert ein junger Held einsam verlassen.
Schlicht Kreuz aus Birkenstamm leuchtet ins Weite
still träumend hängen dran Speere und Scheide.
Grüßt sie der Abendwind seltsames Läuten
Mutter Dich grüßt Dein Kind mag es bedeuten.

Mütterchen sitzt daheim klagt nicht trotz Sorgen
wo mag mein Bub jetzt sein schreibt vielleicht morgen.
Tag ach auf Tag verrinnt gar viel sind vergangen
werd ich mein einziges Kind je wieder umfangen.

Hoffe er kommt nach Haus mich zu beglücken
will dann das ganze Haus festlich ihm schmücken.
Mütterchen ach Dein Held ruht unter dem Rasen
längst schon auf fremdem Feld einsam verlassen.

Den Händen nach zu schließen war er noch sehr sehr jung, sie waren so klein.

Doch auch diese Bleibe war nicht von Dauer. Eines Tages hatten uns Russen entdeckt. Sie trieben uns zusammen und jagten uns nach Wilhelmshof (heute russisch *Marteonowka*). Auf dem Herd kochte unsere Suppe, wir konnten sie nicht mehr essen. So hatten wir das Zuhause zum zweiten Mal verloren. Aller Anfang war schwer, aber aus dem Neubeginn schöpft der Mensch Hoffnung und wir hätten es geschafft, aber es sollte nicht sein.

In Wilhelmshof hatten die Russen inzwischen auch aus anderen Dörfern Deutsche zusammengetrieben. Auf diesem Gut, die Russen nennen es Kolchose, mussten die Deutschen unter Aufsicht der Russen alle anfallenden Feldarbeiten verrichten. Hier fanden wir Betty Neumann mit ihrer kleinen Schwester Evi. Ihre Eltern und ihre große Schwester wurden vor ihren Augen von den Russen erschossen. Dann Frau Krüger, beide aus

Mauenfelde. Frau Krüger hatte ihre zwei kleinen Kinder schon vor der Flucht zu Verwandten geschickt. Ihr größter Sohn war bei ihr, hatte aber eine Handgranate aufgehoben, diese explodierte. Er hat noch drei Tage gelebt. Nun hat sie sich an uns geklammert. Ihr habe ich es zu verdanken, dass meine Kinder nicht verhungert sind. Sie hat keinen Happen gegessen, ohne zu teilen. Sie konnte auch etwas Russisch verstehen und arbeitete in der Küche. Die Köchin war nicht deutschfeindlich, da fiel dann manches für uns ab. Wir anderen mussten schwer auf dem Feld arbeiten.

Sehr oft kamen Plünderer ins Dorf und holten aus den noch stehenden Häusern alles raus, um es zum Bahnhof zu schaffen, der war nicht weit. Nun fand sich eines Tages Opa Bork ein, das war der Schwiegervater meiner Schwester. Der musste mit zum Bahnhof Nähmaschinen verladen, die die Russen zusammengesucht hatten. Er hat uns dann erzählt, die Männer haben aus allen Maschinen die Schiffchen herausgenommen und alle in den nahen Bach geworfen. Fein gemacht!! Alles war nun für die Russen nutzlos.

Nun noch eine andere Episode aus Wilhelmshof:
Es war ein großes Gut und auch sehr wenig zerstört. Der Besitzer war adlig, ein Herr „von", dieser musste nun auch auf dem Feld mitarbeiten. Früher hat er gefangene Russen beschäftigt, die er sehr schlecht behandelt hat. Zu unserem Bauern Lehwald hatte er gesagt: „Sie geben ihren Russen Butter aufs Brot, die können auch mit trockenem Brot arbeiten."

Eines Tages kamen zwei große Autos mit Russen auf den Hof. Die holten den Gutsbesitzer vom Feld und hingen ihn an der großen Linde vor seinem Haus auf. Dann stürmten sie in den Keller, dies war ein langes Gewölbe, brachen eine Wand auf und holten viel, sehr viel raus. Sie luden alles auf die Autos. Hier hatte der Herr viel versteckt. Wäre dann alles vorbei gewesen, hätte er sehr lange etwas zum Leben gehabt. Fremde sahen nicht, dass der Keller dort noch nicht zu Ende war, sondern nur zugemauert. Aber diese Arbeit hat der Herr von den Russen machen lassen, so dass sie von dem Versteck wussten und nun alles wegholten. Sein Tod war ihre Rache.

Später wurden wir weiter getrieben bis nach Neuendorf (heute russisch *Novoselki*)) bei Gerdauen. Dort lebten noch mehr Flüchtlinge, auch mehr Russen. Gelebt haben wir von dem, was wir uns klauen konnten. Eine Kartoffel war mehr wert als heute ein Ei. Ich habe oft gesagt, hätte ich doch wenigstens das, was zu Hause meine Schweine fraßen. Aber es war Sommer, und Brennesseln wuchsen viele. Hier wurden meine Kinder und meine Mutter krank. Sie bekamen die sibirische Krätze. Die Köpfe der Kinder waren wie ein Stahlhelm, kein Haar zu sehen. Werner hatte es am ganzen Körper, es hat sehr, sehr gejuckt, aber kratzen sollte er nicht, weil es dann blutete. Wir legten ihn auf eine Decke, den einen Arm angewinkelt, dann den zweiten Arm angewinkelt. Er konnte sich nicht rühren, wie eine Mumie. Ach es war sehr traurig, er hat immer laut gebetet. Wir dachten er dreht durch, aber es heilte ab.

Warum musste ein unschuldiges Kind so leiden?

Bei Renate ging es so. Frau Krüger sagte, alle haben wir Läuse, nur Renatchen nicht. Eines Tages hatte sie Renate auf dem Schoß, da sah sie, wie am Hinterkopf ein Stück von dem Panzer abgeplatzt ist. Sie nimmt es ab, da sind darunter alles Läuse. Nun haben wir jeden Tag ein kleines Stückchen abgeweicht, bis der ganze Kopf kahl war. Sie hatte buchstäblich einen Totenschädel. Nun verschwanden die Läuse, und sie trug lange ein kleines Tuch am Kopf. Meine Mutter hatte es am Bauch, er war dick aufgedunsen und mit großen blauen Beulen bedeckt. Essen wollte sie auch nicht mehr. Eines Tages kam Frau Krüger mit zwei toten Vögeln. Sie sagte, nun koche sie für Oma eine feine Brühe, dann wird sie wieder zu Kräften kommen. Sie hat sie nicht mehr getrunken, sie war eingeschlafen.

Was mich etwas beruhigte, die Männer durften einen Sarg bauen. Auf dem Hof wohnte ein Herr Hermann, der konnte russisch sprechen, war oft für die Russen ein Dolmetscher. Er verstand sich ganz gut mit den Russen und legte ein gutes Wort für uns ein. So bekam Mutter ihren Sarg, wenn auch nur von rohen Brettern gemacht. Sie kam auch auf den Friedhof.

Später, als viele starben, wurden die Leichen nur in Matten gewickelt. Solche wie sie die Gärtner auf die Frühbeete legten. Oft blieb der Kopf oder die Füße draußen, wenn sie groß waren. Sie kamen auch nicht mehr auf den Friedhof, sondern nur in den tiefen Graben, den die Soldaten um das Dorf gegraben hatten.

Aber Mutter lag noch auf dem Friedhof. Er lag mitten im Feld auf einer Anhöhe. Wenn wir nun in der Nähe Kartoffeln oder Gemüse harken mussten, und war der Posten nur mal fortgegangen, lief ich schnell hin. Ich hatte das Grab mit Vergissmeinnicht und mit wilden Stiefmütterchen bepflanzt. Die Blumen blühten überall, wie zu Hause in guten Zeiten. So war das Leben einer wohlhabenden Bäuerin zu Ende gegangen. So hatte sie zumindestens nach der furchtbaren Flucht aus der Heimat, der qualvollen Rückkehr in die Heimat und nachdem ihr der anhaltende Hunger die Kraft zum Weiterleben nahm, den ewigen Frieden in ihrer geliebten Heimat gefunden.

Es war im Frühjahr 1946, einige Tage nach Muttertag, und es sollte ihr viel Leid und Elend erspart geblieben sein.

Hier will ich noch schildern, wie die Familie Neumann umgekommen ist. Es war unsere Nachbarfamilie aus Mauenfelde. Ein Sohn war schon, als wir noch zu Hause waren, gefallen, und mit drei Mädchen begaben sie sich auf die Flucht mit Pferdewagen. Als eines Tages die Geschosse immer näher kamen, gingen sie von dem Wagen auf ein Feld. Dort waren „Mieten“, das waren hohe Erdhaufen. Darunter waren Kartoffeln, die im Keller keinen Platz mehr hatten, sie erfroren hier unter der hohen Erdschicht nicht. Hinter so einer Miete versteckten sich alle. Dann schossen auch hier die Maschinenpistolen. Da sagte der Vater: „Wir gehen schnell weiter. Dort ist eine nächste." Aber die Kugeln haben sicher so gepeitscht. Als erste kam die Mutter vor, sie war sofort tot. Als zweite kam Betty, sie traf ein Schuss in den Arm. Danach kam Hilla, die traf die Kugel ins Bein, sie zog noch die kleine Evchen nach, diese traf eine Kugel noch hinten in den Mantel, den Vater als letzten nichts. Da Hilla mit dem Beinschuss nicht gehen konnte, sagte der Vater: „Ich gehe ins Dorf und suche einen Schlitten." Aber er kam nicht wieder, sicher ist auch er umgekommen. Nun war Betty allein, sie konnte die fußkranke Schwester ja nicht tragen, nur die Angst trieb sie mit der kleinen Schwester weiter. Aber sie sagt, das Schreien von der kleineren Schwester Hilla, „Lass mich nicht allein", kann ich mein taglang nicht vergessen.

Vielleicht liest sie mal das Buch. Ich glaube, sie wohnt bei Berlin. Es war eine wunderbare Familie. Ich weiß noch, nachdem der Sohn Erwin gefallen war, traf ich Frau Neumann in unserem ‚Krug" beim Einkauf. Da sagte Frau Schweichler zu ihr als Trost: „Frau Neumann, sie haben ja noch mehr Kinder." Frau Neurnann sagte: „ Schneiden Sie sich einen Finger ab. Tut dies nicht auch weh."

In Neuendorf bei Gerdauen blieben wir auch nicht mehr lange, und wir wurden wieder weiter getrieben. Wir kamen nach Kordmedien. Auf der Kolchose mussten wir wieder unter Aufsicht der Russen auf dem Feld arbeiten. Dafür bekamen wir soviel, dass es zum Leben nicht reichte. Zwei Schnitten Brot am Tag, die wurden früh in kleine Stückchen geschnitten und mit den Kindern geteilt. Werner aß den Happen immer gleich auf. Er sagte dann: „Nun stehe ich nicht auf, ich habe doch nichts mehr, worauf ich mich freuen kann."

Aber dann kam doch noch das Glück zu uns. Mein Mann und Frau Krüger mussten im Pferdestall arbeiten. Die Pferde wurden gut versorgt, in die Krippe kam Häcksel, dann gab der Posten ein Schälchen Hafer raus. Der wurde aber nur in eine Ecke gekippt, nicht gleich untergemischt. Erst wenn der Posten raus ging, wurde eine Handvoll Hafer in die Tasche gesteckt. Diesen haben wir mit Wasser weichgekocht. Wir hatten von irgendwo einen Fleischwolf gefunden. Der gekochte Hafer wurde durchgedreht und das Ganze zur Suppe gekocht. Sie war kräftig, wenn nur nicht so viel Schlauben wären drin gewesen, aber ein Sieb konnten wir nicht finden.

Es war für uns ein Glück, dass die Pferde eine Krankheit bekamen, Blutkrankheit wurde gesagt. Wenn ein Mensch den Hungertod gestorben war, kümmerte sich kein Mensch um ihn. Anders bei dem Tod eines Pferdes. Wenn ein Pferd im Stall tot war, wurde es aufs Feld geschleppt und wir alle hinterher. Es blieb nur das Fell und die Hufe liegen. Da meine beiden Stallarbeiter schon am Abend wussten, wenn in der Nacht ein Pferd krepiert, waren wir natürlich am Morgen die Ersten auf dem „Schlachthof" und kamen somit zu den besten Stücken. Ach war das schön, einmal satt zu sein, das kann nur der verstehen, der den Hunger kennt. Wir waren glücklicher als heute jemand zu Weihnachten beim festlichen Essen der Weihnachtsgans. Aber auch das war nicht von langer Dauer, obwohl die Pferde weiter krepierten. Da wir das Fleisch ohne Brot, ohne Kartoffeln, ohne Salz essen mussten, ja vielleicht auch zu viel aßen, wurden viele krank. Nun hatten die Russen um uns billige Arbeiter Angst und begossen die toten Pferde mit Lisol. Nun konnten wir sie nicht mehr essen. Manche kochten sie doch noch, aber es stank beim Kochen entsetzlich. Hier starben auch viele, besonders alte Leute und Kinder. Die Kinder waren nur Haut und Knochen und hatten einen sehr, sehr dicken Bauch. Neben dem ständigen Hunger, den unzumutbaren Unterkünften plagten uns auch noch Läuse, Flöhe und Ratten. Es gab sie in unglaublichen Mengen.

An dieser Stelle fällt mir noch etwas zum Klauen von Kartoffeln ein. Wie ich schon einmal sagte, war damals eine Kartoffel mehr wert als heute ein Ei, aber wie kam man dazu. Wir wurden ja auf dem Heimweg vom Posten durchsucht, so wie es heute der Zoll macht auf der Suche nach Rauschgift.

Mein Mann war einmal eine Zeit lang bei einem Hauptmann als Schneider, in dieser Zeit hatte er mir von einem Zuckersack eine Hose genäht, welche für die viele und dreckige Arbeit sehr praktisch war. Ich hatte sie unten zugebunden und am Saum etliche kleine Kartoffeln versteckt. So kam ich oft durch. Andre hatten auf den Zinken der Kartoffelforke Kartoffeln aufgespickt. Wenn der Posten kam, trugen sie die Forke wie der Soldat auf der Schulter, und beim Weitergehen wurde die Forke nach unten gehalten. Auf drei Zinken, so viel hat eine Kartoffelforke, gingen schon viele darauf.

Wenn wir abends in unsere Bude kamen, waren die nackten Beine im Nu schwarz. Da hatten wir uns eine Schüssel mit Wasser hingestellt, setzten den Fuß rein und strichen mit der Hand die Flöhe runter. Das Wasser war dann schwarz, aber die Luder tot.

Dann wurde die Besatzung gewechselt. Die Russen, die jetzt kamen, waren fast unmenschlich. Vielleicht hatten sie auch den Befehl bekommen, uns noch mehr zu quälen. Es war nun Winter geworden und auf dem Feld keine Arbeit mehr. Wir Frauen mussten nun aus den noch stehenden Ställen den festen Mist losmachen und in Körben, Schüsseln oder Eimern, was gerade jeder fand, weit, weit aufs Feld tragen. Wir gingen in einer Reihe hintereinander, aber auf dem Rückweg war der schmale Pfad wieder zugeschneit. Viele hatten die Füße nur mit Lappen bewickelt. Manche waren die buchstäblich wandelnden Leichen. Einmal fehlten am Nachmittag zwei Frauen. Der Posten schickte welche hin, sie holen. Da lagen sie tot auf ihren Strohlagern, aber sie rührten sich noch. Als man genau hinsah, waren es die Läuse, die die ganze Haut benetzten und sie bewegten. Das was wir in tagelanger Arbeit raustrugen, hätte ein Pferdefuhrwerk auf einmal geschafft. Aber die Pferde wurden geschont.

Dann mussten wir auch tagelang aus dem zugefrorenen Fluss große Eisbrocken raushacken und die auf einen großen Berg aufschütten. Im Frühjahr floss das Wasser runter. Als Zuteilung gab es jetzt auch noch Kohlrüben (Wruken, aber die waren im Keller erfroren). Sie stanken beim Kochen schrecklich. Aber es kam doch etwas in den Magen. Da sagte Werner, wenn wir nochmal nach Hause kommen, kochen wir keine Wruken mehr. Ich habe es auch nicht getan.

Zum Heizen nahmen wir und die Russen die Bretter und Balken der noch stehenden Scheunen. Es wurde solange abgeschlagen, bis sie dann zusammenfielen. Als es wieder Frühjahr wurde, ging es dann etwas besser. Wenn wir beim Gemüseharken in dem Unkraut Frösche fanden, wurden sie mit der Harke totgeschlagen und zu Hause auf der Herdplatte gebacken. Pfanne und Fett gab es nicht. Dann haben wir aus dem Fluss Schnecken gefischt, die Muscheln mit kochendem Wasser begossen, so dass sie rauskrochen. Danach wurden sie mit dem Fleischwolf zermahlen und von dem Teig Plinsen auf der Herdplatte gebacken. Diese schmeckten sehr gut.

Nun hörten wir, dass wieder ein Transport Flüchtlinge rauskommt. Bei diesem war meine liebe Schwägerin Gertrud Greneberg mit drei Kindern dabei. Das vierte war schon verhungert, wie sollte es eine Frau auch schaffen für vier Kinder Essen zu besorgen. Bei uns war noch Platz, so kam sie in unsere Stube. Sie war auch am 21. Januar mit dem Pferdewagen, ihren vier Kindern und ihrer Schwester von Melchersdorf geflohen. Kamen aber nur bis Landsberg (heute polnisch *Gorowo Ilaweckie*), dort hat der Russe sie eingeholt. Die Schwester wurde gleich verschleppt und hat bis Kriegsende in Sibirien gehaust. Dort sind etliche bekannte Bauern erschossen worden. Herr Cenia und Herr Czengel, sie hatten sich gesträubt, dass die Russen ihre Frauen oder die große Tochter vom Wagen holten.

Die Schwägerin musste auch im Pferdestall arbeiten, so hatten die Kinder auch die schöne Hafersuppe. Vielleicht war es gut, dass die Schlauben drin waren, sonst hätte man das Kauen verlernt.

So kamen eines Tages Gerüchte auf, dass viele Flüchtlinge nach Litauen fahren, um dort zu betteln. Besonders hungernde Kinder bekamen aus Mitleid viel. Nun machte sich auch Werner eines Tages auf den Weg, welcher aber für ein Kind sehr beschwerlich war. Schon der Weg zum Bahnhof nach Gerdauen, ich glaube es waren 15 bis 20 Kilometer zu Fuß zu gehen, dann die Angst im Zug, er hatte ja kein Geld, keine Fahrkarte. Aber er hatte immer Glück, brachte dann Brot, Mehl und manchmal auch Eier mit. So hat er uns geholfen, eine Zeit lang zu überleben. Manchmal blieb er auch länger beim Bauern, hüten. Mein Mann wurde auch immer schwächer, und es ging ihm nicht gut. Darauf fuhr er einmal mit Werner mit, hat dort bei einem Bauern genäht und bekam sein Essen dafür. Nur Werner kam ab und zu, um für uns etwas Essen zu bringen. Bis dann immer mehr, aber noch leise durchdrang, wir kommen „Heim ins Reich" hieß es. Da sollte er den Vater mitbringen. Wir wollten doch zusammenbleiben. Meine Schwägerin war auch mit ihren Kindern nach Litauen gefahren, aber wir konnten sie nicht benachrichtigen, da wir nicht wussten, wo sie war. Aber es wurde aus einer Ausreise nichts. Übrigens wurde uns hier erzählt, wir wollten nicht raus. Die Sache war aber so.

Wir bekamen oft ein Schriftstück, für uns unleserlich in russisch, das sollten wir unterschreiben. Uns wurde gesagt, dass wir Produkte also Brot und Wruken, bekommen. Natürlich unterschrieb jeder, in Wirklichkeit stand aber drin, der Russe sollte uns ausliefern und mit unserer Unterschrift bestätigten wir, dass wir bleiben wollten. Wer konnte ahnen, dass wir dadurch unser Schicksal von Jahr zu Jahr verlängerten.

Doch die Hoffnung aller hier lebenden Ostpreußen war, von hier weg, in Richtung Westen zu kommen. Keiner wusste ja, was aus Deutschland nach Kriegsende geworden war. Und das große Ziel aller hieß – heim ins Reich. Die Sehnsucht auf dieses Ziel gab mir in dieser Verzweiflung Kraft und Lebensmut.

So war Werner doch wieder nach Litauen gefahren, hatte wieder seinen Rucksack voll und war auf dem Heimweg. Einmal hatte er Eier bekommen. Diese hatte er in das Mehl gesteckt, aber sie waren auch hier zerdrückt und ausgelaufen. Wir schütteten das klumpige Mehl auf den Tisch zum Trocknen, suchten die Eierschalen raus und freuten uns auf die schöne Suppe. Aber früh brauchten wir nichts mehr aufräumen, die Ratten hatten den Tisch leer gefressen, ach wie schade.

Ich schrieb schon von dem beschwerlichen Weg von Gerdauen bis Kordmedien. Der ostpreußische Winter war sehr kalt. Auf dem Heimweg trug Werner lange Hosen und Schuhe mit Holzsohlen. Die Straßen waren voller Schnee, da sie kaum befahren waren. Er erzählte dann, dass er kaum noch geglaubt hat, die Strecke zu schaffen. Als er endlich bei uns ankam, wollten wir ihm die Schuhe ausziehen, aber sie waren mit den Hosen zusammengefroren. Wir machten heißes Wasser und steckten seine Beine rein, damit die Sachen auseinandertauten. Da sagte er: „Ich fahre nicht mehr, ich will nun lieber verhungern." Als es aber etwas wärmer wurde, die Füße wieder heil waren, wollte er doch wieder fahren. Da sagte ich: „Diesmal komme ich aber mit."

Einmal und nicht wieder

Wir beide kamen bis zum Bahnhof. Obwohl wir kein Geld und keine Fahrkarte hatten, konnten wir im Zug sitzen. Bis

Tauroggen (heute litauisch *Taurage*) ging der Zug durch. Es wurden nicht wie bei uns die Stationen ausgerufen, sondern der Zug hielt ein Weilchen und fuhr dann weiter. So hatten die Kinder ausgezählt, beim fünften Mal halten aussteigen. Dies war die Stelle, wo sie sich auskannten. Ein Nicken – wir hatten uns verstanden und sind ausgestiegen. Aber was war das, kein Bahnhof, nur weites Feld. Werner meinte, wir wären zu früh ausgestiegen. Wir sprangen wieder auf, aber die Türen waren zu. Der Zug fuhr langsam an. Draußen auf dem Trittbrett hielten wir uns verkrampft am Griff fest. Der Zug fuhr schneller. Ich glaube, so gebetet habe ich noch nie im Leben. Nach einer Weile sagte ich: „Werner, ich kann nicht mehr." Er antwortete: „Wollen wir springen?" Sekunden später: „Ja, ich springe." Aber der Schnee lag dort so hoch, wir lagen tief drin. „Mutter lebst du?" hörte ich die ängstliche Stimme. Als wir uns gesammelt hatten und begriffen, was geschehen war, sind wir die Schienen lang gelaufen. Kein Haus, kein Mensch, aber in der Ferne hörten wir das Heulen der Wölfe. Aber wir kamen am Bahnhof an, ruhten uns etwas aus und fingen dann an zu betteln. Werner sollte sich satt essen, aber ich aß kaum etwas, wollte viel mit heimbringen. Aber es kam anders. Als wir am Tilsiter (heute russisch *Sowetsk*) Bahnhof ankamen, ging an diesem Tag kein Zug mehr nach Gerdauen. Auf dem Bahnhof sollte keiner bleiben, das haben uns schon viele gesagt. Dort wird man beklaut, hieß es. Nun aber wohin? Da kamen Leute, unter ihnen auch Deutsche. Wir sollten mitkommen zu ihnen, sie hätten genug Platz. Wir machten es. Müde, wie wir waren, schliefen wir auch bald auf dem Heulager ein. In die Rucksäcke steckte ich oben noch unsere Mützen und Handschuhe rein. Werner zog auch seine Schuhe aus. Ich behielt sie an. Ach hätte ich doch noch ein Stückchen Brot gegessen. Denn am Morgen, als wir aufwachten, war alles weg. Beide Rucksäcke, auch seine Schuhe. Was half nun alles Weinen. Die Leute sagten, die Russen hätten alles weggenommen. Als wir nun nicht fortgingen, obwohl unser Zug bald fuhr, doch Werner war ja auf Strümpfen, brachte jemand seine Schuhe. Also vielleicht machten sie es oft so und lebten davon.

Und so arm kamen wir zu Hause an. Wo sich die Daheimgebliebenen auf etwas zu essen freuten. Ja, wir waren noch ärmer, keine Mütze, keine Handschuhe, da wollte auch ich nicht mehr leben. Übrigens aus dieser Zeit hängt bei mir die Angst vor dem Zugfahren an. Kann es möglich sein, dass nach fast fünfzig Jahren beim Pfeifen der Lokomotive diese Bilder wieder vor meinen Augen entstehen? Werner ist danach nur noch einmal gefahren. Die großen Leute nahmen gern Kinder mit. Da hatten die Litauer mehr Mitleid. Der große Mann aus dem Nebenraum, er hieß Alfred Thiel, wollte Werner mitnehmen. Wie immer ohne Geld. Nun kam die Kontrolle. Werner ließen sie sitzen, doch Alfred schmissen sie raus. Als nun der Zug wieder anfuhr sprang er rauf, kam aber zu Fall, und der Zug fuhr ihm ein Bein ab. Die Russen brachten ihn in ein Lazarett nach Gerdauen. Als er dann nach langer Zeit nach Hause durfte, hat ihn seine Mutter und ihre Schwester abgeholt. Soll ich aber schreiben wie? Der Leser kennt bestimmt einen Ernteleiterwagen, worauf die Bauern im Sommer ihr Getreide reinbrachten. So ein Wagen stand auf dem Gutshof. Er bestand aus Vorderwagen und Hinterwagen, in der Mitte war er zusammengesteckt. Diesen haben sie auseinander geschraubt und mit dem Vorderwagen, welcher eine Deichsel hatte, haben sie den Invaliden abgeholt. Was mir dazu noch einfällt, er sagte oft: „Mir jucken die Zehen so sehr, aber mein Fuß ist doch weg." Von da an ist Werner nicht mehr gefahren.

Was ich hier geschrieben habe, ist nur ein Teil von dem, was wir erlebt haben. Im Hause lebte auch eine Frau mit einem kleinem Kind. Wir wussten ja bald nicht mehr, wie Milch aussah, ob schwarz oder weiß. Nun stand im Stall eine Stute, die ein Fohlen hatte. Da wagte auch die Mutter eines Tages, die Stute zu melken. Der Posten kam dazu, ich sage, die Russen waren keine Menschen. Er hat die Frau sofort gemeldet. Sie durfte nicht mehr zu ihrem Kind. Die Russen riefen nur immer Sibirien, Sibirien. Bald danach starb das Kind.

Wir haben immer wieder auf das Zeichen „Heim ins Reich" gewartet. Mit uns lebte ein taubstummer Mann – komisch, diese Worte konnte er sprechen.

Viele hatten die Hoffnung auf Befreiung aufgegeben. Sollte unser Schicksal besiegelt sein? Es gab aber noch einen Teil, die noch am Leben hingen. In diesem großen Gutshaus, wo wir alle lebten, war oben ein Zimmer. Es war unbewohnt, weil das Fenster und ein Teil der Wand ausgebrochen waren. Dort hatten wir uns von Brettern Bänke gebaut. Wir nannten es unseren Klubraum. Wir saßen dort abends oft zusammen und haben Heimatlieder gesungen, die Russen haben dann gesagt: „Die Nemskes schreien vor Hunger." Warum wir noch sangen, weiß ich heute nicht mehr. War es Verzweiflung, Hoffnung, Lebenserhaltungsdrang oder wollten wir vergessen, wo und wer wir sind? Die alten Leute kamen zuhören. Doch sie weinten dann.

Eines Tages, im September 1948, wurde es Wahrheit, es standen früh Lastautos vor dem Haus, und wir mussten alle rauf. Es ging zum Bahnhof nach Gerdauen, dort war nun das letzte Ausplündern. Es wurde ja doch ab und zu etwas gefunden bei dem Durchsuchen. Nun kam alles auf einen Haufen, der schon angezündet war. Meine Mutter hatte die ganze Zeit eine schwarze Tasche bei sich, es waren Bilder darin von uns Kindern und von meinen Schwestern Briefe, die sie zum letzten Muttertag bekommen hatte. Ja, das Herz hängt manchmal nicht an Reichtum. Nach Ihrem Tode hatte ich die Tasche an mich genommen. Als sie mich nun durchsuchten, kam auch diese Tasche mit auf den Haufen. Ganz schlimm waren sie auf Geschriebenes, „Dokumentes". Alles, alles wurde verbrannt. Wir kamen nun mit dem nackten Leben in den Güterzug. Aber wohin geht der Zug? Die Ungewissheit war groß bei allen. Fährt er nach dem Westen? Oder nach der anderen Seite nach Russland? Erst als wir über den polnischen Korridor waren, glaubten wir, das es nach Deutschland ging.

Ich glaube, wir sind vierzehn Tage gefahren. Wir lebten ja ohne Uhr und Kalender und wussten die Jahre nur nach den Jahreszeiten Frühjahr, Sommer, Herbst und Winter zu rechnen. Wenn die Strecke nicht frei war, kamen wir aufs tote Gleis. Wir bekamen auch jeden Tag etwas Brot vom Posten, nicht zum Sattwerden, aber wir verhungerten auch nicht. Aber was wir sahen, wunderte uns, Menschen normal angezogen, wir konnten uns das nicht vorstellen. Häuser standen noch, sogar mit deutscher Schrift an etlichen Stellen, aber lesen konnten wir es nicht. War denn hier kein Krieg gewesen? Unsere Endstation war Pirna, im Haus Sonnenstein wurden wir untergebracht. Dort wurden wir entlaust, wir mussten duschen und bekamen saubere Kleider. Unsere wurden alle verbrannt. Alle hatten durch den Schreck und die Angst ihre Regel verloren, so sagten uns die Ärzte, deshalb die Impfung. Aber war es nicht gut so? Wie hätten wir uns reinigen sollen. Nach drei Jahren wieder neu angezogen. Wir konnten es kaum glauben.

Nach ein paar Tagen und dem Quarantäneabschluss wurden wir dann weitergefahren. Wir kamen nach Sebnitz. In dem Kino auf dem Neidberg war Halt. Am nächsten Tag nahm die Polizei unsere Personalien auf. Wer Adressen angeben konnte, durfte weiterfahren. Nach ein paar Tagen wurde uns ein Quartier zugewiesen.

Carolastraße 21 sollte für vierzig Jahre mein neues Zuhause sein.

Die Heimkehr – Flüchtlingslied

Fern der Heimat irr' als Flüchtling
in der Fremde ich umher,
und die meisten meiner Lieben,
ach die find ich nimmermehr.
Dort, wo Kiefernwälder rauschen,
dort, ja dort bin ich zu Haus,
wo der Pregel leis sich schlängelt,
steht mein liebes Elternhaus.

Alle Lieben, die dort wohnten,
alle sind verstreut im Wind,
keiner weiß, wo sie geblieben;
ob sie noch am Leben sind.
Freudlos ist mein ganzes Leben,
seit ich in der Fremde bin,
keiner kann mich hier verstehen,
fühlen, dass ich Flüchtling bin.

Mürrisch morgens, mürrisch abends,
mürrisch jedes einzge Wort,
keiner mag den Flüchtling leiden,
jeder wünscht ihn wieder fort.
Wer die Heimat nicht verloren,
wem nicht selber Leid geschehn
kann das Leiden und die Sehnsucht
eines Flüchtlings nicht verstehn.

Ach, wie gern wär' ich geblieben
mit den Meinigen zu Haus,
hätte Ruhe, hätte Frieden,
braucht nicht in die Welt hinaus.

Doch das Schicksal wollt es anders,
irr' nun in der Welt umher,
finde meine teure Heimat
und die Lieben nimmermehr.
Herr Gott, der du bist im Himmel,
hör mein Bitten und mein Flehn.
Lass mich die geliebte Heimat
doch noch einmal wiedersehn.

Hier will ich noch die erste, sehr schwere Zeit des Einlebens schildern.

Zwei alte Damen, jede musste einen Raum abgeben, eine kleine Küche, ein Zimmer ohne Ofen. Gewiss hatten sie das nicht gerne gemacht. Sie hatten auch alles ausgeräumt und auf den Boden gestellt, obwohl der Bürgermeister gesagt hatte, die Leute haben nichts. Ja im Zimmer waren sogar die Steckdosen abgemacht. Aber am nächsten Tag sollten wir uns beim Bürgermeister melden. Wir bekamen für vier Personen drei Bettstellen, drei leere Strohsäcke, drei graue Decken, einen Tisch. So fingen wir unser neues Leben an. Am nächsten Tag gingen wir nach Schönbach. Da hatte ein Bauer den Auftrag, uns die Säcke mit Stroh zu stopfen. Jeder bekam zwanzig Mark und auch Lebensmittelkarten. Welch ein Reichtum! Ich weiß noch, von der ersten Tüte Zucker habe ich gleich einen Esslöffel gegessen. Nach drei Jahren das erste Süße. Gewaschen haben wir uns an der Gosse im Hausflur. Schüsseln hatten wir nicht, aber einen Kochtopf und vier Löffel. Teller gab es nicht.

Mein Mann bekam bald Arbeit in einer Schneiderfabrik. So hatten wir bald etwas selbstverdientes Geld. Aber wenn ich jetzt einkaufen ging, wohin mit den eingekauften Lebensmitteln. Ach, hätte es damals schon die schönen Plastetüten gegeben, die jetzt in die gelbe Tonne kommen. Ich trug alles im Arm und in den Händen. Später habe ich mir von einem Pappkarton eine

Tasche gemacht, mit buntem Stoff bezogen und Henkel daran. Ich fand sie sogar schön. Doch die Leute guckten uns nach. Sie wussten zwar, wir waren Flüchtlinge und waren wohl Deutsche, aber wir waren nicht anerkannt. Das tut weh. Hatten wir Schuld, dass wir so unter dem Krieg gelitten hatten und so arm geworden waren?

Nun sollten wir ab und zu beim Bürgermeister fragen, ob für uns Flüchtlinge etwas abgegeben wurde. Und eines Tages bekamen wir einen Stuhl. Ich sehe ihn noch wie heute. Die Lehne und der Sitz grüner Samt. Nun konnte Vater, wenn er müde heimkam, sich setzen. Wir saßen auf der Erde. Vom ersten Geld kauften wir eine Kartoffelharke und einen alten Leiterwagen. Ich zog nun früh los auf die Felder Kartoffeln stoppeln. Ich hatte sehr viel für den Winter zusammengestoppelt. Habe danach eine Menge Stubben gerodet. Woher ich die Kraft nahm, weiß ich heute nicht mehr. Sehr, sehr schwer war das Heimfahren. Immer bergan, oft kam Werner mich abholen, aber unsere Küche war immer schön warm.

Noch eine Geschichte zu dem grünen Stuhl. Es war Familie Hähnel aus Sebnitz, dieses Ehepaar hat uns sehr, sehr geholfen. Es entstand eine Freundschaft bis zu ihrem Tode. Und so kam nach und nach etwas zusammen. Wir hatten bald vier Teller, ja sogar eine Tischdecke und eine kleine Gardine. Im Nebenhaus wohnte eine Familie Grundmann. Die Frau sah einmal, wie Renate auf dem nackten Strohsack schlief. Ihre Kinder hießen auch Werner und Renate, so ein Zufall. Da kam sie eines Tages mit zwei Bettlaken und drei kleinen gestickten Kopfkissen. Der Höhepunkt war aber das erste Weihnachtsfest. Da hatte Frau Hähnel von Bekannten Federn zusammengekehrt und schenkte uns ein richtiges Deckbett mit Bezug. Das Glück darüber lässt sich nicht schildern. Nun schliefen die Kinder immer abwechselnd beim Vater.

Ich suchte mir im Frühjahr Arbeit in einer Gärtnerei. Bis ich dann eine schöne Stelle in einer Kinderkrippe fand. Dort blieb ich dann bis zu meinem Rentenalter. Die Kinder wurden groß. Werner hat sogar die fehlenden drei Jahre aufgeholt, machte sein Abitur und wollte studieren. Er sagte zu uns: „Ihr seht, man kann alles verlieren, aber mein Wissen kann mir keiner nehmen." Ja, er hatte das Leben kennengelernt.

Von Litauen kamen auch viel später noch Flüchtlinge raus. So auch meine Schwägerin mit ihren drei Kindern. Ich habe sie noch im Lager in Bischofswerda besucht, da wussten wir schon, wo mein Bruder war. Er wurde aus der Gefangenschaft entlassen und wohnte in der Nähe von Bremen. Sie konnte gleich zu ihm fahren. Aber wieviel Wolfskinder sind noch in Litauen geblieben?

Zu der Zeit, als ich noch mit meiner Schwägerin und ihren Kindern zusammen war, gab es auch etwas zum Schmunzeln. Wir hatten eines Tages ein paar Kartoffeln geklaut. Die wurden zum Abendbrot gekocht. Jeder bekam eine, aber die Kinder zwei. Da gab Irmgard, die größere Tochter, von Ihrer zweiten der Mutter etwas ab. Bernhard hingegen aß auch die zweite gierig auf. Da sagte Frau Krüger: „Bernhard, die Irmgard hat der Mutter ein Stückchen abgegeben," „Wenn sie so dumm ist", war daraufhin seine Antwort. Ob daher das Sprichwort kommt – jeder ist sich selbst der Nächste?

Und noch etwas

In Schönbach war ein kleines Sofa zu verkaufen. Da wir eine vierte Schlafstelle brauchten, holten wir es uns. Auf dem Heimweg lief Werner, wie Kinder sind, voraus. Er fand auf der Straße eine Semmel, nun lief er noch schneller und wirklich, er fand auch eine zweite. Es war kein Halten mehr, beim Weiterlaufen fand er eine dritte. Sicher hat ein Radfahrer auf der holprigen Straße sie verloren. Der Junge war über die Semmel so groß erfreut wie wir über das Sofa. Noch heute, wenn ich mal diese Strecke fahre, kommt das Bild in Erinnerung, und ich muss lächeln.

Ein Gedicht, ich kann es noch aus meiner Kindheit.

ZU HAUSE

Zu Hause, zu Hause im Dorfe klein,
da hatt' ich es herrlich, da hatt' ich es fein.
Der Vater, ein Mann wie Stahl und Gold,
die Mutter wie Mondlicht so süß und hold.
Die Schwestern im ersten Liebestraum
sie heimlich säumend den Linnensaum.
Die Brüder so wild und zärtlich, doch
ich höre Ihr Jubeln und Lachen noch
und ich selber ein seliges sonniges Kind.
Wie schnell die Jahre vergangen sind,

Zu Hause.

Zu Hause, zu Hause das war eine Pracht,
auf dem Hofe da hielt ein Hündchen Wacht.
Das Haus war von roten Ziegeln gebaut,
darüber ein Strohdach so warm und so traut.
In den Wänden rankten sich Rosen fest
neugierig zu schauen in das Schwalbennest.
Ringsrum ein Gärtchen, gehegt und gepflegt,
darin hat der Vater die Bienen gehegt.
Ein paar Schritte weiter ein Ährenfeld
so goldig wie keins auf der ganzen Welt,
dazu eine Mühle sich drehend im Wind,
wie schnell doch die Jahre vergangen sind,

Zu Hause.

Zu Hause, zu Hause das war eine Seligkeit
im Winter, wenn ringsum alles verschneit,
wenn die Flocken fielen ohne Rast und Ruh,
dann schlossen wir abends die Laden zu
und setzten uns still auf die Ofenbank,
wo die Mutter uns fröhliche Lieder sang,
und haben den Vater solang gequält,
bis er uns ein glänzendes Märchen erzählt,
und steckten die Schwestern die Lampen an,
dann las der Vater, die Mutter spann,
und draußen rauschte leis der Wind,
wie schnell doch die Jahre vergangen sind.

Zu Hause.

Zu Hause, zu Hause mein Herz ist schwer,
ich habe jetzt kein zu Hause mehr.
Die Brüder, sie wohnen am fremden Ort,
die Schwester sie zog mit dem Gatten fort.
Dann kam der Krieg mit grausigem Schritt,
nahm den anderen Bruder, die Eltern mit.
Das Haus ist verschwunden, zerbrochen der Zaun,
die Rosenranken sind dürr und braun.
Mir selber blieb nichts als ein Wanderstab
vom Lindenbaum auf der Eltern Grab.
Mein Auge ist trübe, gebleicht mein Haar,
und ich träume nur noch, wie schön es war.

Zu Hause.

Emmy Lindemann qeborene Greneberg,
Mauenfelde Kr. Gerdauen,
geboren am 18. Februar 1912

Mein Wahlspruch:
Leuchtende Tage,
nicht weinen, dass die vergangen,
lächeln, dass sie gewesen.

Noch etwas zu diesem Spruch, ich fand ihn auf einem kleinen Bild in Danzig, an der Wand, in dem Casino, wo ich damals nach der frühen Gefangennahme bei den Russen arbeiten durfte. Zu gern hätte ich ihn an mich genommen, aber ich hatte Angst. Hätten es die Russen gemerkt, hätten sie mir vielleicht die Finger abgeschnitten. Als wir nun in Sebnitz waren und meine Schwester, die bis nach Dänemark geflüchtet war und jetzt bei Bremen wohnte, hatte ich ihr den Spruch geschrieben. Sie kann so schön drucken und malen. Den Spruch hatte sie mir auf eine Postkarte gedruckt und mit Blumen bemalt. Ich klebte ihn auf eine Pappe, und er hing jahrelang in meiner Stube.

Als mein jüngster Sohn verheiratet war, kaufte er in Neustadt ein Haus. Als wir dort den Holzschuppen aufräumten, fanden wir cin Holzbild und diesen Spruch in Intarsienschrift darauf. Er gab es mir. Ach, habe ich mich gefreut, es hängt nun über meinem Bett. Wenn ich einmal für immer eingeschlafen bin, soll es Werner behalten.

Bericht über die Flucht von Studienrat Franz Buchholz mit seinen Töchtern Katharina und Margarete.

Die Erinnerungen wurden aufgeschrieben von Katharina Buchholz, Jahrgang 1928.
Frau Buchholz lebt in Stuttgart, ihre Aufzeichnungen stellte sie mir im Dezember 2014 zur Verfügung.
Es ist mir wichtig zu erwähnen, dass Studienrat Franz Buchholz, Lehrer an der Schule in Braunsberg (heute polnisch Braniewo) war. Als gläubiger Katholik hatte er sich in der Zentrums-Partei engagiert und weigerte sich vehement, in die NSDAP einzutreten. Eine Amtsenthebung stand bevor. Nur aufgrund des Umstandes, dass seine Frau das siebte Kind erwartete, nahm man davon Abstand. Er wurde strafversetzt an ein Gymnasium nach Insterburg (heute russisch Tschernjachowsk).

Am 5. Februar 1945 wurde Braunsberg von russischen Fliegern bombardiert. Wir Schwestern besuchten in Braunsberg die „Lieschen Schule" und waren im Kloster in Pension. In der Nähe des Klosters schlugen einige Bomben ein, aber wir waren in einem Keller und fühlten uns sehr sicher. In einer Unterbrechung der Bombardierung kam Vater, der bei seiner Schwester Maria Hoenig in der Königsberger Straße wohnte, zu uns, um zu sagen, dass wir zu Fuß nach dem sieben Kilometer entfernten Gerlachsdorf (heute polnisch *Zgoda*) gehen würden. Wir sollten einige Sachen mitnehmen und in der nächsten Bombardierungspause zu ihm kommen. Sehr streng und unselbstständig erzogen, haben wir außer Kleinigkeiten nichts mitgenommen, zumal wir auch keine Rucksäcke oder praktische Transportmittel hatten. Eine alte Windeltasche mit viel Eigengewicht war alles. Auf dem Weg nach Gerlachsdorf wurden wir von Tieffliegern beschossen und waren immer wieder zum Schutz im Chausseegraben. Aber wir kamen unversehrt in Gerlachsdorf an. Bei Fughes hatte sich so viel Verwandtschaft getroffen. Wir fanden noch einen Schlafplatz und schlossen uns am nächsten Tag dem Treck der Glinker an. Tante Tilla Link war eine geborene Hoenig aus Senkitten (heute polnisch *Sekity*). Unser Weg führte über das Frische Haff, auf dem schon viel Wasser über dem Eis war, vorbei an vielen eingebrochenen Fuhrwerken, Toten und unvorstellbarem Chaos; wir überlebten, weil wir keinen Tieffliegerbeschuss hatten. Auf der Nehrung konnten wir einmal in einem Haus übernachten, das sogar geheizt war. Wir Schwestern zogen unsere total durchnässten Schuhe aus. Am anderen Morgen waren unsere Füße so stark geschwollen, dass wir nicht mehr in unsere Schuhe kamen und keinen Schritt ohne große Schmerzen gehen konnten. Da kamen wir auf einen Wagen der Verwandten. Vater, der gut zu Fuß war, entfernte sich immer wieder vom Treck. Er war interessiert zu sehen, was auf der Ostsee passierte, oder er traf Verwandte und Bekannte. Die einzige Straße auf der Nehrung war heillos verstopft. Die Trecks standen mehr als sie fuhren, zumal Militär- oder Versorgungstransporte Vorfahrt hatten. So geschah es, als der Treck einmal wirklich ein Stück vorankam, dass der Vater uns nicht mehr fand! Wir beide waren verzweifelt und weinten, und die Verwandten waren auch entsetzt, denn sie mussten nun fürchten, dass wir ihnen zur unangenehmen Last würden. Am Ende der Frischen Nehrung gabelte sich die Straße. Die Trecks wurden entweder über Pfahlbude (heute polnisch *Ujscie*) oder über Roter Baum nach Danzig (heute polnisch *Gdansk*) geschickt. Der Verwandtentreck kam nach Pfahlbude, und da stand unser Vater. Das war unser großes Glück. Wir machten uns selbstständig und konnten mit einem LKW nach Danzig fahren. (Der Verwandtentreck hat es geschafft, mit allen Personen, Wagen und Pferden bis nach Schleswig-Holstein zu kommen).

Wir wurden in Danzig bei einer Dame einquartiert, deren Mann im Krieg war. Wir hatten es da recht gut. Wir kurierten unsere Füße, und Vater war unterwegs. Er besuchte Krankenhäuser, traf Bekannte, hat viele Suchanzeigen nach unserer Familie aufgegeben, informierte sich über die Lage und entschloss sich, mit uns auf ein Schiff zu gehen. Wir kamen auf ein recht elegantes Passagierschiff. Es war natürlich überbelegt und die Liege-Schlafmöglichkeiten sehr beengt. Aber sonst konnte man sich auf dem Deck ergehen, traf Bekannte etc. Auf diesem Schiff war auch die ostpreußische Schriftstellerin Agnes Miegel, mit der sich unser Vater sehr gerne unterhalten hat. Weil auf dem Schiff die Verpflegung und das Süßwasser zu Ende war, legte das Schiff in Swinemünde (heute polnisch *Swinonjscie*) an. Da hieß es: Keiner geht von Bord. Das Schiff fährt weiter nach Dänemark in das Land, wo Milch und Honig fließt … Bei meinem Rundgang auf dem Schiff bemerkte ich, wie eine junge Dame dem wachhabenden Offizier schöne Augen machte und von Deck durfte. Da bat ich meinen Vater um Geld und unsere Lebensmittelmarken, und mit schönem Augendrehen kam ich auch vom Schiff. Swinemünde hat vom Hafen in die Stadt eine kilometerlange Straße. Die ersten Geschäfte in der Nähe des Hafens waren total ausverkauft, aber nahe der Stadt konnte ich Brot und Butter erstehen. Außerdem konnte ich in Erfahrung bringen, dass ein regelmäßiger Zugverkehr nach Berlin bestand. So lief ich so schnell ich konnte zum Schiff zurück. Hier waren noch mehr Passagiere an Bord genommen worden, und auf unseren Liegeplatz sollte noch eine Frau mit zwei Kindern. Vater wollte das nicht zulassen und hatte eine Auseinandersetzung mit dem Marineoffizier. Da kam ich mit den guten Nachrichten, und unser Vater hatte nun die Möglichkeit, mit uns das Schiff zu verlassen. (Wie wir später erfuhren, ist das Schiff nach Dänemark gekommen, aber da hatten die Flüchtlinge in großen Lagern keine gute Zeit!)

Unser Ziel war nun Jüterbog, wo wir eine Kontaktadresse hatten. In Jüterbog hatte Tante Agnes Hoenig Waren aus Elbing ausgelagert und auch eine Zeit dort gewohnt. Als wir in Swinemünde im Wartesaal des Bahnhofes auf unseren Zug nach Berlin warteten, kam eine Kontrolle, die unseren Vater zum Volkssturm mitnehmen wollte. Aber wir Kinder klammerten uns an Vater, der ja beim Volkssturm schon entlassen war, und schrieen und weinten. Da ließen sie uns fahren. Die Bahnfahrt verlief eigentlich erstaunlich normal. In Berlin mussten wir am zerstörten Reichstag vorbei zu einem anderen Bahnhof. In Jüterbog angekommen, wollten wir Tante Agnes besuchen. Die war nicht mehr da, aber wir konnten in ihre Unterkunft ziehen. Jüterbog lag in der Einflugschneise der Bombenflugzeuge nach Berlin. Wir waren viel in Luftschutzkellern. Wir waren so müde, dass wir zuletzt die Sirenen nicht mehr gehört haben. So hatte Vater uns geweckt, aber wir haben weiter geschlafen. Da war er sehr ungehalten! In Jüterbog lebten wir von Mittagessen mit Lebensmittelmarken im Restaurant, wir wurden nie satt. Aber einmal in der Woche hatte irgendein Fleischer eine Grützwurst ohne Marken. Dafür standen wir lange an. Kartoffeln hatten wir manchmal auch bekommen. Das war ein Festessen, bei dem wir auch mal satt wurden. Vater war gleich als wir in Jüterbog waren, zu der Frau mit unserer Kontaktadresse gegangen und hatte ihr gesagt, sie möge uns bitte gleich verständigen, wenn sie von unseren Angehörigen hören sollte. Aber erst nach der dritten Karte von Elisabeth, das heißt nach drei Wochen, kam sie und brachte das Lebenszeichen und vor allem die Adresse von unseren Angehörigen in Prasdorf. Inzwischen war schon Ostern vorbei, was 1945 recht spät war, ich meine am 8. April. Einige Sachen aus unserem Insterburger Haushalt hatten wir durch Tante Agnes bei Jüterbog ausgelagert. Wir haben sie noch alle gesehen. Es war eine große Zinkwanne mit Sachen, die Nähmaschine und Kisten. Die gab Vater dann als Frachtgut auf, als wir die Adresse in Prasdorf hatten. Aber das ist in den letzten Kriegstagen alles verloren gegangen. Unsere Fahrt mit der Bahn nach Schleswig-Holstein war sehr schwierig. Wir mussten, weil viele Zugstrecken zerstört waren, immer wieder zu Fuß gehen, um dann weiter zu kommen. Aber wir sind zuletzt gut in Prasdorf angekommen. Unsere übrige Familie war ja bei Familie Wulff untergekommen, und wir wurden auch aufgenommen.

Bericht über unsere Flucht aus Gamsau (heute russisch *Podgornoje*).

Aufgezeichnete Erinnerungen von Elisabeth Schulz, geborene Buchholz, älteste Schwester von Katharina Buchholz, die den „Bericht über die Flucht von Studienrat Franz Buchholz mit seinen Töchtern Katharina und Margarete" verfasste. Der Bericht wurde mir von Frau Buchholz im Dezember 2014 zur Verfügung gestellt.

Heute Abend wird im Fernsehen ein Film gezeigt, über die verheerende Flucht aus Ostpreußen. Ich habe so viel gesehen, gehört, gelesen, dass ich mir den Film nicht ansehen werde, dafür aber von mir und den Meinen berichten will, die auch mit Pferden und Wagen auf diesem Flüchtlingsstrom bei Minus 20 Grad mitgezogen sind. Wir hatten sehr großes Glück auf unserem Weg! Ich hatte im Mai 1944 geheiratet. Mein Mann, der zu dem ersten Jahrgang gehörte, der zu dem neu gegründeten Militär eingezogen wurde, war sehr unfreiwillig bei der Legion Condor in Spanien im Bürgerkrieg. Er hatte die Not und das Elend eines Krieges gesehen und bei seinem letzten Urlaub gesagt: „Wenn der Russe kommt, lasst alles stehen und liegen und flieht so schnell ihr könnt! Ich habe gesehen und erlebt, wie der Russe in Spanien gewütet hat und was den Menschen dort angetan wurde."

Mein Mann war der Erbe von Bilshöfen, Kreis Heiligenbeil (heute russisch *Mamonowo*). Zu einem Drittel gehörte ihm das Gut, und die beiden anderen Drittel gingen laut Vertrag beim Tod der Eltern auf ihn über. Die Geschwister waren ausgezahlt bis auf einen kleinen Rest, den er entrichten sollte. Da mein Mann weiterhin Soldat sein musste und nicht daheim war, riet mir meine Großmutter, zu ihr nach Gamsau zu kommen. Ich hatte zwar vor, mein Studium in Königsberg (heute russisch *Kaliningrad*) zu beginnen, aber die Uni, der ich meine Berichte über die geleisteten Praktika zur Gewerbelehrerin eingesandt hatte, war schon geschlossen. So ging ich gerne zu ihr und war als Rendantin in Gamsau eingetragen und mit der Buchführung beschäftigt. Deswegen weiß ich auch, dass, als wir Gamsau im Januar 1945 verließen, 218 Stück Vieh im Kuhstall blieben, darunter 80 Milchkühe. Im Pferdestall standen elf Fohlen, die im Jahr davor geboren waren. Sie blieben mit allem anderen zurück.

Im August wurde Königsberg von den Engländern bombardiert. Nicht nur Papierfetzen und anderes fanden die 16 Kilometer bis zu uns. Bald folgten die Ausgebombten, die ohne ihre Habe bei uns Quartier nehmen mussten. Dann kamen die Flüchtlinge aus Litauen und baten um Aufnahme. Wir ahnten, dass auch wir bald weg mussten, aber es war nicht erlaubt, davon zu sprechen oder etwas vorzusorgen. Besonders auf den großen Gütern wurde man argwöhnisch beobachtet. Wir hatten auf dem Hof eine Baukompanie einquartiert. Ich bat die Soldaten, die ja keine Arbeit hatten, sondern abwarten mussten, ob sie mir nicht einen Wohnwagen bauen würden. Ein gummibereifter Tafelwagen war vorhanden. Ich organisierte Sperrholz aus der Nachbarschaft, und dann entstand ein Wohnwagen mit Herd, von zwei Pferden zu ziehen. Es wurden Kisten mit viel zu viel Kram gepackt und alles in der Diele aufgestellt, denn wir durften nicht starten ohne Befehl!! Der kam dann Mitte Januar. Wir hörten schon den Kanonendonner und wussten, dass keine Zeit zu verlieren war. Der Wagen war schnell gepackt, alle Leute verständigt und gebeten, sich zu bedienen mit Wagen und Pferden, und dann setzten wir uns in der Nacht in Trab. Vier belgische Kriegsgefangene gingen mit uns. Sie waren unsere Kutscher und hatten auch einen Wagen für sich, denn alle hatten im Wohnwagen keinen Platz. Betten und Decken sorgten für etwas Wärme und vor allem das, was wir auf dem Leib hatten, und das war sehr viel. Wir führten den Treck, und unsere Leute schlossen sich an. Wer das alles war, das weiß ich nicht, denn ich muss zu meiner Schande gestehen, dass ich die meisten nicht gekannt habe, weil ich direkt mit ihnen nichts zu tun hatte. Dazu kommt, dass mein Namensgedächtnis noch nie gut war. Wir zogen in Richtung Kurische Nehrung. Unterwegs wurden wir von einem Ordner angehalten, der uns den Weg durchs Samland wies. Ich hatte schwer zu tun, dass wir unsere gewählte Route beibehalten durften. So kamen wir nach Sergitten (heute russisch *Mordowskoje*), wo eine Schwester meiner Mutter das Gut bewirtschaftete. Ihr Mann war gerade im Urlaub. Er übernahm das Kommando, das ich mit meinen 22 Jahren gerne an einen erfahrenen Mann, wie ich meinte, abtreten durfte. Er hatte überhaupt keine Vorkehrungen getroffen, legte sich in unseren Wohnwagen und schlief. Als wir uns am anderen Morgen umsahen, war von unseren Leuten, seinem „Wohnwagen" mit unserm ganzen Gepäck nichts mehr zu sehen. So zogen wir „erleichtert" weiter bis Rauschen (heute russisch *Swetlogorsk*). Dort trafen wir zufällig eine andere Schwester meiner Mutter mit ihrem Mann. Sie kamen von Schulkeim (heute russsisch *Altaiskoje*) mit Pferd und Wagen, aus dem Kreis Labiau (heute russisch *Polessk*). Sie hatten beschlossen, in Rauschen, wo sie eine leere Wohnung gefunden hatten, zu bleiben und versuchten uns zum Bleiben zu überreden, weil ja alles nicht so schlimm werden kann. „Die Russen sind doch auch Menschen, und wo soll man noch hin? ..."

Ich hörte wieder die Stimme meines lieben Mannes und wollte weiter laufen. Mit Mühe überredete ich meine Mutter, Großmutter und Tante aus Sergitten zum Weiterfahren. Sie ließen sich zum Glück überreden, und so kamen wir nach Pillau (heute russisch *Pilawa*). Mein zurückgebliebener Onkel ist von den Russen umgebracht worden, und meine Tante war bei einer russischen Ärztin in Königsberg Hausangestellte bis zu ihrer Ausweisung. Der Hafen von Pillau war voller Menschen. Es schien alles ziemlich aussichtslos zu sein, von hier weg zu kommen. Schiffe kamen und fuhren überfüllt ab. Die belgischen

Kriegsgefangenen durften auf kein Schiff. Ich schlug vor, dass sie mit dem Treck auf der frischen Nehrung weiterziehen sollten, denn die war zu dem Zeitpunkt noch frei, wie man hörte. Eine alte Dame, die in Königsberg ausgebombt war, war mit uns geflüchtet. Sie wollte auf kein Schiff, und unsere Jungwirtin, Frau Funk, hatte Angst vor dem Wasser. Da sagte meine knapp 18-jährige Schwester Hildegard, die mich in allem tatkräftig unterstützt hatte: „Ein Vernünftiger muss hier dabei sein. Du hast deinen Mann im Westen und musst sehen, dass du rüber kommst, und ich führe den Treck weiter." Da trennten wir uns, bevor wir ein Schiff in Aussicht hatten, denn die Zeit drängte. Großmutter, Mutter und Tante hatten sich nach einer Kirche umgeschaut und erfahren, dass eine heilige Messe gefeiert wurde. Gebet ist das Wichtigste und Einzige was helfen kann. Also machten sie sich auf, während ich unsere paar Habseligkeiten bewachte und das kleine trockene Plätzchen freihielt, das wir gefunden hatten. Ihre Gebete wurden erhört! Sie hatten einen Militärpfarrer gesprochen, und der konnte uns einen Platz auf einem kleinen Frachter anbieten. Wir durften alles Gepäck mitnehmen, was wir hatten, aber das war ja nun leider schon unterwegs in Richtung Danzig. Mein Rucksack und meine Handtasche war alles, was ich zu tragen hatte, und die anderen waren auch nicht mehr beladen. Im Frachtraum lagen ein paar Rosshaarsäcke so groß wie Matratzen. Wir erwischten einen. Acht Verwundete waren auf dem Schiff und etwa 100 Flüchtlinge, die wie „Pökelheringe" auf dem Boden liegen konnten. Auf den großen Schiffen, die Ostpreußen verließen, konnte sich kaum einer legen aus Platzmangel, wie ich später erfuhr. In einem meiner Praktika hatte ich drei Monate in einem Lazarett gearbeitet und war Schwesternhelferin. Diesen Ausweis trug ich bei mir und zeigte ihn dem Kapitän. Der war froh, dass ich ihm helfen wollte und konnte. Er überließ mir die Betreuung seiner menschlichen Fracht. Auf meine Bitte ließ er eine weitere notdürftige Toilette einrichten, in der Kajüte wurde ein Kessel mit Suppe gekocht, die ich dann immer austeilen durfte. In Danzig hielten wir kurz. Ich holte wieder meinen Ausweis und konnte so Verbandsmaterial und anderes aus einem Krankenhaus bekommen und übergab eine alte Dame, der es sehr schlecht ging, zur weiteren Betreuung in bessere Hände und Möglichkeiten, wie ich meinte. Den starken Seegang nachts überstand ich fast als Einzige ohne Krankheit und hatte die Hände voll zu tun, kriechend von einem zum anderen Patienten zu gelangen. Wir waren einige Tage unterwegs und durften, weil das Schiff so klein war, über die Minen fahren. In Kiel endete die Schiffsfahrt.

Wir wurden begrüßt, bewirtet und auf die umliegenden Dörfer verteilt. In Praßdorf landete unsere Familie. Bei dem Bauern Wulff bekamen wir das große, gute Zimmer zur Verfügung gestellt, das wir fast ein Jahr bewohnten. Zunächst waren wir zu viert: meine Mutter, zwei jüngere Geschwister von mir und ich. Die Bäuerin war sehr nett. Ich habe melken gelernt, was sich bei den 80 Kühen in Gamsau nicht ergeben hatte. Solange ich dort war, habe ich acht Kühe zweimal am Tag gemolken, denn meine Zukunft, so ohne Beruf und mit einem Landwirt ohne Land verheiratet, sah nicht gerade rosig aus. Die Lehrersfrau, Frau Grigat aus Gamsau, hatte mir das Wollespinnen beigebracht. Ich war und bin eine leidenschaftliche Strickerin und brauchte Wolle. Schafe standen im Stall, und ihre Wolle lag noch da. Sehr zum Unbehagen meiner geliebten Großmutter, der die Wolle so stank, lernte ich das Spinnen recht gut. Da in Holstein auch Schafzucht war und die Tiere an Stacheldrähten etwas Wolle hängen ließen, sammelten wir fleißig Wolle. Ein Spinnrad fanden wir auf einer Bühne, das uns geliehen wurde. Es gab Aufträge zum Spinnen und zum Stricken und dafür etwas Essbares, was damals das Wichtigste war. Für meine Melkarbeit bekam ich ein Frühstück und ein Liter Milch für die Meinen.

Großmutter und Tante Lenchen hatten ein winziges Zimmer beim Bürgermeister des kleinen Dorfes bekommen. Zwei Betten standen sich gegenüber; und in der Mitte war ein schmaler Gang, in dem meine Großmutter saß und Wolle kämmelte, die meine Tante, der ich das Spinnen beigebracht hatte, verspann, um für sie beide etwas Essbares zu beschaffen. Einmal hab ich ganz vorsichtig gefragt: „Oma stinkt's nicht mehr?" „Sei bloß still, Kindchen!" war ihre traurige Antwort.

Ich wusste, dass mein Mann verwundet im Lazarett lag und wollte ihn im Rheinland besuchen. Dazu brauchte ich eine Genehmigung, um die ich ihn per Telegramm bat. So hatte er meine Adresse und wusste auch, dass ich dem Chaos entkommen war. Leider erfuhr ich, dass er in offenen Bahnloren nach Frankreich gebracht worden war, in ein amerikanisches Hungerlager nach Fuggerville.

Mutter hatte von unserem Vater und den beiden Töchtern, die in Braunsberg mit Vater die Schule besuchten, nichts gehört, obwohl wir gleich an eine Adresse geschrieben hatten, wie wir es vereinbart hatten. Eine wenig nette Zeitgenossin hatte die Nachricht bewusst unterschlagen. Sie kamen erst spät an unsere Adresse, aber nach Ostern waren sie zu unserer großen Freude bei uns in Praßdorf. Sie hatten eine schlimme Flucht erlebt, gehungert, mit erfrorenen Füßen. Den Vater hatten sie zum Glück nur für eine kurze Zeit verloren. Auf einem mehr als überladenen Schiff waren sie aus Ostpreußen gekommen. Sie konnten viel erzählen! Das Zimmer war groß genug, und Betten fanden sich. Wir freuten uns, dass die Sorgen um die Familie kleiner geworden waren. Alle halfen. Meine Schwestern lernten melken und auch spinnen. Sie arbeiteten bei anderen Bauern. Katharina war bei der Großmutter von Udo Jürgens gelandet. Als der Schnee weg war, fanden wir ein verendetes Schaf, dem wir die Wolle abnahmen, und so bekam der Vater Socken, die er mehr als nötig brauchte, und mein Mann, der noch immer nichts von sich hören lassen konnte, einen weißen Pulli. Aus schwarz-weiß-rotem Fahnenstoff, der billig verkauft wurde und an den wir durch Zufall gerieten, bekam Katharina ein rotes Kleid mit weißer Smokstickerei, und Gretchen und ich teilten uns das schwarz-weiße Stück, von dem es mehr gab. So hatten wir Sonntagskleider, mit denen wir die etwa vier bis sechs Kilometer sonntags zur Kirche marschierten, wenn heilige Messe in der evangelischen Kirche war. Wie dankbar waren wir dem Herrgott für alles! Die Kinder hatten keine Schule und hingen rum. Da kam ich auf die Idee, mit ihnen ein Sommerfest zu veranstalten mit kleinen Vorführungen. Ich hatte ja kein „schlaues Buch", dem ich etwas Anregendes entnehmen konnte, aber irgendwie wurde es ein Fest, und Mechthild tanzte Walzer mit Udo Jürgens, der damals noch Jürgen Bockelmann hieß. Sobald es etwas zu ernten gab, die ersten wilden Beeren, dann Ähren lesen, Raps nachlesen, wir waren dabei. Mit der Handmühle wurde der Raps durchgedreht, was sehr, sehr schwer ging. Aber wir hatten etwas, womit wir kochen und braten konnten.

Das ganze Gebiet, in dem wir uns befanden, wurde als Gefangenenlager benannt, und es kamen in alle Ställe und Scheunen unsere deutschen Soldaten. Deren Verpflegung war auch nicht überwältigend und da sie nichts zu tun hatten, war ihnen auch noch langweilig. Da kam einer auf die Idee, ein Varieté ins Leben zu rufen. Ich machte ein Gedicht über mich als Kuhmagd, und durfte mitmachen. So traten wir in den Dörfern auf und waren gerne gesehen, denn es gab ja so wenig, was man sehen konnte. Etwas zum Essen fiel dann auch ab. Im September kam mein Mann aus Gefangenschaft. Er wollte sich beim Bürgermeister nach meiner Adresse erkundigen, klopfte an die erste Tür, weil er dort Stimmen wahrnahm … und stand vor meiner Großmutter! Die kam atemlos zu uns rübergelaufen: „Kindchen, Kindchen, du musst sofort rüberkommen! Besuch ist da!" Ich wollte ihr stehenden Fußes folgen, als sie vorwurfsvoll sagte: „Aber doch nicht so, wie du aussiehst!" Ich gab zur Antwort:" Wenn ich dem nicht gefalle, wie ich aussehe, denn brauche ich gar nicht zu kommen!" und gingt mit ihr. Da stand mein Sepp. Schmal und abgezehrt, mit einem Drillingszeug am Leib, vorne ein großes PW (Prisoner of War = Kriegsgefangener) und das gleiche auf den Hosen und nichts anders bei sich. Da war es gut, dass ich so vieles auf der Flucht übereinander gezogen hatte. Außer der Trainingshose hatte ich darunter die Skihose gehabt, und die passte ihm nun wie angegossen. Dazu der weiße gestrickte Pulli und der gelbe Kamelhaarmantel, den ich noch über meinen Wintermantel gezogen hatte. Zu kaufen gab es nichts, und so strickte ich ihm sogar für den Winter lange Unterhosen aus sehr dünn gesponnenem Schafswollfaden. Die haben später noch meinem Schwiegervater gute Dienste geleistet. Sepp half beim Kartoffelnbuddeln. Er konstruierte für einen Gemüsebauer einen Pflug, damit er mühelos die Mohrrüben aus dem Boden ernten konnte und bekam einen ganzen Zentner davon für uns. So hat von uns in Holstein niemand hungern brauchen. Kartoffeln hatten wir genug für uns nachgelesen. Die wurden insgesamt im Land knapp, und man konnte keine kaufen. Dafür erhielt man mehr Marken für Brot, was uns sehr lieb war.

Fluchtbericht aus dem Warthegau

Fluchtgeschichte von Harry Rose

aufgenommen am 28. November 2014 und am 21. Februar 2015. Herr Rose ist Jahrgang 1937, er lebt in Dresden.

Harry Rose wurde 1937 in Thorn (heute polnisch *Torun*) – Weichsel-Warthegau geboren. Ein Gebiet, in dem in den vergangenen Jahrhunderten die Besitzverhältnisse oft gewechselt hatten. Nach dem Inkrafttreten des Versailler Vertrages am 10. Januar 1920 gehörte der Landkreis Thorn nunmehr unter seinem polnischen Namen Toruń der polnischen Republik an. Zwischen den Weltkriegen lag Thorn im sogenannten polnischen Korridor zwischen dem Hauptteil des deutschen Reichsgebiets und Ostpreußen. Im November 1939 wurde der Kreis als Folge des Polenfeldzuges unter seinem deutschen Namen Teil des neugebildeten Reichsgaus Westpreußen – später Danzig-Westpreußen – im neuen Regierungsbezirk Bromberg. Im Frühjahr 1945 wurde das Kreisgebiet durch die Rote Armee besetzt und wurde danach wieder ein Teil Polens.

Vater Herbert war Eisenbahner, Mutter Herta Hausfrau. Die Eltern heirateten 1936 in Rentschkau (heute polnisch *Rzeczkowo*) im Landkreis Thorn. Sie lebten mit ihren Kindern Harry und Gerda in Thorn im Stadtteil Katharinenflur (polnisch *Katarzynka*). Der Vater wurde 1942 zur Wehrmacht eingezogen und kam als Panzergrenadier an die Ostfront. Im Dezember 1943 fiel er im Osten, in Weißrußland. Ehefrau Herta erhielt durch Feldpost die Benachrichtigung von seinem Tod. Wenige Tage vor Weihnachten kam folgende Nachricht:

„*... im Felde, 3. Dezember 1943 ... In der Schlacht bei der Ortschaft Koroni nordostwärts Kalinkowitschi fiel Ihr Mann, der Panzergrenadier Herbert Rose, im Kampf um die Freiheit Großdeutsch-*

lands in soldatischer Pflichterfüllung, getreu seinem Fahneneid für Führer, Volk und Vaterland ..."

Mutter hatte, nachdem Vater gefallen war, nochmals einen Mann, einen deutschen Soldaten, kennengelernt, von dem sie 1945 ein Kind erwartete.

Als die Ostfront weiter nach Westen vorrückte, wollte Mutter mit uns Kindern westwärts flüchten. Wir kamen nur bis Bromberg (polnisch *Bydgoszcz*), hier wurden wir von der Roten Armee, die Ende Januar 1945 die Stadt eingenommen hatte, zurückgetrieben. Wir hatten noch unweit von Bromberg – im ländlichen Gebiet außerhalb eines Dorfes – ein schreckliches Erlebnis. Es hatte mit Polen Streit und Auseinandersetzungen gegeben. Da wurden wir an den Waldrand zu einer angrenzenden Sandgrube getrieben. Hier wurde mein Onkel Ruback, der Schwager meiner Mutter, durch einen Kopfschuss von der Polnischen Miliz erschossen. Die Angehörigen, darunter meine Mutter, meine Schwester und ich, mussten im Halbkreis Aufstellung nehmen und dem grauenvollen Geschehen zusehen.

Wir wurden in das Internierungslager nach Rudak im Kreis Thorn gebracht.

Dort hatte meine Mutter eine Auseinandersetzung mit einer Polin. Die Polin wollte uns Kinder von unserer Mutter wegnehmen. Mutter sollte ein Schriftstück unterschreiben, dass sie damit einverstanden ist, dass die Polin uns haben kann. Sie hat aber das Schriftstück genommen und zerrissen. Daraufhin hat die Polin meine Mutter von der Polnischen Miliz abführen lassen. Die haben sie für sieben Tage auf einen Munitionsplatz gebracht, um Munition zu sammeln. Die Polen dachten, dass sie dort sterben wird, aber zum Glück kam sie wieder zurück. Die Polin schlug meiner Mutter ins Gesicht und schrie sie an, dass sie dafür sorgen wird, dass wir von unserer Mutter wegkommen.

Meine Mutter, meine Schwester und ich mussten als Internierte – außerhalb des Lagers – auf einem polnischen Bauernhof arbeiten. Mutter war von früh bis spät auf dem Feld und musste spät abends noch die Kühe melken. Ich war mit acht Jahren als Kuhhirte und Stallarbeiter verpflichtet. Wir wurden streng kontrolliert, es musste alles klappen. Gab es Beanstandungen, dann wurden die schon viel zu knappen Essenportionen für eine Woche erheblich gekürzt. Wir haben viel gehungert.

Mutter wurde hier sehr krank, wir dachten nicht, dass sie diese Strapazen überlebt.

Im September 1945 wurden meine Schwester und ich ohne unsere Mutter nach Potulitz (heute polnisch *Potulice*) gebracht und in dem dort befindlichen Arbeitslager interniert. Wir waren etwa ein Jahr von unserer Mutter getrennt. Sie brachte im Oktober 1945 meine Halbschwester Johanna zur Welt. Mutter kam dann mit ihrem Baby im September 1946 – ein Jahr nach uns – in das Lager.

Hier im Gefangenen- und Arbeitslager Potulitz waren Frauen, Männer, Kinder voneinander getrennt in Baracken untergebracht. Die Säuglinge waren auch gesondert von den Müttern untergebracht. Die Mütter durften nur zu den Stillzeiten zu ihren Kindern. Da haben wir Mutter oft eine lange Zeit nicht gesehen. Ich weiß nur, dass sie tagsüber und auch nachts in der Nähstube und der Tischlerei arbeiten musste. Da meine Schwester krank wurde, haben sie meine Mutter von der Nachtschicht befreit. Sie musste ja das Kind, das Tag und Nacht schrie, beruhigen, und das Kleinkind wurde dann auch in dem Zimmer, wo meine Mutter schlief, untergebracht.

Ich war von meiner Mutter und meiner Schwester von 1946 bis zu unserer Ausweisung 1949 getrennt. In diesen Jahren durfte ich sie innerhalb des Lagers wöchentlich nur zweimal – jeweils zwei Stunden – besuchen, das war immer an den Wochenenden.

Ich kam in die Männerbaracke Nummer 28. Dort haben sie uns die Haare abgeschoren, graue Decken, Kleidung zum Anziehen gegeben und dazu Holzpantoffeln. Die Kleidung trugen wir Sommer wie Winter. Die Männer mussten am Waldrand des Lagers Potulitz Gruben für die Toten ausheben, die durch Misshandlungen, Schwäche oder Krankheiten gestorben waren. Sich zu weigern, das gab es nicht. Die Männer mussten jeden Tag, wenn die Glocken läuteten, weil jemand gestorben war, raus zur Arbeit – die Verstorbenen bestatten. Das ging die ganzen drei Jahre so – von 1946 bis 1949 tagtäglich.

Abends nach dem Abendbrot mussten wir alle ins Bad, dann in das Zimmer. Unsere Sachen, die wir ausgezogen hatten, mussten wir schrankfertig – in einer Linie – auf die Bank legen und die Holzpantoffeln unter die Bank in einer Reihe hinstellen. Es wurden sogar Spitzel in das Zimmer geschleust, die haben alles erzählt und uns verraten, wenn wir über das Eine oder Andere schimpften. Nachts kamen stark angetrunkene, brüllende Kontrolleure, sie beschimpften uns und schauten nach, ob alles in Ordnung war. Wenn sie den Drang hatten uns zu quälen, da haben sie uns aus dem Bett geholt. Wir mussten stramm stehen und die Füße vorzeigen. Danach haben sie die auf der Bank geordnet liegenden Sachen auf den Fußboden geworfen. Das passierte mitunter zweimal in der Nacht. Wir hatten oft so eine Angst und dachten, dass wir den Morgen nicht erleben würden.

1947 sollte meine Mutter entlassen werden, aber ohne ihre Kinder. Die Polen hatten vor, die Kinder in polnische Familien zu geben.

Als dann 1949 der Aufruf kam, dass wir entlassen werden sollten, war meine Mutter schon hinter dem Tor und wartete auf uns. Da sie uns nicht zur Mutter gebracht haben, ist sie wieder ins Lager zurück und hat dort gesagt, dass sie ohne uns Kinder das Lager nie verlässt. Nach drei Wochen haben sie wieder Gefangene entlassen wollen. Mutter war wieder dabei, aber wieder ohne uns, und da sagte sie, dass sie ohne ihre Kinder nicht aus dem Lager gehen wird. Nach langem Hin und Her haben sie uns dann geholt.

Wir wurden in Viehwagen gesteckt und fuhren ein paar Tage bis zwischen Görlitz und Löbau. Dort standen wir sieben Tage und Nächte, es ging auf einmal nicht mehr weiter. Also waren wir noch nicht frei. Wahrscheinlich wollten sie uns zur Vernichtung wegfahren, so wurde im Waggon gesprochen. Aber nach den sieben Aufenthaltstagen kam ein russischer Kommandant und brachte die Botschaft, dass wir nun frei sind und nach Löbau in die Quarantäne kommen.

Na ja, da bekamen wir im Zug besseres Essen, das waren wir nicht gewöhnt, und es bekam uns nicht, wir haben gebrochen und Durchfall bekommen. Einige haben es im Zug nicht überlebt. In Löbau wurden wir eingekleidet und dann in ein Dorf geschickt. Da kamen wir 1949 in Wartha, Kreis Bautzen, es war am 28. April 1949, an.

Ich hoffe, dass sich so eine grausame Zeit nicht wiederholt.

Hier einige Erklärungen zur Geschichte und den Verhältnissen in den Internierungslagern Rudak und Potulice*:

In **Thorn-Rudak,** einem südlich der Weichsel und östlich der Vorstadt Podgorz gelegenen Vorort von Thorn, befand sich das zum Festungswerk Thorn gehörende Fort 15. Darin richteten die Sowjets ein Zwangsarbeits-, Internierungs- und Gefangenenlager für Deutsche ein, das von der polnischen Miliz verwaltet und bewacht wurde und Mitte Mai 1945 ganz in polnische Verwaltung und Verantwortung überging. Das Lager wurde Ende September 1946 geschlossen, und seine bis zum 10. Oktober währende Auflösung begann. Diejenigen Häftlinge, die die fürchterlichen Zustände dort überlebt hatten, wurden vom Zentralen Arbeitslager Potulice übernommen.

** Quelle: WIKIPEDIA*

Die Insassen des Lagers waren hauptsächlich Frauen, Kinder und Jugendliche, alte und kranke Menschen, heimische Deutsche und Flüchtlinge aus West- und Ostpreußen.

Die ankommenden Deutschen wurden unter Schlägen der Bewacher und bespuckt von gaffenden Zivilisten zur Festung getrieben. Dort wurden die Deutschen durchsucht und ihrer letzten persönlichen Habe beraubt. Wurden noch versteckte oder eingenähte Wertsachen gefunden, gab es Schläge.

Dann mussten sich die Neuankömmlinge entkleiden und alle Körperhaare wurden geschoren.

Immer wieder wurden die „Deutschen Schweine", ein überall gebräuchliches Schimpfwort, mit Knüppeln bedroht und Misshandlungen ausgesetzt. Überhaupt wurde bei geringfügigsten „Vergehen" geprügelt, oftmals bis zur Bewusstlosigkeit. In nicht wenigen Fällen wurden Häftlinge sogar erschlagen. Ein Milizmann schlug einen Internierten, bis er mit unkenntlich zugerichtetem Gesicht tot zusammenbrach. Durch Schläge bewirkte Schwerhörigkeit war weit verbreitet.

Als weitere Strafmaßnahme wurden die Gefangenen 24 Stunden in einer dunklen Zelle ins kalte Wasser gestellt. Unter den Bewachern befanden sich Verbrecher und Schlägertypen.

Die Insassen wurden nachts mit Schlägen durch die Gänge getrieben. Auf die Frauen, manche hatten ihr Kleinkind auf dem Arm, wurde keine Rücksicht genommen.

Später wurden den Frauen die Kinder abgenommen, in einer Baracke untergebracht, und soweit sie dort nicht verhungert sind, eines Tags von der Miliz fortgeschafft, an einen für die Mütter unbekannten Ort, meist bei polnischen Familien.

Der Tagesablauf im Lager war folgender: Es begann mit dem Wecken um vier Uhr morgens und schloss mit dem Ende der Arbeit um 18 Uhr. Zu dieser Zeit mussten die auswärts Arbeitenden wieder im Lager sein.

Das Frühstück bestand aus nassem Schwarzbrot, 400 Gramm pro Tag, und einer braunen Brühe. Mittags gab es ungesalzene Wasserkohlsuppe. Bauchschmerzen und steter Durchfall waren unausbleiblich.

Nach dem Frühstück war Appell auf dem Hof. Es musste abgezählt werden, dabei gab es immer Gerangel. Weil die Menschen in der ersten Reihe von den polnischen Offizieren mit der Reitpeitsche über das Gesicht geschlagen wurden, Tag für Tag, wollte niemand vorne stehen.

Viele Häftlinge sind auf dem Marsch außerhalb des Lagers zur oder von der Arbeit oder während der Außenarbeit aus völliger Entkräftung gestürzt und gefallen. Wenn sie nicht mehr aufstehen konnten, wurden sie erschossen. Das Lager Rudak war die Hölle.

Potulice (deutsch *Potulitz*) ist eine polnische Ortschaft in der Stadt- und Landgemeinde Nakło nad Notecią (deutsch *Nakel*) im nördlichen Zentralpolen. Sie liegt etwa acht Kilometer von der Stadt Nakło und zwölf Kilometer von Bydgoszcz (deutsch *Bromberg*) entfernt.

Potulice gehörte bis 1939 zur Grafschaft Potulicki. Nach dem Ersten Weltkrieg kam die Gemeinde zum neu errichteten Staat Polen. Nakło lag am Korridor zwischen Schneidemühl (heute *Piła*) und Bydgoszcz (früher *Bromberg*).

Während der deutschen Besetzung im Zweiten Weltkrieg von 1939 bis 1945 wurde die Ortschaft wie die Umgebung vom Deutschen Reich annektiert (Reichsgau Danzig-Westpreußen).

In Potulice wurde am 1. Februar 1941 ein Lager für die von den Deutschen im Rahmen der „Umsiedlung“ vertriebenen Polen errichtet (Lager Lebrechtsdorf-Potulitz). Eine Zeit lang war es Außenlager des KZ Stutthof und seit 1942 ein Zwangsarbeitslager (auch SS-Arbeitslager Lebrechtsdorf). Die schlechten Lebensbedingungen im Lager waren mit denen eines Konzentrationslagers vergleichbar. Besondere Bedeutung hatte das Lager in Potulitz seit 1943 als Ost-Jugendverwahrlager für Kinder aus den eroberten sowjetischen Gebieten. Zum Juni 1942 wurde das Dorf in Lebrechtsdorf umbenannt.

Nach dem Kriegsende nutzte die Sowjetunion das Gelände und die Infrastruktur des Lagers für das Zentrale Arbeitslager Potulice zur Internierung sowohl deutscher als auch polnischer Gefangener. Ihm waren alle kleineren Lager in den nordöstlichen Woiwodschaften Polens untergeordnet. Nach erhaltenen Dokumenten starben im zentralen Arbeitslager Potulice 1945 bis 1949 insgesamt 4495 Menschen (zum Teil durch Seuchen). Etwa 35000 Deutsche sollen von 1945 bis 1950 im Lager interniert gewesen sein.

Heute befindet sich am Ort eine Haftanstalt des polnischen Staates, sowie eine Gedenkstätte für beide Lager.

Fluchtberichte aus Westpreußen und Pommern

Erinnerungen meines Schulkameraden Heinz Weiß an Flucht und Vertreibung, aufgenommen im Herbst 2014

Heinz Weiß wurde im Mai 1939 in Guhringen (heute polnisch Goryn), einer Gemeinde im Kreis Rosenberg (heute polnisch Susz) in Westpreußen, als Sohn des Landarbeiters Christian Weiß geboren. Heute gehört der Ort zum Kreis Deutsch Eylau (polnisch Ilawa).

Das Dorf Guhringen hatte vor dem Zweiten Weltkrieg zirka 1100 Einwohner. Es liegt sechs Kilometer südlich von Freystadt, an der Landstraße von Bischdorf-Bellingswalde nach Groß Peterwitz. Guhringen liegt nahe dem Pfaffen-See und dem Großen Guhringer See. Es war ein reines Bauerndorf.

Die Großeltern von Vater Christian Weiß wanderten im 19. Jahrhundert (nach 1813) – aus der Gegend um Karlsruhe stammend – aus. Sie wurden Kolonisten in Bessarabien, dort sollten Ländereien urbar gemacht werden. Die Familie arbeitete dort in der Landwirtschaft, sie betrieben Obstanbau und Viehzucht.

Zum Verständnis der folgende historische Hintergrund:

Bessarabien (rumänisch Basarabia) ist eine historische Landschaft in Südosteuropa, begrenzt vom Schwarzen Meer im Süden sowie den Flüssen Pruth im Westen und Dnister im Osten. Das frühere Bessarabien deckt sich heute weitgehend mit dem westlich des Dnister liegenden Teil Moldawiens, nur der Süden (Budschak) sowie der äußerste Norden (um Hotin) gehören zur Ukraine. Jahrhundertelang war das Land Pufferregion zwischen den Großmächten Österreich, Russland und dem Osmanischen Reich.

Nach der russischen Vertreibung und Umsiedlung der Tataren um 1810 aus dem südlichen Landesteil, dem Budschak, setzte ab 1812 die russische Kolonisation mit systematischer Besiedlung ein. Die russische Krone warb in Russland, aber vor allem mittels Werbern im Ausland, gezielt Kolonisten mit zugesicherten Privilegien an, wie: Landschenkung, zinsloser Kredit, Steuerfreiheit auf zehn Jahre, Selbstverwaltung, Religionsfreiheit und Freiheit vom Militärdienst.

Ab 1814 wanderten insgesamt etwa 9000 deutsche Auswanderer ein, die später die Volksgruppe der Bessarabiendeutschen bildeten. Sie gründeten insgesamt 150 deutsche Siedlungen, hauptsächlich im Steppengebiet des Budschak. Die russische Krone siedelte unter ähnlichen Bedingungen neben Russen auch weitere Nationalitäten wie Bulgaren, Ukrainer und Schweizer an. Da in Bessarabien nicht die sonst üblichen Verbote für Juden in der Landwirtschaft galten, entstanden im Norden 17 Dörfer, wo 1858 mehr als 10000 Menschen vom Ackerbau lebten und damit im gesamten Rußland eine geduldete Ausnahme darstellten.

Neben der Urbarmachung des Landes verfolgte Russland mit der Kolonisierung auch das politische Ziel, die Mehrheit der ursprünglich dort lebenden rumänischen Bevölkerung zu verändern. Einwanderer erhielten Privilegien und das beste Land, was ansässigen Rumänen vorenthalten blieb.

Die Gebietsbezeichnung entstand erst 1812, als das Fürstentum Moldau die Herrschaft an Russland abtrat. Danach war der mehrheitlich von Rumänen bewohnte Landstrich bis 1917 als Gouvernement Bessarabien Teil des russischen Kaiserreichs. 1918 war Bessarabien kurzfristig unabhängig. In der Zwischenkriegszeit war es östliche Provinz Rumäniens und wurde nach dem Zweiten Weltkrieg der Sowjetunion einverleibt.

Vater Christian Weiß wurde 1886 in Bessarabien, in Borodino, geboren.

Das ist eine Siedlung städtischen Typs mit etwa 1800 Einwohnern in der Ukraine. Sie befindet sich westlich von Odessa zwischen dem Schwarzen Meer und der nördlich verlaufenden Grenze zu Moldawien. Der Ort erhielt seinen Namen nach der siegreichen Schlacht des russischen Zaren gegen Napoleon (die Schlacht von Borodino fand unweit von Moskau statt). Hier wuchs Christian auf.

Schulbesuch gab es hier nur in den Wintermonaten, das Schulbuch war die Bibel. Gelehrt wurde Lesen, Schreiben und Rechnen. Die Sommermonate waren für die Kinder Arbeitsmonate in der Landwirtschaft, auf Feldern und den landwirtschaftlichen Höfen.

Vater Christian und Familie zogen weiter auf die Halbinsel Krim und von da weiter in den Kaukasus, nach Kirpitch Kutan. Hier gelang es der Familie, eigenständig einen Hof zu bewirtschaften. Die Russen waren Tagelöhner und wurden durch Deputat entlohnt. Nun auf eigenen Füßen stehend, heiratet Vater Christian 1914 seine erste Frau.

Die folgenden Jahre wurden durch den Ausbruch des ersten Weltkrieges – Deutsche zählten jetzt zur feindlichen Nation – und gegen Ende des Krieges durch die Revolutionswirren im Zarenreich geprägt. Große Verunsicherung überzog den Balkan und das Zarenreich. Noch vor dem Kriegsende und der Revolution – im Februar 1917 – vertrieb Stalin die Deutschen. Vater Christian musste mit seiner schwangeren Frau, seiner Mutter und seinem einjährigen Sohn fliehen. Sie flüchteten in Richtung Rostow am Don. Hier starben seine Frau und das Neugeborene. In den Wirren des ersten Weltkrieges führte sie ihr Fluchtweg weiter in Richtung Nordwesten, in das fast 2000 Kilometer entfernte Westpreußen. Dort kam der Vater mit seinem kleinen Sohn und der Großmutter im Frühjahr 1918 an. Ohne Hab und

Gut, nur das nackte Leben gerettet, erreichten sie Westpreußen. Das einzige, was der Vater mitbrachte, das einzige Gut was ihm geblieben war – seine Arbeitskraft. Ab da verdiente er seinen Lebensunterhalt auf dem Gut eines Großbauern bis zu seiner Flucht am 21. Januar 1945.

Vater Christian heiratete 1924 seine zweite Frau Adeline geborene Prellwitz. Sie lebten in dem kleinen Dorf Waldowki im Amtsbezirk Schwenten (heute polnisch *Swietno*), der sieben Gemeinden und Gutsbezirke umfaßte. Die Gemeinde, ganz in der Nähe des polnischen Korridors gelegen, wurde im Herbst 1939 von den Nationalsozialisten in Waldowken – neben vielen anderen Dörfern und Gemeinden – umbenannt (heute polnisch *Waldowa*).

Mit Frau Adeline hatte Vater Christian vier Söhne, der letzte der Jungen ist Heinz, mein Schulkamerad, der mir die Fluchtgeschichte seiner Familie erzählte.

Der Sohn aus erster und der älteste aus zweiter Ehe wurden im zweiten Weltkrieg eingezogen.

Der dritte Bruder begann mit 16 Jahren eine Lehre bei einem Großbauern. Als es im Januar 1945 zur Flucht kam, musste er bei dem Bauern bleiben, den Treck führen und begleiten.

Vater, Mutter und zwei Kinder – darunter ein Schulpflichtiger und Heinz, der im Jahr 1945 eingeschult werden sollte. Frühmorgens am 21. Januar 1945 kam der Befehl zur Flucht. Sie verließen ihr Zuhause, um sich vor der aus dem Osten anrückenden Front in Sicherheit zu bringen.

Auf Grund einer Verletzung wurde der Vater zum Volkssturm nicht eingezogen. Den Durchhalteparolen und Frontberichten glaubte niemand mehr, schon geraume Zeit vorher wurde alles für eine Flucht vorbereitet. An diesem Januartag, mit Schnee und klirrendem Frost – ohne Planwagen, der Witterung unmittelbar ausgesetzt – reihten sie sich in einen sich bereits in Richtung Westen bewegenden, kilometerlangen Flüchtlingstreck ein. Eine Straßenseite musste immer für die sich in gleicher Richtung absetzenden Militärfahrzeuge freigehalten werden. Wer diese Strapazen nicht durchhielt, diejenigen, die durch Krankheit, Schwäche und Hunger ihre Kraft zum Überleben verloren, blieben auf der Strecke.

Fluchtstationen waren Marienwerder (heute polnisch *Kwidzyn*) in Richtung Neuenburg (heute polnisch *Nove*). Die Brücke bei Klein Grabau (heute polnisch Grabowka) war noch vom Treck passierbar, wenige Stunden später wurde sie von der zurückweichenden Wehrmacht gesprengt. Die Weichsel war durch den klirrenden Frost von einem starken Eispanzer überzogen und wurde so auch passierbar für die sich rückwärts bewegenden Wehrmachtsverbände. Hier auf dem Eis wurde streng darauf geachtet, dass genügend Abstand zwischen den schweren Wehrmachtsfahrzeugen und Truppenteilen eingehalten wurde, um das Einbrechen in den Fluss zu vermeiden; dazwischen Teile von Flüchtlingstrecks. Entlang des Weichseldammes gab es unzählige Unfälle und Abstürze – es herrschte ein unvorstellbares Chaos mit grässlichen Szenen, die die Menschen erschreckten und für lange Zeit traumatisierten. Viele der Älteren haben diese Bilder bis zu ihrem Lebensende nie vergessen können. Tag und Nacht wurde auf den Gespannwagen verbracht, das heißt auch nachts – bei empfindlichen Minusgraden im Wagen – unter freiem Himmel.

Der Treck zog weiter in Richtung Norden über Meve (heute polnisch *Gniew*) in das von da nördlich gelegene Stargard (heute polnisch *Starogard – Gd.*) – einen Verkehrsknotenpunkt.

Hier war für vier Tage Halt, es gab eine Unterkunft in einem Massenquartier. Ein Erlebnis, das er nie vergessen konnte, obwohl schon die vergangenen Wochen traumatische Eindrücke hinterließen, war das Folgende, ein unvergesslich erschreckendes Vorkommnis. Er beobachtete, wie drei Jugendliche, Halbwüchsige von der Feldgendamerie, den sogenannten „Kettenhunden“, durch den Ort getrieben wurden. Sie wurden verdächtigt, Pferde gestohlen zu haben. Diese jungen Menschen fand man kurze Zeit später aufgehängt auf einem Wäscheboden.

Hier in Stargard war die Tagesaufgabe die Beschaffung von Lebensmitteln. In den verlassenen Häusern und Geschäften der bereits geflüchteten Bevölkerung wurde nach allem Verwertbaren gesucht, Lebensmittel, Kleidung, Heizmaterial. In einem Seitengraben stand ein zurückgelassener verschlossener PKW-Anhänger, er wurde aufgebrochen. Beladen war er mit Wachskerzen, es blieb keine der Packungen zurück – alles wurde ausgeräumt und mitgenommen. In den folgenden Monaten – ohne Strom, ohne Licht, ohne eine Wärmequelle – haben die Kerzen oft in den erbärmlichsten Situationen geholfen.

In Stargard trafen die Eltern wider Erwarten, bei allem schrecklichen Durcheinander ihren zweitältesten Sohn Gilbert. Der 16-Jährige war allein auf Lebensmittelsuche unterwegs und hatte dabei seinen Treck – den des Großbauern – verloren. Hier gelang es der Familie, aus den verlassenen Häusern alte Decken und Teppiche zu Planen zusammenzuknüpfen und über den Pferdewagen zu spannen und sich damit einen notdürftigen Schutz vor den Unbilden der Witterung – Schnee, eisigem Wind und bitterer Kälte zu schaffen. So groß die Freude über den wiedergefundenen Sohn war, so war sie nun gleichzeitig auch verbunden mit der ernstlichen Sorge der Eltern, dass nun die Gefahr bestand, dass der Sohn zum Volkssturm eingezogen werden würde.

Vater Christian musste jetzt seinen Sohn immer gut verstecken, das Risiko war groß, noch in diesen letzten Tagen von der Wehrmacht aufgegriffen und sinnlos verheizt zu werden. Von Stargard zog der Treck weiter. Aus allen Richtungen, an allen Straßenkreuzungen und Einmündungen ordneten sich neue Trecks, rücksichtnehmend auf die Ankommenden oder brutal – nach dem Prinzip der Stärkere setzt sich durch – in die kilometerlangen Flüchtlingstrecks ein. Wer, aus welchen Gründen auch immer, nicht weiter konnte, blieb zurück. Hilfe zu erhalten war kaum möglich, jeder hatte mit sich selbst zu tun – es ging letztendlich um das nackte Überleben dieser grausamen, fürchterlichen Zustände. Der Fluchtweg ging weiter in nordwestlicher Richtung nach Körlin (heute polnisch *Karlino*) über Köslin (heute polnisch *Koszalin*). Vater Christian hatte in Köslin mütterlicherseits Verwandte. Sie legten da über Nacht eine Ruhepause bei den Verwandten ein, diese waren nicht zu bewegen, sich durch Flucht vor der immer näher kommenden Front in Sicherheit zu bringen. Sie waren der Meinung, nun würden bald die versprochenen „Wunderwaffen" zum Einsatz kommen. Der ständig immer vernehmlicher werdende Geschützdonner konnte sie nicht zur Flucht bewegen.

Am nächsten Morgen zog die Familie mit ihrem Gespannwagen weiter. Der nächste Ort war Körlin. Hier erlebte die Familie am 17. März 1945 den Einzug der Roten Armee. Die Truppen verhielten sich korrekt, es gab keine Übergriffe und Brutalitäten. Es wurde lediglich bei den Flüchtenden und auf deren Wagen nach Waffen gesucht. Der Treck zog weiter, und in dem kleinen Dorf Wartekow (heute polnisch *Wartokowo*) im ehemaligen Kreis Kolberg (heute polnisch *Kolobrzeg*) – Körlin wurden die Ankommenden notdüftig untergebracht.

Vom Heimatdorf Guhringen bis hier nach Wartekow hatte Familie Weiß 300 Kilometer Fluchtweg mit dem Pferdewagen hinter sich. Einige Wochen blieb die Familie da und erlebte im Mai 1945 das Kriegsende. Die Pferde ihres Gespanns wurden von den Russen konfisziert, teilweise ausgetauscht – die kräftigen gesunden Tiere der Flüchtlinge wurden von den Siegertruppen beschlagnahmt und deren kranke und schwache Tiere zurückgelassen. Jetzt wurde von den Russen die weitere Verwaltung den Polen übertragen. 1945/46 musste die Familie das Dorf abermals verlassen. Sie fanden im gleichen Kreis Unterkunft im Dorf Klein Jestin, es zählte nur wenige Häuser und gehörte zur Gemeinde Groß Jestin (heute polnisch *Goscino*). Hier lebte bis zum Sommer 1947 Familie Weiß. Vater Weiß und Sohn Gilbert arbeiteten unter polnischer Aufsicht in der Landwirtschaft. Schulunterricht für Sohn Heinz gab es nicht. Die Familie bekam einen kleinen Garten, so konnte das Nötigste für die Ernährung angebaut werden.

Im Herbst 1945 gab es eine Geschichte, die Heinz nicht vergessen hat. Er war mit seinen Brüdern und einigen Jungen des Dorfes dabei, mit langen Stangen die reifwerdenden Früchte eines Walnussbaumes auf dem Gutsgelände vom Baum zu schlagen. Der polnische Verwalter erwischte sie dabei und sperrte die Jungen – Gänse und Hühner waren im Freien – im Hühner- und Gänsestall ein. Am Abend erzählte der Verwalter dem Vater, er habe einen besonderen Fang gemacht und führte ihn in den Stall. Vater Weiß als gewissenhaften Menschen hat das geärgert und verletzt, dass ausgerechnet unter den Dieben zwei seiner Söhne waren. Da blieben Prügel nicht aus.

Vater verstand die russische Sprache und hörte eines Tages, als sich Russen unterhielten, dass demnächst Arbeitskräfte für einen Transport gesammelt werden sollten. Alle deutschen männlichen Bewohner wurden aufgerufen, sich im Dorf zu versammeln. Der Vater ahnte, das diese Männer zum Abtransport bestimmt waren. Seinen Sohn versteckte er in einem Schafstall, und es kam so – die am Sammelpunkt erschienenen Männer wurden abtransportiert. Die zurückgebliebenen Dorfbewohner erfuhren nicht, wo die Männer hingebracht wurden.

1947 begann die Vertreibung der Deutschen aus diesen Gebieten. Wer nicht die polnische Staatsbürgerschaft annehmen wollte, wurde ausgewiesen.

Familie Weiß wurde dann so wie viele tausend Flüchtlinge und Ausgewiesene von der Hafenstadt Stettin (heute polnisch

Szczecin) aus per Eisenbahn im Viehwaggon in Richtung Westen transportiert.

Im Juli 1947 erreichten sie Zittau und damit das Gebiet der SBZ, der Sowjetischen Besatzungszone. In Niederoderwitz in der Oberlausitz, in einer ehemaligen Schokoladenfabrik, war eine Quarantänestation eingerichtet. Alle Flüchtlinge wurden dort in der Entlausungsstation behandelt.

Im August ging es weiter mit der Eisenbahn über Bautzen, Bischofswerda in Richtung Kamenz.

Beim Halt auf den Stationen und Bahnhöfen wurden die Personen aufgerufen, die den Zug verlassen durften. Familie Weiß hatte es dann am Bahnhof Pulsnitz geschafft – sie konnten aussteigen. Im Ortsteil Meißner Seite, in der alten Schule, wurde ihnen ein Zimmer zugewiesen. Pulsnitz sollte jetzt – nach Flucht und Vertreibung – die neue Heimat werden.

Erinnerungen an unsere Flucht aus Pommern

Frau Gertrud Brauer, geb. Regel, Jahrgang 1928, lebt in Pulsnitz. Ihr Bruder, ein Schulkamerad meines Jahrganges. stellte mir, mit dem Einverständnis seiner Schwester, den für die Familie von ihr aufgeschrieben Fluchtbericht zur Verfügung.
Über viele Generationen lebte die Familie in Prellwitz/Pommern, sie waren Bauern, die mit der Bewirtschaftung einer 15 Hektar großen Fläche ihren Lebensunterhalt verdienten.

Am 13. Januar 1945 wurde unser Vater noch mit 58 Jahren zum Volkssturm eingezogen. Am 27. Januar 1945, bei meterhohem Schnee und eisiger Kälte bis minus 20 Grad Celsius früh um fünf Uhr morgens, begann unsere Flucht – Mutter mit uns beiden Kindern. Mutter war 50, Manfred gerade fünf geworden und ich mit 16 Jahren. Auch unsere Tante Frida, 45, mit ihrer Tochter Ingrid mit vier Jahren musste sich an diesem Morgen auf die Flucht begeben. Unser Ort Prellwitz (heute polnisch *Przelewice*) wurde geräumt.

Wir mussten alles stehen- und liegenlassen, die Schweine und Kühe blieben im Stall, und dann ging es fort. Militär mit Panzern kam uns entgegen. Im nächsten Ort Zützer (heute polnisch *Szczuczarz*) passierte schon das erste Unglück, ein Zweispänner kippte in einer Kurve um. Es ging noch einigermaßen gut. Nachdem der Wagen wieder aufgerichtet war, ging es weiter. Der Ort war schon geräumt. Unser Militär schlug alle Fensterscheiben der an der Straße stehenden Häuser ein – Bild des Grauens. Weiter ging es durch Wiesenthal, Woldenberg (heute polnisch Swiecianowo, Dobiegniew). Wir fuhren bis zum 28. Januar gegen 23:30 Uhr in der Nacht. Auf einem Rittergut gab es den ersten Halt. Auch hier wurde kurzfristig gepackt, wir mussten weiter ziehen.

Am 30. Januar ging es in aller Frühe los, die Russen waren uns auf den Fersen. Man hörte die Einschläge der Geschützgranaten. Der nächste Halt war dann Reetz (heute polnisch *Recz*), das ist eine kleine Stadt, sie war auch fast leer. Hier blieben wir drei Tage. Am letzten Tag wurden wir in aller Frühe von Geschützdonner aufgeschreckt, wir brachen Hals über Kopf auf und zogen weiter.

Mutti und Manfred gingen zum Wagen, der stand ein paar Straßen weiter. Ich holte das Pferd, es stand noch an einer anderen Ecke. Zu allem Unglück hatten wir den Wagen in die verkehrte Richtung geschoben und konnten nicht mehr umdrehen. Durch die vielen Gespanne war alles verstopft. Es schrie alles durcheinander, wir konnten uns nicht einreihen – Chaos, es war furchtbar! Es ging weiter in Richtung Stargard (Oder) (heute polnisch *Szczecinski*). Unsere Leute aus Prellwitz waren schon weit voraus. Wir haben sie im Laufe des Tages wieder eingeholt und waren wieder einmal der nahenden Front entkommen.

Weiter ging es in Richtung Autobahn. Plötzlich waren Tiefflieger über uns, aber es ging noch einmal gut.

Ein Bauer in unserem Treck, der vor uns war, hatte einen Baum von eineinhalb Meter Länge aus dem Wagen ragen. Unser Pferd, das immer versuchte, den Anschluss an den vor ihm fahrenden Wagen zu halten, hatte sich dadurch an den vorderen Beinen erhebliche Verletzungen zugezogen. Als Mutti den Mann daraufhin ansprach, stellte sich heraus, dass es ein Bekannter von früher aus Wiesenthal war.

Überall, wo wir durchfuhren, verlassene Häuser – gespenstisch, und wir waren immer auf der Suche nach Essbarem. Wie viele haben ihr Leben mit dem Tod bezahlt. Das Volk – wir alle – musste es ausbaden. Es gab Bombenhagel aus der Luft und Geschosse hinter uns. Es ging weiter in Richtung Demmin nach Grimmen. Hier wurden wir in einen Gasthof eingewiesen, es war eine Massenunterkunft in einem Saal auf Stroh. Nach drei

Wochen wurden wir am 23. Februar 1945 in Deylsdorf auf einem großen Bauernhof untergebracht. Tante Fridas Pferd kam mit in den Pferdestall, unser Pferd musste in den Kuhstall, weil es total erkältet war. Wir hatten Angst, dass es nicht durchkommt, aber es erholte sich wieder. Hier blieben wir drei Monate.

Am 1. Mai 1945 vormittags eroberten die Russen auch Deylsdorf. Mit Panje-Wagen und Reitern standen die Russen plötzlich auf dem Hof. Es fielen die Worte, hier sind die Menschenfresser. Das nächste Wort war Uhri, Uhri, alles wurde durchwühlt und vieles geplündert und mitgenommen.

Ein Mann von uns Flüchtlingen griff mich und steckte mich zu seinen Kindern unter eine Decke. Von da an hatten wir Läuse an allen Körperteilen. Das war schlimm, aber Vergewaltigung wäre viel entsetzlicher gewesen. Ein Russe kam wieder zurück zu unserem Wagen. Wo ist Frau, hat dabei Mutti am Kinn gepackt und es so zusammen gedrückt, dass sie danach unheimliche Schmerzen hatte. Endlich nach drei Tagen durften wir über die Oder. Auf der anderen Seite standen die Russen – alles Halt, nun kamen die Wagen wieder dran. Alles wurde durchsucht und geplündert. Wir waren drei Familien und ein Wagen, die nun hier wiederholt gesichtet und geplündert worden. Sie fanden immer etwas, was sie mitnahmen. Nach Tagen lag auf dem Wagen, der täglich durchsucht wurde, nur noch ein Haufen Lumpen.

An diesem Tag war unser Pferd Max dran. Die Russen spannten es aus, sie nahmen es mit und banden das Pferd hinten an ihren Panje-Wagen. Es wollte nicht mit, es sträubte sich und schrie, aber es half nichts. Sie nahmen es mit – furchtbar. Ja, nun standen wir mit dem von den Russen zurückgelassenen schwachen Pferd da, es konnte kaum den Wagen ziehen. Wir mussten alle laufen, außer Manfred und Ingrid. Jeden Morgen musste das Pferd mit Stangen und Brettern aufgerichtet werden, es konnte allein nicht mehr aufstehen.

Es ging weiter durch Landsberg (heute polnisch Gorozow *Wielkopolski*), Woldenberg, Wiesenthal, Zützer. In Zützer kamen wir abends an. Die Leute, die schon in Zützer waren, meinten, wir sollten doch erst am nächsten Tag nach Prellwitz fahren. Es wären zwei deutsche Männer und Russen/Polen drin.

Wir haben dann die Nacht im Wald verbracht und das Pferd vor dem Wagen gelassen.

Früh, als wir los wollten, konnte das Pferd den Wagen nicht mehr ziehen. Was nun? Herr Klokzin hat dann den Wagen bei sich rangehangen. Das Pferd haben wir geführt, es kam nur mühsam voran. In Prellwitz angekommen, welch eine große Freude, kam uns unser Vater am See entgegen. Er war schon seit Mitte April mit Herrn Benzin im Dorf. Wir sind dann nach Hause auf unser Gehöft. Das Pferd kam in den Stall. Am nächsten Tag fanden wir es tot im Stall liegen. Wir haben dann im Garten ein großes Loch gegraben und es dort reingelegt. Nach ein paar Tagen hatten die Russen und Polen entdeckt, dass wir etwas vergraben hatten. Wir mussten das Pferd wieder ausgraben, sie hatten doch etwas anderes vermutet. Ja, nun waren wir zu Hause. Unser Vater hatte schon alles im Haus und auf dem Hof aufgeräumt. Unser Gehöft stand noch vollständig, außer das im Haus nicht mehr viel Möbel drin waren. Im Hof hatte das Korn einen halben Meter hoch, und tote Schweine und Kühe gelegen. Unser Gehöft hatten die Russen als Stützpunkt benutzt, ringsherum ist alles runtergebrannt, größtenteils die Wohnhäuser. Im ganzen Dorf stehen nur noch drei unversehrte Gehöfte und das Rittergut. Alles andere steht nur noch teilweise. Es müssen furchtbare Kämpfe stattgefunden haben. Unsere nächste Stadt Schloppe (heute polnisch *Czlopa*) – 15 Kilometer entfernt, ist zu 80 Prozent zerschossen worden. Nun mussten wir für die Russen und Polen arbeiten. Im Rittergut stand dann eine gemischte Herde von 300 Kühen, zum Teil mussten wir die auch melken. Außerdem gab es eine Riesenherde Schafe. Nachts konnten wir nicht in unserem Haus bleiben, denn die Russen und Polen hatten die Frauen entdeckt.

Entweder wir gingen zum Schlafen in den Wald oder heimlich zu einem Onkel, dessen Stallgebäude unbeschädigt geblieben war, und übernachteten dort auf dem Spitzboden. Jede Nacht suchten die Russen nach Frauen. Wir hörten sie immer, der Stall lag ja gegenüber der Straße.

Die Kuh mit ihrem Kalb, die der Vater eingefangen hatte, war eines Nachts verschwunden. An einem Tag in der Woche mussten alle auf den Gutshof kommen, da gab es die Wochenration, ein Viertelbrot und eine Tasse Zucker, mehr gab es nicht. Ungefähr im September 1945 stand plötzlich eine Polenfamilie mit Pferd und Wagen bei uns auf dem Hof. Sie zogen mit zwei kleinen Kindern ins Haus. Nach einer Woche kam der Mann zu uns in die Stube mit den Worten „… das alles meine, du raus!“ also nahmen wir, was wir tragen konnten. Das war für jeden ein Rucksack. Die Rucksäcke hatten wir uns mit der Hand aus einer Wagenplane genäht. Für zwei Mann Kopfkissen und Deckbetten, mehr konnten wir nicht tragen.

Der Mann der Polenfamilie war ständig betrunken. Seine Frau bekam oft Prügel von ihm, dabei gingen Fensterscheiben zu Bruch, die dann mit Kissen zugestopft wurden. Dem konnte man nur aus dem Weg gehen. Sie begannen sofort mit der Schnapsbrennerei und sorgten so immer dafür, dass für Nachschub gesorgt war.

Wir mussten unser Haus verlassen und auf die andere Seite von Prellwitz hinter das Rittergut in die Arbeiterhäuser ziehen, die waren leer – ohne Möbel. Das Einzige, was es gab, war der Ofen und ein Herd. Es musste immer aufgepasst werden, dass noch Glut drin war, denn wir hatten nicht einmal Streichhölzer. Wenn ich zurückdenke, mussten wir zweieinhalb Jahre ohne Strom und Geld auskommen.

Die Viehherden wurden jeden Tag auf die Felder und Wiesen zum Weiden getrieben. Zwei von uns wurden jeweils von bewaffneten Russen beaufsichtigt. Der Sommer war vorbei, der Winter nahte. Eines Tages mussten alle auf den Gutshof kommen. Wir wurden zum Kühetreiben eingeteilt, ohne Wenn und Aber ging es in Richtung Polen, Russland. Wir waren fünf deutsche Frauen, dabei Tante Frida, Ingrid und ich. Wir wurden begleitet von reitenden Russen und mit Pferdewagen.

Am dritten Tag, nach dem Melken und Füttern, haben wir, Tante Frida, Ingrid und ich, beschlossen, nicht mehr weiter mitzugehen. Am Abend, wir glaubten uns unbeobachtet, sind wir geflüchtet. Wir hatten dabei große Angst, dass die Russen es bemerken, aber es ging alles gut. Wir sind dann ein Stück mit einem Zug gefahren, bis uns die Polen kontrollierten und wir von ihnen brutal gezwungen wurden auszusteigen. Nach zwei Tagen erreichten wir in der Nacht gegen 24 Uhr unser Dorf Prellwitz. Wir weckten Vater und Mutter, sie wussten ja nicht, wer draußen war. Das durfte nicht auffallen und bemerkt werden. Nach vielem Hin und Her war Vater der Meinung, dass es keinen Sinn hat, weiter zu flüchten, die Russen und Polen würden uns immer wieder fassen. Wir drei konnten uns aber nicht zurückmelden, da wären wir an die Wand gestellt worden. Also sind wir zu Fuß an der Bahnstrecke bis zum nächsten Ort Selchowhammer (heute polnisch *Kuznica Zelichowska*) gelaufen. Dort stiegen wir ohne Geld und Fahrkarten in den Zug. Dabei war die große Angst, entdeckt zu werden. In Kreuz (heute polnisch *Krzyz*) angekommen wollten wir von hier aus mit einem Zug weiter nach Stargard über die Oder. Kurz bevor der Zug kam, wurden wir von Polen festgenommen. Die brachten uns in ein Haus und sperrten uns in einen Raum ein, in dem schon vier Männer drin waren, das waren Polen. Es war die Hölle.

Am nächsten Tag, nach vielem Bitten und Flehen, nahmen sie uns aus diesem Gewahrsam. Wir mussten dann dort jeden Tag alle Räume saubermachen. Unser Raum hatte weder Tisch noch Stuhl – nur den blanken Fußboden. Wir hatten in diesen Tagen furchtbare Angst. Wir mussten alles tun, was sie wollten, und durften nicht den Mund aufmachen. Ja, das war Weihnachten 1945.

Ein Jahr lag hinter uns. Es war ein Glück, dass wir alle noch zusammen waren, man wusste nur nicht, wie lange. Mitte Januar 1946, mitten in der Nacht, gab es plötzlich großen Krach, die Tür ging auf und sie schrieen: „… los, los na Odra“, und schlugen mit Stöcken um sich und trieben uns auf den Bahnhof. So behandelt man keine Tiere. Auf dem Bahnhof angekommen mussten wir in einen Zug einsteigen. Ging das nicht schnell genug, halfen die Polen mit dem Gewehrkolben nach. Wir mussten aufpassen, dass wir nicht getrennt wurden, und nach einiger Fahrzeit aussteigen. Die Begleiter schrien, wir wären über die Grenze gekommen, also hinter die Oder. Auf dem Bahnhof hatten wir das Stationsschild Stargard gesehen. Jetzt wussten wir, dass wir gar nicht über die Oder gekommen waren. Sie trieben uns wie eine Herde Kühe in eine Kaserne. Wer nicht mitkam, blieb zurück. Hier, wo schon viele Deutsche waren, wurden wir untergebracht. Das war ein Auffanglager. Nach Wochen wurden wir verteilt, wir kamen auf ein Rittergut. Dort teilten wir mit vier Familien zusammen zwei Räume. Unser Vater wurde für Holzarbeiten eingesetzt, und wir mussten mit den Pferden raus zur Feldarbeit. Eines Tages kam der Polen-Chef zu mir, ich müsste seiner Frau im Haushalt helfen (zwei Schweine hielten sie in der Küche). Es war dort auszuhalten, es gab Schlimmeres. Der Bruder des Chefs wohnte auch dort. Da passierte folgendes: Er war einige Tage nicht im Haus, und ich brauchte in seinem Zimmer nicht zu heizen. In der Nacht wurde ich durch lautes Getöse und Gebrüll munter. Sie standen betrunken vor unserer Tür. Sie tobten, wir mussten öffnen, sonst hätten sie die Tür eingetreten. Ich sollte sofort den Ofen heizen, es wäre kalt. Unser Vater ließ mich nicht allein gehen, er kam mit. Wir hatten große Mühe, Feuer zu entfachen, es wollte einfach nicht anbrennen. In dem Raum stand eine 20-Liter-Milchkanne mit einer brennbaren Flüssigkeit. Aus dieser nahm der Bruder eine Schöpfkelle voll und schüttete sie in den Ofen. Es gab eine Stichflamme. Vater und ich bekamen ein paar Ohrfeigen. Die beiden schlugen sich miteinander, dabei griff einer auch zu einem Beil. Vater und ich flüchteten in unsere Unterkunft. Mutter und Tante Frida hatten sich um uns gesorgt. Wir hatten große Angst, die betrunkenen Männer würden wiederkommen, aber es blieb alles ruhig. An nächsten Tag entschuldigte sich der Polen-Chef bei unserem Vater.

Manfred wurde dann im Sommer sehr krank. Er schrie vor Schmerzen, man durfte ihn kaum berühren. Der Polen-Chef ließ ihn dann in die nächste Stadt zu einem Arzt fahren. Mutter und Vater fuhren mit. Der Arzt vermutete Rheuma und hatte ein paar Tabletten und Eichenrinde zum Baden mitgegeben. Nach ein paar Wochen wurde es dann besser.

Nach Weihnachten 1946 ging es wieder weiter auf ein anderes Gut zusammen mit drei Familien. Wohin es ging, das wussten wir nicht. Bewachung war immer dabei.

Im April wurden wir in die Kaserne nach Stargard zurückgebracht. Von dort ging es Hals über Kopf auf den Bahnhof. Wir mussten sehr aufpassen, dass wir uns nicht verloren. Wir wurden wieder wie eine Viehherde getrieben. Wer nicht mitkam, blieb auf der Strecke. Alles schrie durcheinander, die Bewacher verschafften sich mit Gewehren und Stöcken Respekt. So geht man nicht einmal mit Tieren um. Auf dem Bahnhof stand ein Zug mit Güterwaggons. Wir mussten einsteigen, etwa 30 Personen in einen Wagen. Es waren ungefähr zehn Wagen.

Wir hofften, nun bald über die Oder zu fahren. Aber wir wurden immer nur kurze Strecken gefahren und dann wieder Stunden stehengelassen. Die Fahrt zog sich hin. Wir sind vier Tage unterwegs gewesen, als wir in Löbau ankamen und aussteigen durften. Wir hatten noch Glück, dass es Frühjahr war. Ein Transport vor uns ist im Winter unterwegs gewesen, dabei sind viele Menschen erfroren.

In Löbau kamen wir für vier Wochen in ein Quarantänelager. Wir wurden untersucht: Alles Ausziehen – nackend, dann eine Stunde warten, bis es mit der Untersuchung und Entlausung losging. Das musste man alles über sich ergehen lassen. Wir waren Menschen zweiter Klasse. Aber wir waren trotz allem froh, dass wir unsere Peiniger loshatten und uns hier frei bewegen konnten. Nun wurde eingeteilt, in welchen Ort wir gebracht werden. Wir sollten nach Kamenz kommen. Dann wurde erneut eingeteilt, wir waren für Pulsnitz vorgesehen.

Am 6. Juni 1947, abends um sieben Uhr, sind wir mit dem Zug in Pulsnitz angekommen und wurden im Speisesaal des Elektrizitätswerkes – halb verhungert – untergebracht. Unsere Mutter war durch die Strapazen sehr schwach und hinfällig geworden. Sie hatte sich eine Lungenentzündung zugezogen und schlief nur noch, war kaum noch ansprechbar. Sie kam ins Krankenhaus, lag dort einige Wochen, es sah böse aus, wir dachten nicht, dass sie das übersteht.

Wir erhielten dann eine Unterkunft in der Pfefferküchlerei Gräfe auf der Schillerstraße. Das war ein Raum, zwölf Quadratmeter groß für sechs Personen, mit zwei Betten, einem Kinderbett, einem runden Tisch mit vier Stühlen, einem Kleiderschrank und einem kleinen eisernen Herd. Endlich waren wir allein. Wir gingen und meldeten uns im Rathaus an, bekamen Lebensmittelkarten und ein wenig Geld, selbst hatten wir nichts mehr. Wir sahen aus wie Häftlinge, die aus dem Zuchthaus entlassen waren – Menschen dritter Klasse.

Flucht von Sibylle Schulz

Sibylle Schulz, Jahrgang 1924,
aufgenommen in Bad Godesberg in einer Seniorenresidenz der Diakonie am 18. und 19. November 2014

Sibylle Schulz, geborene von Milczewski, kam im Juli 1924 in Stolp (heute polnisch *Slupsk*), Pommern, Regierungsbezirk Köslin (heute polnisch *Koszalin*) – angrenzend im Osten an die Westgrenze der Provinz Westpreußen, nördlich davon liegend der Freistaat Danzig (heute polnisch Gdansk) – zur Welt. Familie von Milczewski gehörte zum westpreußischen/pommerschen Landadel.

Der Großvater väterlicherseits, Rittmeister Eugen von Milczewski, war Gutsbesitzer auf Gut Zelasen, gehörend zur Landgemeinde Zelasen. Das Gut hatte er aus Familienbesitz geerbt. Er heiratete Elisabeth von Rexin. Aus dieser Ehe gingen sechs Kinder hervor, drei Jungen und drei Mädchen. Sie war eine Frau mit sozialer Verantwortung, die sich auch in der Krankenpflege betätigte. In einem Krankenhaus infizierte sie sich mit Typhus und verstarb daran.

Als Erben kamen nur die männlichen Nachkommen in Betracht. Der Erstgeborene war krank kam dafür nicht in Frage. Den beiden jüngeren Söhnen wurde vom Vater mitgeteilt, dass derjenige, der heiratet und als erster einen männlichen Nachkommen zeugt, der Erbe werden wird. Der Jüngste, Wend, heiratete 1922 Ilse von Blanckensee. Vier Kinder wurden geboren, zwei Mädchen, Elisabeth und Sibylle, letztere kam im Krankenhaus in Stolp zur Welt, danach wurde Sohn Günter – der so langersehnte männliche Erbe, geboren. Er starb mit einem Jahr an Diphtherie, Tochter Vera wurde nur acht Jahre alt, sie starb an Kinderlähmung. Großvater Eugen starb 1925 ohne das Wissen, wer sein Erbe weiter führt. Seine beiden Söhne Günter und

Gerd bewirtschafteten nun gemeinsam das umfangreiche Gut Zelasen – 644 Hektar mit Feldern, Wiesen, Wäldern und dazu gehörender Viehwirtschaft in der etwa 450 Einwohner zählenden Landgemeinde Zelasen.

1926 kaufte Vater Wend das Gut Rauschendorf (bis 1920 polnisch *Chimanowo*), das zur gleichnamigen etwa 250 Einwohner zählenden Landgemeinde im Amtsbezirk Kolkau (heute polnisch *Chimanowo*) Kreis Lauenburg (heute polnisch *Lebork*) gehörte.

Das kleine Gut umfaßte neben 500 Morgen Land mit Feldern, Wald und Wiesen auch Viehhaltung.

Sibylle von Milczewski wuchs auf Gut Rauschendorf auf, besuchte vier Jahre die Dorfschule. Die Eltern ließen sie zusammen mit ihrer Schwester anschließend bis 1936 von einer ausgesuchten jüdischen Abiturientin privat unterrichten, trennten sich danach von dieser jungen Frau. Es war die üble Zeit, in der die Diskriminierung und Verfolgung der Juden forciert von den Nationalsozialisten betrieben wurde. Sibylle besuchte ab 1938 die Oberschule in Lauenburg, 1942 schloß sie dort mit dem Abitur ab. Eine weitere Ausbildung oder ein Studium kam nicht in Betracht. Sie wurde zu Hause auf dem Gut in Rauschendorf erwartet und bekam die Aufgabe, sich um Hauswirtschaft und Garten zu kümmern. Zu Beginn des Krieges 1939 war Vater Wend 63 Jahre alt, für den Kriegsdienst nicht mehr geeignet. Die Eltern hörten nachts unter strengen Vorsichtsmaßnahmen – bei kleiner Lautstärke unmittelbar neben dem Radio sitzend und mit Bedacht, dass keine Personen außer der Familie das Abhören der Sendung vom „Feindsender BBC-London“ belauschen konnten, was im Krieg nicht nur freiheits- sondern lebensgefährlich war. Die Kinder wußten von den nächtlichen Sitzungen vor dem Radioapparat nichts. Die Eltern waren also informiert, nicht allein vom nationalsozialistischen Rundfunk, sondern auch von der Gegenseite. Jedoch war es auch für sie nicht einfach, alles was sie hörten von dieser und jener Seite für glaubwürdig zu erachten. Es blieben Fragen und Zweifel, das heißt letztlich Verunsicherung, was im Reich und an den Fronten vor sich ging. Im Frühjahr 1945, es war Februar/März, kam ein Onkel auf das Gut. Er war gut über die aktuelle Lage informiert und vertrat trotz des aus der Ferne nicht zu überhörenden Artilleriefeuers die Meinung, dass die Russen aufgehalten würden. Er erzählte von der „Wunderwaffe“, die von den Nazis seit Wochen propagiert wurde und nun durch ihren Einsatz den Endsieg für das Reich bringen würde. Durch diese wahnsinnigen Versprechungen wurden die Soldaten an den Fronten und die Menschen im Land immer wieder zum Durchhalten animiert.

Da im Reichsrundfunk von den Gräueltaten der Roten Armee berichtet und auch von den immer öfter durchziehenden Menschen der Flüchtlingstrecks aus dem Osten von den Übergriffen der sowjetischen Soldaten berichtet wurde, gab es erhebliche, berechtigte Ängste in der Zivilbevölkerung vor blutiger Rache, vor dem Verlust von Hab und Gut, vor Vergewaltigung der Frauen. Frauen waren besonders gefährdet, das wusste man.

Jeden Tag wurde mit dem Auftauchen der Soldaten gerechnet. Sibylle ging in Kleidern schlafen, um, wenn nötig, sofort fliehen zu können.

Der auf das Gut geflüchtete Onkel mit Frau und seinen zwei Töchtern – Cousinen von Sibylle – sowie einer Tante, Schwester der Ehefrau des Onkels, wollten trotz des Glaubens an die Wunderwaffe weiter fliehen.

Ein weiteres Zimmer mussten sie zur gleichen Zeit als Quartier einem deutschen Wehrmachtsoffizier zur Verfügung stellen.

In der Nacht des 11. März 1945 kamen die Russen. Nachdem der Vater die verschlossene Tür öffnete, stürmten die Soldaten ins Haus. Sibylle weckte den deutschen Offizier, der auf der Stelle von den Russen erschossen wurde. Die Tante befand sich mit ihren beiden Nichten – 24 und 28 Jahre alt – im Gästezimmer, die Soldaten vergewaltigten die beiden jungen Frauen. Aufgrund dieser miterlebten unmenschlichen Gewalt an ihren Nichten, erlitt die Tante einen tödlichen Schlaganfall.

Sibylle hatte sich in das Schlafzimmer der Eltern geflüchtet. Alles wurde durchsucht. Was den Eindringlingen gefiel, wurde mitgenommen, aus der Weißwäsche des elterlichen Schlafzimmerschrankes fertigten sie sich Fußlappen an. Aus Angst vor Vergewaltigung forderte Vater Wend seine Tochter auf zu fliehen. Die Türen im Haus wurden von den Russen kontrolliert. Sibylle versuchte, durch ein Fenster ins Freie, über das angrenzende Feld zu entkommen. Es war jedoch eine helle frostige Mondnacht, es lag Schnee – das wäre von den Bewachern bemerkt worden. Sie versuchte, den Weg durch ein angrenzendes Gebüsch im Garten zu nehmen, dieser Weg war nicht so gut einsehbar. Am hinteren Ende des Gartens sah Sibylle eine Gestalt auf sich zukommen – es war ihr Vater. Er fragte sie in seiner Angst, was soll ich machen, die Russen wollen mich erschießen. Er wollte sich im Wald verstecken und war in dieser frostigen Nacht doch nur mit einem Morgenmantel und Pantoffeln bekleidet. So konnte er nicht fliehen. Vom Hauptweg her hörten sie Schritte – die Russen kamen. Der Vater beschloss, dass sie sich beide trennen müssten, um in verschiedene Richtungen zu fliehen. Einige Zeit war vergangen, Sibylle war entkommen. Dann fielen Schüsse.

Sibylle lief in den angrenzenden Wald und fand dort Bauern des Onkels, die sich bereits dorthin geflüchtet hatten und versteckt hielten – sie wurde gastlich aufgenommen. Die Bauern und ihre Familien hatten aus Baumästen und Tannenzweigen notdürftige Unterkünfte errichtet, die ein wenig vor den unmittelbaren Unbilden der Witterung schützten.

Nach zwei Tagen wurde der erschossene Vater hinter dem Garten auf freiem Feld gefunden. Im Hause hatten die Russen den Vater verhört. Sibylle erfuhr einige Tage später von ihrer Mutter, dass er beim Verhör weglief und beim Fliehen erschossen wurde. Die Soldaten vergewaltigten die Mutter und anschließend musste sie ihre Peiniger und die Mörder ihres Ehemannes im Haus bedienen. Nach diesen katastrophalen, traumatischen Ereignissen und dem Abzug der Russen verständigte die Mutter Sibylle, dass sie den getöteten Vater, die durch Schlaganfall zu Tode gekommene Tante und den erschossenen Offizier im Garten bestatten wollte. Die Mutter bekam dazu Hilfe aus dem Dorf. Das war nur nach dem Abzug der Russen möglich, da diese das Beerdigen im Garten verboten hatten. Sie waren noch nicht ganz fertig mit dieser traurigen Arbeit, da kamen Russen, es war ein anderer Trupp, der das Vorgefallene der vergangenen Tage nicht kannte. Mutter schickte heimlich Sibylle zusammen mit den beiden sich im Hause noch versteckenden Cousinen in den Wald zu den Bauern. Nur hier gab es Sicherheit vor weiteren Übergriffen. Sibylle konnte den Geflüchteten, die nichts mehr zu Essen hatten, bei Eintritt der Dunkelheit den Weg zu einem Feld mit Kartoffelmieten zeigen. So konnte der größte Hunger vorerst gestillt werden.

Nach einigen Tagen spürten die Russen die Flüchtlinge auf, sie waren wohl durch den Feuerschein und aufsteigenden Rauch im Wald auf sie aufmerksam geworden.

Sibylle flüchtete zusammen mit ihren beiden Cousinen. Sie konnten den hinter ihnen herschießenden Soldaten entkommen. Nun waren sie auf sich allein gestellt. Der Hunger quälte. Sie liefen in der Dunkelheit zurück zum Dorf, klopften am Fensterladen eines Hauses, ein Mädchen öffnete und schmierte den Geflohenen einige Brote. Sie baten, der Mutter Bescheid zu geben, dass sie in eine nahegelegene Schlucht, wo sich bereits andere Mädchen versteckt hielten, gehen wollten. Dorthin brachten Jungen aus dem Dorf heimlich Proviant für die Geflüchteten. Sybilles Mutter hatte Sibylle wissen lassen, dass sie ein Paket mit Verpflegung an den Gartenzaun legen wird. Mutter wurde bei der Ablage beobachtet, ein Soldat positionierte sich neben dem Paket und wartete auf den Abholer. Sibylle konnte aus entsprechendem Abstand den Posten beobachten – er schlief ein. Sie schlich sich auf allen Vieren heran, der Posten erwachte und eröffnete das Feuer in die Richtung, aus der er ein Geräusch vernahm. Sibylle erlangte das Verpflegungspaket nicht, sie musste wieder zurück in die Schlucht.

Am Tag darauf gab es von den Russen die Anweisung, dass das Dorf geräumt werden müsse. Es war offensichtlich, viele der Dorfbewohner waren geflohen. Um der Flucht der Bevölkerung Einhalt zu gebieten und benötigte Arbeitskräfte zu rekrutieren, sollten sich nun die gebliebenen Dorfbewohner versammeln. Die Angst war groß, aus der Heimat als Arbeitskraft in Richtung Osten verschleppt zu werden. Die in der Schlucht versteckten Dorfbewohner kamen zurück. Mit Pferdewagen, familienweise und zu Fuß wurde das Dorf geräumt. Familie von Milczewski zog mit dem an Typhus erkrankten Onkel auf einem Wagen in Richtung Westen – Richtung Lauenburg. Nach etwa zehn Kilometer Wegstrecke wurde angehalten, bis Lauenburg waren es noch 60 Kilometer. Hier wurde von den Russen selektiert. Es gab nur eine auf Deutsch gestellte Frage: „Wie alt?“. Es ging darum, arbeitsfähiges Menschenmaterial auszusuchen.

Die beiden Cousinen wurden wohl aufgrund ihres kränklichen, blassen Aussehens von den Russen als nicht für die Arbeit geeignet bei der Familie belassen. Sibylle stellte sich jung, hatte sich Zöpfe geflochten. Sie gab ihr Alter mit 14 Jahren an. Das half ihr nichts. Sie wurde mit einem Schubs auf die Seite der „Arbeitsfähigen“ gestoßen. Eine andere Bauerntochter wurde als „sibirientauglich“ aussortiert, ihre Mutter warf ihr noch eine Speckseite zu. Sibylle bekam von ihrer Mutter eine Wolldecke. Seit diesem Tag der Selektion waren die beiden Mädchen von ihren Familien getrennt und hielten zusammen. Unter den

Ausgesuchten befanden sich auch Jungen, die gerade erst 14 Jahre alt geworden waren. Alle wurden registriert. Die Anderen mussten weiter ziehen.

Die Ausgesuchten bekamen zwei Tage kein Essen, sie wurden weitergetrieben. Am dritten Tag wollten die Russen Essen bereitet bekommen. Es gab kein Geschirr und Besteck. Die Russen gaben Anweisung, in die Umgebung zu gehen und das Nötige aus den leeren Dörfern zu holen – bei Flucht wurde Erschießen angedroht. Wenn Sibylle ihren Vornamen sagte, fingen die Russen und übersetzenden Polen immer an zu lachen – der im polnischen ausgesprochene Vorname klingt ähnlich wie die polnische Zwiebel.

Die „Ausgesuchten" schafften Töpfe, Schüsseln, Teller, Tiegel und alle zur Speisezubereitung nötigen Gegenstände heran – wer das größte Gefäß brachte, bekam mehr zu essen.

Nach weiteren drei Tagen Fußmarsch kamen sie in Lauenburg am Bahnhof an und mussten in einen Güterzug steigen. Es ging in Richtung Südosten. Notdurft verrichten bei Halt des Zuges, jetzt wurden beim Aussteigen die Kübel der Waggons geleert beziehungsweise vor den Waggons – Männer auf die eine, Frauen auf die andere Seite – die Posten sahen zu.

Der Zug fuhr bis Graudenz (heute polnisch *Grudziadz*), eine Stadt im Regierungsbezirk Marienwerder (heute polnisch *Kwidzyn*), die zu Westpreußen gehörte, nach dem ersten Weltkrieg zu Polen kam und 1939 von den Deutschen zu Beginn des Polenfeldzuges okkupiert wurde und seit Ende des Krieges wieder zu Polen gehört. Hier war die Fahrt zu Ende. Die Züge wurden für Waffen- und Truppentransporte der Roten Armee benötigt.

In Graudenz wurden die Flüchtlinge in einer Schule untergebracht, geschlafen wurde auf dem Fußboden ohne Stroh. Zweimal am Tag gab es etwas zu essen – trockenes Brot und eine wässrige Gemüsesuppe ohne Fleisch. Sibylle hatte sich als Hilfe für die Küche gemeldet und konnte dort zusätzlich noch die Töpfe auskratzen. Alte Männer und junge Burschen, es waren wohl die Reste des Volkssturms, waren in einem anderen Gebäudeteil der Schule interniert.

Hier in diesem Notquartier erlebten sie am 8. Mai das Kriegsende.

Den Frauen wurde gesagt, dass sie zurück in ihre Dörfer könnten, um dort der Roten Armee beim Aufbau zu helfen. Die Männer mussten bleiben. Zusammen mit fünf anderen Frauen und Mädchen begab sich Sibylle zu Fuß auf den Rückweg nach Hause. Am Tage versteckten wir uns aus Angst vor den Arbeitskräfte suchenden polnischen Gutsverwaltern in den Wäldern. Des Nachts versuchten wir, auf der Straße weiter in unsere Heimatdörfer zu kommen. Wir bemerkten, dass die Russen bereits polnische Vertriebene in die Heimatdörfer geschickt hatten, wo sie inzwischen Häuser und Höfe in Besitz genommen hatten. Wir erfuhren, dass die Deutschen bei den Polen als Arbeitskräfte erwartet wurden. An kleinen Bauernkaten bettelten wir um Nahrung. Die großen Güter wurden umgangen, da das Risiko bestand, dort als Arbeitskraft in „Besitz" genommen zu werden. Wir wollten nach Hause. Bei den Kaschuben, einer in Polen lebenden westslawischen Minderheit mit eigener Sprache, Kultur und Bräuchen, fanden wir Verständnis, Mitleid und auch Hilfe – dort gab es immer etwas zu essen.

Nach etwa 14 Tage nach Ankunft in der Heimat in Rauschendorf fand Sibylle die Mutter nicht und wollte nach ihr suchen. Das haben die Russen verboten. Sie ordneten an, dass alle Zurückgekommenen im Dorf bleiben und arbeiten müssen – die Parole lautete: keine Arbeit – kein Essen. Sie zog mit einer Magd in ein Zimmer ihres Gutes. Das Haus war leer. Die Betten, die die kaschubischen Nachbarn Tage zuvor geholt hatten, brachten diese, als sie von der Rückkehr erfuhren, wieder zurück. Auf Gut Rauschendorf wurden die Kühe der verlassenen Höfe zusammengetrieben.

Anfang Juli wurde alles von den Polen übernommen.

Das Milchvieh musste unbedingt gemolken werden. Sibylle lernte von Nachbarn das Melken. Viele der Tiere hatten durch die Flucht der Besitzer und des dadurch ausgebliebenen Melkens kranke, schmerzende Euter. Die Anstrengung beim Melken der Tiere mit den verhärteten, geschwollenen Eutern hatte zur Folge, dass sich bei ihr eine üble Entzündung an der linken Hand entwickelte, die bei dieser Arbeit zunehmend Schmerzen bereitete. Ein von der Hand am Arm nach oben laufender roter Strich deutete auf eine sich entwickelnde Blutvergiftung hin. Sie lief zu einem polnischen Arzt im Nachbardorf und bat um Hilfe. Seine Antwort war, dass er im KZ gewesen sei und keine Deutschen behandeln würde.

In ihrer Not half ihr eine alte ostpreußische Bauersfrau. Sie schnitt die stark geschwollene Hand auf, der Eiter konnte heraus. An einem kleinen Bächlein hat sie dann im fließenden Wasser die Wunde gespült und anschließend mit Kräuterblättern desinfiziert – die Hand wurde besser, Gott sei Dank.

Sibylle bat den polnischen Verwalter, sie vom Melken zu befreien. Das tat er auch und sagte ihr ganz nebenbei, dass er polnischer Zollbeamter war, vor dem Krieg im benachbarten Grenzhäuschen seinen Dienst versehen hatte und bis zum Ausbruch des Krieges immer von ihrem Vater, dessen Grund und Boden an Polen grenzte, freundlich gegrüßt worden war. Die freundliche, achtungsvolle Geste des Vaters dem polnischen Nachbarn gegenüber war nicht vergessen. Sibylle wurde jetzt für das Kühehüten eingesetzt.

Wenn Russen sichtbar unterwegs waren, bekamen die Frauen Angst – sie duckten sich weg.

Die Suche nach der Mutter ging weiter. Von Verwandten erfuhr Sibylle, dass ihre Mutter in Lauenburg im Krankenhaus sei. Sie hatte sich wahrscheinlich bei der Begleitung des todkranken Onkels auf dem Pferdewagen mit Typhus angesteckt und musste nach der Selektierung getrennt von ihrer Tochter mit dem Gespann weiter in Richtung Lauenburg fahren. In einem kleinen Dorf kam sie unter, dort wurde sie krank und kam nach Lauenburg ins Krankenhaus. Hier wurde die Mutter noch vom Fleckfieber befallen.

Das herzliche Bedürfnis, die Mutter zu besuchen und sich auf den Weg zu begeben, war in dieser Zeit mit einem hohen Risiko verbunden. Allein als junge Frau von Rauschendorf in das 70 Kilometer entfernte Lauenburg zu laufen und sich dabei in Gefahr zu begeben, von den überall patrouillierenden und durch die Gegend ziehenden Soldaten aufgegriffen zu werden, das war Gefahr für Leib und Leben. Es gab Hilfe. Ein ihr bekanntes Mädchen war die Geliebte eines russischen Soldaten, der ab und zu mit dem Pferdegespann nach Lauenburg fuhr. Er war bereit, die Bekannte seiner Freundin auf seinem Pferdewagen unter einer Ladung Heu zu verstecken und so zum Krankenhaus nach Lauenburg zu bringen. Bei allen Kontrollen unterwegs gab es keine Probleme. Die Uniform des Soldaten und seine Papiere sicherten das gute Ankommen. Der Soldat setzte Sibylle vor dem Krankenhaus ab, sie ging hinein. Ihre Mutter erkannte sie nicht, da ihr aufgrund des Fleckfiebers, das von Läusen übertragen wird, die Haare geschoren waren. Die Mutter erkannte ihre Tochter Sibylle an der Stimme.

Mit dem Soldaten war vereinbart, dass er sie nach drei Stunden abholen und nach Rauschendorf zurückbringen würde. Nach vielen Stunden, wieder auf dem Pferdegespann unter dem Heuhaufen, erreichten sie das Heimatdorf. Die Mutter hatte ihr gesagt, dass sie ihre Entlassung per Post mitteilen wollte. Nach etwa zwei Monaten kam die Nachricht von Mutter mit dem Entlassungstermin, und sie fragte bei ihrer Tochter an, wohin sie gehen sollte. Sibylle empfahl ihrer Mutter, aufgrund des angeschlagenen Gesundheitszustandes nicht nach Rauschendorf zurückzukommen, sondern einige Zeit bei Bekannten in Lauenburg zu bleiben.

Sibylle erhielt einen Erlaubnisschein des polnischen Kommandanten, das Gut Rauschendorf in Richtung Lauenburg zu verlassen. Am nächsten Tag wollte sie nach Lauenburg laufen. Beinahe wäre daraus nichts geworden.

Magd Erna, mit der sie zusammenwohnte, hatte alles im Haus noch Befindliche, was zu verkaufen war, zu Geld gemacht. Da das von der neuen Behörde streng untersagt war, wurde sie von zwei polnischen Milizionären, denen der Verkauf nicht entgangen war, erpresst. Die Männer wollten am Abend ins Haus kommen, und die beiden Frauen sollten sie in „jeder Form" bedienen. Das bedeutete neben Essen, Trinken auch Vergewaltigung. Sich dessen bewusst, fand Sibylle ein Versteck bei einer Familie im Haus. In einem Kinderbett unter der Matratze, darüber der kleine Junge der Familie liegend, entging Sibylle der Gewalt. Die nach ihr suchenden Männer fanden sie nicht. Die Familie, die das Versteck ermöglichte, nahm ein hohes Risiko auf sich. Bei Entdeckung wären üble Sanktionen die Folge gewesen.

Am kommenden Tag schlich sich Sibylle sehr früh in den Morgenstunden unbemerkt aus dem Versteck des Hauses. Während die betrunkenen Milizionäre ihren Rausch ausschliefen, konnte sie unbehelligt entkommen. In drei Tagen schaffte sie den 70 Kilometer langen Weg zu Fuß. Bei verständnisvollen Menschen konnte sie die Nächte verbringen. In Lauenburg angekommen, machten sich Mutter und Tochter zu Fuß auf den zehn Kilometer langen Weg in Richtung Stolp zu den Verwandten von Bonin, die jetzt dort in einem Dorf wohnten. Diese Familie war von ihrem Gutshaus in ein kleines Haus im Dorf Darsow (heute polnisch *Darzewo*) – eine 400 Seelen-Gemeinde in der Nähe von Langenböse – gezogen. Es war ihnen gelungen, zwei ihrer Kühe vor der Besitznahme durch die Polen zu retten und mitzunehmen. Die Milchkühe waren in der prekären Ernährungssituation ein großer Schatz.

Hier blieben Mutter und Tochter. Aufgrund der Ausbildung der Mutter als Krankenschwester, die bereits im ersten Weltkrieg als solche tätig war, wurde sie als Gemeindeschwester im Dorf angestellt. Bezahlt wurde in Naturalien – mit Butter und Brot. Sibylle arbeitete in der Landwirtschaft, aus den heimlich geklauten Zuckerrüben wurde zu Hause Sirup gemacht.

Der Wunsch war, in westlicher Richtung wegzukommen. Das war nur vom Bahnhof in Lauenburg möglich. Mutter und Sibylle kehrten von Darsow in das zehn Kilometer entfernte Lauenburg zu Fuß zurück. Hier hatte Sybilles Mutter während ihres Krankenhausaufenthaltes eine Frau kennengelernt, die den beiden Flüchtlingen Arbeit vermittelte. Die Mutter fand Arbeit in einer Wäscherei, die für die Russen arbeitete. Sibylle kam durch Vermittlung der Bekannten zu einer praktizierenden polnischen Zahnärztin.

Die Ärztin behandelte die Offiziere. Angestellt war ein deutsches Mädchen, eine zahnärztliche Assistentin, die die einfachen Soldaten behandelte. Ein zweites deutsches Mädchen kochte, Sibylle musste putzen und ein zehnjähriges Kind versorgen.

Am Abend bekam die „Chefin“ regelmäßig Besuch von polnischen und russischen Offizieren. Sie kamen zum Poker. Es wurde bis tief in die Nacht Karten gespielt und reichlich getrunken. Die Frau verspielte und versoff ihr Geld und hatte nichts übrig, um ihre Bediensteten zu bezahlen.

Die Frauen hatten jeden Abend Angst vor Vergewaltigung durch die betrunkenen Offiziere. Sie verbarrikadierten sich in der Nacht mit vor die Tür geschobenem Inventar und blockierter Türklinke.

Nach etwa drei Monaten erfuhren die Frauen, dass demnächst ein Zug nach Deutschland fahren sollte – das war im Januar 1946. Die polnische Zahnärztin wollte „behilflich“ sein und für Plätze im Zug sorgen. Ihre Bedingung war, alle Wertsachen und Schmuck sollten bei ihr zurückgelassen werden.

Im Januar 1946, bei Minus 30 Grad Celsius, bestiegen wir in Lauenburg einen Güterwagen. Der darin aufgestellte Ofen war nicht benutzbar, da der Rauch beim Fahren zurückgedrückt wurde.

Wir kamen nach tagelanger Fahrt mit stundenlangen Aufenthalten in Thüringen, in Bad Kösen, an.

Unterkunft erhielten Mutter und Tochter bei einer älteren Dame, die ebenfalls mit ihrer Tochter zusammenlebte. Tagsüber spielte sich aufgrund des Mangels an Heizmaterial alles in der Küche ab, andere Räume konnten nicht geheizt werden. Die eiskalten Betten wurden mit vorher im Küchenherd erwärmten Ziegelsteinen – mangels Wärmflaschen – vorgewärmt. Sibylle und ihre Mutter wollten nicht in Thüringen bleiben, sie fürchteten sich vor dem drohenden Kommunismus und wollten weiter in Richtung Westen.

Sibylles Schwester Eisabeth, die während des Krieges als Krankenschwester in Italien tätig war, hatte nach ihrer Rückkehr in einem Krankenhaus in Lüneburg Anstellung gefunden. Die dortige Oberin ließ mitteilen, dass Sibylles Mutter als Krankenschwester zu alt wäre, aber Sibylle kommen könnte, wenn sie sich zur Krankenschwesterschülerin beim Roten Kreuz ausbilden ließe.

Sie nahm das Angebot aus Lüneburg an und bekam nach dort die Einreisegenehmigung. Innerhalb der verschiedenen Besatzungszonen war das ohne behördliche Genehmigung nicht möglich.

Mutter konnte bei Verwandten in Hangelsberg bei Fürstenwalde unterkommen, das gehörte zur sowjetischen Besatzungszone. Der sowjetische Kommandant gab der Mutter, die nach ihrer Ankunft als Arbeitskraft in den Wald zum Pflanzen von Bäumen geschickt worden war, die Möglichkeit, wieder als Krankenschwester zu arbeiten.

In Lüneburg angekommen wurde Sibylle nach ihrem Lebenslauf von der Oberin beim Roten Kreuz in allen Einzelheiten befragt. Es war anstrengend unangenehm, immer wurde bohrend nachgefragt, auch Fragen nach intimsten Details blieben nicht aus.

Die Oberin entschied, sie vorerst, um angeblich den erlittenen Schock der letzten Jahre zu überwinden, in ein Erholungsheim für kranke Schwestern zu schicken. Dort in Schnede, in der Lüneburger Heide, musste sie ein Jahr lang zur „Erholung" als Reinigungskraft arbeiten.

1948 – mit 24 Jahren – konnte sie endlich im Lüneburger Krankenhaus, wo auch ihre Schwester Elisabeth arbeitete, die Ausbildung zur Krankenschwester beginnen. 1951 absolvierte sie die Prüfung und bekam die Berechtigung zur Krankenpflege.

Die bis dahin in der DDR in Hangelsberg lebende Mutter reiste kurz nach der Errichtung der Berliner Mauer im August 1961 mit DDR-Ausreisegenehmigung in die Bundesrepublik, ins Sauerland, aus.

Fluchtberichte aus Schlesien

Die Flucht von Bernhard Kille im Herbst 1944

Bernhard Kille, Jahrgang 1931, geboren in Odersteine in Schlesien. Er wuchs auf dem Bauernhof bei den Großeltern auf.

Nach Flucht und Vertreibung besuchte er eine Landwirtschaftsschule in Westdeutschland und war bis zu seinem Ruhestand als Landwirtschaftsmeister tätig. Er lebt heute in Grevenbroich – in Nordrhein-Westfalen. Seinen Fluchtbericht übergab er mir 2014 bei einem Besuch seines Verwandten in Sachsen.

Bis jetzt haben wir in Schlesien vom Krieg noch nicht viel verspürt, vereinzelt kamen mal anglo-amerikanische Bomberverbände angeflogen. Sie kamen, da die Frontentfernungen geschrumpft waren, von Westen, überflogen Schlesien und machten Zwischenlandung im russischen Frontgebiet oder Norditalien. Unbehelligt von deutschen Abwehrkräften, es gab keine, zogen sie ihre Kondensstreifen am Horizont, manchmal warfen sie Flugblätter ab. Ich brauchte zu dieser Zeit noch nicht viel bei der Feldarbeit helfen, dadurch hatte ich immer Zeit für meine schulischen Hausaufgaben. Musste aber Haus und Hof „hüten", Mahlzeiten vorbereiten, das Viehfutter und andere Dinge bereitstellen. Das Kleinvieh: Hühner, Gänse, Enten, Puten und Schafe, war ganz allein meine Sache, diese Viecher waren nicht nur in meiner Obhut, sie waren oftmals auch meine Spielgefährten, so war ich also fast immer auf dem Hof. Da überflogen an einem schönen Herbsttag viermotorige amerikanische Flugzeuge unser Dorf und warfen Flugblätter ab, rosa und weiße, die zum größten Teil im Hof und Garten landeten. Es war, als würden sie nur mir zugeworfen. Eifrig habe ich alle aufgesammelt und durchgelesen: Vom unabwendbaren Untergang Deutschlands und dem Sieg der Alliierten. Eine Karikatur war da drin: Hitler, mit einer Pistole in der Hand, erschießt sich am Ende selbst und lässt das Volk alles ausbaden. Wie wahr ist das geworden. Ich also die ganze Sammlung zum Ortsgruppenleiter getragen, mit nicht geringem Stolz, denn das war Volksverhetzung, wie uns gelehrt wurde.

Im Laufe des Jahres war ein Zweigbetrieb der Krupp-Stahlwerke zwischen Jeltsch (heute polnisch *Jelcz*) und Markstädt (heute polnisch *Laskowice*) aufgebaut worden, das war etwa zehn Kilometer von uns weg. Außerdem musste die Zivilbevölkerung Schutzräume schaffen. Es wurde also schon höheren Orts damit gerechnet, dass Schlesien mehr ins Kriegsgeschehen gelangt. Unser Hauskeller war für einen Schutzraum nicht gut geeignet (bei Hochwasser der Oder zu nass), daher bauten wir gemeinschaftlich mit Nachbarn einen Bunker im Garten, für Jungens auch ein guter Spielplatz. Es war ganz unter der Erde und mit starken Bahnschwellen abgestützt. Am 25. Oktober war ein Luftangriff auf die Krupp-Werke. Zuerst bewunderten wir noch die Christbäume an nächtlichen Himmel, als aber ein paar Irrläufer in der Oder einschlugen, haben wir es doch vorgezogen, in unserem Bunker erstmalig Schutz zu suchen. Ein paar sehr große Bomben schlugen noch an der „Schwellentränke" ein, jedoch ohne größeren Schaden anzurichten. Von nun an gingen wir bei Fliegeralarm immer in den Bunker.

Wir hatten schon einige Zeit Aushilfsunterricht von Lehrern aus den Nachbarorten, aber bald fiel der gesamte Schulunterricht aus; ich glaub, mein letzter Schultag war der 4. November. Die Schule wurde als Lagerraum für Wehrmachtsausrüstungen gebraucht. Weihnacht 1944, die letzte Weihnacht vor dem endgültigen Chaos, aber das wussten wir zum Glück noch nicht. Ich sollte Palmarum konfirmiert werden, und so bekam ich zu Weihnachten schon den Konfirmationsanzug. Er war blau, einen schwarzen gab es nicht, die Konfirmationsschuhe waren als braune Halbschuhe ausgefallen, auch hier hatte es zur schwarzen Farbe nicht gereicht, trotz Bezugsschein. Konfirmandenunterricht wurde bis Weihnacht von Frau Superintendentin Buschbeck erteilt. Als Jahreslosung gab sie uns den Spruch auf den Weg: „Lasset uns aufsehen auf Jesum, den Anfänger und Vollender des Glaubens" (Hebräer 12,2). Ich habe diesen Spruch in verschnörkelter, gotischer Schrift auf ein Blatt Papier gemalt und meiner Oma zu Weihnachten geschenkt.

Januar 1945 begann mit viel Schnee und Kälte. Schnee bis an die Waden und 25 Grad Celsius kalt. Die Rote Armee war im Herbst über die Weichsel vorgedrungen und hatte im Raum Mielec-Baranow (heute polnisch *Mielec-Baranow*) einen großen Brückenkopf gebildet, das waren keine 300 Kilometer von uns entfernt. Ich glaube, das Ausmaß der Katastrophe, die sich hier anbahnte, hatte noch keiner begriffen, die Propaganda konnte auch alles verschleiern und verharmlosen.

Aus Bessarabien, Galizien und Posen kamen vor Weihnachten die ersten Flüchtlinge, sie wurden ab Ohlau (heute polnisch *Olawa*) mit der Bahn weiter transportiert. Ihr Viehbestand wurde in den umliegenden Dörfern verteilt, wir hatten auch eine Kuh, eine graue, für mich ein Exote, denn unser Rindvieh war schwarzbunt. Unsere Hoffnung war immer noch die Oder, denn das Dorf lag diesseits, wenn auch mit einer Straßenseite am Ufer.

Mitte Januar.
Die russische Offensive begann am 12. Januar aus dem Brückenkopf Mielec-Baranow heraus. Die deutsche Front war bei der Übermacht schnell zusammengebrochen und überrannt. Nachrichten waren immer spärlich und hinkten den Ereignissen hinterher. Begründet wurde es mit der Bemerkung: der Feind soll nicht merken, wie weit er vorgedrungen ist, aber von der Bevölkerung wusste keiner, wie nahe er dran war.

In der Woche vom 15. zum 20. Januar kam ein Flüchtlingstreck am anderen. Nachts hatten auch wir im Dorf Einquartierung, erst aus dem Kreis Kempen (heute polnisch *Kempno*), das war 50 Kilometer von uns, aber die Oder lag ja dazwischen. Dann waren sie aus dem Kreis Bernstadt (heute polnisch *Bierutow*) oder Namslau (heute polnisch *Namslow*), schließlich aus unserem Kreis. Wir hatten ein leeres Scheunenfach hergerichtet für die Pferde und für die Leute eine Stube ausgeräumt. Einmal waren es so viele, da schliefen welche über dem Backofen.

Sonnabend, den 20. Januar, waren wir nochmal nach Ohlau zum Einkaufen. Die ganze Stadt quoll über von Flüchtlingstrecks, und ich ging an ihnen längs vorbei und hab die Namensschilder abgelesen: Bischwitz (heute polnisch *Biskupice Olawskie*), Rodeland (heute polnisch *Kopalina*), Minken (heute polnisch Minkowice Olawskie), alle Kreis Ohlau, wenn auch von der anderen Oderseite. Angesichts der Dinge, die auf uns zu kommen könnten, begannen wir in dieser Woche einen Ackerwagen für die Flucht auszurüsten. Wir, das waren Oma (56), Lonny (33), Klara (32) und ich (13 Jahre), dann half uns noch ein älterer Mann, August Gäbel, ein geschickter Handwerker. Er hat uns schon immer geholfen, bei Erntearbeiten, machte viele Reparaturen, Körbe, Harken, Deichseln und vieles andere, manche Dinge hab ich von ihm gelernt. Mit seiner Hilfe wurde der Wagen mittels Ernteplane mit einem ordentlichen Plandach überspannt, schlechte Wagenräder ausgetauscht und gut geschmiert. Die Geschirre wurden nachgesehen und eingefettet. Es war an viele Dinge zu denken, und ich hab Klara immer bewundert, mit welcher Besonnenheit sie diese Vorbereitungen getroffen hat. Omas und Lonnys Überlegungen betrafen mehr die Haushaltssachen: welche Truhen, welches Geschirr und was für Wäschestücke. Auch Essenvorräte waren mitzunehmen, und keiner wusste, für wie lange. Oma sorgte dafür, dass Erna mit Horst (drei Jahre) aus

Deutsch Steine (heute polnisch *Scinawa*) mit uns ziehen sollten. Sie wollte alle zusammen haben, Mama wollte aber in Großpeiskerau (heute polnisch *Piskorzowek*) bleiben und dann mit Scholzes auf die Flucht, die hatten einen Trecker und Gummiwagen.

In diesen Tagen war ein reges Laufen und Informieren im Dorf. Immer wieder kamen kleine Gruppen bei irgend jemand zusammen, um zu beraten. Klara ließ da kein Gespräch aus. Es gab da Tendenzen, nicht zu flüchten, schließlich hatte sich herumgesprochen, was alles schon passiert ist. Da waren kleine Kinder und alte Leute erfroren, Wagen zerbrochen, und auch mit Fliegerangriffen war zu rechnen. Dann wäre es schon besser, in gewohnter Behausung zu bleiben, da konnte das Verderben auch nicht schlimmer sein. Manch einer sagte auch, ich hab ein reines „Gewissen" und keinem etwas getan, und die Russen sind doch auch Menschen.

Erfahrene Leute, besonders Männer, die schon einen Krieg als Soldat erlebt hatten, sahen die Sache aber etwas realistischer. An der Heimat hing aber wohl jeder, und von daher kamen auch diese Zweifel auf, ob eine Flucht mit all ihren Gefahren nötig ist. Aber dann kam Klara eines Tages von einer solchen Versammlung und verkündete: Egal was alles passiert, wir fahren. All die Männer haben erklärt: „Ihr Mädel und Frauen dürft nicht bleiben, was euch die Russen antun, das überlebt unbeschadet keiner". Mit diesen Worten waren alle Zweifel vom Tisch, und es wurde gepackt.

Sonntag, den 21. kamen keine Flüchtlingstrecks mehr über die Oderbrücke, sie wurde zum Sprengen vorbereitet. Nach Odersteine kam Einquartierung, eine Volkssturmgruppe und ein Halbkettenfahrzeug mit einer Zwei-Zentimeter-Zwillingskanone. Die Männer vom Volkssturm waren aus umliegenden Dörfern, und einige waren uns bekannt. Bei uns hatten sieben

Mann Quartier bezogen, und einer von ihnen war Herrmann Knispel, ein entfernter Verwandter von uns. Diese sieben besaßen aber anfangs nur sechs Gewehre italienischer Bauart, dazu deutsche Munition, und das gab oft Ladehemmungen. Sie gingen an den Oderdamm zum Schanzen, einer hatte ohnehin nur die Pickhacke. Manchmal fuhr auch einer nach Haus und half seiner Familie beim Packen.

Montag, den 22. Januar. Bei dieser Kälte führte die Oder Treibeis, große Eisschollen, manchmal zu ganzen Eisfeldern zusammengefroren. Am gegenüberliegenden Ufer war alles noch ruhig, und niemand wusste, ob die Russen schon die Oder erreicht haben. In Brieg (heute polnisch *Brzeg*) war die Oderbrücke gesprengt worden. Bei uns im Dorf wurden ein paar große Lindenbäume als Panzersperren gefällt. Auch die Nacht zu Dienstag war ruhig.

Dienstag, den 23. Januar. Nun war es gewiss, die Russen waren an der Oder. Morgens schon, in der kalten und ruhigen Winterluft, hörte man von Linden (heute polnisch *Lipki*) her schießen. Hinter dem Dorf kam am Nachmittag eine Radfahrer-Abteilung, meistens ältere Männer, als Verstärkung heran und marschierten in Richtung Linden. Dann flogen auch ein paar Artillerie-Granaten über das Dorf. Einige schlugen hinter dem Dorf in die Gärten, aber ohne Schaden anzurichten. Alte Soldaten meinten denn auch, jetzt schießen sie sich auf uns ein.

Gegen Abend war dann das Maß voll, es wurde bekannt gegeben: anspannen und es geht fort. Alle, die flüchten wollten, ein langer Zug auf der Dorfstraße und die Schulze-Gasse hinaus, hatten sich aufgestellt. Wie weit und bis wohin es in dieser Nacht gehen sollte, ich glaub', das wusste so recht keiner. Da kam plötzlich ein VV-Kübelwagen angefahren, stellte sich vor den ersten Wagen und stoppte die Weiterfahrt. Im Wagen saßen drei Parteigenossen in brauner Uniform, Goldfasane sagten wir über solche Leute. Hier wurde mir zum ersten Mal richtig bewusst, welche Macht diese Personen über Soldaten und Volk ausübten. Einer unter ihnen war der Kreisleiter. Er hatte ein Megaphon und rief über die Wagenkolonne: „Kehren sie um, gehen sie in ihre Häuser, sie brauchen nicht zu fliehen, die Lage hat sich geändert“, dann noch ein paar Siegesparolen, und mit Marschmusik fuhr der Wagen wieder davon. Nun stand erstmal alles fahrbereit und doch ein bisschen ratlos. Nach kurzer Beratung wurde aber doch umgedreht und der Heimatstall angesteuert. Ich glaub, es war auch jeder erleichtert, erstmal nicht in Nacht und Kälte hinaus zu müssen. Wir fuhren den Wagen in die Scheune, haben das Nötigste, vor allem die Betten, abgeladen und in der Küche übernachtet, da war es noch warm. Die ganze Nacht konnten wir von der gegenüberliegenden Oderseite lauten Motorenlärm hören, offenbar führten die Russen nun starke Truppenverbände heran. Die Volkssturmmänner kamen in dieser Nacht nun auch nicht mehr ins Quartier, sie mussten in ihren Löchern am Oderdamm ausharren.

Mittwoch, den 24. Januar. Am frühen Morgen gab es dann stärkeren Artillerie-Beschuss von über der Oder in die Stadt Ohlau und den Pionier Park hinein. Das war eine Barackenanlage am Dorfrand, in der Pionierbedarf, wie Panzersperren und vieles andere, von russischen Kriegsgefangenen gebaut wurden. Die Gefangenen waren aber bereits am Sonnabend abmarschiert. Der Schaden der Granaten war gering, aber die Beunruhigung für unser Dorf und seine Bewohner um so größer. Unser Pferd, ein „Kriegsveteran“ mit vielen Narben an Hals und Brust, wurde unruhig im Stall und stampfte und wieherte, selbst unser Hund, schon ein bisschen älter, heulte bei jedem Schuss. Er spürte aber wohl auch, dass wir fort wollten und jaulte deshalb so kläglich. Doch plötzlich hob er noch einmal seine Schnauze zum Himmel, heulte noch einmal auf und brach tot zusammen, er hatte wohl einen Herzschlag erlitten. Damit hatte ich einen lieben Spielgefährten verloren. Ich hab ihn auf den Schlitten geladen und in die Schuttkuhle gefahren, vergraben konnte ich ihn nicht mehr bei diesem Frost und hohen Schnee. In Ohlau war die Oderbrücke gesprengt worden, und am Tage durfte auch kein Feuer gehalten werden, und von Linden her kam immer Gefechtslärm.

Und dann kamen zur Mittagszeit die ersten Verwundeten durch das Dorf und waren ganz erstaunt, dass wir noch nicht geflüchtet waren. So wurden daraufhin Schlitten bespannt, auch Handschlitten wurden genommen, und die Verwundeten nach Ohlau ins Lazarett gefahren.

Ja, und was haben diese Soldaten berichtet: Die Russen waren beim Morgengrauen über die Oder gekommen. Von Eisscholle zu Eisscholle springend waren sie in Nähe der Lindener Fähre übergesetzt, etwa in Kompaniestärke. Große Verluste bereiteten ihre Scharfschützen den deutschen Truppen.

Fünf Gefangene brachten sie durch das Dorf geführt, und fassungslos haben wir sie angesehen und gewusst, nun sind die Russen wirklich da.

Nachmittags flogen dann deutsche Kampfflieger vom Typ „Focke Wulf" Bombeneinsätze gegen den Feind unserem Dorf gegenüber auf der anderen Oderseite. In Märzdorf (heute polnisch *Marciszow*) war ein Flugplatz, dort stiegen sie auf. Ich stand am Hoftor hinter einem Pfeiler und konnte sie gut beobachten, für mich als Junge ein faszinierendes Schauspiel, unbewusst der Gefahr, welcher ich ausgesetzt war. Über der Oder kamen sie im Tiefflug, stiegen dann hoch und warfen je zwei Bomben, dann flogen sie eine Schleife und feuerten nochmal mit der Bordkanone. Rauchwolken stiegen dann auf, und mitunter konnte ich Kommandorufe hören, es waren ja nur 300 Meter. Einmal kamen russische Jagdflieger dazwischen, außer ein bisschen kurven oben am Himmel und MG-Knattern passierte aber nichts, und das Gefecht wurde bald abgebrochen. Nach etwa einer Stunde war auch alles vorbei, und ich glaube die Wirkung bei einem so gewaltigen Aufmarsch war nur gering.

Nun wussten wir aber, der ganze Wald uns gegenüber saß voll von Russen, und nur die Oder trennte uns. Einige Bauern spannten nun wieder ihre Wagen vor und verließen das Dorf, auch Leute zu Fuß packten etwas auf Handschlitten und zogen los, in der Hoffnung, noch irgendwo einen Zug zu erwischen. Klara sagte: „Auch wir fahren morgen früh ganz zeitig los!"

Donnerstag, der 25. Januar. Geschlafen hatten wir kaum in dieser Nacht, dauernd war Motorenlärm vom jenseitigen Ufer zu hören, und so war es nicht schlimm, früh aufzustehen. Es war stockdunkel und bitter kalt, nur der Schnee leuchtete ein wenig, als wir anspannten und hinten zum Hof hinaus fuhren. Klara kutschierte, Erna und ich gingen nebenher und Horst (drei Jahre) steckte auf dem Wagen zwischen den Betten. Unser Gespann war „Hans" das Pferd und „Schecker", ein schwarzbunter Ochse, aber die beiden verstanden sich gut.

So ging es also in Richtung Westen auf einen verschneiten Feldweg auf Rosenhain (heute polnisch *Godzikowice*), einen Nachbarort, zu. Und hier passierte es dann. Klara fuhr in den Graben. Auch wenn es nur ein flacher Seitengraben war, wir kamen allein nicht wieder heraus. So schickte mich Klara zurück ins Dorf, zu Kirmes, das war ein Bauer. Es waren nur Mann und Frau, und die hatten auf unserem Wagen ihre Betten und Koffer, und wollten mit dem Fahrrad nachkommen. Da lief ich also hin, um Hilfe zu holen. Sie hatten einen Ochsen, noch größer als unser „Schecker", aus der Fleckviehrasse, rotbunt mit weißem Kopf und großen Hörnern. Den brachte ich also als Vorspann mit.

Inzwischen fing es an, hell zu werden, und damit ging auch wieder das Schießen los. Unser „Hans" war ein Kriegsveteran und wurde schon unruhig, aber als wir den zweiten Ochsen vorgespannt hatten, kamen wir problemlos aus dem Graben. Von nun an kamen wir überall durch, auch in den Bergen brauchten wir nie vorspannen lassen. Nachteilig war, dass die zwei Zugtiere nebeneinander gingen und bei Gegenverkehr die Straße eng wurde.

Oma und Lonny hatten zu Haus nochmal das Vieh ordentlich gefüttert und mit Vorräten versorgt und kamen später nach, Oma zu Fuß und Lonny mit dem Fahrrad. Wir hatten verabredet, uns in Sitzmannsdorf (heute polnisch *Siecieborowice*) bei Verwandten zu treffen und dort erstmal haltmachen und abwarten. Wir hatten auch für andere „kleine Leute" Gepäckstücke, besonders Betten, auf dem Wagen; diese Leute kamen auch mit Handschlitten oder Fahrrädern nach. Bis kurz vor Mittag hatten alle Bewohner, die flüchten wollten, das Dorf verlassen, einzeln und in kleinen Gruppen und auf verschiedenen Wegen. Ja und dann war auch schon der Russe da. Er war wieder in Linden (heute polnisch *Lipki*) über die Oder gekommen in der Nacht und hat unser Dorf von Süden her eingekreist.

Wir zogen nun auf der Chaussee über Rosenhain (heute polnisch *Godzikowice*), Jätzdorf (heute polnisch *Jasczkowice*), Giesdorf (heute polnisch *Godzinowice*) und Kresseheim (heute polnisch *Niwnik*) nach Sitzmannsdorf (heute polnisch *Siecieborowice*). Auf der Straße waren wir schon mit einigen aus dem Dorf zusammengetroffen und waren fünf Wagen, bis wir nach Sitzmannsdorf kamen. Das Dorf liegt etwas abseits von der Hauptstraße und als wir in die Dorfstraße einbiegen wollen, da kommt uns deren Treck schon entgegen, sie verlassen auch schon das Dorf. Mit den Verwandten konnten wir nur kurz sprechen, und sie fuhren weiter. Wir machten nun erstmal Mittagsrast. Das Zugvieh kam in den Stall, aber das Geschirr nahmen wir nicht ab, denn wenn sie gefressen hatten, sollte es gleich weiter gehen, bleiben konnten wir hier nun auch nicht.

Jetzt hatten wir aber einen Ochsen mehr, und so haben Klara und ich noch einen Sack Hafer eingeschaufelt und Heu zusammengebunden und aufgeladen. Oma war in der Zwischenzeit auch eingetroffen und hatte mit Erna Essen gekocht. Doch da stellten sie mit Schrecken fest, dass wir die Teller vergessen hatten. Da haben wir von Tante Gertrud welche aus dem Schrank geholt und mitgenommen, und von nun an haben wir immer von Tellern mit Goldrand gegessen.

Über Kauern (heute polnisch *Kurow*) und Weigwitz (heute polnisch *Witowice*) sind wir dann nach Gaulau (heute polnisch *Gulow*) gefahren, das waren 13 bis 20 km von zu Haus weg. Hier haben wir auf dem Gut übernachtet, inzwischen waren wir neun Wagen aus unserem Dorf. Gustav Raabe war auch dabei und er hat wesentlich dazu beigetragen, dass es dann immer gut organisiert weiter ging. Das Zugvieh und wir haben gemeinsam im Schafstall geschlafen. Fürs Vieh bekamen wir Erbsenstroh vom Gut zur Verfügung gestellt, und wir mussten von unseren Vorräten leben. Für die Wagen auf dem Gutshof wurden Wachen aufgestellt, denn so konnte man sie in der Nacht nicht stehen lassen. Lonny war gegen Abend auch angekommen, musste schon einen Umweg nehmen, da die Russen von Deutschsteine her vordrangen.

Freitag, der 26. Januar. Bei Tagesanbruch ging es weiter, denn Gaulau sollte auch geräumt werden. Das Dorf lag dicht an der Autobahn, und so brauchte man die Gegend als Aufmarschgebiet. Es fragt sich nur, wer hier aufmarschieren sollte, bis hier waren wir keinem Militär begegnet. Aber Propaganda verfügt eben über alles. Über Brosewitz (heute polnisch *Brozec*), Ultsche (heute polnisch *Ulica*), Kuschlau (heute polnisch *Chociwel*), Strehlen (heute polnisch *Strzelin*), Niklasdorf (heute polnisch *Mikulowice*) fuhren wir bis Peterwitz (heute polnisch *Piotrowice*), das waren nur 15 Kilometer. Hier haben wir wieder auf dem Gut übernachtet. Geschlafen haben wir im Herrenhaus auf dem Fußboden, der Besitzer hatte schon alles ausgeräumt. Zum Glück stand in unserer Stube ein großer Kachelofen, und Brennholz war auch genügend vorhanden. Weil das Dorf aber an der Hauptstraße lag, durften wir auch hier nur eine Nacht bleiben.

Sonnabend, 27. Januar. Wir mussten wieder weiter, das Wetter hatte sich sehr verschlechtert, und Schneesturm kam auf. Die Ochsen drängten immer auf die windabgewandte Seite und damit zur Straßenmitte. Da musste ich am Straßenrand gehen und die Ochsen am Kopf mit der Leine rüber ziehen. Für mich hieß das aber, am Straßenrand laufen in losem Schnee und auf der Windseite. Dick angezogen waren wir ja, aber der Wind ging durch Mark und Bein. Und nun war auch mehr Militär auf den Straßen, jetzt begegneten wir zum ersten Mal Panzerfahrzeugen.

Auch die Flüchtlingskolonnen wurden immer mehr. Da musste an Kreuzungen darauf geachtet werden, dass keine fremden Fahrzeuge dazwischen fuhren, und selbst durfte man den Anschluss zu den eigenen Leuten auch nicht verlieren. Es war wie eine Welle. Die Hinteren schoben die Vorderen vor sich her, und dann zog das Dorf, in dem man eben noch übernachtet hatte, nach. Dadurch wurden auch die Unterkunftsmöglichkeiten knapp. Wir fuhren an diesem Tag über Naßbrockgut (heute *polnisch* Brochocinek), Karzen (heute polnisch *Karczyn*), Rothschloss (heute polnisch *Bialobrzezie*) nach Poseritz (heute polnisch *Pozarzyce*), wegen des schlechten Wetters nur zehn Kilometer. Als ich da in eine warme Stube kam, bin ich erstmal umgefallen, und mir ist schlecht geworden, so gestresst war ich. Nachdem ich dann durchgewärmt war und alles Kribbeln aus Fingern und Füßen raus war, ging es mir wieder besser, und wir hatten eine schöne warme Stube bei Familie Riedel.

Von Sonntag, 23. bis einschließlich Dienstag, 30. Januar, blieben wir in Poseritz (heute polnisch *Pozarzyce*). Jetzt war auch etwas Ordnung von höheren Orts in das Treckwesen eingezogen, allmählich hatte man begriffen, dass es Wahrheit geworden ist, was nicht sein sollte. Innerhalb dieser drei Ruhetage hatte sich nun herausgestellt, dass unser Dorf nach Rothenbach bei Waldenburg evakuiert werden sollte. Nun hatten wir wenigstens einen Zielort. Von Alfred Mannig fohlte in diesen Tagen auch noch eine Stute. Er hat das Fohlen dann zurückgelassen bei einer Ammenstute, denn den Stress auf der Straße hätte es nicht überlebt. Gemeinschaftlich wurde auch ein Kalb geschlachtet, um die Vorräte aufzubessern.

Die Tochter von Gäbel (der Mann half uns immer) hatte ein kleines Kind, etwa ein halbes Jahr alt, das war auch mit Horst zusammen auf unserem Wagen. Dieses Kind ist an Lungenentzündung erkrankt, da musste die Mutter mit ihm in Strehlen im Krankenhaus zurückbleiben. Sie kam in diesen Tagen uns auch wieder nach, das Kind war gestorben. Ohlau, unsere Kreisstadt, war inzwischen auch von den Russen erobert worden.

Mittwoch, den 31. Januar, ging es nach dieser Pause nun wieder weiter in Richtung Waldenburg, Rothschloß nach Heidersdorf (heute polnisch *Lagiewniki*). Hier trafen wir mit Onkel Alfred und seiner Familie zusammen. Er war gleich am ersten Tag zu seiner Verwandtschaft nach Ruppersdorf (heute polnisch *Wyszonowice*) gefahren und hatte dort am 29. Januar seinen 70. Geburtstag verlebt. Weiter ging es über Jentschwitz (heute polnisch *Janiszyn*) bis nach Langseifersdorf (heute polnisch *Jazwina*). Hier übernachteten wir auf einem großen Bauernhof, wir waren an diesem Tag etwa 18 Kilometer gefahren. Da wir auch eine eigene Kochgelegenheit hatten, hat Erna Pudding gekocht, das war mal eine Delikatesse. Horst mit seinen drei Jahren war darüber besonders erfreut. Als am Abend Gustav

Raabe bei uns hereinschaute, da rief er in seiner überschwenglichen Freude dem Mann entgegen: „Du Gustav, wir haben heute Pudding, das Wort zog er richtig lang, und er wusste es auch nicht besser, als dass der Mann mit Gustav angeredet wurde. Hier auf diesem Hof hatten wir so drei oder vier Jungens auf dem Scheunenboden einen riesigen Haufen Trockenschnitzel ausgemacht. Da wir uns auch hervortun wollten, zogen wir los, um ein paar Sack zu „organisieren", wie es jetzt immer hieß. Ein Verlust für den Besitzer wäre es nicht gewesen, denn die Front ist auch bis hierher vorgedrungen, aber unser Viehfutter war nicht zu viel. So machten wir uns daran und kletterten über die Balken und sprangen auf den Schnitzelhaufen, und spätestens jetzt entdeckten wir einen Verschlag, da schliefen zwei französische Kriegsgefangene drin. Die liefen natürlich zur Chefin und machten Terror, denn sie dachten, wir wollten sie beklauen. Es gab dann ein peinliches Verhör mit der Besitzerin und Gustav Raabe, dann war die Angelegenheit bereinigt, und ein paar Sack Schnitzel fielen für unser Vieh auch noch ab.

Donnerstag, der 1. Februar. Sehr früh am Morgen ging es wieder weiter. Beim Ein- und Ausspannen war ich immer dabei, schließlich waren drei Stück Vieh zu betreuen. Da wurde schon angekündigt: Heut wird der bisher schwerste Tag, hinter Schweidnitz (heute polnisch *Swidnica*) geht es ins Gebirge. Ab Langseifersdorf (heute polnisch *Jazwina*) über Költschen (heute polnisch *Kolczyn*), Pfaffendorf (heute polnisch *Popowo Saleckie*), Weiß-Kirschdorf (heute polnisch *Krzczonow*) bis Schweidnitz, da war noch flaches Land. In Sclweidnitz begegneten wir einer Volkssturmeinheit, und es war zur Routine geworden zu rufen: Woher? und Wohin? Und da war nun in dieser Kolonne ein Mann, der bei uns in Odersteine (heute polnisch *Scinawa Polska*) in Quartier gewesen ist und nur durch Glück den Russen entkommen ist. Unserem Verwandten Hermann

Knispel war es nicht mehr möglich gewesen, aus dem Gehöft von Bruckes, in dem sie eingekreist waren, ins freie Feld zu gelangen, er galt seither als vermißt. Vor Schweidnitz war ein großes Heeresmagazin. Hier bekamen wir Viehfutter und Lebensmittel. Den Zobten, unser Wahrzeichen, sah man hier von seiner anderen Seite.

Hinter Nieder-Weistritz (heute polnisch *Bystrcyca Dolna*) ging es dann steil bergan. Hier mussten auf zehn Kilometern Länge 300 Meter Höhenunterschied bewältigt werden. Die Straße war schmal, und auf einer Seite war immer der reißende Fluss, die Weistritz (heute polnisch *Bystrcyca*) in einer tiefen Schlucht, da konnte einem schwindlig werden. Es waren aber auch Gefällstrecken dazwischen, und unsere Wagen waren ohne Bremsen. Dann mussten Stangen an die Räder gedrückt oder mit Ketten festgebunden werden. Weit konnte man so aber nicht fahren, dann brannten die Reifen durch oder schliffen kaputt. Mehrere Leute wurden gebraucht, um einen Wagen abzubremsen, eine Person musste nebenher gehen, um im Notfall eine Stange in ein anderes Rad zu stecken. Es gab immer wieder gefährliche Situationen am Rande des Abgrunds, wenn ein Wagen sich querstellte. Die Zugtiere waren nicht in der Lage, den Wagen aufzuhalten, da zog sich das Geschirr über den Kopf, und der Wagen lief ihnen in die Hacken. Es war ein Wunder, dass wir an solchen Strecken von größerem Unglück verschont blieben. Diese Strecken mussten auch mit großem Abstand zum Vordermann genommen werden, und das kostete Zeit.

Aber auch die Steigungen waren nicht einfach, denn es war glatt, und dann musste vorgespannt werden. Einen Wagen mit zwei Gespannen hochziehen, dann beide Gespanne wieder zurück und den anderen Wagen nachholen, das dauerte. Wir kamen mit unserem Pferd und den beiden Ochsen gut zurecht, Klara war aber auch ein guter Kutscher, das wurde ihr oft von anderen nachgesagt.

Einen unerfreulichen Zwischenfall gab es hier allerdings auch. Unser Bürgermeister, ein älterer Bauer, ziemlich egoistisch eingestellt, hatte nur für seine Familie Platz auf dem Wagen. Der hatte seinen Wagen sehr schwer beladen, es wurde ihm nachgesagt, er hat vor der Flucht noch so viele Schweine geschlachtet und als es wärmer wurde, sei das Fett aus dem Wagen gelaufen. Diesem Mann wollte keiner auf der Bergstrecke vorspannen. Es waren alle der Meinung, wenn er keinem hilft und so schwer geladen hat, soll er sehen, wie er hoch kommt. Darüber war er so erbost, dass er eine Pistole hervorholte (so etwas hatte sonst gar keiner) und Fritz Neutert bedroht, so dass der vorspannen musste. Von nun an wurde er aber von der Gemeinschaft gemieden, wo es nur möglich war.

Sehr spät kamen wir in Dittmannsdorf (heute polnisch *Dziecmorowice*) an, 28 Kilometer waren wir auf dieser schwierigen Strecke gefahren. In diesen Bergdörfern war zu später Stunde kein Unterkommen zu finden, weil alles von Flüchtlingen überfüllt war. Schließlich kamen wir auf einem Saal auf Strohlager unter, das erste Mal ein richtiges Massenquartier. In dieser Situation gab es kaum Waschen oder Ausziehen. Nur die Schuhe von den Füßen und nasse Sachen am Ofen zum trocknen aufhängen, mehr ging nicht, dazu war auch noch eine Menge Rücksicht von jedermann nötig. Aber wir waren alle müde, und oft sagten wir uns, nur gut, dass es nicht noch schlimmer geworden ist. Mir fiel oft der Spruch unserer Jahreslosung aus dem Konfirmandenunterricht (Hebräer 12, V. 3) ein, und ich hab ihn auch nicht vergessen.

Freitag, den 2. Februar, früh morgens fuhren wir wieder los auf die vorläufig letzte Etappe. Über Dittersbach (heute polnisch *Jetrichowice*), Waldenburg (heute polnisch *Walbrzych*), Hermsdorf (heute polnisch *Sobieszow*), Gottesberg (heute polnisch *Boguzow*) nach Rothenbach (heute polnisch *Gorce Boguzow*) führte der Weg. Diesmal nicht so steil wie am Vortage und nur 15 Kilometer. Insgesamt waren wir nun etwa 100 Kilometer von zu Hause weg, und es war der neunte Tag.

In Rothenbach ging die Stall- und Quartierzuweisung reibungslos vonstatten. Hier funktionierte die deutsche Gründlichkeit. Wir bekamen zwei Stuben und Kochgelegenheit mit Onkel Alfred seiner Familie zusammen, das waren elf Personen, und damit mussten wir leben. Rothenbach war ein Gebirgsdorf. An den Hängen rundum lagen ein paar Bergbauernhöfe. Die Feldfrüchte, meist Sommergetreide und Kartoffeln, reichten nur für den Eigenbedarf. Die Winter waren hier lang und kalt, der Sommer um so kürzer und die Erträge nur mäßig. Die wenigen Bauern arbeiteten nebenher im Wald mit ihren Gespannen als Holzfuhrleute. Jetzt war der Ort mit Flüchtlingen überfüllt, und die waren mit Pferd und Wagen. Hier waren wir also auf die mitgebrachten Futtervorräte angewiesen und die nahmen rapide ab. Klara und ich gingen wieder los auf die umliegenden Dörfer und Bauernhöfe mit dem Handschlitten, um nach Futter zu betteln. Zu Hause mussten wir volle Kornböden und Scheunen zurücklassen, und nun wurde jeder Strohhalm gezählt. Die Höfe waren auch oft an den Steilhängen nur schwer zu erreichen. Wenn man oben war, war man durchgeschwitzt, und dann war es manches Mal vergeblich. Wir waren auch nicht die einzigen, die hier um Futter vorsprachen. Glücklich waren wir, wenn wir ein Bund Stroh oder zwanzig Pfund Schrot ergattert hatten. Bei diesen Betteltouren sammelten wir allmählich auch Teile einer Bremsanlage für unseren Wagen. Wenn wir an einer Schmiede oder Stellmacherei vorbeikamen, wurde immer nachgefragt, auch wenn es Schrott und reparaturbedürftig war. Ein Schmied hat uns dann alles zusammen gebaut, und wir hatten eine funktionstüchtige Bremsanlage am Wagen.

Den Februar verbrachten wir also in Rothenbach, die Front hatte sich in der Gegend von Strehlen (heute polnisch *Strzelin*) stabilisiert, und Breslau (heute polnisch *Wroclaw*) war eingekesselt und zur Festung geworden. Über bestimmte Dienststellen war es möglich, Erkundungen einzuholen, wo andere Dörfer und Verwandte gelandet waren. Von Vater oder Martin wussten wir nichts, aber Mamas Aufenthalt konnten wir ausfindig machen. Sie war mit Scholzes gefahren, hatte mit Christa, knapp vier, und Renate, zweieinhalb Jahre, alles gesund überstanden. Es war nicht sehr weit von uns weg, und Lonny konnte sie mal besuchen. Erna hatte auch den Standort von Deutschsteine erfahren und ließ sich überreden, mit Schwiegermutter und Schwägerin weiterzufahren. Der Schwager fuhr den Trecker vom Gut und wollte versuchen, über die Tschechei nach Bayern zu fahren. Es war eine folgenschwere Entscheidung.

Auch wir bekamen Order, wieder die Quartiere zu räumen und in die Tschechoslowakei zu ziehen. Da mussten wieder die Koffer gepackt und die Achsen geschmiert werden. Für den letzten Sonntag in Rothenbach wurde nun noch schnell für die Flüchtlingskonfirmanden eine Konfirmationsfeier anberaumt. In Liebersdorf (heute polnisch *Lubomin*) war noch ein Pastor und eine intakte Kirche, und hier wurden ich und andere Konfirmanden aus den umliegenden Ortschaften am Sonntag, den 18. Februar 1945, konfirmiert.

Dienstag, 20. Februar, ging es wieder auf Achse. „Hans" wurde mit seinen beiden Ochsen eingespannt, und ab ging es. Die Ochsen hatte Klara vorsorglich beschlagen lassen. Das waren ähnlich wie Sandalen, eiserne Sohlenflächen, die mit Klammern an der Klaue befestigt waren, das wurde im Gegensatz zum Pferdehufbeschlag im kalten Verfahren gemacht. Dieser Beschlag hat sich als sehr nützlich erwiesen auf den harten Gebirgsstraßen, die jetzt schon ohne Schnee waren, und es gibt nichts schlechteres als lahme Zugtiere. Wir Menschen können es nachfühlen, wenn die Schuhe drücken. Ochsen sind an den

Klauen besonders empfindlich und verweigern dann sogar das Weitergehen.

Wir kamen an diesem Tage flott voran, es war ein warmer Vorfrühlingstag, an den Südhängen schmolz schon der Schnee ab, und die Gebirgsbäche rauschten zu Tal. Jetzt ging es fast immer bergab, und da konnte ich unsere Errungenschaft, die Bremse bedienen, das machte richtig Spaß. Aber einen tragischen Vorfall gab es auch gleich am ersten Tag. Die Straße schlängelte sich in Serpentinen um einen Berg, da sahen wir auf der anderen Seite einen Tiefflieger, und der warf eine Bombe, wir konnten die Detonation hören. Am Abend wurde dann bekannt, dass ein Fuhrwerk vom Nachbarort getroffen war. Zwei Frauen saßen auf dem Wagen und kutschierten, und der Mann ging hinter dem Fuhrwerk an der Bremse. Die Bombe schlug vor den Pferden ein und tötete sie, der Mann wurde durch Splitter getötet, den beiden Frauen auf dem Wagen ist nichts passiert, welch Schicksal. Unsere Fahrt ging über Alt-Lässig (heute polnisch *Stary Lesieniec*), Konradswaldau, (heute polnisch *Grzedy)* Trautliebersdorf (heute polnisch *Kochanow*), Rosenau (heute polnisch *Rozana*), Merkelsdorf (heute polnisch *Zdonov*), Buchwaldsdorf (heute polnisch *Bucnice*), Stegreifen (heute polnisch *Kamenec*), Weckelsdorf, Mohren, Matha bis Starkstadt (heute tschechisch *Starkov*), das waren etwa 28 Kilometer. Hier wurde unser Zugvieh in Scheunen untergebracht, und wir übernachteten in einem Saal auf Stroh. Aus einer Großküche gab es eine warme Mahlzeit.

Mittwoch, 21. Februar, ging es wieder weiter über Rothkosteletz (heute tschechisch *Cerveny Kostelec*), Oberteich (heute tschechisch *Jersbek*), Studnitz (heute tschechisch *Studnice*), Böhmischskalitz (heute tschechisch *Ceska Skalice*). Hier kamen wir auf die Hauptstraße, die nach Prag führte. Bis etwa hierher reichte auch der deutschsprachige Raum des Sudetenlandes. Auf der folgenden Strecke wurde tschechisch gesprochen. Jetzt war auch das Sudetengebirge überwunden, und wir fuhren auf ebenen Straßen. Bis Josefstadt (heute tschechisch *Josefov*) schafften wir es an diesem Tage, das waren 30 Kilometer, aber es war auch dunkel geworden.

In Josefstadt bekamen wir Quartier in einer Kaserne. Die Pferde kamen in die Ställe und wir in die Soldatenunterkünfte. Das waren große Räume, und die wurden mit zwanzig bis dreißig Leuten belegt, geschlafen haben wir auf dem Fußboden.

Die Verpflegung kam aus der Militärküche, und auch das Viehfutter wurde uns zur Verfügung gestellt. Das größte Problem waren hier die sanitären Einrichtungen. Da waren so viele Menschen in der Kaserne, dass lange Warteschlangen vor den Waschräumen und den Toiletten standen, ich glaub da ging manches in die Hosen. Der nächste Tag, der 22. Februar, war ein Regentag, und so blieben wir noch in der Kaserne, zumal das Vieh gut untergebracht und versorgt war und wir auch gut verpflegt wurden.

Am Freitag, den 23. Februar, ging es wieder weiter, immer auf der Hauptstraße über Königgrätz (heute tschechisch *Hradec Kralove*) in Richtung Prag. In Kratenau (heute tschechisch *Kratonhy*) überholte uns eine Abteilung Feldgendarmerie und befahl uns, an der nächsten Kreuzung wegen größerer Militärtransporte die Hauptstraße zu verlassen. Spaßeshalber nahmen sie unsere Oma im Beiwagen ihres Motorrades gleich bis zu dieser Kreuzung mit. Unser Treck fuhr hier bis zum nächsten Ort, er hieß Alt-Wasser (tschechisch *Stara-Woda*). Vierzig Kilometer hatten wir an diesem Tag zurückgelegt, und nun waren wir zirka 200 Kilometer von zu Haus weg. Es war ein kleines tschechisches Dorf, in dem wir auf dem Saal des Gasthofes Quartier bekamen. Das Vieh wurde auch wieder bei Bauern untergestellt. Geschlafen haben wir hier auf dem Fußboden auf Stroh. Die warmen Mahlzeiten und andere Verpflegung bekamen wir täglich von einer Großküche aus Chlumnitz, der Kreisstadt. Nun war Trecksperre angeordnet worden, und wir mussten uns in diesem Massenquartier auf eine längere Zeit einstellen. Das Vieh erhielt Futter von den tschechischen Bauern, und dafür haben wir ihnen bei Bedarf in den Betrieben geholfen. Das Wetter war jetzt schon frühlingsmässig, und wir Jungens konnten die Freizeit nutzen, denn Schule gab es nicht.

Einmal fuhren wir mit dem Fahrrad, so vier, fünf Jungens, nach Chlumnitz und wollten uns ein Fußballspiel ansehen. Der Platz lag dicht an der Straße, unterhalb einer Böschung. Da hatte schon eine Gruppe Tschechenjungens ein Auge auf uns geworfen, die hatten bemerkt, dass wir deutsche Flüchtlingskinder waren. Ich saß auf meinem Rad und stützte mich mit einem Bein am Begrenzungsstein ab. Da kam ein kleiner Tschechenjunge vorbei, um uns zu provozieren. Dieser Junge stieß mir den Fuß vom Stein, und ich ging samt Fahrrad kopfüber die Böschung hinunter. Mit Hilfe meiner Kollegen bin ich mit dem Fahrrad wieder hochgekrabbelt, da drängte diese Gruppe schon näher. Wir sprangen dann schnellstens auf unsere Räder und hauten ab, denn bei einer Prügelei hätten wir nicht die geringste Chance gehabt. Es wurde hier also schon offensichtlich, dass die Tschechen immer feindseliger wurden.

Nach meiner Ansicht war es ihnen unter deutscher Herrschaft aber nicht schlecht ergangen. Sie hatten die volle Freiheit und waren von Kriegslasten verschont. Ein alter tschechischer Bauer war im Dorf, der hatte im ersten Weltkrieg noch unter dem österreichischen Kaiser aktiv gedient, er sprach gut deutsch und meinte, das war eine gute Zeit. In der Zeit des Massenquartiers wurden wir alle gegen Typhus geimpft, etwa 70 Leute. Von dem Staub im Strohlager erkrankten meine Augen an Bindehautentzündung. Die warmen Mahlzeiten bestanden täglich aus Reis oder Graupen, mal grob, mal fein, süß, gesalzen, mit oder ohne Kartoffeln, aber immer Reis oder Graupen, vier Wochen.

Am 1. und 2. April war Ostern, und die Woche danach wurden wir auf die umliegenden Dörfer verteilt. Hier bekam jede Familie eine Privatunterkunft, und unser Vieh war wieder auf Bauernhöfen. Unsere Familie bekam in dem Dorf Klein Wiklek (heute tschechisch *Vykleky*) eine Stube bei einer älteren, alleinstehenden Frau. Sie war freundlich, und gab uns, wo sie nur konnte. Das Nationalgericht der Tschechen sind „Buchti", Pfannenkuchen gefüllt mit Pflaumenmus. Mindestens einmal in der Woche wurde das gegessen, und dann bekamen wir immer etwas ab. Das Wasser wurde noch aus einem Ziehbrunnen geholt, wie überhaupt noch vieles primitiv war. Tante Martha, die Schwester meiner Oma, wohnte in einem kleinen Häuschen mit Strohdach und mit wildem Wein bewachsen. Unter dem Dach nisteten so viele Spatzen, da nannten wir es „Villa Sperlingslust". Jetzt war die Frühlingszeit gekommen, die war hier zwei Wochen früher als in Schlesien, und es war schönes warmes Wetter. Wir konnten den Bauern bei der Frühjahrsbestellung helfen, und diese gewohnten Arbeiten trösteten ein bisschen über unseren Kummer hinweg. Bezahlt wurden wir dafür nicht, sondern hatten nur Viehfutter und eine Mittagsmahlzeit. In der Öffentlichkeit traten wir Flüchtlinge nicht sonderlich in Erscheinung, aber man konnte den Tschechen eine immer deutlichere feindliche Haltung anmerken, je näher der unvermeidliche Zusammenbruch heranrückte. In den Wäldern bildeten sich schon tschechische Partisanengruppen, die offen gegen kleinere Militärverbände vorgingen, und oft waren Schießereien zu hören. Nach dem endgültigen Zusammenbruch wurden sie besonders aktiv, suchten nach deutschen Soldaten, und auch der Hass gegen uns Flüchtlinge wurde spürbar.

Am 8. Mai, dem Tag der Kapitulation, wurde uns gleich verkündet: Sofort packen und so schnell wie nur möglich raus aus der Tschechei.

An 9. Mai wurden deutsche Gefangene von Tschechen durch das Dorf geführt, es waren einige Hundert. Der Tag war sehr heiß und die Dorfstraße, nur eine Hälfte gepflastert, sehr staubig. Wir Deutschen standen am Rand und riefen in die Kolonne Kreis Ohlau, Odersteine, vielleicht waren Bekannte dabei? Die Soldaten hatten Durst und baten um Wasser. Daraufhin haben wir Eimer mit Wasser und Schöpfkellen geholt und die Eimer direkt in die Kolonne gereicht, denn es durfte keiner stehen bleiben. Es war ein elender Anblick, oft waren auch Verwundete dabei, die von den Kameraden gestützt wurden. An der Straßenseite aber auch tschechische Zivilisten, besonders Frauen, die klatschten triumphierend in die Hände.

Als sie sahen, dass wir ihnen Wasser gaben, liefen sie hinzu und verschütteten es, bespuckten die Gefangenen, gaben ihnen Fußtritte, warfen mit Steinen und schlugen mit Stöcken auf sie ein. Die am Rand Marschierenden wurden am meisten attakiert, hier kam mir der Gedanke, nicht auffallen, immer in der Mitte bleiben, nie vorn, hinten oder am Rand. Um den Soldaten das Trinken zu verwehren, trieben dann ihre Begleiter zur Eile an, mit Schreien, Gewehrkolbenhieben und Schüssen in die Luft. Zuletzt lief die ganze lange Kolonne im Laufschritt zum Dorf hinaus und verschwand hinter einer dicken Staubwolke. Bei dieser Begebenheit musste ich an die russischen Gefangenen denken, welche an jenem Januartag durch unser Dorf gebracht wurden, zu einem solchen Sadismus hätte sich keiner von uns hinreißen lassen, es sei denn, er gehörte zum Pöbel. Weil der nächste Tag, der 10. Mai, Himmelfahrt war, durften wir noch bleiben. Ich war froh, dass es am nächsten Tag wieder nach Haus ging. Als Lydia zu uns kam, rief ich ihr freudig den Liedvers entgegen: „Mädel wink, jetzt gehts der Heimat zu, Mädel wink, jetzt gehts nach Haus“. Sie war von meiner überschwenglichen Freude nicht begeistert und meinte nur, wart man ab, was uns noch blüht!! Da war mir wieder der Ernst unserer Lage bewusst.

Am 11. Mai, einem Freitag, ging es dann auf die Heimfahrt. Da wir über mehrere Dörfer verstreut waren, trafen wir uns in Kuderschitz zum Sammeln. Vierzehn Treckwagen waren wir aus unserem Dorf, die hier zusammen gehalten hatten.

Was uns bevorstand, spürte als Erster Onkel Alfred, er hatte sein Quartier in Straschow (heute tschechisch *Stzrasov*), einem kleinen Walddorf. Als er aus dem Dorf fuhr, er saß auf dem Kutscherbock und ließ die Beine baumeln, kamen bewaffnete Tschechen und zogen ihm die Stiefel von den Füßen. Ab Kuderschitz gingen immer Tschechen aus den jeweiligen Dörfern mit, und deren Anweisungen hatten wir zu folgen.

In Königgrätz mussten wir die Hauptstraße überqueren, da war ein großes Gefangenenlager auf dem freien Felde eingerichtet (Tausende deutscher Soldaten saßen hier in der Sonnenglut). Unsere tschechischen Begleiter verließen uns hier und überließen uns den russischen Bewachern. Die sprangen auf die Wagen und plünderten, was ihnen gefiel. Die besten Pferde wurden ausgespannt oder umgetauscht, uns holten sie den rotbunten Ochsen weg zum Schlachten. Alle Fahrräder vom Treck wurden gestohlen, auch Lonnys, obwohl die meisten Russen gar nicht damit fahren konnten. Auf unseren Wagen sprangen zwei Russen und warfen den ersten Koffer, den sie fanden, runter, und dabei brach er auseinander. Dieser Koffer gehörte Tante Elise, einer Cousine meiner Oma, sie selbst war in Odersteine geblieben und nicht mit geflüchtet. In diesem Koffer hatte sie ihren Schmuck, Uhren und Pelzsachen verstaut. Als der Koffer aufging, stürzten sich die Russen gleich darauf, steckten sich die Taschen voll und hauten ab. Auf diese Weise waren wir von weiteren Plünderungen verschont. Wir aber schnell alle Dinge zusammengesucht, alle anderen Fuhrwerke waren auch ausgeraubt, und der Treck fuhr erleichtert weiter. Hinter der Stadt fuhren wir wieder auf Nebenwegen, denn auf der Hauptstraße fuhren dauernd Russenkolonnen. In der Nähe von Smirnitz, etwa 35 Kilometer waren wir gefahren, fanden wir eine Waldwiese mit einem Teich. Hier haben wir im Freien übernachtet. Das Wasser haben wir auf offenem Feuer gekocht und für uns verwendet, und dann konnten die Tiere aus dem Teich saufen und auf der Wiese grasen. Obwohl wir uns ganz ruhig verhielten, kamen plötzlich tschechische Milizen in einem Jeep und haben drei Mädchen entführt, die jüngste war eine Klassenkameradin von mir. Unbeschreiblich, von nun an, die Angst eines jeden von uns. Frühmorgens, am anderen Tag, den 12. Mai ging es wieder weiter, jetzt kamen wir kurz vor Josefstadt wieder auf die Hauptstraße. Die entführten Mädchen haben wir auch wieder getroffen, sie waren von den Milizen in einem Dorf ausgesetzt worden. Wir kamen aber diesmal auf der Hauptstraße unbelästigt voran über Böhmisch-Skalits und Nachod, da war die deutsche Grenze, und wir konnten etwas aufatmen. Auf dieser Paßstraße kamen wir an einer Felsenhöhle vorbei, die war für Streusand in den Fels gehauen, und darin lagen tote deutsche Soldaten, zwei Meter hoch gestapelt wie Mehlsäcke. Der nächste Ort war Schnellau (heute polnisch *Slone*), ab hier wimmelte es nur so von Russen, da wurden wir angehalten und fünf Männer zum Arbeiten weggeholt. Kaum vorstellbar, in welcher Angst wir weiterfuhren.

Hinter Hummelstadt (heute polnisch *Lewin Klodzki*) machten wir Rast für die Nacht. Abseits der Straße fanden wir eine geeignete Wiese. Da fuhren wir die Wagen auf, und die Pferde konnten grasen. Es war sehr schönes Wetter und auch die Nächte warm, da konnte man gut im Freien übernachten. In den Ortschaften war es auch zu unsicher, weil immer wieder herumstreunende Russen und Fremdarbeiter anzutreffen waren. An diesem Tag hatten wir wieder 40 Kilometer hinter uns gebracht.

Am 13. Mai, einem Sonntag, ging es weiter durch bekannte Kurorte wie Bad Reinerz (heute polnisch *Duszniki-Zdroj*) und Bad Altheide (heute polnisch *Polancia-Zdroj*) in Richtung Glatz (heute polnisch *Klodzko*). In den Kurorten war köstliches Brunnenwasser in jeder Menge umsonst zu haben. Auch die russischen Soldaten machten regen Gebrauch davon. Einen grausigen Anblick werde ich aber nicht vergessen: Fünf oder sechs Soldaten und Zivilisten am Galgen aufgehängt baumelten in der Sonne. Über Glatz fuhren wir bis Eckersdorf (heute polnisch *Bozkow*), das war wieder eine Tagesstrecke von 38 Kilometer. Hier lag abseits der Straße ein Gut, da haben wir im Park unser Lager aufgeschlagen. Unser Vieh konnten wir auf einer Weide grasen lassen, und wir bekamen warme Mahlzeiten aus einer Rot-Kreuz-Küche, die im Schloss eingerichtet war. In dieser Nacht gab es ein schweres Gewitter, und unsere Wagen sind vollkommen durchgeregnet. In diesen Tagen waren viele Gerüchte im Umlauf, amtliche Nachrichten gab es nicht, und so wusste es keiner: Bleibt Schlesien deutsch, wird die Oder die Grenze werden oder wird es ganz den Polen geopfert? Wegen dieser Unsicherheit wurde erstmal noch ein paar Tage abgewartet. Da wir uns ruhig verhielten, wurden wir auch nicht von Russen belästigt. Auch unser Zugvieh konnte sich auf der Weide prächtig erholen. Unser „Hans", der so unter Atemnot litt, wurde in der Gebirgsluft wieder jung.

Bis über Pfingsten, den 20. und 21. Mai, blieben wir hier zur Erholung und warteten. Am Tag nach Pfingsten, Dienstag, den 22. Mai, fuhren wir aber weiter über Rothwaltersdorf (heute polnisch *Czerwienczyce*), Silberberg (heute polnisch *Strebna Gora*), Schönwalde (heute polnisch *Debina*), Peterwitz, Frankenstein (heute polnisch *Zabkowice Slaskie*) bis Glaubitz (heute polnisch *Regiele*), wo wir übernachteten, das waren 30 Kilometer. Die Strecke war auch wieder bergig, aber nicht so steil wie auf der Hinfahrt. Es war auch keine Hauptstraße, die mieden wir wegen des vielen Gesindels, das sich da herumtrieb.

Nächsten Tag, Mittwoch, den 23. Mai, brachen wir wieder früh auf, denn nun wollten wir es bis nach Hause schaffen. Hinter Frankenstein hatte aber bis zur Kapitulation die Front gestanden, und hier waren Straßen und Ortschaften sehr kaputt. Da mussten Minen und Granattrichter umfahren werden, es ging nur immer im Slalom. Wo die Brücken kaputt waren, ging es durch Furten und über Knüppeldämme. Es war also eine beschwerliche Fahrt.

Grausige Anblicke boten aber die vielen gefallenen Soldaten und Tierkadaver mit ihren aufgedunsenen Körpern, die nicht beerdigt waren. Es war 30 Grad Celsius heiß, da war alles in Verwesung übergegangen, und wir haben uns Tücher vor Mund und Nase gehalten wegen des Leichengeruches und der vielen Fliegen. Die schlimmste Gegend war um Siegroth (heute polnisch *Dobrzenice*), Silbitz, Prauß (heute polnisch *Prusy*) und Karschau (heute polnisch *Karszow*) bis Strehlen. Dann fuhren wir durch Strehlen, welch ein Anblick gegenüber dem vom Winter: Schuttberge bis an die Dachtraufen der wenigen noch stehen gebliebenen Häuser; Straßen und Plätze nicht wieder zu erkennen unter den Trümmern.

Einige Bewohner von Strehlen, auch schon zurückgekehrt, haben uns geraten, spätestens hier über die Ohle (heute polnisch *Olawa*) zu kommen, weil es dann keine heile Brücken mehr gibt. So sind wir über Friedersdorf, Ruppersdorf (heute polnisch *Wyszonowice*), Alt-Wansen (heute polnisch Stary *Wiazow*), Halbendorf, Güntersdorf (heute polnisch *Godzieszowek*), Klein Öls (heute polnisch *Olesnica Mala*), Niehmen (heute polnisch Niemil), Rennersdorf (heute polnisch *Rynarcice*) und Rosenhain (heute polnisch *Godzikowice*) gefahren. Angesichts dessen, was wir an diesem Tage gesehen hatten, fuhren wir unserem Dorf mit gemischten Gefühlen entgegen. Obwohl wir 50 Kilometer an diesem Tag gefahren waren, gingen die Viecher immer noch flott. Hinter Hennersdorf fingen einige sogar an zu wiehern, auch unser „Hans“, sie spürten den heimatlichen Stall, denn Pferde haben ein gutes Gedächtnis.

Ja und dann kamen wir nach Rosenhain, unseren Nachbarort, und da passierte es. Genau als wir die Hauptstraße überquerten, kam eine Einheit polnischen Militärs. Da wurden unsere Wagen geplündert und die Pferde ausgespannt oder umgetauscht. Auch unseren „Hans“ nahmen sie mit, der mit den Ochsen unsere Habe über 400 Kilometer gezogen hat, er hat nochmal gewiehert, und dann war er um die Ecke geführt. Für ihn bekamen wir ein Panje-Pferd, das waren so kleine Pferde, wie sie von den Mongolen benutzt werden.

Als sich unser Treck wieder geordnet hatte und zwei/dreihundert Meter weiter gefahren war, da kam eine russische Truppenkolonne.

Jetzt ging das gleiche nochmal von vorne los, sie tauschten ihre müden Pferde gegen unsere ein und durchsuchten die Wagen. Auch unseren Pony nahmen sie wieder mit, dafür bekamen wir zwei andere Pferde wieder, nur einer hatte kein Geschirr und der andere war so kaputt, der konnte kaum laufen. In der Zwischenzeit war es nun aber dunkel geworden, und in Rosenhain wurde gesagt, unser Dorf ist auch voll Russen, da fürchteten wir uns, ins Dorf heimzufahren. Wir fuhren daher nur bis zur Baache, dem Hühnerbach, hier hatten wir Wasser und ein Kleefeld und Schutz hinter Büschen und einem Damm und übernachteten nochmal im Freien.

Donnerstag, 24. Mai. Nach einer bangen Nacht zogen wir nun auf dem letzten Kilometer unseres Heimweges nach Odersteine. Schon von weitem machten wir lange Hälse und spähten nach dem Dorf. Genau vier Monate waren vergangen, seit wir bei Schnee und Kälte geflüchtet waren, und nun kamen wir bei großer Hitze zurück. Von unserem Treck waren nur drei oder vier Pferde aus dem heimischen Stall dabei, alle anderen, vielleicht zwanzig, waren umgetauscht oder gestohlen. Auch Familien waren auseinander gerissen und haben mitunter erst nach Jahren zusammengefunden.

Und wie sah es nun im Dorf aus: Überall Dreck, Schutt und Trümmer, Bäume und Zäune umgefahren, Tierkadaver und Mist selbst in den Stuben. Alle Einrichtungen zerstört. Kein unbeschädigtes Fenster oder Tür, im ganzen Ort kein Vieh, auch kein Hund, keine Katze, kein Huhn, alles geraubt, erschossen, vernichtet. Einen kleinen Lichtblick gab es.

Die fünf Männer, die man an der Grenze weggeholt hatte, waren schon da. Sie hatten auf ihren Anwesen schon mit der Säuberung begonnen und die Gefallenen beerdigt, unter ihnen auch unseren Verwandten, Gustav Knispel.

Wir kamen also auf unseren Hof, fuhren den Wagen in die Scheune und stellten da auch Pferd und Ochsen unter. Das andere Pferd bekam Nachbar Kirmes als Ersatz für seinen gestohlenen rotbunten Ochsen. In den Ställen lag meterhoch der Mist, wir kamen gar nicht hinein. Im Haus musste auch erst ein Stück leergeräumt und gesäubert werden, bevor wir den Wagen abladen konnten. Da war ein Artillerietreffer direkt durch Boden- und Kellertreppe geschlagen, aber zum Glück nicht explodiert. Gegen die Scheune waren Panzer gefahren und hatten Tore und Pfosten eingerissen.

Im Haus sah es nicht anders aus, überall Chaos. Und in diesem Durcheinander, zwischen aufgerissenen Federbetten, Möbeln, Schutt und Unrat lag das Unterteil vom Küchenschrank, die Rückwand war vollkommen demoliert. Wir haben ihn aufgerichtet, und ich zog die Schublade auf, und da lag die Jahreslosung: Hebräer 12, V. 2: „Lasset uns aufsehen auf Jesum, den Anfänger und Vollender des Glaubens". Mit Tränen in den Augen haben wir uns still angesehen und wohl innerlich neuen Mut und Kraft zu neuem Anfang daraus geschöpft. Noch später haben wir uns gefragt, wie war es nur möglich, dieses Blatt

Papier fast unversehrt zu finden, wo doch sonst alles nur ein Tohuwabohu war?

Was aber war in diesen vier Monaten in unserem Dorf geschehen? Die Russen hatten den Ort eingekreist und am Freitag, den 26. Januar, erobert. In der Nacht von Freitag zu Sonnabend hatten sie schon eine Notbrücke gleich hinter dem Dorf gebaut und konnten Panzer und andere schwere Waffen übersetzen. Odersteine war zu einem wichtigen Brückenkopf der russischen Armee geworden. Das bedeutete immer neue durchziehende, plündernde, marodierende Soldateska. Dazu muss gesagt werden, dass der einfache Soldat wenig zivilisiert, Analphabet und primitiv war, besonders aus dem asiatischen und mongolischen Gebiet. Seine Brutalität wurde dazu durch Propaganda und Hetze noch gesteigert. Menschen, besonders Frauen, und alle materiellen Werte wurden zur Kriegsbeute des Einzelnen.

Etwa vierzig Leute waren nicht geflüchtet, überwiegend Alte und Mütter mit kleinen Kindern. Ein Drittel hatte diese vier Monate nicht überlebt, sie waren unter Qualen der Drangsale, Vergewaltigungen und mangelnder Versorgung gestorben. Auch wer für Arbeitsleistungen wie etwa Viehtreiben oder Aufräumungsarbeiten abgeholt wurde, kam nicht mehr zurück. Uns, die wir geflüchtet waren, blieb doch einiges mehr an Elend erspart.

Hier eine Darstellung aus polnischer Sicht, Hmbl. 1/93: In der dritten Dekade von Januar 1945 haben die sowjetischen Truppen der fünften Armee der Garde, ein Bestandteil der ersten Ukrainischen Front, die ehemalige polnisch-deutsche Grenze überschritten, die Oder zwischen Breslau und Oppeln erreicht und begannen, den Strom zu erzwingen. Das am rechten Flügel der fünften Armee der Garde 32. Korps unter Führung von Generalleutnant A. Rodicew hat in der Nacht vom 23. zum 24. Januar, im Umkreis von Linden das Wehrwiderlager (Brückenkopf) am linken Ufer der Oder erobert. In den nächsten Tagen haben Einheiten dieses Korps diesen Brückenkopf bedeutend befestigt und ausgebaut, und am 28. Januar haben sie Ohlau eingenommen. Obwohl der deutsche Generalstab wusste, dass hier der Feind über die Oder kommen würde, hatte man sehr wenig getan. Die Verteidigung war zu schwach und die Bevölkerung ist zu spät evakuiert worden. Wieviel Vieh und Fleisch und Tonnen von Vorräten mögen in dieser Region den Russen in die Hände gefallen sein? Sie hätten eine bessere Versorgung für lange Zeit im Hinterland ermöglicht.

Unter Polen

Für uns galt nun, erst alles säubern, reinigen, ausmisten und Ordnung schaffen. Tore, Türen, Fenster und das Dach mussten als nächstes repariert werden, damit wir uns abschließen konnten. Gegen brachiale Gewalt konnte das nicht schützen, wir waren zum Freiwild geworden, aber geschlossene Räume vermitteln doch ein gewisses Maß an Sicherheit. Schwierig war die Beschaffung von Handwerksgerät und Material. Besonders in Häuserruinen und verschütteten Räumen haben wir gesucht. Bis nach Ohlau bin ich mit Klara gelaufen, um etwas Brauchbares zu finden, das ist gar nicht zu beschreiben. Nachdem wir ein paar Tage von der Flucht zurück waren, ist auch Erna mit Horst gekommen, völlig am Ende ihrer Kraft und nur mit dem, was man in der Hand tragen konnte. Ihre Schwiegermutter hatte in der Nähe von Prag einen Nervenzusammenbruch erlitten und war davongelaufen. Zwölf Jahre später haben sie sich wiedergesehen. Sie war vom Roten Kreuz aufgegriffen und nach Bayern transportiert worden.

Jetzt war es Ende Mai und wir versuchten, noch einiges an Feldfrüchten in die Erde zu bekommen, Sommergetreide war aber nicht mehr zu säen, denn es gab kein einziges Saatkorn. Etwas Leinsaat hatten wir und in der Miete noch ein paar Kartoffeln. Sie wurden ausgesucht, die kleinen zum pflanzen und die großen zum essen. Kartoffeln waren fast ausschließlich unser

Nahrungsmittel. Auch Gemüse war nicht zu haben, weil es in weitem Umkreis keinen Samen gab. Da waren Brennessel, Sauerampfer und Löwenzahn der Ersatz. Schlimm war auch, dass es kein Fleisch gab, ich erinnere mich, dass es in dem halben Jahr bis Weihnachten zweimal war. Da wurde, bevor die Polen alles in Besitz nahmen, auf dem Gut in Deutschsteine der Hengst geschlachtet, und Erna brachte ein Stück davon. Später hat ein Pole einen Fuchs geschossen und uns gegeben. Der wurde erst lang in Essig gelegt, damit er genießbar wurde. Schlecht war es auch um die Versorgung mit Fett, Gewürzen und Salz bestellt. Da wurden Wildpflanzen, Kümmel und Meerrettich verwendet. Wir mussten leben wie die ersten Menschen und die Natur uns zu Nutze machen, es ist kaum zu beschreiben, welche Ideen entwickelt wurden, um zu überleben. Als Salz hatten wir nur Viehsalz zur Verfügung, und das wurde sparsam verwendet. Auch Streichhölzer gab es nicht, da wurde Munition aufgebrochen, sie lag überall herum, und das Pulver mit Hilfe Brennglas und Sonnenschein entzündet, aber meist wurde das Feuer unter Nachbarn geborgt. Inzwischen war auch die Zeit der Heuernte herangekomnen, unsere Wiesen lagen aber auf der anderen uns gegenüberliegenden Oderseite. Als wir dahin fuhren, kamen wir an den ehemaligen Geschützstellungen der Russen vorbei, die hier im Winter gestanden haben, und es war unvorstellbar, welche Massen uns hier im Januar gegenüber waren. Als wir erfahren haben, dass auch Mama mit dem Groß Peiskerauer Treck zurück gekommen war, haben wir sie mit den beiden Mädchen nach Odersteine geholt. Wir wollten in dieser schweren Zeit alle zusammen sein, um uns gegenseitig beizustehen. Mit Pferd und Wagen, Klara und ich und ein älterer Mann aus unserem Dorf fuhren los, um sie zu holen. Fünfzehn Kilometer war eine Tour, aber die Dörfer kaputt und die Straßen voller Granattrichter. Bei Würben (heute polnisch *Wierzbna*) war ein großes unbestelltes Feld leuchtend rot mit wildem Mohn bewachsen, und darin standen acht abgeschossene russische Panzer. Ein gespenstiger Anblick des Todes, und immer lag Verwesungsgeruch in der Luft. Unbehelligt waren wir am Abend zurück mit Mama, Christa und Renate und froh, bis hier überlebt zu haben.

Unser Pferd hatte auch nur die Bestellzeit überstanden, dann lag es eines Tages tot im Stall. Unser Ochse musste es aus dem Stall schleppen bis zum ehemaligen Bunker, und da haben wir es drin vergraben. Zugvieh war überhaupt knapp im Dorf, und es musste getauscht und zusammen gespannt werden, die Gemeinschaft war im Dorf nie so eng gewesen wie in dieser Notzeit.

Wie schon anfangs berichtet, war am Dorf aus deutscher Militärzeit ein Lagerkomplex, der Pionierpark. Er wurde nun auch von den Russen genutzt. Die Offiziere hatten aber ihr Quartier in Privathäusern im Dorf. Dadurch hatten die Bewohner etwas Schutz vor plündernden Soldaten. Bei Trunkenheit, und das waren sie oft, waren aber alle unberechenbar, Offiziere wie Mannschaften. Ein Offizier hat mal seinen deutschen Hauswirt, der Mann hatte mit uns die Flucht überlebt, erschossen ohne jeden Grund, als er ihm die Tür öffnete.

In dem Russenlager fanden aber auch einige Leute Beschäftigung, wenn auch ohne Bezahlung, nur für ein paar Lebensmittel. Mama und Lonny gingen auch dort hin, um uns am Leben zu halten.

Im Juni holten uns die Russen zur Arbeit für einen russischen Zentralfriedhof in Ohlau. Hier sollte ein Heldenhain angelegt werden. Wir mussten alle Gefallenen ausgraben und mit Pferdefuhrwerken dort hin fahren, da wurden sie in Massengräbern beerdigt. Das war eine ekelerregende Arbeit, denn es war heiß und sehr viel Fliegen, und die Leichen waren in Verwesung übergegangen. Nur mit Tüchern um Mund und Nase und mit Handschuhen oder Lappen an den Händen konnte man arbeiten. Wer Wunden hatte, war besonders gefährdet. Wenn es ging, wurden dann auch den Russen weniger bekannte Gräber in der Feldmark eingeebnet, um uns den Ekel zu ersparen. Deutsche Soldaten durften nicht einmal auf unserem Dorffriedhof bestattet werden, und es war beschämend, sie so quasi zu verscharren an der Stelle, wo sie ihr Leben ließen, und es gab auch Leute, Altkommunisten, die so etwas befürworteten.

Auch alle bis zur Vertreibung gestorbenen Dorfbewohner durften nur im Kreis der Angehörigen beigesetzt werden. Särge gab es auch nicht, und so wurden die Toten in Kisten oder Schränken nur mit einem Gebet der Erde übergeben, denn ein Pastor war dafür nicht da. Aber die Toten wurden beneidet, hatten sie doch alles überstanden, und der Gedanke an den Hebräer 12, V.2 half uns manches Mal, alles leichter zu ertragen.

Durch die Anwesenheit der Russen siedelten sich die Polen nur zögernd im Dorfe an, denn sie waren mit den Russen nicht gerade gut Freund, auch war das Dorf wegen Kriegsfolgen nicht gerade einladend. Die Ernte von Wintergetreide und Raps konnten wir noch selbst einbringen. Es gab nur ein paar Grasmäher im Dorf, und wir mussten uns untereinander aushelfen. Sonst waren alle Maschinen von den Russen abtransportiert.

Auf dem Güterbahnhof lag ein ganzer Berg von landwirtschaftlichem Gerät, von den Waggons gestürzt und nur noch Schrott. Beim Mähen war ich auch noch mal mit großem Glück davongekommen. Im Wintergerstenfeld lag eine Mine, und das Mäherrad war gerade daran vorbeigegangen. Die Polen haben sie später gesprengt. Als fast alles abgeerntet war, kamen in jedes Haus und Gehöft polnische Familien, waren nun die Eigentümer über Grund- und Sachwerte, wir waren wie Leibeigene und ohne jedes Recht. Damit wir zu erkennen waren, mussten alle Deutschen über 14 Jahre eine mindestens zehn Zentimeter breite weiße Armbinde tragen. Die Familie, welche bei uns einzog, kam aus dem Raum Lemberg (heute ukrainisch *Lwiw*), hatte vier Kinder bis zu neun Jahren. Der Mann war Schuster und hatte von Landwirtschaft keine Ahnung und Lust zur Arbeit auch nicht. Klara und ich mussten für ihn die Arbeit verrichten wie Magd und Knecht, aber ohne Lohn. Mama und Lonny konnten weiter bei den Russen arbeiten. Da haben wir versucht, wo sich nur eine Gelegenheit ergab, etwas an die Seite zu legen. Aber wir durften uns nicht erwischen lassen, die Miliz war schnell zur Stelle, und dann gabs Prügel und Schikanen. Unser Pole begann sofort, die Ernte auszudreschen und alles Korn zu verkaufen. Klara und ich und noch ein paar andere Helfer haben alles mit dem Flegel ausgeklopft, denn Maschinen gab es nicht. Es blieb also von der ganzen Ernte für uns nichts übrig, einen Sack Roggen, ein paar Pfund Raps und Lein, mehr hatte er für uns nicht über. Ab Herbst bekamen wir die Kartoffeln täglich hingestellt, nur so viele, wie wir verbrauchen durften. Die Kinder wurden auch zu uns geschickt, um zu beobachten, was wir verbrauchten und besaßen. Das Korn wurde auf der Kaffeemühle und als Suppe oder Brot zubereitet und Raps und Leinsaat gekocht und als Brotaufstrich verwendet, das waren auch unsere einzigen Fette. Auf jede nur mögliche Art und Weise wurde auch versucht, an Sloty zu kommen, um ganz knappe Dinge zu kaufen, aber das war nur ein Tropfen auf den heißen Stein. Auch besaßen wir kaum noch persönliche Sachen wie Uhren oder Schmuckstücke. Vor der Flucht hatten wir noch bessere Sachen im Holzschuppen vergraben, die Russen hatten aber alles gefunden.

Donnerstag, der 25. Oktober 1945. In unserem Keller stand noch eine Zentrifuge, die hatte überlebt, weil der Kellereingang zerschossen war. Mama hat sie für ein paar Sloty an das Russenlager verkauft, und die Russen haben sie abgeholt. Da holte der Pole die Miliz, und die haben Lonny, Klara und Mama verhaftet, weil wir deren Eigentum verkauft haben. Oma, die beiden Mädchen Christa und Renate und ich standen nun da und wussten nicht, wo sie hinkommen, was man ihnen antut und wann sie zurückkommen. Da bin ich zum russischen Kommandanten gelaufen und hab ihm berichtet. Daraufhin ist er mit seiner deutschen Freundin zur polnischen Milizstelle nach Rosenhain gefahren und hat protestiert, denn hier waren die drei eingesperrt. Ein paar Stunden später kamen die Milizionäre wieder und holten auch mich und diese deutsche Frau zur Kommandantur. Als sich Oma weigerte, mich mitgehen zu lassen, wurde sie von unserem Polen ins Gesicht geschlagen, wir waren eben rechtlos und wehrlos. Auf der Kommandantur wurden wir in einem eigens dafür hergerichteten Keller in besonders demütigender Weise verprügelt. Ich durfte gleich nach Haus laufen, und die Frauen mussten noch einen Tag zur Arbeit bleiben. Es war wie ein Geschenk des Himmels, als wir uns alle wiederhatten. Nach der Herbstbestellung verkaufte der Pole auch unseren Ochsen und holte sich von irgendwo eine Kuh, aber das war nur so eine kleine Gebirgskuh, und die gab nicht viel Milch. Diese Kuh musste ich dann hüten. Als ich sie einmal auf eine bessere Wiese getrieben habe, gab sie gleich einen Liter Milch mehr. Darauf gab mir der Pole ein paar Ohrfeigen und beschuldigte mich, die Kuh an den anderen vorangegangenen Tagen gemolken zu haben. Das wurde mir zur Lehre, und in Zukunft habe ich immer, wenn auf neuem Weideland gehütet wurde, die Kuh vorher etwas abgemolken. Beim Kühehüten waren wir meistens mehrere Jungens, da wurde allerhand ausgekundschaftet und Karten gespielt. Einmal war ein Russe auf Jagd und hat ein Rebhuhn angeschossen. Wir hatten aber beobachtet, dass es in einen Strauch gefallen ist. Da halfen wir dem Russen suchen, aber einer von uns stand im Strauch auf dem Huhn und als der Russe gegangen war, haben wir den Vogel gebraten.

Im Schilf an der Oder fanden wir mal ein unentdecktes deutsches Soldatengrab in einem noch guten Zustand. Es war ein Kreuz darauf mit Korbweiden gebunden und ein Brettchen mit

Ölkreide beschriftet: „Wilhelm Roth, Gendameriewachtmeister, Wiesbaden, gef. 25. Januar 1945. Auf der Spitze vom Kreuz hing ein Stahlhelm mit einem Durchschuss. Dieser Soldat wird also auch von einem russischen Scharfschützen von der anderen Oderseite am Tage unserer Flucht erschossen worden sein, und die Kameraden konnten ihn noch beerdigen.

Weihnachten 1945

Die Stimmung der deutschen Bevölkerung war auf dem Nullpunkt und ohne Hoffnung. Es gab keine Nachrichten oder Verbindung nach außen nach Deutschland, höchstens zweifelhafte Gerüchte, und die verunsicherten noch unsere Situation. Die einzige Hoffnung und Trost war die Kirche, davor hatten die Polen wenigstens etwas Achtung. Die Bibel und das Gesangbuch waren auch die einzigen Bücher, die uns erlaubt waren. Pastor Kluge von der evangelischen Freikirche Ohlau war auch zurückgekehrt und hielt Gottesdienste im ganzen Umkreis für alle Konfessionen. Das waren auch die einzigen Zusammenkünfte, die von den Polen geduldet wurden. Hier wurden auch die spärlichen Informationen und Gerüchte verbreitet, über den Grenzverlauf und das Potsdamer Abkommen waren wir im Ungewissen. Allmählich aber wurde bekannt, dass die Bevölkerung ausgewiesen, vertrieben wird. Wir hatten Feldstücke an der Bahnlinie, und da konnte man solche Transporte beobachten. Wo es hinging, wusste aber keiner, viele endeten bei den Polen oder Russen in Lagern. Im Frühjahr 1946 durften wir nochmals für die Polen die Frühjahrsbestellung erledigen. Von Martin hatten wir noch kein Lebenszeichen, Vater war es gelungen, einen Brief in den polnischen Postbereich zu befördern, und wir hatten Nachricht, dass er in Bayern lebt. Erna hatte auch Nachricht von Onkel Kurt, der war in polnischer Gefangenschaft und arbeitete auf einem Gut bei Breslau, und sie konnte ihn auch besuchen.

Die Vertreibung
Mit der Zeit verdichteten sich im Dorf die Gerüchte. Wir kommen bald „raus“, die Polen selbst ließen uns aber lange im Ungewissen. Im Juni war es dann so weit, einige Familien sollten ausgewiesen werden. Da wurde versucht, noch mit anderen Familien zu tauschen, um möglichst im Familienkreis zusammen zu bleiben. 18 Kilogramm Handgepäck und 150 Reichsmark je Person, einschließlich Verpflegung für zwei Wochen, durften offiziell mitgenommen werden. Das ist nicht viel, aber für einen langen Fußmarsch ganz schön schwer, und es wußte keiner, wo es hinging. Nun musste alles endgültig zurückgelassen werden, Heimat und alle irdischen Güter.

Am Sonnabend, den 15. Juni 1946, zog die erste Gruppe aus unserem Dorf dann los, etwa fünfzig Personen, und wir waren auch dabei mit Oma, Lonny, Klara, Mama, Christa (fünf), Renate (wurde vier) und ich, Erna blieb mit Horst zurück, sie wollten warten, bis Onkel Kurt aus der Gefangenschaft entlassen ist. Das war ein Abschiednehmen. Jeder von uns hatte einen Rucksack, auch für die Mädchen hatte Mama einen kleinen genäht, und im Arm hatten sie ihre gebastelten Lieblingspuppen. Ich hatte wieder mal den blauen Konfirmationsanzug an und die braunen Halbschuh, und darin steckten entgegen der Vorschrift zusätzlich 350 Reichsmark. In einem Stück Butter war noch ein goldener Ring versteckt.

Bevor wir das Haus verließen, gab es noch einen schäbigen Vorfall mit unserem Polen: Er entriss Oma die Tasche mit den Papieren über unseren Hof und die Sparbücher. Ich hatte von Januar 1945 bis zu dieser Zeit ein Tagebuch geschrieben, das habe ich dann aus Angst vor Repressalien verbrannt, denn hätte man es gefunden, wären die Folgen für mich nicht abzusehen. Hier muss ich aber anmerken, dass wir ohne weitere Kontrollen und Plünderungen davongekommen sind.

Die Polen begleiteten uns mit Fuhrwerken für die Betten, Kinder und Alten. Auf einem Feldweg zum Dorf hinten raus mussten wir marschieren über Hühnersträucher, einer Siedlung vor Ohlau, vorbei an unseren Kornfeldern, und die Wintergerste begann gerade zu reifen.

Unser Weg führte über Ohlau und Jeltsch (heute polnisch *Jelcz-Laskowice*) nach Markstädt (heute polnisch *Miescisko*) zum Bahnhof, das sind fast 20 Kilometer. An den Bahngleisen luden die Polen ihr Fuhrwerk ab und fuhren zurück, und wir haben uns beim Gepäck niedergelassen. Als wir auf dem Bahngelände eintrafen, waren auch die Bewohner von Minken da und mit dabei auch unsere Verwandten, wir sind so mit dem gleichen Transport gefahren. Die Nacht mussten wir an den Bahngleisen verbringen, denn ein Zug kam nicht. Es wurde Holz gesucht und einige Feuer entzündet zum Aufwärmen, denn das Wetter war kühl, wir hatten am Tag zuvor Gewitter gehabt.

Am nächsten Tag, Sonntag, den 16., kam dann ein Zug mit geschlossenen Güterwagen. Etwa 25 Personen kamen in einen Waggon, das Ziel wussten wir nicht, und dann rollte er mit uns los. In einem Waggon fuhren auch polnische Milizen als Aufpasser mit. Wir hatten die Tür von unserem Wagen ein Stückchen aufgeschoben und konnten in die Landschaft sehen. Um unsere Gedanken und die Zeit zu überbrücken, fingen wir an, Volkslieder zu singen. Als wir bei Großbrück (heute polnisch *Czernica*) über die Oderbrücke rumpelten, stimmten wir gerade das Lied an: „Nun ade du mein lieb Heimatland“, da sagte Tante Selma: „Hiert aock uff, ihr Kinder, und macht eem a Aobschied nich a gaor su schwaor“, und wir waren alle zu Tränen gerührt und hätten gar nicht vermocht, weiter zu singen.

Es ging nicht immer schnell voran, oft wurde angehalten und der Gegenzug vorbei gelassen. Die Strecke führte an Breslau-Brockau (heute polnisch *Wroclaw-Brochow*) vorbei, eine einzige Ruinenlandschaft und Trümmerfeld, über Liegnitz (heute polnisch *Legnica*) und Bunzlau (heute polnisch *Boleslawiec*). Einmal hielt der Zug neben einem großen Rapsfeld, da sprangen alle raus, Männchen wie Weibchen, und verrichteten ihre Notdurft. Die Milizsoldaten sahen zu und amüsierten sich. Das war auch eines der unangenehmen Probleme, wir hatten nur einen Blecheimer im Waggon, und der musste dann ausgekippt werden. Mit uns wurde eben umgegangen wie mit einem Stück Vieh, über Nacht wurde der Waggon verriegelt.

Am Montag, den 17. kamen wir nach Kohlfurt (heute polnisch *Wegliniec*), da wurde die Lokomotive gewechselt, die Wagen verriegelt, und die polnischen Milizen verließen den Zug, und dann ging es bei Penzighammer (heute polnisch *Stojanowek*) über die Oder-Neiße-Grenze. Wir fuhren noch bis Hoyerswerda, da hielt der Zug. Da musste alles aussteigen, und wir wurden in einer Baracke entlaust, mit einer Art Luftpumpe wurde in alle Kleideröffnungen Läusepulver gepustet. Nachher gab es vom Roten Kreuz eine warme Mahlzeit, und dann hieß es wieder einsteigen in unsere Güterwaggons. Hier erfuhren wir auch: Es geht in die britische Besatzungszone. Da ging ein Aufatmen durch unseren Zug, nun waren wir dem größten Martyrium entronnen und konnten sagen, nochmal davongekommen. Weit ist der Zug an diesem Tage nicht mehr gefahren, in der Gegend von Lauchhammer wurden wir auf ein Nebengleis gestellt, und die Lokomotive fuhr weg. Das Schlimmste mussten wir schon wieder befürchten, da kam aber doch in der Frühe des 18. Juni eine Lok, und die Fahrt ging weiter über Elsterwerda, in Torgau über die Elbe, über Lutherstadt Wittenberg, Dessau, Zerbst, Magdeburg, Haldensleben bis Oebisfelde.

Am Mittwoch, den 19. Juni, vormittags kamen wir in Oebisfelde an, das war die Grenze zwischen der russischen und britischen Zone. Da konnten wir alle samt Gepäck den Zug verlassen und in eine Halle gehen. Hier wurden wir registriert und verpflegt. Während der Pause zog ich zum ersten Mal seit fünf Tagen meine braunen Halbschuhe aus und welch ein Schreck, die 350 Reichsmark zwischen den Einlegesohlen waren aufgeweicht und vollkommen unbrauchbar, entwertet. Auch wenn die Reichsmark nichts wert war, so war es für uns doch ein großer Verlust. Am Nachmittag ging es dann in einem Personenzug weiter über Gifhorn, Wittingen nach Uelzen ins Bohldamm-Lager. Hier wurden wir vom Roten Kreuz gut betreut, konnten uns endlich waschen und hatten in den Baracken Etagenbetten zum Schlafen. Und hier wurde unser endgültiges Ziel bekannt: Hameln.

Am nächsten Tag stiegen wir wieder in einen Personenzug, und über Celle, Hannover, Springe fuhren wir nach Hameln. In der „DCMAG", einem Hamelner Industriebetrieb, konnten wir aussteigen. Von hier aus wurden wir auf die umliegenden Orte verteilt. Wir und noch zwei Familien wurden mit einem Lieferwagen Marke „Tempo Dreirad" nach Halvesdorf gefahren. Die Straße führte an der Weser entlang, und es war eine schöne Gegend. Für mich war klar: Hier musst du dich einleben, es gibt kein Zurück. Auf dem Dorfanger wurden wir abgesetzt, und der Bürgermeister kam und hat uns Wohnungen zugewiesen. Die beiden anderen Familien blieben in Halvesdorf, und wir mussten in den Ortsteil Weidehohl. Das war einen Kilometer weiter und bergig, da lieh er uns seinen Handwagen für das Gepäck, und wir zogen los.

Oma, Lonny, Klara und ich wurden bei Friedrich Hothan eingewiesen – ein Bauernhof. Mama, Christa und Renate bekamen eine Stube bei Friedrich Meyer, auch ein Bauernhof nur 200 Meter entfernt. Wir wurden nicht gerade mit Begeisterung empfangen, schließlich mussten sie noch mehr zusammenrücken, aber diese Bauersleute sahen die Welt realistisch, unsere

Aufnahme war doch freundlich. Das war nun unsere verordnete Bleibe.

Über den Suchdienst des Roten Kreuzes konnte Mama auch den genauen Aufenthalt von Vater ausfindig machen, und im Juli war die Familie vereint. Martin kam 1947 aus russischer Kriegsgefangenschaft. Erna, Onkel Kurt, Horst und Hartmut, vier Jahre, konnten nach langwierigen Ausreiseanträgen im September 1957 zu uns kommen, Mama war im Jahr zuvor gestorben, sie haben sich nicht mehr gesehen. Damit ist ein Kapitel zu Ende.

Die Geschichte unserer Flucht 1945 aus Schlesien nach Bayern

Liddy Schneider, Jahrgang 1901, sie war Lehrerin und schrieb 1979 für die Familie ihre Fluchtgeschichte auf. Sie ist die Mutter von Ilse Browne, geborene Schneider, die das „Tagebuch vom 26. Januar 1945 bis 6. Oktober 1945" geschrieben hat.

Genau 34 Jahre sind es nun her, dass wir uns auf die „Wanderschaft· begeben mussten – 24. Januar 1945. 34 Jahre ist es nun her, sie sind vergangen und machen fast die Hälfte unseres Lebens aus. Ich denke nicht immerfort daran, „die Zeit heilt Wunden", und aus so weiter Sicht ist manches verblasst und – die Gegenwart fordert ihr Recht.

Der Krieg dauerte damals schon seit 1939, und als die Amis und Engländer gelandet waren und den „Westwall" eingenommen hatten, bestand doch die Hoffnung, dass endlich einmal dieses grausige Völkermorden aufhören würde – aber da gab es nichts. Dieser Unmensch Hitler posaunte immer wieder: „Sieg oder Untergang!"

Jeder vernünftige Mensch sah doch, was los war: Unsere Truppen, die tief in Russland eingedrungen waren, mussten zurück, immer zurück. Im Januar 1945 kamen bei uns bereits Flüchtlingstrecks aus Oberschlesien durch und Ostpreußen; ich hatte eine evakuierte Frau mit Kind (Frau Zabawa aus Wattenscheid im Ruhrgebiet) in der Wohnung, die noch 1944 mit uns das Weihnachtsfest verlebt hatte. Sie stammte aus Ostpreußen und wusste wohl kaum noch etwas von ihren Eltern, und sie zog schon zwei Wochen vor uns los Richtung Westen. Jeden Tag war Fliegeralarm, und manche Stunde haben wir im Keller gesessen. Gleich neben unserem Schulgrundstück war ein Pionierpark und nicht weit die Bahnstrecke Breslau–Oberschlesien. Im Pionierpark war ein Gefangenenlager für Russen, die haben im Sommer abends immer so schön gesungen, mehrstimmig und ganz schwermütige Lieder. Sie konnten auch schöne Spielzeuge basteln aus Holz und kamen damit an den Zaun, um Kartoffeln oder Möhren dafür zu tauschen. Sie waren in einem jämmerlichen Zustand, und es war natürlich streng verboten, irgendwie mit ihnen in Verbindung zu treten. Die Kinder haben aber trotzdem durch den Zaun manches ausgetauscht.

Ich bin oft bei Fliegeralarm aus dem Keller ins Freie gegangen und habe die sogenannten Christbäume beobachtet, die sie in ganzen Gruppen abwarfen zur Beleuchtung der Ziele, hinterher kamen dann die Bomben. Häuser sind damals bei uns nicht getroffen worden, nur der Transformator, und das ganze Dorf war ohne Licht und Strom. So kamen die Kerzen wieder zu Ehren; denn es war ja sehr zeitig dunkel im Januar und auch morgens lange dunkel. Hoher Schnee lag, und es war sehr kalt, immer unter minus zehn Grad. Aber gefroren haben wir in der Wohnung nicht; denn die Keller waren voller Kohle und Holz, und die schönen Kachelöfen heizten herrlich. Schulunterricht war schon lange nicht mehr, die Klassenräume waren als Flüchtlingsunterkünfte hergerichtet für Durchziehende, alles im Treck, mit hochbeladenen Bauernwagen, Ochsen und Pferde als Zugtiere.

Allmählich hörte man das Kanonenrollen immer lauter und näher, und unsere Bauern machten sich nun auch zurecht fürs Fliehen. Wir hatten ja die Oder ganz nahe, der Ort hieß Odersteine (heute polnisch *Scinawa Polska*), und die nächste große Brücke war in Ohlau (heute polnisch *Olawa*), der Kreisstadt, und es wurde immer wieder durchgesagt: „Hierbleiben, nicht fortgehen!“ Wer wollte das schon gern! – Wir packten allerhand zusammen. Die Kinder probierten, was sie tragen könnten: Ilse 14 Jahre, Bux elf Jahre, Zwillinge, acht Jahre. Dreimal haben wir Anlauf genommen. Einmal mit einem Handwagen der Nachbarin Kania, einmal mit Fahrrädern. Immer wieder sind wir umgedreht. Beim zweiten Male waren unsere Steppdecken und Ilses Geige schon gestohlen, was das Mädel damals so erschüttert hat, dass sie später nie mehr eine Geige angerührt hat.

Inzwischen waren die Russen längst über die Oder gekommen und saßen im nahen Oderwald; mit Lautsprechern riefen sie in deutscher Sprache immer wieder, dass wir dableiben sollten, der Krieg sei zu Ende. Es waren ja nur noch Frauen, Kinder und alte Männer im Dorf, und die Soldaten, die sich in der Schule einquartiert hatten, verschwanden auch. Da kam ein Militärauto mit Anhänger, und die Fahrer riefen: „Was, hier sind noch Frauen und Kinder? Aber schnell aufsteigen, wir sind die Letzten!“ Ich lief in der Wohnung herum wie eine Irre, als die Jungs reinstürmten. „Schnell, Mami, die Russen kommen, wir müssen weg!“ und rannten raus, ohne ein Stück Gepäck. Ich griff mir im Vorbeigehen meinen zweiten Wintermantel und die Taschen mit den Esswaren und wurde als Letzte in aller Eile auf den Anhänger des Lastautos gezogen. Den ganzen Weg bis zur Stadt wurden wir vom Oderwald her beschossen. Es wurde niemand getroffen. Der Motor-Lastwagen hatte eine Deckplane und war so voller Menschen, dass wir vier keinen Platz mehr fanden. Die Fahrer rasten wie die Irren, und der Anhänger fing an zu schleudern. Er hatte nur einen etwa 30 Zentimeter hohen Rand und lag voller Ersatzreifen. Man konnte sich nicht festhalten, Alles schrie: „Langsamer fahren!“, aber die Fahrer hörten das nicht. Oftmals kippte unsere Unterlage fast, und ich kann nicht beschreiben, was ich in diesen Minuten durchgemacht habe. Bis zur Stadt waren es drei Kilometer. Da wagte ein junger Bursche sich raus und kletterte über die Plane, um dem Fahrer auf die Schulter zu klopfen, der dann endlich merkte, was los war.

So kamen wir durch Ohlau (heute polnisch *Olawa*), alles tot und verlassen – viele Kanarienvögel klebten außen an den Fenstern – und fuhren ohne Pause bis Grottkau (heute polnisch

Grodkow) (Ohlau–Grottkau 35 Kilometer). Da wir immer noch auf dem Anhänger saßen, waren wir trotz warmer Sachen halb erfroren und hatten außerdem die ganze Fahrt über die Abgase des Motors eingeatmet. Als wir abstiegen, um in eine Unterkunft der katholischen Mission zu gehen, waren wir alle, auch die meisten im Vorderwagen, regelrecht vergiftet und schwankten wie betrunken. Es gab eine gute warme Suppe, aber den meisten bekam sie nicht. Gerhard spie dem netten Priester seinen Mageninhalt vor die Füße. Keiner – außer mir – konnte ein vernünftiges Wort reden. Die wollten doch wissen, woher wir kamen. Jedenfalls haben wir dort übernachtet, und am nächsten Morgen waren wir wieder ziemlich normal. Wie wir übernachtet haben, weiß ich nicht mehr. Von Ausziehen war natürlich keine Rede. In den Massenquartieren (Saal oder Schule) war die Unterlage Stroh, und man legte sich hin, wie man eben war, ohne Mantel wäre es viel zu kalt gewesen. Manche Leute hatten Decken und ganze Gebirge von Federbetten mit, die steckten dann warm, und manchmal hatten wir hin und wieder einen Nachbarn, der jemanden unterschlüpfen ließ. Unsere Decken waren leider zurückgeblieben durch den übereilten Aufbruch. Und man musste auf das wenige noch aufpassen, denn es wurde – leider – auch gestohlen! Buxens wollene, handgestrickte lange Strümpfe waren eines Morgens fort.

Da wir nicht mit dem Treck unterwegs waren, sondern eine kleine Gruppe von Frauen und Kindern waren, fuhren wir die folgenden Tage teils mit der Eisenbahn, teils mit Militärautos weiter, wie sich die Gelegenheit bot. Fahrkarten lösen – unnötig. An den Bahnhöfen standen unzählige Fahrräder herrenlos; meist waren die Bahnsteige belagert, und die Züge gingen natürlich nicht nach Fahrplan. Das Warten in der Kälte war nicht angenehm, und wenn dann ein Zug endlich einfuhr, dann ging das Gedränge und Gerangel um die Plätze los mit dem vielen Gepäck. Wir hatten wirklich nur einen Persilkarton mit etwas

Wäsche, die Tasche mit den Lebensmitteln, die inzwischen schon recht erleichtert war, und die Aktentasche mit den Urkunden, Stammbuch und sonstigen Papieren. Es waren immer nur kürzere Strecken, dann gings wiedermal ein Stück mit einem Militärauto. Da erinnere ich mich an eine Szene, wo eine Frau durchaus den Rodelschlitten mit verladen wollte, die Soldaten lehnten das ab, und da verzichtete sie lieber auf den Platz.

Einmal kamen wir am späten Nachmittag mit einem Zug in einem Ort an, dessen Namen ich nicht mehr weiß, und da der Bahnhof ziemlich weit draußen war, stand ein großer Pferdeschlitten bereit für das Gepäck, es war ja überall noch hoher Schnee. Den Karton tat ich mit drauf, und meine drei Buben kletterten sehr vergnügt mit oben drauf, und los gings. Wir zu Fuß hinterher. Eine Frau aus unserem Dorf hatte im Kinderwagen ein acht Wochen altes Baby, dem habe ich, solange wir beisammen waren, meinen zweiten Mantel über die Plane gehängt. Da hatte es das arme Wurm wärmer, und ich brauchte ihn nicht zu schleppen. Die Lauferei mit dem Kinderwagen in dem ungebahnten Schnee war beschwerlich genug. Aber endlich gelangten wir in den Ort – ja, aber wo war der Schlitten mit Gepäck und Kindern? Nirgends zu sehen. Alle, die wir fragten, zuckten mit den Schultern. Wo war eine Flüchtlingsunterkunft? Also erst mal zur Schule durchgefragt – netter Lehrer – aber da war diesmal niemand. Er nannte uns dann vier oder fünf Stellen, meist Fabrikräume, die ziemlich auseinander lagen. Ilse und ich suchten und fragten! Inzwischen war es finster geworden (Ende Januar), und endlich am letzten Ende des Ortes fanden wir die Ausreißer, friedlich schlafend in einem Massenquartier mit Gepäck, natürlich auf Stroh. Ich hatte vielleicht eine Wut, aber es tat mir doch leid, da großen Krawall zu machen. Aber am anderen Morgen nahm ich mir die Burschen vor und sagte: „Das ist das letzte Mal, dass Ihr Euch von mir absondert!" Es waren nämlich Familien auseinander gekommen, dass es später wochen- und monatelang gedauert hatte, über das Rote Kreuz, bis sie wieder beieinander waren in dem Durcheinander und Wirrwarr der überhasteten Völkerwanderung. Eine Frau aus Ostpreußen hatte ein Viertel Jahr gebraucht, um ihre Angehörigen wieder zu treffen. Sie entstieg dem Zug, um mal seitlich in die Büsche zu verschwinden, in der Gewissheit, dass er ja doch eine lange Zeit halten würde. Da fuhr er los, und sie stand draußen. Sie lief dann kilometerweit die Strecke entlang und gab es schließlich auf. Wenn wir schon alles verloren haben, dann wollen wir wenigstens als Familie zusammenbleiben. Na ja, das sahen sie ja ein und versprachen, niemals wieder davon zu rennen. Keines erinnert sich noch daran.

Die Versorgung der Flüchtlinge durch die NSV (Nationalsozialistische Volksfürsorge) war eigentlich gut organisiert. Es waren abends immer Unterkünfte bereit, es gab eine warme Suppe, Tee und etwas Brot, also regelrecht gehungert haben wir nicht.

Ich hatte in meinem Fresskorb ein Stück rohes Schweinefleisch und hoffte immer, das mal irgendwo braten zu können, aber es ergab sich bisher keine Gelegenheit, bis wir einmal in einem Gasthaus zwei Tage übernachteten, und ich gab der Wirtin in der Küche ein gutes Wort, denn das Fleisch hatte es inzwischen bitter nötig, in die Pfanne zu kommen. Sie lieh mir ein Plätzchen am Herd, eine Pfanne, etwas Butter und Margarine waren noch vorhanden, und so konnte ich das kostbare Stück noch retten. Etwas „anrüchig" schmeckte es ja, aber wir haben alle fünf keinen Schaden davon gehabt. Wenn es einmal am nächsten Morgen nicht gleich weiterging, konnten wir wenigstens die Schuhe ausziehen und etwas trocknen.

So waren wir die letzten Januartage und bis Anfang Februar 1945 durch mehrere Orte gekommen, immer Richtung Westen, denn „der Russe" zielte ja auf Breslau (Hauptstadt von Schlesien) und Berlin, und so musste es immer eilig weiter gehen.

Das Waldenburger Bergland (ungefähr wie die Rhön) hat ganz schöne Höhenunterschiede, aber wir hatten ja bis jetzt unsere Wanderung fast immer mit irgendeiner Fahrgelegenheit bewältigt. In Waldenburg waren wir nachts in einem Kindergarten, natürlich immer mit ungezählten Leidensgenossen. Meine Freundin Maria Anders war Lehrerin in Waldenburg, und ich eilte morgens zu ihrer Wohnung, um sie zu treffen und vielleicht etwas an Sachen zu erhalten. – Leider war sie nicht da (Schulunterricht gab es ja schon seit Wochen nicht mehr). Wir wurden eingeteilt für einen Zug über die sudetendeutsche Grenze, Richtung Süden nach Braunau (heute tschechisch *Broumov*) (jetzt Tschechoslowakei, ist seit 1994 Tschechien). Damals nannte sich das Gebiet „Protektorat" und gehörte zum sogenannten „Großdeutschland". Der Aufbruch war ziemlich hastig, und beinah hätte ich die Tasche mit den Urkunden stehen lassen. Immer hatte ich die Kinder im Auge. Als es abgehen sollte Richtung Bahnhof, merkte ich das Fehlen der Tasche und raste zurück. – Gott sei Dank stand sie noch auf dem Tisch. Ziemlich abgestumpft marschierten wir zur Bahn, wo ein Zug schon unter Dampf stand. Wir waren in einem Dritte-Klasse-Abteil, so wie jetzt die Zweite, aber nur Holzbänke. Das zahlreiche Gepäck der Leute fand natürlich nicht Platz in den Gepäcknetzen, und es war ein reines Wunder, dass alle Menschen, die vorher auf dem Bahnsteig waren, doch Platz gefunden hatten. Es war ganz warm, und wir konnten die Mäntel ausziehen. Mir gegenüber saß eine Frau mit einem 14 Tage alten Baby, das selig schlummerte. Der Zug fuhr los, und draußen Schnee und Schnee und immer noch unter minus zehn Grad. Bald froren die Fensterscheiben zu, und allmählich ließ auch die angenehme Wärme nach. Ich weiß nicht, aus welchem Grunde der Zug dann so lange stand, dadurch fiel natürlich die Heizung ganz aus, und wir froren auch in den Mänteln jämmerlich. Nach dem Frühstück vor der Abfahrt gab es im Zug keine Verpflegung, und ich verteilte an die Kinder unsere letzten Brotecken. Ich weiß nicht mehr, wie lange die Fahrt gedauert hat, jedenfalls war es schon später Nachmittag, als wir aussteigen durften. Für das Gepäck waren Schlitten da, und der mehrere Kilometer lange Fußmarsch hatte uns zum Glück etwa erwärmt, als wir am Ziel, dem Gasthaus „Zum goldenen Latschen", ankamen. Die Kinder amüsierten sich über den Namen, und in dem großen Gasthaussaal suchte sich eiligst jeder ein Plätzchen aus für die Nacht. Stroh war reichlich vorhanden. Wir fünf waren wohl die mit dem wenigsten Gepäck und haben uns notdürftig mit den Mänteln zugedeckt. Ein großer eiserner Ofen strömte Wärme aus, und zu essen gab es auch. Wir hofften, hier bleiben zu können, weil doch damals alle hofften und glaubten, dass wir nach Friedensschluss alle wieder nach Schlesien zurück können. Nach einigen Tagen gab es keine Feuerung mehr, und die Jugend stahl den umwohnenden Bauern Holz von ihren Schobern, nachts im Mondenschein. Ich glaube, llse war auch dabei. Das kranke Baby, dem ich meinen zweiten Mantel unterwegs über den Kinderwagen gehängt hatte, bekam Lungenentzündung und brauchte dringend ein Medikament. Wo war die nächste Apotheke? Auch da wurde Rat geschafft durch zwei größere Jungs, ich glaube, Ilse war auch dabei. Und das Kind überstand die Krankheit.

Damals waren ja in diesen Gebieten noch viele Deutsche, und die Tschechen konnten fast alle Deutsch. – Die Kinder erkundeten die ganz Umgebung und vertrieben sich den lieben langen Tag auf ihre Weise. Ich ging tagsüber in die Küche der Gastwirtin und half ihr etwas. Die Verpflegung bekamen wir aber nicht dort, da war immer die NSV zuständig, und gehungert haben wir nicht. Ich hatte noch etwas Geld und eine Menge Lebensmittelkarten, aber in der Nähe war kein Geschäft.

Die Feldpost funktionierte bis dahin immer tadellos. Ich hatte seit 1939 – Beginn des Krieges – immer fast jeden Tag Post, habe aber auch jeden Tag an den Vater geschrieben. Jede Einheit hatte ihre bestimmte Feldpost-Nummer, und alles ging ohne Porto. Wir hatten für alle Fälle eine dritte Adresse vereinbart bei einem Onkel, und das war ein großes Glück. Ich weiß nicht mehr, in welcher Stadt es war, ich ging zur Post und hatte dort postlagernd tatsächlich einen Brief, natürlich älteren Datums aus dem Gebiet um Dresden (Sachsen). Wo sich Gelegenheit fand, schrieb ich an die bekannte Feldpost-Nummer, und es ist auch bis kurz vor Kriegsende fast alles angekommen, sogar als die Nummer sich änderte. Aber soweit sind wir noch lange nicht.

Natürlich war es für die Leute, denen dauernd Flüchtlinge „eingelagert" wurden, auch kein Vergnügen, und bei uns gingen dort im „Goldenen Latschen" plötzlich Parolen um, dass wir eigentlich dort gar nicht hingehören, wir seien in Waldenburg in den falschen Zug verladen worden, wir müssten Platz machen für andere usw. Unsere Leute seien mit dem Treck in Rothenbach (heute polnisch *Gora Boguzow*) bei Waldenburg (heute polnisch *Walbrzych*), dort gehörten wir hin. So nahm ich die Sache in die Hand. Wir entschlossen uns (mit noch anderen Familien aus Odersteine, zum Beispiel Kania), einen Schlitten zu organisieren, um bis zur Bahnstation zurückzukommen. Da kam auch ein Zug und brauste durch bis Waldenburg. Was war das für eine „kurze" Strecke gegen die Hinfahrt. In Rothenbach trafen wir tatsächlich fast unser ganzes Dorf.

Es war ganz eigenartig, in einem fremden Ort überall bekannten Gesichtern zu begegnen. Dort sollte eine längere Pause sein, denn die Zugtiere mussten ja auch mal ausruhen. Die Quartiere bekam man zugewiesen. Mit dem ersten hatten wir Pech: Ein ehemaliger Fabrikraum mit nur zwei Betten, einem Tisch und elendem Kochherd ohne Heizmaterial. Mit geborgtem Handwagen sind wir in ein Sägewerk gefahren und haben um Abfall-Latten gebettelt, so konnten wir doch die Bude etwas erwärmen und selber kochen, da wir noch Geld und Lebensmittelkarten hatten. Da hörte ich von einem besseren, noch freien Quartier in einem anderen Hause, und kurz entschlossen zogen wir um. – Es war eine voll eingerichtete große Stube mit zwei Betten, einem Sofa, großem Kachelofen mit Röhre zum Kochen und allem Zubehör. Wir kamen uns vor wie im Traum! Endlich konnten wir uns mal richtig ausziehen und waschen nach fast drei Wochen, selber kochen und die gekauften Lebensmittel ordentlich verwerten. Mit den drei Schlafstellen kamen wir fünf schon zurecht.

Die Wohnung gehörte einer älteren Frau (Name vergessen), die ihrem verwitweten Bruder die Wirtschaft führte und deshalb alles für Flüchtlinge abgegeben hatte. Ich erkundigte mich nach ihrem Namen und Adresse und bedankte mich und fragte nach der Höhe der Miete. Sie verlangte nichts und kam einmal nachsehen, wie wir uns eingenistet hatten. Eine Nähmaschine war auch vorhanden und wurde nach Bedarf in Tätigkeit gesetzt. – So hatten wir immer etwas zu tun und konnten die verlassene Heimat und Hab und Gut etwas vergessen, überhaupt da wir mit Dorfleuten aus Odersteine zusammen waren und alle glaubten, dass wir bestimmt wieder zurückkämen.

Unser Schmiedemeister wurde krank und starb, da waren alle beim Begräbnis. Und dann war auch noch Konfirmation trotz des Februars, denn es war ja nicht sicher, ob unsere Gastgeber nicht auch noch fort mussten. – Und wie sie fort mussten!

Aber erst kamen natürlich wir dran, und zwar geschlossen im Treck und zu Fuß. Unsere Schuhe waren nun endlich mal ordentlich getrocknet; mit drei Zigaretten erhielt ich bei einem Schuster neue Sohlen für Buxens Schuhe, und nach den erholsamen zwei Wochen ging es eines Morgens zeitig los, es war immer noch sehr kalt und hoher Schnee. Der Bauer Stein, der unser Schulackerland gepachtet hatte, war so nett, unser weniges Gepäck mit auf seinen Wagen zu nehmen, manchmal hat er auch die Zwillinge ein Stück mitfahren lassen. Aber die Pferde und Ochsen hatten sowieso schon unheimlich zu ziehen an dem schweren Wagen und als es immer bergauf ging, musste oft bei vereisten Stellen doppelt vorgespannt werden, das heißt einer musste so lange warten, bis das lose Gespann wieder zurückkam. Natürlich war das sehr zeitraubend, und die Fußgänger, manche mit Rad oder Kinderwagen, konnten auch nicht weiter. Manchmal traf man auch auf andere Trecks, und an den Straßenkreuzungen gab es wieder Aufenthalt und auch Streit unter den Kutschern. Ich weiß nicht mehr, wieviele Tage wir unterwegs waren, die Nächte waren die üblichen Massenlager, am Tage oftmals Flieger, so dass wir einmal auch nachts weitergingen. Als wir das Waldenburger Bergland endlich geschafft hatten, kamen wir im Sudetenland (früher Österreich) zwar schneller vorwärts, aber die Tschechen sahen uns mit giftigen und höhnischen Blicken und schadenfroh an. In Josefstadt (heute tschechisch *Josefov*), an einem Sonntag, gingen sie fein angezogen mit hohen Stiefeln auf dem Bürgersteig – wir natürlich mit dem Treck auf dem Fahrdamm, und unsere Lebensmittelkarten galten im Protektorat fast nicht, nur die Fleischmarken. In einer Bäckerei schenkte mir eine Tschechin ein großes rundes Brot, wohl sechs Pfund schwer. Als das die anderen sahen, rannten sie natürlich auch hin; sie gab halbe und Viertelbrote, bis der Laden leer war und sagte: „Die Deutschen sollen nicht sagen, dass Tschechen schlecht sind". Wer sollte aber das schwere Brot schleppen? Da erbarmte sich wieder einer der Bauern, und es wurde ja unterwegs immer kleiner und leichter. „Mami, Hunger!" Ich kann den Ruf von damals nie vergessen.

Ich hatte über meinen Schuhen „Galoschen", so halbe Gummischuhe, die lösten sich allmählich auf, und immer wieder Schnee und Schnee, und das langsame Laufen machte mich müde. In einem Nachtquartier standen sogar einige Holzbetten, und die Bauern waren schnell dabei, die mitgeführten Federbetten und Decken abzuladen. Nachdem das Vieh versorgt war, kroch jeder irgendwie ins Warme. Ich sehe noch die Zwillinge in einem der Betten liegen. Ilse und Bux fanden auch Unterschlupf. Ich fror zum Gotterbarmen, und was meinst Du, was Deine Großmutter da gemacht hat? Sie bat den netten Bauer Stein, ob ich nicht etwas mit unter seine Zudecke (schlesischer Ausdruck für Deckbett) könnte. „Nu freilich, komm'se och, Frau Lehrer, ich rück a Stückel" Mantel aus, Schuhe aus, rin! Der „alte" Stein war wohl damals so um die 60 Jahre, kann auch jünger gewesen sein. Wenn man selber jünger ist, kommen einem ja die älteren Leute immer viel älter vor als sie wirklich sind. Jedenfalls war das wiedermal eine warme Nacht. Am nächsten Morgen ging es wieder zeitig weiter. Die Wirtschaftsfrau schimpfte furchtbar auf die vorigen Flüchtlinge. Mit ihnen war nämlich ihre große Bratpfanne verschwunden, und sie konnte sich gar nicht beruhigen darüber, über das „verstohlene Pack". Die hatten etwas gebraten und im schnellen Aufbruch gleich die Pfanne mitgehen heißen. Die Bauern hatten ja auf ihren Wagen allerhand Lebensmittel aufgeladen: Speck, Schinken, Butter, Geflügel usw., und die Kälte hielt ja noch alles frisch.

Einmal kamen wir in ein Quartier, da gab es kein Stroh; wer welches haben wollte, musste sich auf einem Speicher welches holen. Da haben wir aber geschleppt an den schweren Gebinden, und es war ganz feucht und roch dumpfig. Wenn mir jetzt mal irgendwo so ein Geruch in die Nase kommt, dann denke ich unwillkürlich gleich an die damalige Situation. In diesem Ort waren auch noch deutsche Soldaten. Die hatten ihre „Gulasch-Kanone" (großer Kessel im Freien mit Feuerung darunter) in Betrieb, und als wir mit unseren Strohballen vorbeigingen, riefen sie: „Wollt Ihr etwas abhaben zum Futtern?" Das ließen wir uns natürlich nicht zweimal sagen und holten schnell unseren „Reisetopf". Leider war der für fünf Personen immer viel zu klein. Es war ein zweihenkliger Topf, den der Vati als Junggeselle jahrelang zum Eier- und Kakaokochen benutzt hatte. Er hatte also schon einige Jährchen treu gedient. Als er dann in Oberwasungen ein Loch bekam, wollte ihn der Schmied nicht mehr löten, und er musste auf den Schutt. Aber den Deckel habe ich heute noch und auch in Benutzung – als Andenken.

Jedenfalls war das ein recht nahrhaftes Essen mit Fleisch und Kartoffeln, sonst hatten wir meistens Graupensuppe und Brot und etwas Wurst bekommen. In einem Quartier mussten wir die Wurst selber in Portionen schneiden – na, das war eine undankbare Sache, der Futterneid war groß, und in diesen Fällen konnte man die verschiedenen Charaktere kennenlernen. Frau Sauer, unsere Handarbeitslehrerin aus Odersteine und ich übernahmen dann die Teilerei, beobachtet von allen misstrauischen Augen. Und es waren meist immer dieselben, die unzufrieden waren.

So ging es immer weiter, meist mit Massenquartieren, aber einmal bot eine jüngere Frau uns eine Übernachtung an (Ort und Name vergessen). Da kamen wir fünf in einen geheizten Raum mit einem breiten Bett, einem Sofa und Teppich. Und eine große Wanne warmes Wasser stellte sie uns hin. Das war wunderbar, sich wieder einmal waschen zu können. Irgendwo habe ich mal Zucker gegen Mehl oder Brot tauschen können, denn wir hatten ja immer noch allerhand gültige Lebensmittelkarten und -marken und selten Gelegenheit, etwas zu kaufen.

Die Stimmung im Treck war nicht gut. Die Zugtiere waren überanstrengt, es sind auch Gepäckstücke von Mitwanderern abgeladen worden, und das gab natürlich großes Gejammer. Der Schnee und die Kälte wollten nicht weichen, und keiner wusste, wo man eigentlich hin sollte. Da hieß es in der Nähe von Königgrätz (Schlachtort vom Krieg 1866 – Preußen gegen Österreich) auf einmal: Frauen und Kinder können, wenn sie wollen, mit der Bahn weiterfahren. Das ließen wir uns nicht zweimal sagen, die Bahnstrecke war in der Nähe, und so pilgerten wir mit Familien Schauder, Loch und Kania zum Bahnhof, und so begann der letzte Abschnitt unserer Wanderung.

Der Februar war schon fast herum, und alles hoffte auf besseres Wetter, aber es gab kein Tauwetter, nur immer die grimmige Kälte. Der Zug – ein Güterzug – stand schon bereit und war schon fast voll besetzt, unsere Gruppe fand noch einen leeren Viehwagen mit zwei großen Schiebetüren.

Diesem letzten Abschnitt soll eine besondere Schilderung beschieden sein.

Der Güterzug bestand aus lauter geschlossenen großen Wagen mit Schiebetüren auf beiden Seiten. Als wir hinkamen, dampfte die Lok schon, und wir mussten uns beeilen mit dem „Einsteigen". Das war leichter gesagt als getan. Die Kinder kletterten ja gleich hoch. Aber wir Frauen und die alten Leute! Wir waren wohl so gegen 30 Personen, und das Gepäck der anderen brauchte ja auch Platz. Ohne Hilfe von innen wären wir Erwachsenen gar nicht hochgekommen, aber die hilfreichen Hände von innen zogen. Wenn der Wagen gerade an einem Bahnsteig war, ging es noch besser. Aber außerhalb der Stationen war es viel beschwerlicher, denn von den Schienen fällt doch der Bahndamm noch ab. In den vier Tagen fuhren wir meist in der Nacht in ziemlichem Tempo, während am Tage außerhalb der Stationen lange Stunden gestanden wurde wegen der Fliegerangriffe. Der Boden des Waggons war zehn Zentimeter hoch mit grauem Staub bedeckt, da war wohl Kunstdünger gefahren worden.

Beim ersten längeren Aufenthalt in einem Waldstück besorgten wir uns erstmal einen Packen Zweige und kehrten den gröbsten Dreck hinaus. Dann begegnete uns mal ein Soldatenzug, die hatten Stroh, und sie gaben uns etwas ab. Da es immer noch sehr kalt war, konnten wir die Schiebetür nicht sehr weit aufmachen; wenn wir sie ganz schlossen, war es finster. Die letzten vorhandenen Kerzen wurde hervorgesucht, damit wir nicht ganz im Dunklen hockten. Die NSV versorgte uns auf den Stationen auch immer wieder mit Essen in Form von trockenem

Brot und Wurst, es gab auch mal einen warmen Tee. Als warmes Essen gab es in den Lagern Graupen-Suppe – die große Sorte Graupen, die man scherzhaft auch „Kälberzähne“ nennt. Für die „werdenden Mütter“ gab es sogar Grießbrei. Da ich mich aber noch nicht dazu rechnete, meldete ich mich nicht, und als mir einmal so übel war und ich um etwas Brei bat, wurde ich angeschnauzt und bekam keinen. Wer traute schon einer Frau mit vier großen Kindern einen solchen Zustand zu!

Die Schiebetüren waren schwer zu öffnen und in Prag, nachts beim Mondenschein, war der Bahnsteig auf der anderen Seite als gewohnt, und die bisher unbenützte Tür ließ sich nicht öffnen trotz aller Anstrengungen von innen und von außen. Wir riefen! Die Suppenverteiler riefen: „Wir klettern durch oder gehen um den Zug herum auf die andere Seite!“ – Da fuhr der Zug an, und wir gingen leer aus. Das Gejammer unter den Kindern! Aber es war nicht zu ändern.

Prag, die „Goldene Stadt lag, vom Mond beleuchtet, imposant da. Ilse und ich lugten durch einen Türspalt, um wenigstens einen Blick zu erhaschen. Die anderen heulten, jammerten und schrien: „Tür zu, es ist kalt!“ Manche waren wirklich zu bewundern, was die so zusammengeschlafen haben, nicht nur nachts.

An der Schmalseite unseres Waggons war ein „Bremshäuschen“, das lockte unsere Buben sehr, und sie sind oftmals reingeklettert – ob beim Halten oder auch während der Fahrt, kann ich gar nicht genau sagen. Das wird Dein Vater sicherlich viel besser wissen, frage ihn mal danach, er hat es sicher nicht vergessen. Meist machte den Kindern die Fahrt großen Spaß, und das „Raus und Rein“ machte ihnen wenig Mühe. Aber es war ja natürlich im Wagen kein Klo, und die notwendige Sache musste eben draußen erledigt werden.

In Pilsen hielt der Zug wieder mal in der Nähe der Station, und ich ergriff oder ersprang die Gelegenheit, um eine „Toilette“ zu erspähen. Ich war nicht die Einzige.

Nein, ich war nicht die Einzige, und das bewusste Ziel war nicht schwer zu finden, aber es ist schwer zu beschreiben! Es war nicht mal außerhalb des Bahnsteiges, denn es musste ja immer schnell gehen wegen der unbestimmten Wiederabfahrt. Es war so eine Art Wellblechgebäude mit mehreren „Brillen" in friedlichem Nebeneinander. Jeder, der unbedingt mal „musste", rannte zielstrebig drauf zu, und Männer und Frauen waren nicht getrennt. Ich weiß nicht mehr, wer neben mir „gethront" hat, jedenfalls war das Häusel voll besetzt. Man war ja schon so abgestumpft, dass einen so etwas gar nicht mehr genierte. Im Kriege nannte man diese Einrichtungen (auch im Gefangenenlager) Latrine – in der Landesspracbe auch „Donnerbalken", das war dann eben nur eine stabile Stange.

Der Zug musste wegen der Fliegergefahr immer wieder schnell aus dem Bereich der Bahnhöfe, möglichst in Waldgebiete, wo er tagsüber stand. Bei einsetzender Dunkelheit brauste er wieder los, von Pilsen ohne Unterbrechung bis Kulmbach. Gott sei Dank waren wir nun endlich wieder auf deutschem Gebiet. Ich fasste mir ein Herz als Einzige, kletterte aus dem Waggon und wollte probieren, mit den schon fast überfälligen Lebensmittelmarken etwas zu kaufen. Die Kinder wollten natürlich mitkommen, aber sie mussten ja zurückbleiben, um dem Lokführer oder den NSV-Leuten klarzumachen, dass mehrere Mütter weg waren, um so eine Abfahrt zu verhindern.

Ich rannte also los – in heftigem Schneetreiben – auf gut Glück in irgendeine Straße, fand eine Bäckerei, eine Fleischerei und ein Lebensmittelgeschäft und bekam ohne Schwierigkeiten ein großes Stück Leberwurst, Semmeln und Butter. Jetzt zurück im Dauerlauf: Gott sei Dank, der Zug stand noch da, und so viele hilfreiche Arme habe ich selten beim Aufsteigen erlebt. Kurz darauf fuhr der Zug wieder weiter, und nun ging das Gejammer los: „Ach, wären wir doch auch gegangen". – Es ist natürlich nicht schön, wenn man anderen etwas voressen muss, aber in dieser Lage war jeder sich selbst der Nächste. Meine vier haben vielleicht gefuttert. – Seit Kulmbach hatten wir einen Passagier weniger: Ein junges Mädchen, Nachrichtenhelferin – Uniform – die schon von Lodz kam. Ihr Gepäck hatte sie dagelassen: Einen gefrorenen Mantel und einen Karton. Darin waren außer anderen Sachen ein Paar schwarze Halbschuhe, auf die natürlich jede Frau Stielaugen machte. Da sie aber Größe 36/37 waren, passten sie niemandem außer mir, also bekam ich sie, und sie haben mir dann später noch gute Dienste geleistet, natürlich nicht für alle Tage zu benützen. Es gab ja noch alles auf Bezugschein, mit Schuhen war das besonders problematisch. Es gab die Bezugscheine 1 und 2. 2, das waren nur so leichte Leinensachen, Lederschuhe gab es nur mit besonders guten Beziehungen – 1948, als Bux zur Konfirmation ging, hat unser Bürgermeister damals in Coburg höchst persönlich auf dem Bezirksamt für seine Nichte und Bux zwei Paar Lederschuhe losgeeist.

Das letzte Stück bis Coburg fuhren wir wieder in der Nacht und kamen bei strahlendem Mondenschein an – Endstation!

Übernachtung in einer Schulaula, anschließend drei Tage in einem Lager – mit Betten! Holzgestelle mit Decken – und endlich, wieder im Schneetreiben – die Fahrt im offenen Lastauto von Coburg nach Oberwasungen. Es war Anfang März. Dort wohnten wir bis Oktober 1951. Der Bauer hieß Schamberger.

Ilses Tagebuch vom 16. Januar 1945 bis 6. Oktober 1945

Die Verfasserin, Frau Ilse Browne, geborene Schneider, Jahrgang 1930, ist die Tochter der Lehrerin Liddy Schneider, Jahrgang 1901. Frau Browne lebt seit 1950 in England und arbeitete als Krankenschwester und Sekretärin. Besonders bemerkenswert ist, dass die Tochter bereits mit 14 Jahren das Tagebuch schrieb – für uns heute ein bemerkenswertes Zeitdokument.

Gnadenfrei (heute polnisch Pilawa *Gorna*), Freitag, den 26. Januar 1945

Gestern früh mussten wir aus Odersteine (heute polnisch *Scinawa Polska*) weg, denn der Russe stand kurz vor unserem Dorf. Ein Militärauto hat uns mitgenommen, und auf mancherlei Umwegen sind wir bis nach Gnadenfrei gekommen. Morgen schreibe ich, was wir alles auf der Reise erlebt haben; denn heute ist es schon spät, und wir müssen schlafen gehen.

Reichenbach (heute polnisch *Dzierzonisow*), Sonnabend, 27. Januar

Das Bild auf dem Buch passt so richtig zu meinem Bericht, denn wir müssen auch jeden Tag woanders hin wandern. Donnerstagvormittag kam uns ein Militärauto holen und fuhr uns bis nach Grottkau (heute polnisch *Grodkow*). Als wir ausstiegen, fielen die meisten ohnmächtig um; denn die Auspuffgase des Autos waren uns gerade in die Nase gekommen, und wir hatten alle eine kleine Gasvergiftung. In Grottkau kamen wir zunächst in ein katholisches Stift. Dort brachte man uns Suppe, warmen Kaffee und Brot. Die Nacht mussten wir jedoch woanders hin, denn es war alles mit Militär belegt. So wurden wir in ein Gasthaus geführt, wo wir eine warme Stube und Unterkunft auf Stroh fanden. Geschlafen haben wir nicht viel; denn wir lagen zu eng. Es waren eben zu viele Leute. Von Odersteine allein schon 21.

Am nächsten Morgen mussten wir nun irgendwohin weiter. Zuerst versuchten wir, wieder mit einem Auto mitzukommen, aber die fuhren alle in die Neißer Gegend, und dorthin wollten wir doch nicht. Dann hieß es wieder, es könnte ein Zug gehen. Also los, auf den Bahnhof. Es standen noch mehr Flüchtlinge da, die auch alle mit wollten.

Man sah auch ein paar Güterzüge auf dem Bahnsteig, und ein Soldat machte uns Hoffnung, dass wir mit so einem mit könnten. Es war aber wieder nichts; der Zug fuhr zur Front. Mami und ich erkundigten uns an allen Zügen, ob einer ins Landesinnere fahre, es war nichts zu machen. Als wir wieder auf den Bahnhofsvorplatz kamen, rief man schon nach uns. Ein Auto wollte uns nach Strehlen (heute polnisch *Strzelin*) mitnehmen. So schnell wie möglich holten wir nun unser Gepäck und stiegen auf.

In einer knappen Stunde waren wir in Strehlen. Auf dem Bahnhof sagte man uns, Essen gäbe es in der Konservenfabrik. Es war nicht sehr weit, es gab Schnittbohnen. Kaum waren wir mit dem Essen fertig, als eine Bahnangestellte bekannt gab, dass in ungefähr einer Stunde ein Sonderzug für Flüchtlinge nach Gnadenfrei fahre.

Wir packten unsere Sachen zusammen und gingen auf den Bahnhof. Der Zug stand schon da und war noch ganz leer. Zu bezahlen brauchten wir nichts. In nicht allzu langer Zeit fuhr der Zug ab. Die Landschaft wurde hügelig; in der Ferne sah man schon einige höhere Berge. In Gnadenfrei ange …

Unterwegs, Sonntag, den 28. Januar

Gestern konnte ich nicht mehr weiterschreiben. denn wir mussten wieder weg. Aber jetzt will ich meinen Bericht fortsetzen. Also als wir in Gnadenfrei angekommen waren, bekamen wir in der Bahnhofswirtschaft warmes Essen. Dann wurden die Kinder und das Gepäck auf einen kleinen Wagen geladen und ins Lager gefahren. Wir größeren gingen hinterher. Der Wagen fuhr jedoch so schnell. dass wir ihn aus den Augen verloren und nicht mehr wussten, wohin er gefahren war. Nun erkundigten wir uns nach dem Flüchtlingslager. Es gab aber mehrere, und wir suchten drei Stunden lang, bis wir sie fanden. Schlafen mussten wir auf Stroh im Atlas-Werk. Am nächsten Morgen ging es weiter mit einem Pferdewagen nach Reichenbach. Auf der NSV-Stelle war es prima. Auch die kleinen Kinder konnten gebadet werden. Ein Auto brachte uns nach Waldenburg (Übernachtung im Kindergarten). Dort wurde uns gesagt, Kreis Waldenburg sei unser Bestimmungsort und unsere Ortstruppe käme nach Rothenbach (heute polnisch *Gorce-Boguzow*). Jetzt sitzen wir in der Bahn dorthin. Wo werden wir bloß unterkommen?

Montag 29. Januar, Dittersbach, (heute tschechisch *Jetrichovice*) (Sudetengau),

Gestern hat uns die Bahn falsch gefahren, und zwar nach Halbstadt (heute tschechisch *Mezimesti*). Acht Stunden waren wir unterwegs. In Halbstadt hieß es dann, die Flüchtlinge müssten alle raus. Wir gingen in die Bahnhofshalle, wo wir Kaffee bekamen. Nach einer Weile fuhren draußen Schlitten vor, die unser Gepäck und die kleinen Kinder aufluden und nach Dittersbach (heute tschechisch *Jetrichovice*) fuhren. Dieses Dorf liegt im Braunauer Ländchen, schon im Sudetengau. Wahrscheinlich werden wir hier bleiben. Unterkunft bekamen wir gestern im Gasthaus. Heute früh gingen wir einkaufen. Es gibt noch fast alles, was man haben will, natürlich auf Marken.

Von einer Frau habe ich eine Bluse bekommen, da habe ich doch wenigstens was zum Wechseln. Mein Koffer mit allen Sachen steht doch zu Hause im Keller! Einige kommen vielleicht heute schon in Privatquartiere, aber wir werden wohl nicht dabei sein!

Dittersbach, Dienstag, 30. Januar

Gestern abend gab es noch großen Krach bei uns. Die Kinder hatten das Stroh eingetrampelt, und auf einmal wollte es nun nicht mehr reichen. Wir hatten uns beinahe erdrückt, aber dann nahmen alle Vernunft an, und es ging.

Gegen Abend bekamen doch einige Leute Privatquartiere, und da war dann Stroh übrig. Heute sollen die Frauen mit Kindern privat untergebracht werden; vielleicht sind wir diesmal dabei. Nötig wäre es ja, wenn wir wieder mal unter uns wären. Fünf Tage schlafen wir nun schon auf Stroh. Unsere Sachen sehen vielleicht aus!

Heute früh gab es beim Bäcker Semmeln! Ganz komische Dinger! Verschiedene Formen haben sie, und eine kostet sieben Reichspfennig. Wenn man vom Bäcker zurückkommt, sieht man ganz hohe Berge. Die sind doch weit weg und schimmern hellblau. Das ist wohl schon der Anfang vom Böhmerwald. Hoffentlich bleiben wir länger hier, dass ich doch sehe, wie der Schnee weggeht. Da muss es ja hier wunderschön sein. Vielleicht steige ich auch mal auf die Berge. Sie sind ja nicht so hoch.

Die Leute sprechen hier ganz anders als bei uns. Wenn wir länger hier sind, wird vielleicht etwas von der Sprache auf uns abfärben. Na, zuerst ist ja mal wichtig, dass wir ein vernünftiges Unterkommen finden; denn hier hält man es ja nicht mehr lange aus.

Dittersbach, Mittwoch, 31. Januar

Wir dürfen nicht hier in Dittersbach bleiben, weil der Kreis Ohlau (heute polnisch *Oława*) nach Rothenbach (heute polnisch *Gorce*) gehört. Dort wollten wir ja auch hin; dass wir hier sind, daran ist ja nur die Bahn schuld. Morgen oder übermorgen sollen wir Bescheid bekommen, wie wir nach Rothenbach transportiert werden. Bis dahin müssen wir uns eben noch im Stroh rumsielen. Sechs Nächte haben wir nun schon in keinem richtigen Bett geschlafen.

Es ist sehr schade, dass wir nicht hier bleiben dürfen; denn die Gegend hier ist wunderschön. Gestern Nachmittag sind wir ein bisschen oben rumgeklettert. Zuerst ging es ganz schön, aber es war uns noch nicht hoch genug, und so stiegen wir noch ein bisschen weiter. Auf einmal wurde der Schnee ganz weich und tief, und wir sanken bis an die Knie ein. Im Sommer muss es ja noch schöner sein, auf Berge zu steigen. Bloß gut, dass es in Rothenbach (Kreis Waldenburg) (heute polnisch *Walbrzych*) auch Berge gibt!

Gestern Abend gingen wir ins Dorf, ein bisschen Kohle erbetteln; denn in der Nacht ist es hier im Saal lausig kalt. Etwas bekamen wir auch; es reichte gerade für eine Nacht. Mit was wir heute feuern werden, wissen wir noch nicht; unsere Wirtin gibt uns keine Kohle, weil sie von sich welche geben muss, für uns bekommt sie keine. Na, erfrieren werden wir wohl nicht!

Dittersbach, Donnerstag, 1. Februar

Vor einer Woche um diese Zeit (dreiviertel zwölf) sind wir gerade von Odersteine losgefahren. Jetzt haben wir uns schon daran gewöhnt, wie die Zigeuner zu leben. Das Liegen auf dem Stroh tut allen nicht gut. Die meisten sind krank. Mami hat wieder mit dem Magen zu tun, die Kleine von Brix, die knapp sieben Wochen alt ist, ist stark erkältet, zwei haben Mittelohrentzündung, manche Ohrenstechen, Halsschmerzen, Husten, Schnupfen usw.. Gestern Abend waren wir noch in Halbstadt in der Apotheke, um die Medizin für die kranken Kinder zu holen. Eineinhalb Stunde mussten wir warten, bis der Apotheker fertig war. In der Zeit gingen wir auf den Bahnhof, uns wärmen. Punkt sieben läuteten wir wieder an der Apotheke. Die Medizin war noch nicht ganz fertig, und als wir glücklich wieder in Dittersbach anlangten, war es viertel neun.

Wie wir nach Rothenbach kommen, wissen wir noch nicht. Es hieß, wir sollten alle mit einem Auto direkt dorthin gebracht werden. Na, ich weiß ja nicht. Einer sagt so, der andere so. Heute ist es überhaupt komisch. Früh bekamen wir kein Frühstück wie immer, und jetzt ist das Essen noch nicht da. Zu kaufen bekommt man nichts, die Geschäfte sind heute alle zu. Wir haben schon tollen Hunger. Was mag da nur los sein? Vielleicht hat man uns vergessen?

Dittersbach, Freitag, 2. Februar

Die siebente Nacht im Stroh ist überstanden, die achte naht auch schon wieder, hoffentlich die letzte. Morgen früh geht es wahrscheinlich los. Wir werden bis HaIbstadt auf die Bahn gefahren, dann geht es mit dem Zug weiter.

Eben kommt Mami, sie hat mit Herrn Kastner gesprochen. Morgen früh um halb neun kommen zwei Fuhrwerke und fahren uns nach HaIbstadt (heute polnisch *Mezimesti*). Um halb zehn soll der Zug gehen. Vielleicht stehen wir abends auch noch da.

Mami hat gestern in einem Bett geschlafen, bei der Frau Wirtin oben. Sie hat Gerhard mitgenommen. Da hatten wir drei anderen alle Decken. Das war prima warm!

Seit gestern haben wir hier Tauwetter, und was für welches! Die Berge sind schon ganz dunkel, und auf der Straße ist ein furchtbarer Matsch! Meine Schuhe sind klitschnass. Sie stehen am Ofen; hoffentlich sind sie morgen trocken, wenn die Reise beginnt.

Rothenbach, Mittwoch, 7. Februar

Endlich kann ich mit Tinte schreiben; denn – wir sind am Ziel. Am Sonnabend früh holten uns zwei Wagen in Dittersbach ab und brachten uns nach Halbstadt auf die Bahn. Der Zug fuhr ziemlich pünktlich, und bald waren wir in Fellhammer, wo wir umsteigen sollten. Der Zug kam ewig nicht, und so machten wir uns zu Fuß auf nach Rothenbach. Das große Gepäck ließen wir auf der Bahn. Es waren fünf Kilometer, die wir zu laufen hatten, und so kam uns das bisschen Gepäck noch schwer genug vor. In Gottesberg wollten wir uns etwas ausruhen und gingen auf die NSV, wo wir warmen Kaffee bekamen. Die NSV versprach uns auch, für einen Wagen zu sorgen, der uns nach Rothenbach bringen sollte. Wir müssten nur bis um zwei Uhr warten. Nun, das war ja nicht so schlimm, aber es wurde halb vier und wir saßen immer noch dort. Da kam eine Frau und sagte, es käme in kurzer Zeit ein Omnibus, der könnte doch die kleinen Kinder und das Gepäck mitnehmen. Wir gingen also auf die Straße und warteten. Der erste Omnibus war zu voll, aber es kam noch einer, in dem war noch Platz. Die größeren mussten eben laufen. Es ging dauernd bergauf und bergab, aber es war nicht mehr sehr weit. Die Nacht über blieben wir in der Schule; am nächsten Tage sollten wir Quartier bekommen. Viele Odersteiner waren schon da, auch Frau Zabawa. Die besten Quartiere waren natürlich schon weg. Auch in der Nacht von Sonntag zu Montag mussten wir noch in der Schule bleiben, erst am nächsten Tage um elf sollten wir auf die NSV kommen. Für fünf Personen war es natürlich nicht so einfach, ein Zimmer zu finden, aber wir bekamen dann doch eines bei einem gewissen Dr. Beyer zugewiesen, Mami und ich gingen sofort hin. Schon an der Tür wurden wir abgewiesen: „Nein, ausgeschlossen! Für fünf Personen ist hier kein Platz. Gehen Sie auf die NSV und suchen Sie sich etwas anderes!“ Bums, Türe zu! Auf der NSV war man sehr entrüstet. Es wurde telefoniert, und wir mussten wieder hin. Diesmal öffnete das Dienstmädchen und zeigte auch gleich das Zimmer. Es war ziemlich groß, ein Tisch, Stühle, ein Regal, ein Schrank, ein Sofa und ein Bett standen darin. Auch ein Heiz- und ein Kochofen. Für Betten wollte die NSV sorgen. Da würde alles schon gehen.

Am Montag mussten Bux und ich noch in die Schule schlafen gehen, am Dienstag ging ich mit Helmut. Heute haben wir endlich eine Bettstelle bekommen.

Gestern nachmittag borgten wir uns einen Wagen und holten uns in der Grube die sogenannte „Freikohle“. Das Zeug bekommt man ohne Schein, es kostet nichts und brennt ganz gut. Da werden wir vorerst nicht frieren.

Wir werden vielleicht nicht lange hier sein. Man hört schon wieder die Front. Ohlau ist auch in der Hand des Feindes. Ein Soldat sagte aber heute zur Mami: „Unsere Front steht“, und der muss es ja besser wissen als wir.

Mittwoch, 14. Februar

Ich glaube, wir werden nicht mehr lange hier bleiben. Die Flüchtlinge der Stadt Waldenburg haben schon Weisung bekommen zu packen. Da wird es wohl bei uns auch bald losgehen. Der Russe kommt immer näher. Um Schweidnitz (heute polnisch *Swidnica*) sind schon heftige Kämpfe, Bunzlau (heute polnisch *Boleslawiec*) und Strehlen sind gefallen. Was soll das bloß werden? Unser Gepäck können wir bei Tirpitz aufladen; das Deckbett, das uns Frau Stenzel geborgt hat, dürfen wir behalten. Da haben wir doch wenigstens etwas.

Übrigens wohnen wir nicht mehr bei Dr. Beyer. Mami hat durch Zufall erfahren, dass hier doch ein Zimmer frei ist. Es ist eine vollständig eingerichtete Wirtschaft. Die Frau, der das gehört, führt ihrem Bruder den Haushalt. Da sind wir also ganz ungestört. – Beim Volksopfer haben wir einige Sachen bekommen. Mami eine Bluse, die Jungen Hosen und ich einen Morgenrock, aus dem jetzt ein Kleid gemacht wird.

Christa und ich haben uns auch wieder gefunden. Am Sonntag waren wir auf dem Hochberg. Es lag noch ziemlich viel Schnee oben, aber auf dem Gipfel hat man eine wunderbare Aussicht. So bald werden wir wohl auf keinen Berg mehr kommen. Es fehlt an Schuhwerk, und es ist auch wieder Schnee gefallen.

Wenn wir bloß hierbleiben könnten!

Freitag, 16. Februar, Sonntag 18. Februar

Wir sollen wieder weg. Nicht alle, nur die Flüchtlinge. Es kommt Militär her bzw. ist schon da, und der Platz wird gebraucht. Bis Sonntag bleiben wir ja bestimmt noch hier, denn die Odersteiner und Deutsch-Steiner werden konfirmiert. Am Montag könnte es aber losgehen. Lehrer Langner ist heute in Waldenburg. Da wird es sich wohl entscheiden, ob wir weg müssen oder nicht. Augenblicklich bummert es wieder ganz schön. Man hört die Front wohl von Schweidnitz her. Am Kirchturm fängt sich der Schall wohl noch besonders; unten auf der Straße hört man es nicht so laut.

Bux hat heut gehört, wie sich Soldaten, die aus Ohlau kamen, mit jemandem unterhalten haben. Sie sagten, die Schleusen seien beide kaputt, alles sei überschwemmt. Ohlau, Bunzlau, Liegnitz (heute polnisch *Legnica*) und Neusalz (heute polnisch *Nowa Sol*) sollen jedoch wieder frei sein. Schön wäre es ja! Man erzählt hier, Brauchitsch soll die Sache in die Hand genommen haben. Der hatte doch schon einmal abgedankt. Hoffentlich kann er was ausrichten.

Wir sind uns noch gar nicht einig, wie wir es machen, wenn wir weg müssen. Das Gepäck können wir ja bei Tirpitz aufladen, aber ich fürchte nur, wenn wir tippeln müssen, klappt Mami unterwegs zusammen. Heute hörte ich, dass die, die mit Autos gekommen sind, auch wieder mit Autos weggefahren werden. Jetzt haben wir aber so viel Gepäck, und manchmal muss man eben doch schleppen. Vielleicht geht es, wenn Mami mit den Jungs fährt, und ich gehe mit Tirpitz und bleibe beim Gepäck. Da müssten wir uns eben genau erkundigen, wo es hingeht, damit wir dann auch wieder zusammen kommen. Aber vielleicht brauchen wir auch nicht weg. Herunter ins Sudetenland ist alles verstopft von den Trecks, und woandershin laufen wir den Russen doch gerade in die Arme. Na, bis Sonntag bleiben wir ja bestimmt doch hier.

Montag, 19. Februar

Morgen früh um sieben soll es losgehen. Lehrer Langner ist zwar noch mal nach Waldenburg gefahren, und er wird mit Sehnsucht erwartet. Hoffentlich hat er erreicht, dass wir wenigstens noch ein paar Tage hierbleiben können. Es ist augenblicklich ziemlich kalt. Unsere Wanderung soll diesmal ins Egerland gehen, 300 Kilometer weit. Das ist ungefähr dreimal so weit wie von Ohlau nach Rothenbach. Da werden wohl unsere Schuhe hin sein, wenn wir angekommen sind. Zum Anziehen habe ich ja jetzt was. Aus Vatis Hose, die ich herzu anhatte, hat Mami ein hübsches Kleid genäht.

Das schönste vom heutigen Tage ist ja, dass wir Nachricht vom Vati haben, und zwar über unsere Verwandten in Bunzendorf ging die Post. Er weiß zwar noch nichts von uns, aber wir wissen seine Feldpostnummer. Da wird wohl eine Verbindung möglich sein. Wenn wir unterwegs sind, kann er uns ja nicht schreiben, da muss er warten, bis wir am Bestimmungsort angelangt sind. Na, die Hauptsache ist ja, dass wir wissen, dass er überhaupt noch lebt.

Nachmittags, fünf Uhr

Eben war ich mit Mami im Dorf. Da haben wir erfahren, dass es Mittwoch früh um acht losgehen soll. Wohin, das weiß niemand genau. Als wir aber den Ortsbauernführer trafen, so hatte er noch keine Ahnung davon, und er müsste doch alles eigentlich mit zuerst wissen. Langner ist noch immer nicht aus Waldenburg zurück, und so will er ihn noch mal anläuten. Wenn etwas los ist, bekommen wir ja Bescheid. Wir wohnen ja im selben Hause. Ich bin bloß froh, dass wir noch einen Tag Gnadenfrist haben.

Abends, 7 Uhr

Vorhin bekamen wir die Nachricht, morgen früh um neun geht es los. Jetzt ist eine Versammlung in der Schule. Mami ist auch gegangen. Was wird sie da bloß erfahren? Das wird ja eine Tour werden. Die Pferde sind doch nicht mehr so gut im Futter, und so weit soll es diesmal gehen. Mir graut°s schon. Morgen früh um sieben wird bei Tirpitz aufgeladen. Wir haben ja nicht viel Gepäck, da geht's schon; ich habe bloß Angst, dass Mami es nicht schafft. So ganz gesund ist sie doch noch nicht, wenn es ihr auch schon besser geht. Bloß gut, dass der Schuster unsere Schuhe so schnell ganz gemacht hat.

Eben kommt Mami von der Versammlung zurück. Also die Reise geht 200 Kilometer weit ins Egerland nach Leitmeritz (heute tschechisch *Litomerice*).

Görtelsdorf (heute polnisch *Gorzeszow*), Dienstag, 20. Februar

Heute früh um neun waren wir alle auf der Straße nach Konradswaldau (heute polnisch *Grzedy*) versammelt, und um viertel zehn ging es endlich los. Über Schwarzwaldau (heute polnisch *Czarny Bor*) kamen wir nach Mittelkonradswaldau (Czarny Bor). Wir kamen sehr langsam voran, denn öfters mussten wir warten, bis die Hinteren nachkamen. In Mittelkonradswaldau wurde eine Mittagspause eingelegt, dann ging es weiter. Dann gab es einen sehr langen Aufenthalt, und wir wussten nicht, warum. Dann aber erfuhren wir den Grund. Wir sollten in Görtelsdorf über Nacht bleiben; vor 16 Uhr bekommen wir aber nirgends Quartier, und so mussten wir eben etwas langsam sein. Auf einmal kamen zwei Flieger, und einer warf zwei Bomben. Sie sollen bei Waldenburg einen Treck getroffen haben.

Da sind wir ja auch hier noch nicht sicher. Jetzt haben wir Quartier bei einem Bauern. Im Bett schlafen können wir nicht, aber die Hauptsache ist ja, dass wir uns langlegen können. Morgen früh um sieben geht es weiter, denn heute haben wir ja nur zehn Kilometer geschafft.

Hauptmannsdorf (heute tschechisch *Hejmankovice*), Mittwoch, 21. Februar

Heute kamen wir durch einen uns sehr bekannten Ort, durch Halbstadt. Dass wir noch einmal hierher kommen würden, hatte ich nicht gedacht. Heute sind wir ein ganzes Stück weitergekommen. Früh um sieben gings fast ohne Pause von Görtelsdorf durch Trautliebersdorf (heute polnisch *Kochanow*) über Raspenau (heute polnisch *Laczna*) und Friedland (heute polnisch *Mieroszow*) nach Halbstadt. Dort war unsere Mittagspause. Sie dauerte ungefähr eine Stunde. Um nicht zu frieren, gingen wir einfach in ein Haus und fragten, ob wir uns ein bisschen wärmen könnten. Die Frau war sehr nett, nahm uns auf und kochte uns auch gleich Kaffee. Dann ging es weiter an unserem altbekannten Dittersbach vorbei nach Hauptmannsdorf. Hier sollten wir die Nacht bleiben. Mit Quartier war es wieder schwierig, aber zuletzt bekamen wir doch welches; diesmal bei netten Leuten.

Mami und die Jungs schlafen in der Küche und ich bei einer Frau, die oben im selben Haus wohnt. Da werden wir ja heute wie im Paradies schlafen, auf richtigen Matratzen und mit Federbetten. Morgen um acht geht es weiter an Braunau (heute tschechisch *Broumov*) vorbei ins Protektorat Böhmen und Mähren.

Miskoles (heute tschechisch *Miskolezy*), Sonnabend, 24. Februar

Am Donnerstag früh brach der ganze Treck bei wunderschönem Wetter auf. Zunächst ging es eine Strecke ziemlich glatt, aber als wir bei Braunau vorbei waren, mussten wir über einen Sudetenpaß. Es war dort alles noch vereist, und die Wagen kamen nach kurzer Zeit nicht mehr weiter. Also musste vorgespannt werden. Wir halfen uns gegenseitig.

Unser Wagen bekam sehr gute Pferde vorgespannt. Als wir oben waren, mussten wir doch auch noch den anderen Wagen holen. Das war schon schwieriger, denn die Tiere waren doch auch schon müde und schwitzten. Einmal mussten wir auf dem schmalen Weg einen anderen Wagen überholen. Dabei glitt unser Pferd aus und stürzte. Es raffte sich zwar gleich wieder auf, aber es konnte doch dann schlecht weiter. Von oben hatte man eine wunderbare Aussicht. Man konnte die ganzen Sudeten sehen. Dazwischen ein Tal mit einigen Ortschaften, alles so blass und verschwommen. Das war alles noch Deutschland, aber nach der anderen Seite hin sieht man schon das Protektorat Böhmen und Mähren. Wir waren in ganz schöner Höhe, bestimmt fast 1000 Meter. So dauerte es eine ganze Weile, bis wir wieder unten waren. Das erste Dorf war Piekau (heute tschechisch *Pekow*), das zweite Bukowitz (heute tschechisch *Bukovice*). Dann kam Pollitz (heute tschechisch *Police nad Metuji*). Die Straßen waren schlecht, wir mussten bis an die Knöchel im Dreck waten. Aussahen wir wie die Schweine. Endlich nahm der Dreck ein Ende, und wir waren in Hronow (heute tschechisch *Hronov*), der Stadt, in der wir übernachten sollten. Die Straßen sind dort ganz schmal, rechts und links die Häuser liegen viel, viel höher als die Straße. Sie sind alle mit Schnörkel verziert. Die Hausnummern gehen bis in die 1000. Mitten auf dem Ring steht ein goldenes Heiligenbild, überhaupt sieht alles sehr prächtig aus. Die Mädel gehen kurz bis übers Knie, alles in Stiefeln und überelegant.

An diesem Tage hatten wir fast 30 Kilometer geschafft, und so waren wir am nächsten Tage reichlich schlapp. Wir mussten aber doch noch weiter. Es ging diesmal schrecklich langsam; die Straßen waren alle verstopft. In Nachod (heute tschechisch *Náchod*) standen wir mehrere Stunden. Als wir weiter konnten, war es schon dunkel. Es gab noch zwei hohe Berge zu überwinden, und es musste vorgespannt werden. Vor uns stand noch ein anderer Treck, und dauernd kam Militär durch. Ungefähr um zehn waren wir drüber, und dann kamen wir in ein Dorf. Es waren bloß zehn Wagen übrig, der ganze Treck war auseinandergerissen worden. Das Dorf war noch nicht unser Bestimmungsort; wir mussten noch weiter. Es war inzwischen beinahe Mitternacht geworden, und es sollte noch über einen vereisten Berg gehen.

Zweispännig kamen wir nicht vorwärts, – also wieder vorspannen. Dazwischen war noch eine Bahnschranke, und sie ging gerade runter, als wir darüber wollten. Nach einer Stunde konnten wir weiter. Es ging dann bergab, und dann warteten wir auf die anderen Fuhren.

Wir dachten, wir hätten nun das Schlimmste überwunden, aber – weit gefehlt! Es ging auf einmal steil bergab, und wir mussten stark bremsen. Plötzlich sauste der Wagen in voller Fahrt bergab, wir versuchten, den Bremsklotz vorzulegen, aber der Wagen sauste drüber. Man hörte einen Schrei und dann den Ruf: „Bremsen! Bremsen!“ Dann hatten wir's geschafft. Wir hatten doch aber einen Schrei gehört. Was war da bloß losgewesen? Wir hielten und einige gingen zurück. Da erfuhren wir den Grund. Einer Frau war der Wagen über den Fuß gefahren, und nun konnte sie kaum auftreten.

Unterkunft bekamen wir in einem Dorf im Gasthaus. Am nächsten Tag ging es weiter, diesmal nur zehn Kilometer. Das

Endziel war Miskoles, wo wir heut noch sind. Jetzt sind welche nach Böhmisch Skalitz (heute tschechisch *Ceska Skalice*) nach Verpflegung gefahren. Wenn sie zurückkommen, müssen wir weiter, und zwar geht es heute nach Jermer, zehn Kilometer weg von hier.

Königgrätz (heute teschechisch Hradec-Kralove), Dienstag, 27. Februar

War haben uns jetzt vom Treck abgesondert und fahren mit Autos oder mit der Bahn weiter. Man ist doch nicht so abhängig von den anderen, und niemand kann einen scheel ansehen. Bis Jermer (heute tschechisch *Jaromer*) – Josefstadt (heute tschechisch *Josefov*) fuhren wir noch mit dem Treck. Dort hatten wir Unterkunft in einer Kaserne und anderthalb Tage Ruhepause. Heute früh fuhr ein Wagen unser Gepäck an eine Straßenkreuzung, wo ein deutscher Soldat den Verkehr regulierte. Er hielt jedes Militärauto an, und mit einem kamen auch wir mit. Ausgeladen wurden wir wieder in dem altbekannten Schlachtenort Königgrätz. Viel von der Stadt sehen konnten wir aber nicht, denn wir haben gerade eine günstige Gelegenheit, mit der Bahn weiterzukommen.

Jetzt sitzen wir in einem Güterzug, der in einer halben Stunde fahren soll. Es geht in Richtung Prag. Ich hatte ja nie gedacht, dass ich jemals in all diese Städte kommen würde. Bis vor kurzer Zeit hatte ich noch nichts anderes als Schlesien gesehen – und jetzt! Sogar im Ausland sind wir! Na, ich muss ja sagen, in Deutschland ist es schöner.

Pilsen (heute tschechisch *Plzen*) Mittwoch, den 28. Februar

Gestern fuhr der Zug ganz flott voran, nur auf einer Station stand er über zwei Stunden. Wir versuchten dann auch zu schlafen, aber in unserem Wagen ist ja keine Sitzgelegenheit, nicht einmal Stroh. Wir froren erbärmlich, ein bisschen geschlafen haben wir doch alle. In der Nacht um viertel eins wachte ich auf. Draußen hörte man ein vielstimmiges Geräusch – wir waren in Prag *(Praha)*. Viel gesehen haben wir von der „Goldenen Stadt" nicht, es war ja dunkel. Ungefähr fünf Stunden wartete der Zug auf dem Prager Bahnhof. Dann fuhr er weiter. Als wir aus der Halle herausfuhren, sahen wir auch einen Teil der Stadt. Riesenhohe Häuser und eine Unmenge Türme. Auch den Hradschin versuchte ich zu entdecken, ich weiß aber nicht, ob das, was ich gesehen habe, die Burg ist. Dann ging es durch einen endlos langen Tunnel, und dann waren wir wieder im Freien. Nun fuhren wir fast ohne Aufenthalt bis Pilsen, wo wir jetzt noch sind. Eben hören wir jedoch, es ist Luftgefahr. Da wird der Zug wohl bald abfahren.

Schwandorf, Donnerstag, 1. März
Wir sind wieder in Deutschland. Gestern in Pilsen standen wir zehn Stunden, dann fuhren wir weiter auf die Grenze zu. Früh waren wir schon durch das Egerland durch und in Bayern. Jetzt wussten wir nicht, was eigentlich war, denn wir sollten doch nach Luditz (heute tschechisch *Zlutice*), in die Gegend von Leitmeritz (heute tschechisch *Litomerice*). Wir waren doch aber längst schon da vorbei.

Also beschlossen einige Frauen, in der nächsten großen Station auszusteigen und von dort nach Luditz zurückzufahren. Wir konnten nun natürlich auch nicht allein zurückbleiben. Also, als wir in Schwandorf (Oberpfalz) ankamen, luden wir unser ganzes Gepäck auf den Bahnsteig aus. Da kam aber einer in Parteiuniform und wetterte: „Das ist unmöglich, das geht nicht. Sie dürfen sich nicht vom Zuge absondern, da sind Sie ohne Verpflegung!" Also räumten wir das ganze Gepäck wieder ein. Jetzt sitzen die Frauen alle da wie begossene Pudel.

Eben ging die Sirene, es ist öffentliche Luftwarnung. Wir fahren gleich ab.

Kulmbach, Freitag, 2. März
Gestern sind wir noch ein Stück durch die Oberpfalz gefahren. Wir kamen durch die bekannte Stadt Weiden und in der Nacht durch Bayreuth. Schade, dass es so finster war. Heute früh landeten wir in Kulmbach, wo wir jetzt noch stehen. Mami ging in die Stadt und bekam dort Semmeln und Butter. Das war ein Genuss! Dann kam Fliegeralarm, und wir fuhren ein Stück rückwärts, aus dem Bahnhof heraus. Da kamen wir an einer Burg vorbei. Gestern war die Landschaft ganz flach, heute sind wir wieder im Gebirge. Wenn bloß der Zug bald fahren würde!

Coburg, Sonnabend, 3. März
Gestern Abend standen wir immer noch in Kulmbach. Wir mussten uns also darauf gefasst machen, noch eine Nacht im Viehwagen zu verbringen. Als wir alle schon schliefen, fuhr der Zug endlich ab. Plötzlich wachten wir auf, er stand schon wieder. Da war es dreiviertel eins. Auf einmal hörte man draußen den Ruf: „Alles aussteigen, wir sind angelangt". Wir packten also alles zusammen und stiegen aus. Wir waren in Coburg. Übernachten konnten wir in der Schule, in Feldbetten. Alles ist hier schön sauber und warm. In der Stadt Coburg bleiben wir nicht, wir sollen in die Umgebung kommen. Vielleicht noch heute.

Die Häuser hier in der Stadt sind wunderschön, alle Giebel verziert. Auf dem Marktplatz sind sie am schönsten. Auch eine Burg steht hier auf einem Berge. Wenig angenehm ist, dass jeden Tag Fliegeralarm kommt, manchmal dauert er mehrere Stunden. Aber wenn wir aufs Land kommen, ist es ja nicht so gefährlich wie in der Stadt. Bomben sind ja auch weiter noch nicht gefallen.

Coburg, Sonntag, 4. März
Gestern kam jemand in unser Zimmer und sagte, alle sollten in die Küche kommen, die Quartiere würden verteilt. Mami rannte

gleich hin, und wir bekommen Quartier in Oberwasungen, bei einem Herrn Carl Schamberger. Heute sollen wir dorthin befördert werden. Der Ort ist 15 Kilometer weg von hier. Ich bin ja gespannt, ob die Leute nett sind. Wenn wir angekommen sind, schreibe ich gleich noch ein, wie wir's getroffen haben.

Oberwasungen, Montag, 5. März

Gestern Abend wurden wir mit einem Auto aus Coburg nach Oberwasungen abgeholt. Es hatte geschneit, und es war sehr bergig. Das Auto fuhr bloß mit Holzgas und kam deshalb auf den einen Berg gar nicht rauf. Es mussten Schneeketten angelegt werden, bis wir weiter kamen. So dauerte es ziemlich lange, bis wir hier waren. Es war schon acht durch und ganz dunkel.

Unsere Quartierleute halfen uns, das Gepäck ins Haus zu tragen, und wir konnten uns in der Küche wärmen. Dann führten sie uns in unser Zimmer. Wir waren freudig überrascht, denn es ist sehr nett eingerichtet. Hübsche alte Bauernmöbel stehen darin, und es ist sehr geräumig. Dann öffnete der Bauer noch eine Tür zu einem kleinen Zimmer, in dem zwei Betten standen. Da haben wir also jetzt eine Zwei-Zimmer-Wohnung. Die letzte Nacht musste ich mit Helmut allerdings noch in einem anderen Zimmer schlafen, aber heute haben wir das Bett noch bei uns reingestellt. Die Betten sind überhaupt ein Kapitel für sich. Sie sehen so aus wie die Bauernbetten, wie man sie immer in den bayrischen Filmen sieht. Es haben mindestens drei Personen drin Platz, so breit sind sie. Man kann sich beinahe quer legen.

Die Leute sprechen hier sehr mundartlich; man versteht sie nur, wenn man genau zuhört.

Unsere Wirtsleute sind noch etwas steif, aber sie tauen langsam auf. Die Familie besteht aus Vater, Mutter und einer 22-jährigen Tochter namens Ella. Es scheinen ziemlich große Bauern zu sein; sie haben 17 Stück Rindvieh.

Mittwoch, 7. März

Oberwasungen ist ja wirklich ein gottverlassenes Nest. Es hat 15 Häuser und mit den Flüchtlingen zusammen gegen 100 Einwohner. Aber da sind wir wenigstens gegen die Flieger geschützt; denn so ein kleines Dorf werden sie ja nicht gerade suchen. Es gibt hier keinen Kaufmann; wir müssen alles im Nachbardorf (in Fechheim oder in Biberbach) kaufen. Da hat man eine halbe Stunde zu laufen. Auch die Schule ist in Fechheim. Seit gestern ist wieder Unterricht, und unsere Jungen müssen dreimal in der Woche rübertippeln. Bux geht auch; denn Volksschule ist doch besser als gar keine.

Gestern hat Frau Schamberger für uns mitgekocht. Es gab polnische Klöße mit Schweinefleisch und Meerrettichsoße. Den beiden Kleinen hat es gar nicht geschmeckt. Die Leute kochen eben hier ganz anders.

Bux hat übermorgen Geburtstag. Der hat aber auch Pech. Einen Kuchen wird Mami vielleicht backen, aber mehr gibt's natürlich nicht.

Donnerstag, 8. März

Ich muss ja sagen, viel erleben kann man hier nicht. Ich weiß nicht einmal, was ich schreiben soll. Ich tue es nur, weil ich Langeweile habe. Gestern habe ich ein ganzes Buch gelesen, dazu noch von der Courts-Mahler. Aber was soll man machen? Anderen Lesestoff gibt es hier im Dorf wahrscheinlich nicht. Heute haben wir Kuchen gebacken.

Für Buxens Geburtstag. Das ist wenigstens ein Lichtblick. Viel zu tun gibt es hier nicht. Vormittags habe ich immer Beschäftigung, aber jetzt ist abgewaschen, aufgeräumt, und alle Strümpfe sind gestopft. Was soll man da schon anfangen?

Montag, 12. März
Mein Tagebuch wird nicht mehr lange reichen. Es sind ja nur noch ein paar Seiten leer. Da werde ich es jetzt so machen. Wenn in der Woche nichts Außergewöhnliches passiert, schreibe ich nur sonntags ein. Das muss eben auch gehen; denn es gibt hier so schlecht Papier.

Karfreitag, 30. März
Nun ist bald Ostern! Den ganzen Karfreitag hat es geregnet; hoffentlich ist es in den Feiertagen schön. Es wäre ja schade, wenn solches Wetter wäre wie heute. Luzia und ich waren heute in Sonnefeld beim Fleischer. Trotz des Feiertages sollte nämlich offen sein; aber als wir ankamen, war schon zu. Weil es bis dahin so weit ist, hat uns der Fleischer doch noch was verkauft. Am Mittwoch waren wir alle vier mit im Walde Tannenzapfen sammeln. Drei Säcke haben wir vollgekriegt. Das reicht ja eine Zeitlang zum Feuern. Gestern früh, am Gründonnerstag, war der Osterhase bei uns. Er brachte außer Naschzeug den Jungens Spiele und mir eine schöne Kette. Die wird gut zu meiner neuen Bluse passen; Frau Schauder hat mir weißen Stoff dazu geschenkt.

Man hört hier auch schon wieder die Front; allerdings die Westfront. Eben hat es wieder so gekracht, dass die Fensterscheiben gezittert haben. Aber die Amerikaner sind wohl noch ein ganzes Stück von uns entfernt. Die Lebensmittel werden auch immer knapper, überhaupt das Brot reicht kaum. Aber es werden doch auch wieder mal bessere Zeiten kommen; man darf eben die Hoffnung nicht aufgeben!

Sonnabend, 31. März
Heute war wirklich ein schöner Tag, denn die Post brachte uns zwei Briefe von Vati. Endlich sind wir wieder in Verbindung miteinander. Genau vier Wochen hat es gedauert; denn wir

haben ja gleich zu Anfang geschrieben; und zwar an Vatis Feldpostnummer. Seine Anschrift hatte sich jedoch inzwischen geändert, und unsere Briefe mussten ihm erst nachgeschickt werden. Deshalb hat es so lange gedauert. Er ist jetzt in Kamenz in Sachsen und hat dort Volkssturmmänner unter sich. In Kürze wird er wahrscheinlich wieder wegkommen, aber er weiß ja jetzt, wo wir unseren festen Wohnsitz haben.

Donnerstag, 12. April

In der Zeit, wo ich nicht eingeschrieben habe, hat sich bei uns vieles verändert. Die Westfront rückte immer näher, und uns dröhnten die Ohren von dem Geschieße. Auch die Bomber und Tiefflieger machten uns viel zu schaffen, denn es war dauernd schönes klares Wetter. Soldaten kamen ins Dorf und bezogen überall Quartier. Am Dienstag standen die Amerikaner schon vor Coburg; unser Militär rückte wieder ab. Coburg ging gestern verloren; nur die Festung hält sich noch. In den Abendstunden hieß es auf einmal, die feindlichen Panzer standen schon in Fechheim. Es ereignete sich aber nichts Besonderes mehr, und wir gingen schlafen wie immer.

Heute früh hörten wir jedoch ein seltsames Gebrumm, das wir noch nie gehört hatten. Es kam aber nicht näher. Ungefähr um halb acht fuhr ein kleines Auto durchs Dorf. Und wer saß drin? Zwei amerikanische Soldaten. Wir waren zuerst sehr erschrocken, aber sie taten uns nichts, sondern fuhren nur durch. Dann folgte Fahrzeug auf Fahrzeug. Panzer, Panzerspähwagen, Raupenschlepper, Geländewagen – alles durcheinander. Auch Neger saßen oben. Immer noch reißt die Kette nicht ab, und es ist schon Nachmittag. Heute abend werden wir wohl Einquartierung kriegen. Davor habe ich allerdings schon Angst. Bis jetzt tun sie uns allerdings noch nichts; im Gegenteil – sie geben den Kindern allerhand Süßigkeiten. Die Amerikaner müssen eine

Unmenge Militär haben. Da kann man es ja verstehen, wenn wir dauernd zurückgehen müssen.

Freitag, 13. April

Unser Gehöft dürfen wir nur noch früh von sieben bis neun und nachmittags von vier bis sechs verlassen. Am Feuerwehrhaus soll das stehen. Dann haben sie noch angeschrieben: „Wir kommen nicht als Unterdrücker, sondern als Befreier." Bis jetzt haben wir noch nichts davon gemerkt. Sie kommen bloß dauernd Eier fechten. Heute war auch schon einer bei uns; ein baumlanger Kerl, der kaum durch die Tür konnte. Er wollte sehen, ob wir irgendwo Waffen versteckt hätten. Da kann er lange suchen!

Donnerstag, 26. April

In den letzten Tagen hat sich auf dem Kriegsschauplatz wieder viel ereignet.

Der Russe hat mit seinem Großangriff begonnen, und es wird schon in Berlin, unserer schönen Reichshauptstadt, gekämpft. Der Führer ist selbst dort und hat den Oberbefehl über die dortigen Kämpfe. Wenn ihm nur nichts geschieht; denn wenn er tot ist, dann ist doch alles aus.

Dr. Goebbels sprach auch am Vorabend von Führers Geburtstag, wie jedes Jahr. Er hat fein gesprochen. Wir sollen eben unbedingt dem Führer vertrauen; er wird der ganzen Welt den Ausweg aus dieser schlechten Lage zeigen. Deutsche Sender können wir Gott sei Dank noch hören, aber nur München und Deutschlandsender. Heute in den Nachrichten war nicht einmal der Wehrmachtsbericht. Was hat das nur wieder zu bedeuten? Vielleicht steht alles so schlecht, dass sie es uns nicht sagen wollen. Aber alles Reden und Überlegen nützt ja auch nichts. Man kann nur abwarten. Es ist aber auch schrecklich, wenn man nicht weiß, woran man ist. Aber die Entscheidung wird ja bald kommen. Das dauert sicher nicht mehr lange.

Dienstag, 1. Mai
Nun ist wohl doch bald alles aus. Wir haben ja die letzten Tage keinen Strom mehr, aber in anderen Orten konnten sie Rundfunk hören; natürlich nur Feindsender. Danach soll der Führer einer schweren Verwundung erlegen sein und Deutschland vor der Kapitulation stehen. Heute kam wieder Strom. Vom Führer haben sie zwar nichts gesagt, aber sie erzählen immerfort von Verhandlungen mit Himmler. Da wird wohl der Krieg nicht mehr lange dauern, und wir können bald wieder nach Hause. Es geht allgemein die Rede, dass wir in 14 Tagen, drei Wochen zu Hause sind. So schnell wird es wohl aber doch nicht gehen.

Vorhin hörten wir Nachrichten von einem deutschen Soldatensender. Wenn man den hört, so denkt man, der Krieg müsse noch lange dauern. Sie sagen genau das Gegenteil von dem, was die Feindsender sagen. Wem soll man denn nun eigentlich glauben?

Hoffentlich ist der Krieg zu Ende, wenn ich das nächste Mal einschreibe.

Sonntag, 6. Mai
Soweit ist es allerdings noch nicht, aber lange kann es ja nicht mehr dauern. Gestern kam im Radio durch, dass die deutschen Armeen, die gegen die Amerikaner kämpften, kapituliert hätten. Unser Führer ist nun wirklich tot, und Großadmiral Dönitz ist sein Nachfolger geworden. Er sagte, es sei sinnlos geworden, gegen die Westmächte zu kämpfen. Es ist jetzt seine Aufgabe, noch möglichst viele deutsche Familien vor dem Bolschewismus zu retten. Hoffentlich gelingt ihm das. Denn vor den Russen haben wir ja alle schreckliche Angst. Man hat doch schon zu viel gehört, was alles vorgekommen ist. Im Nachbardorf haben sich schon Ostflüchtlinge auf den Heimweg gemacht. Allerdings solche mit Pferdewagen. Ich möchte bloß wissen, wie sie durch die Front wollen; denn in Sachsen wird doch noch gekämpft.

Vielleicht denken sie, bis sie an die Front kommen, ist der Krieg zu Ende. Wir gehen jedenfalls nicht eher hier raus, als bis wir müssen. Wir können uns doch nicht so einfach ins Ungewisse begeben.

Himmelfahrtstag, 10. Mai

Der Krieg ist zu Ende. Deutschland hat bedingungslos gegen alle Feinde kapituliert. In allen Ländern wird der Sieg gefeiert, und wir müssen uns das alles anhören. Deutschland ist jetzt natürlich ganz allein am Kriege schuld, dauernd erzählen sie von der „Nazi-Verbrecherbande". Unsere Rückkehr kann ja jetzt auch nicht mehr fern sein; aber so sehr ich mich auf meine Heimat freue – ich fürchte mich doch vor den Russen, die ja jetzt über uns bestimmen werden. Sie haben zwar gesagt, sie haben nicht gesiegt, um Deutschland zu zerstückeln, aber soll man ihnen das glauben? Wir werden's ja noch zu spüren bekommen. Es wird wohl jetzt eine schlimme Zeit für uns kommen, aber ewig kann das ja auch nicht währen!

Mein Tagebuch werde ich fleißig weiterführen, denn ich denke, dass ich im Frieden auch so viel erleben werde wie im Kriege.

Sonnabend, 2. Juni

Es geht jetzt allgemein die Rede. dass wir doch endlich nach Hause kommen. Einer sagt, in einer Woche soll alles weg sein, woanders heißt es wieder, bis zum 10., in 14 Tagen oder in vier Wochen. Irgend etwas wird schon stimmen. Die Kroaten und Ungarn sind schon weg. Sie wurden mit Ami-Autos fortgefahren; angeblich bis nach Hause. Es sollen schöne geschlossene Autos gewesen sein. Wie wird es uns bloß ergehen? Ich überlege schon, wie wir alles einpacken wollen.

Sonntag, 10. Juni
Unsere Heimfahrt ist in greifbare Nähe gerückt. Am Montag mussten alle Flüchtlinge zum Bürgermeister und wurden gefragt, ob wir nach Hause wollen oder nicht. Es bleibt uns ja nichts anderes übrig als ja zu sagen. Hier können wir ja doch auch nicht bleiben. Mit etwas gemischten Gefühlen gehen wir ja, denn wir müssen doch zu den Russen. Die russische Besatzungszone geht überhaupt erschreckend weit, bis an die Westgrenze von Thüringen. Die nächste „russische" Stadt von hier aus ist Sonneberg. Wahrscheinlich kommen sie aber noch bis Mupperg. Das ist etwa fünf Kilometer von hier.

Neulich waren zwei Herren aus Breslau hier; die sagten, in ein paar Tagen könnte es losgehen. Ein anderer kam aus Berlin; der sagte; die Russen schlagen keinen tot. Nur die Mädchen müssen sich in acht nehmen. Sonst aber erzählt man allgemein, dass der Russe viel besser und schneller alles aufbaut als der Amerikaner.

Sonnabend, 30. Juni
Der Juni ist um, und wir sitzen immer noch in diesem gottverlassenen Nest. Aufgeschrieben wurden wir schon ein paar Mal „zwecks Heimfahrt", aber sonst ist noch nichts passiert. Manche gehen schon auf eigene Faust los. Aber das ist doch zu ungewiss. In einer Woche habe ich nun Geburtstag. Das wird ja ein trauriger Tag werden. Ich hätte doch bestimmt gedacht, dass wir da schon zu Hause sein werden. Aber diesen Gedanken muss ich mir ja wohl aus dem Sinn schlagen. Unsere Gedanken sind täglich zu Hause, und ich glaube, wenn wir noch lange hier bleiben, werden wir stumpfsinnig.

Sonntag, 15. Juli
Alle unsere Hoffnungen sind wieder zunichte gemacht; denn es besteht jetzt eine Sperre nach dem Osten. Das hängt irgendwie mit der Polenfrage zusammen. Genaues weiß niemand. Es geht

aber allgemein die Rede, dass wir überhaupt nicht mehr heim können. Hoffentlich ist das nicht wahr.

Augenblicklich ist ja wieder eine fürchterliche Zeit. Man weiß nicht, was man denken und wie man sich verhalten soll. Auf die Dauer kann das ja gar nicht so bleiben, es muss doch mal eine Änderung kommen. Wenn Vati wenigstens käme, dann wäre ja alles leichter zu ertragen, aber so ist auch noch diese Sorge. Wenn man doch ein bisschen in die Zukunft schauen könnte! Aber vielleicht ist es besser, man kann es nicht; denn wer weiß, was uns noch alles bevorsteht!

Dienstag, 24. Juli

Heute Mittag musste ich nach Fechheim zur Hebamme. Es fing an bei der Mami. Jetzt ist es schon vier Uhr und immer noch nicht soweit. Mami liegt im Bett, auf dem Tisch und überall liegt Säuglingswäsche; und es riecht nach Sagrotan. Wenn es doch bald vorbei wäre. Vorläufig darf ich ja noch oben bleiben, aber dann werden sie mich wohl rausschmeißen. Ich weiß gar nicht, was ich machen soll. Die Hebamme hat uns schon Angst gemacht, es würde nicht normal verlaufen; aber es wird schon gut gehen.

Mittwoch, 25. Juli

Es ist alles gut vorübergegangen. Gestern Abend um halb sieben war der kleine Ulrich da. Leider – es ist wieder ein Junge!

Aber das schadet ja nichts. Hauptsache, Mami und der Kleine sind gesund. Es ist ein süßer Knopp, mit ganz hellblauen Gucken. Er macht sie schon manchmal eine Weile auf. Trinken tut er noch nicht; er hat wohl keinen rechten Hunger. Viel geschrien hat er auch noch nicht, aber das kommt schon noch. Augenblicklich schläft er ganz ruhig. Er liegt in einem Wäschekorb auf bunten Kissen mit Rosenmuster – na, wenn sich's da nicht gut schläft!

Kochen muss ich jetzt natürlich. Heute gab es Welschkraut. Es war ein bisschen wässrig und zu wenig gewürzt, aber zu essen ging's. Morgen mache ich wahrscheinlich Krautnudeln.

Dienstag, 7. August

Nächsten Sonntag wird getauft; denn es ist hier Mode, nach drei Wochen zu taufen. Unser Kind hat vier Paten: Frau Loch, Frau Schauder, Frau Kania und Ella Schamberger. Eine große Feier können wir ja nicht machen, aber es wird schon ganz nett werden.

Vorige Woche ist Erwin, der jüngste Sohn von Frau Kania, gekommen. Er war in München im Lazarett gewesen und hat seine Mutter einfach auf gut Glück gesucht. Sieben Wochen war er unterwegs. Auf seiner Wanderung hat er auch verschiedene Odersteiner getroffen, die etwas von unserem Treck wussten. Die Tschechen sollen so gemein zu den Deutschen gewesen sein, ihnen alles weggenommen, sie geprügelt und eingesperrt haben. Bloß gut, dass wir damals mit der Bahn weitergefahren sind.

Mittwoch, 22. August

Bis vor kurzer Zeit hatten wir schon die Hoffnung aufgegeben, jemals wieder nach Hause zu kommen, aber seit dem 16. August, Vatis Geburtstag, ist das anders. Frau Loch saß abends bei uns oben, als plötzlich die Tür aufging und Frau Wemer hereinrief: „Sofort zum Bürgermeister kommen!“ Wir ließen uns das nicht zweimal sagen und liefen gleich hin. Unsere Freude war groß; denn uns erwartete ein Zettel folgenden Inhalts: „Die Militärregierung beabsichtigt, in kürzester Zeit (!) alle evakuierten Schlesier in ihre Heimat zurückzubringen. Ab sofort bereithalten. In kürzester Zeit! Wie das klingt. Na, 14 Tage, drei Wochen wird es schon noch dauern. Es darf auch nur soviel Gepäck mitgenommen werden, wie man tragen kann. Aber wir kriegen unser Bisschen schon weg.

Es geht wieder die Rede, dass der Russe sich zurückziehen soll und ganz Deutschland der Engländer bekommt. Japan hat am 15. kapituliert, und so wird Russland vielleicht dort seinen Gewinnanteil bekommen.

Freitag, 4. September
Es ist schon wieder Essig mit unserem ganzen Nach-Hause-Fahren. Es heißt jetzt wieder, wir kommen noch lange nicht weg, und sonst hört man auch nichts weiter.

Sonnabend, 6. Oktober
Mein Tagebuch ist nun voll, und wir sind immer noch in Oberwasungen. Alle Märchen vom Nach-Hause-Fahren sind nicht eingetroffen, und wir werden wohl hier in diesem gottverlassenen Nest überwintern müssen. Allerdings heißt es jetzt schon wieder, wir sollen in ein Lager kommen, aber ich glaube diese Parole ebenso wenig wie die anderen. Schön wäre es ja nicht, wenn wir den langen Winter in einem Lager zubringen müssten; es ist doch auch ganz schön in unserer Stube hier. Zwei Fuder Reisig haben wir uns zusammengeschleift, das gibt eine ganze Menge Holz.

Wenn bloß Nachricht vom Vati käme, da ginge ja alles leichter zu ertragen, aber so!

Übrigens haben wir Post von der Großmuttel aus Sachsen. Sie ist mit den beiden Tanten zusammen, und es geht ihr, den Verhältnissen entsprechend, ganz gut. Sie schreibt ja sehr vorsichtig; denn der Brief geht doch durch die Kontrolle. Wir haben auch wieder hingeschrieben. Es geht über eine Vermittlungsstelle in Deggendorf in die russische Zone. Hoffentlich bekommt sie unseren Brief. So schließe ich denn mein erstes Tagebuch, in dem ich so viele verschiedene Erlebnisse aufzeichnen konnte, und hoffe, dass es uns besser geht, wenn ich mein nächstes Tagebuch beende.

Fluchterinnerungen meines Schulkameraden Egon Rochner

Egon Rochner, Jahrgang 1938, aufgenommen am 11. November 2014 bei Familie Egon Rochner in Pulsnitz.

Die Großeltern mütterlicherseits lebten in Gersdorf in der Nähe von Waldau/Schlesien, zirka 25 Kilometer östlich von Bunzlau. Großvater Bruno Würsig war Handwerker, ein selbständiger Tischlermeister in seinem Dorf. Zusammen mit seiner Ehefrau Klara hatte er drei Mädchen und einen Jungen: Else, Friedel, Lina und Gerhard.

Die jüngste Tochter Lina heiratet den 1896 in Lauban in Schlesien (heute polnisch *Luban*) unweit von Görlitz geborenen Alfred Rochner. An die Großeltern väterlicherseits gibt es keine Erinnerungen.

Alfred wurde 1902 eingeschult und besuchte acht Klassen der Volksschule. Er war ein guter begabter Schüler, dem es aber aufgrund der ärmlichen Familienverhältnisse nicht möglich war, dass von den Eltern das nötige Schulgeld zum Besuch einer weiteren höheren Schule aufgebracht werden konnte. Schon mit 14 Jahren musste er mit zum Broterwerb der Familie beitragen, nach der achten Klasse arbeitete er bei einem Bauern in der Landwirtschaft.

1914 begann der erste Weltkrieg und Alfred, gerade 18 Jahre alt geworden, musste in den Krieg ziehen. Als Infantrist stand er an der Westfront in Belgien. Er kam, ohne in Gefangenschaft zu gehen, zurück in seine schlesische Heimat.

Vater Alfred heiratete seine Frau Meta, in dieser Ehe wurde 1924 der Sohn Werner geboren. Seine Frau starb kurz darauf. Er war mit seinem Sohn acht Jahre allein. 1927 hatte er, trotz des Verlustes seiner Ehefrau, begonnen, ein größeres Zweifamilienhaus zu bauen.

1933 heiratete der Witwer seine zweite Frau, die 1902 geborene Lina Würsig. Drei Jungen wurden in den Jahren 1934, 1935, 1938 geboren – Günter, Manfred und Egon. Der Jüngste – Egon – ist mein Schulkamerad.

Alfred Rochner war 22 Jahre alt und ohne Beruf, als er aus dem Krieg nach Hause kam. Er fand eine Beschäftigung als Postschaffner ohne Beruf – so lautet die amtliche Eintragung – bei der Deutschen Reichspost in Waldau. Hier erhielt er durch den Besuch spezieller Lehrgänge die Fähigkeit der Vermittlung und Verschlüsselung von geheimen Nachrichten und Ferngesprächen und war hier tätig bis zum Ausbruch des nächsten – des zweiten Weltkrieges. Nach einigen Wochen Polenfeldzug wurde er aus der Wehrmacht entlassen. Aufgrund seiner bei der Reichspost erlernten Kenntnisse und Fähigkeiten, verschlüsselte Texte und Botschaften auf dem Fernmeldeweg weiterzugeben, wurde er für diese kriegswichtige Tätigkeit im Postamt Waldau wieder eingesetzt und blieb vom weiteren Frontdienst befreit. Außer dieser Tätigkeit war er als Landbriefträger bis zum Kriegsende beschäftigt.

Mutter Lina war, wie zu dieser Zeit üblich, Hausfrau. Zum Haus und einer Scheune gehörten neben einer Kuh Kleintierhaltung, Feld und Garten. Die Selbstversorgung war in diesen Jahren eine nötige Selbstverständlichkeit, die Lebensmittel rationierung hatte schon vor Beginn des Krieges begonnen.

Im Herbst 1944, aufgrund der Nachrichten der herannahenden Front und der nicht zu übersehenden, westwärts ziehenden Flüchtlingstrecks, reihte sich die Familie in die Fluchtbewegung ein. Mitgenommen werden konnte nur das, was tragbar war und was in einem vom Vater organisierten zweirädrigen Postkarren mit einem korbgeflochtenen Behälter unterzubringen war. Mehr als die nötigste Bekleidung und Proviant mitzunehmen war nicht möglich, alles andere blieb zurück.

Es ging zu Fuß mit dem Postkarren nach Trautenau (polnisch *Trutnov*). Dort gab es ein großes Postamt, in dem die Flüchtlinge Schutz zu finden und unterzukommen hofften.

Trautenau mit etwa 15 000 Einwohnern liegt auf einer Höhe von 414 Metern im südöstlichen Riesengebirge im Tal der Aupa (polnisch *Úpa*) und wird als „Tor zum Riesengebirge" bezeichnet. Südlich der Stadtmitte erheben sich der Gablenzberg, 509 Meter, der Kapellenberg 508 Meter, und der Knebelsberg, 510 Meter, im Westen der Seplberg, 583 Meter, im Norden der Scharlaberg, 512 Meter, sowie im Osten der Ziegenberg.

Als die Familie in Trautenau ankam, war bereits alles von Flüchtlingen überfüllt, es wurde im Keller und auf allen Gängen des Gebäudes geschlafen.

Hier erlebte die Familie russische Fliegerangriffe, die Tiefflieger schossen auf die flüchtenden Zivilisten. Die Geschosse der MG-Salven peitschten auf die Straße. Die abprallenden Geschosse versetzten die Deckung suchenden Menschen in panische Angst. Überall lagen die Opfer – unzählige Tote säumten das Gelände. Trautenau wurde bombardiert. Jetzt kam die Order der Wehrmacht, das Postamt zu räumen, sie wollte in Kürze alle umliegenden Brücken sprengen. Familie Rochner musste sich jetzt entscheiden, entweder ins Ungewisse weiter zu ziehen oder wieder nach Hause zu gehen. Sie entschied sich für den Rückweg nach Hause, nach Waldau. Es gab wohl auch keine andere Alternative.

Der Rückmarsch war nur durch „Selbstversorgung" zu überstehen. Alles, was unterwegs Essbares zu ergattern war, wurde mitgenommen, der Wille zum Überleben, der Hunger trieb dazu an und ließ keine andere Wahl.

Angekommen in Waldau erlebten sie das Kriegsende, den Einzug der Roten Armee.

Im Haus war bereits eine polnische Familie eingezogen, die in Jugoslawien ausgewiesen wurde. In die obere Etage ihres

Zweifamilienhauses zog nun die zurückgekommene Familie Rochner. In diesen Tagen lief Vater Rochner zu den Nachbarn. Hier bot sich ein grausiges Bild. Die vierköpfige Nachbarsfamilie saß am Mittagstisch, alle waren durch Kopfschuss, am Tisch bei der Mahlzeit sitzend, erschossen worden.

Vater Rochner versteckte im Haus Mädchen aus der Nachbarschaft vor den nach Frauen und Mädchen suchenden Russen.

Eines Tages wurde er aufgrund eines Vorfalls in der Umgebung – Genaueres ist nicht bekannt – verhaftet. Man suchte nach einem Mann mit goldenen Uniformknöpfen. Jetzt wurde dem Vater seine Postuniform zum Verhängnis. Im Gefängnis in Bunzlau wurde er verhört, man wandte körperliche Gewalt an, brachte ihm eine riesige Schnittverletzung am Arm bei, um ihn zu einem Geständnis zu zwingen. Jedoch stellte sich seine Unschuld heraus, und so entkam er einem üblen Urteil. Er kehrte wieder zurück zu seiner Familie. Sein „Andenken" am Arm hat er behalten, eine große Narbe.

Mit der eingezogenen Familie aus Jugoslawien lebten sie friedlich zusammen. Bis vor einigen Jahren gab es noch freundschaftliche Besuche.

Vater Rochner arbeitete nach Kriegsende bei der polnischen Kreisverwaltung in Bunzlau.

1947, als feststand, dass die neue, nach Westen verschobene Reichsgrenze die Oder-Neiße-Grenze bleiben würde, wurden die Deutschen vor die Entscheidung gestellt, wenn sie in der Heimat bleiben wollten, die polnische Staatsbürgerschaft anzunehmen oder das Land zu verlassen. Es begann die Ausweisung, die Vertreibung. Familie Rochner wollte eine deutsche Familie bleiben und wurde daraufhin ausgewiesen. Die Polen, die unter der Vorherrschaft der Deutschen in diesen Gebieten gelitten hatten, begannen sich zu rächen. Familie Rochner wurde von der polnischen Familie, die auch als Vertriebene nun in ihrem Haus in Waldau lebte, begleitet und beschützt vor der

Rache marodierender Polen und nach Bunzlau zum Bahnhof gebracht. Mit der Eisenbahn ging es nach Görlitz. Hier hatte Vater Alfred noch während des Krieges, ahnend, dass vieles verlorengehen wird, einige nötige Dinge zu einem guten Bekannten zur Aufbewahrung gebracht, unter anderem Federbetten und Konserven. Als sie in Görlitz angekommen waren und ihre Sachen holen wollten, hatte dieser Bekannte, bei dem sie alles sicher verwahrt glaubten, alles versetzt.

Von Görlitz brachte sie der Zug nach Horka in ein Flüchtlingslager – Quarantänelager.

Das Schlimmste neben allen Strapazen war der fürchterliche Hunger, die Menschen starben an Hunger, Entkräftung und Seuchen-Typhus ging durch die Lager. Täglich mussten die Lagerinsassen Gräber schaufeln, Halbwüchsige und Kinder waren nicht ausgenommen. Die Gestorbenen mussten bei unerträglicher Sommerhitze 1947 aus den Baracken geschafft und auf freiem Feld bestattet werden. Die Bilder von diesem unbeschreiblichen Elend, den unzähligen Leichen dieser Wochen gehen bis heute nicht aus dem Gedächtnis.

Mutter Lina wurde auch vom Typhus befallen. Vater Alfred bestach einen sowjetischen Sanitäter mit einer Flasche Schnaps, um dafür Medikamente zu bekommen. So gelang es, die Mutter vor dem umgehenden Tod zu retten.

Im Sommer begann der weitere Transport der Vertriebenen in Richtung Westen über Kamenz und weiter nach Pulsnitz. Hier war Endstation, alle mussten aussteigen.

Ein Kohlehändler kam mit seinem LKW, der mit Holzgas fuhr, und brachte die angekommenen Flüchtlinge an verschiedene Stellen in der Stadt. Familie Rochner wurde in die Waldschlößchensiedlung gebracht und an einem Straßengraben bei brennender Sonnenglut abgesetzt. Die Menschen waren aufgrund der katastrophalen Verhältnisse ungepflegt und verschmutzt. Tagelang gab es keine Waschgelegenheit, und dazu kam bei der anhaltenden Trockenheit und Sommerhitze ein quälender Durst. Mutter Lina ging in das über der Straße gelegene Wohnhaus und bat um etwas Wasser zum Trinken.

Die Hauseigentümerin beschimpfte sie mit den Worten, sie sollten zurück ins KZ, wo sie hergekommen wären.

Am Abend des gleichen Tages kam der Kohlehändler nochmals mit seinem LKW vorbei und sah, dass die Familie immer noch im Straßengraben saß. Er lud sie auf und brachte sie in das Gebäude des ehemaligen Amtsgerichtes. Hier konnten die Flüchtlinge sich nach vielen Tagen wieder einmal in einer Waschküche waschen. In der angrenzenden Garage verbrachten sie die erste Nacht. Am nächsten Tag wurden für sie im Haus Bodenkammern zur Verfügung gestellt – hier erfuhren sie nach langer Zeit, nach all den schlimmen Entbehrungen und Erlebnissen, einen menschenwürdigen Umgang und eine verständnisvolle Aufnahme.

Erinnerungen von Elsa Girwert

Elsa Girwert, Jahrgang 1932, lernte ich im Herbst 2014 bei einer Buchlesung in Dresden kennen. Sie übergab mir die 2008 für eine Verwandte aufgeschriebenen Erinnerungen.

Dresden, April 2008 zu einem Bild

… Da stehst Du im Rosengarten bei einem Besuch in Dresden. Du hast Fragen an Vergangenheit, Herkunft und Familie.

Alles, was ich so weiß und was mir eben gerade einfällt, will ich aufschreiben.

Unsere Familie Girwert hat bis Dezember 1946 in Schlesien gelebt. Ein kleines Bauerndorf mit dem Namen Kalkenhaus – in der Hitlerzeit dann eingemeindet zu Tiefensee, im Kreis Strehlen (heute polnisch *Strzelin*), südlich von Breslau (heute polnisch *Wroclaw*). Dort hatte mein Vater Wilhelm Julius Gustav Girwert, geboren 1897, den elterlichen Hof geerbt, denn sein Bruder Paul fiel im Ersten Weltkrieg, und so war er der alleinige Erbe. Seine Mutter lebte mit im Haus. Er heiratete 1926 Klara Frieda G., geborene Schindler, geboren 1903 in Tiefensee.

Aus dieser Ehe gab es mehrere Kinder, und zu meiner Zeit lebten Helmut, geboren 1929, ich, Elsa geboren 1932, Christina geboren 1935 und Kurt, geboren 1940.

Miteinander wuchsen wir in einer harmonischen, ländlichen Familie heran. Frühzeitig wurden wir zu Arbeiten herangezogen, denn in einer Landwirtschaft gab es viel zu tun, zumal unsere Eltern bestrebt waren, den Hof zu vergrößern, Maschinen anzuschaffen und baulich einiges zu verändern und zu erneuern.

Um die Voraussetzungen für ein „Vorwärtskommen" zu schaffen, hieß es sparen und viel arbeiten. Urlaub und „freie Tage", so etwas gab es damals überhaupt nicht. Schon allein der vielen Haustiere wegen hieß es immer, da zu sein. So war damals vieles selbstverständlich, was man heutzutage als Kinderarbeit bestrafen würde. Geschadet hat es uns jedenfalls nicht. Ja, im Nachhinein bin ich dankbar, dass ich in so bescheidenen Verhältnissen aufwuchs.

In meinem Berufsleben hatte ich nie Probleme, wenn es um Aufopferung, Verzicht, Verantwortung ging. Ein Motto war: „Ohne Fleiß kein Preis." Und als Diakonisse hieß es: „Dienen will ich, weiter nichts." Aber in meiner Kindheit hätte ich schon gern mal ein Buch gelesen, mich gebildet ... Ja einmal – ich weiß es noch – wurde ich so sehr in der Ernte gebraucht, dass mich meine Eltern für den Schulunterricht entschuldigten, da habe ich geweint.

Auch als die Lehrerin Fräulein Bochberg zu meinen Eltern kam, um einen Vorschlag zu machen, ich könne doch in Breslau bei ihren Eltern wohnen, um dort die Mittelschule (Gymnasium) zu besuchen, denn ich sei begabt, hatte mein Vater ein kategorisches „Nein!" Die Elsa bleibt in unserer Landwirtschaft, wir brauchen sie. Und so wäre ich schließlich Bauersfrau geworden. Aber es kam ja alles anders.

Der Schulbesuch wurde ohnehin nur von 1939 bis 1944 möglich. Im letzten Kriegsjahr geriet alles durcheinander. Unser großer Bruder Helmut war zur Lehre aus dem Haus, Christina, meine zwei Jahre jüngere Schwester, war körperlich zarter, öfter mal krank, brauchte also viel mehr Aufmerksamkeit, man nahm Rücksicht. Der viel jüngere Bruder Kurt war der kleine Liebling. Wir beschäftigten uns ausgiebig mit ihm, ich habe ihn das Laufen gelehrt. Und vor seiner Taufe 1940 wurden wir beiden Mädchen nach Dürr-Hartau (heute polnisch *Suchowice*) geschickt, um dort das Taufkleidchen zu holen. Man bedenke, da waren wir gerade erst mal sieben und fünf Jahre. Wir liefen die drei Kilometer miteinander am Waldrand bis dahin, zum Teil auf nassen Wegen. Meine Schwester war aber trotz ihrer Zartheit sehr lebhaft und beweglich. In ihrer Jugend tanzte sie gern

– wenn es sein musste, auf dem Tisch. Einen Spagat hinzulegen, war für sie kein Problem. In Freundeskreisen war sie beliebt und lustig.

Unsere kindliche Idylle fand ein jähes Ende. Schon 1944 im Sommer kamen Flüchtlingsströme aus Oberschlesien und deutsche Soldaten, die auf dem Rückzug waren. Die Stadt Breslau wurde zur „Festung“ ernannt. Wir wussten, dass das Kampfgebiet immer näher rückte.

Einige Familien verließen schon den Ort und flüchteten in das Riesengebirge. Auch unsere Eltern bereiteten einen Planwagen, um damit die Heimat zu verlassen. Aber wer tut das schon freiwillig? Hinzu kam, dass unser Bürgermeister die Parole herausgab: man solle bleiben.

Er meinte, unser kleines Dorf, nur 18 Häuser, sei für den Siegeszug der Russen uninteressant. Die Bauern sollten nicht Haus und Hof verlassen und vor allem an die Tiere denken, die dann verhungern müssen. Also blieben wir. In einer Nacht weckten uns die Eltern, um in den Keller zu gehen, denn feindliche Flugzeuge warfen Bomben. In Richtung Breslau sah man die so genannten „Christbäume“ am Himmel. Wenn auch wir Kinder den Ernst der Lage nicht erkannten, wir ängstigten uns.

Im Februar 1945 war es dann so weit, dass unser Dorf zu einem Nahkampfgebiet wurde. Bedingt durch die Lage zwischen zwei Wäldern waren wir regelrecht in der Schusslinie. In dem Wald Richtung Jordansmühl (heute polnisch *Jordanow Slaski*) waren noch deutsche Soldaten und Richtung Dürr-Hartau schon die Russen, und so wurde hin und her geschossen. Wir saßen verstört und völlig ausgeliefert in unserem Keller, hörten im Hof die „Stalinorgel“ heulen und wussten nicht, wann der Feind uns findet. Als die Kellertür aufgerissen wurde, erhoben wir unsere Arme, ergaben uns also und blieben am Leben. Mein fünfjähriger Bruder war wie versteinert.

Da aber die feindlichen Soldaten noch derart mit Kampf und Verteidigung beschäftigt waren, schenkten sie uns wenig Beachtung. Als aber unsere große Scheune brannte, mussten wir den Keller verlassen, um nicht am Rauch zu ersticken. Von da an waren wir „Freiwild", wussten nicht wohin. Um uns herum lagen Leichen und Kadaver, im Dorf brannte es überall. Man trieb uns hinter die Front, und in dieser Gefahrenzone mussten wir uns öfter in Ackerfurchen legen, um von den Tieffliegern nicht beschossen zu werden. So Meter für Meter krochen wir in ein kampffreies Gebiet. Hinter der Front aber waren die gefürchteten Partisanen. Wir fielen einer räuberischen, wilden Horde in die Hände. Zunächst wurden nur Uhren und Ringe abgenommen, dann Frauen vergewaltigt und schließlich weiter zurückgetrieben. Wir waren etwa vier Frauen, zwölf Kinder und mein Vater – der einzige Mann. Dass mein Vater nicht in der Partei und im Krieg war, kam daher, er war taub. Mit zwölf Jahren hatte er durch Scharlach das Gehör verloren und las alles von den Lippen ab. Auf der Gehörlosenschule in Breslau hatte er außerdem das Tischlerhandwerk und das Kerbschnitzen gelernt. Wir Kinder kannten es nicht anders – den Papa ansehen, wenn man spricht – und es klappte. Für die Russen war er ein deutscher Mann, also ein Feind, er wurde erschossen. Kurz darauf riefen sie meinen 15 jährigen Bruder Helmut, sagten ihm, dass sie ihm geben wollen, was Hitler den Kindern gegeben hat. Daraufhin durfte er noch einmal zu meiner Mutter, zog seinen Mantel aus und sagte, „damit ihr euch wärmen könnt." Gleich danach ein Wink von einem angetrunkenen russischen Soldaten und auch ihn traf die Kugel. Das alles geschah in Großburg (heute polnisch Borek *Strzelinski*) am 16. Februar 1945 und wir mussten es mit den eigenen Augen ansehen.

Eingepfercht in einen dunklen, fensterlosen Raum saßen wir verängstigt beieinander und redeten nicht. Am nächsten Morgen war meine Mutter so verzweifelt, dass sie mich in ihre

Absicht einbezog. Von nun an war ich die Große und sollte mit entscheiden, auf welche Weise wir freiwillig aus dem Leben gehen. Entweder wir gehen in ein Wasser, aber die Dorfteiche waren zugefroren, oder an eine Starkstromleitung, das geht schnell, so wurde mir erklärt, aber die Leitungen waren längst alle unterbrochen. Die dritte Möglichkeit, sich vor einen Panzer zu legen, fand ich zu schrecklich. Überhaupt war ich nicht gewillt, in diesen Plan einzustimmen.

Wir blieben am Leben und mit uns der kleine Trupp. Es hieß, wir sollen weiter hinter die Front, um dann irgendwo in russischer Gefangenschaft zu sein. Auf diesem Fußmarsch waren wir zwei oder drei Tage unterwegs, ernährten uns von Kommissbrot aus den Straßengräben und lutschten Eisstückchen aus den Fahrrinnen. Zum Glück sind wir nicht erfroren und auch nicht verhungert. Aber Angst und Ungewissheit begleiteten uns stets.

In Brieg (heute polnisch *Brzeg*) angekommen, durften wir in einem leeren Haus bleiben, am Rüstergraben 7, die Eigentümer waren geflüchtet. Wenigstens ein Dach über dem Kopf und ein Bett zum Schlafen.

An eine ungestörte Nachtruhe war aber nicht zu denken, denn in Brieg waren große Kasernen mit russischen Soldaten, die nachts unterwegs waren. Sie suchten nach Frauen, um sie zu vergewaltigen. Da half alles Verbarrikadieren nicht. Ich weiß noch, dass wir oft einen Spaten unter die Haustürklinke stemmten, aber es hinderte nicht die Eindringlinge. Da ich ja immerhin schon zwölf Jahre alt war, hat mich meine Mutter geschützt, indem ich in einem Kindergitterbettchen schlief – mit angezogenen Beinen und Zöpfen rechts und links. Diese Tarnung hat mich bewahrt – Gott sei es gedankt.

Tagsüber mussten die deutschen Frauen für die Besatzer arbeiten. Da galt es, Leichen und Kadaver zu begraben. Das war natürlich nicht angenehm. In einer Eckvilla fand man eine ganze Familie tot in der Wohnung liegen. Sie hatten sich aus Angst vor den Russen selbst das Leben genommen.

Angenehmere Arbeiten waren das Verpacken von Nähmaschinen und Fahrrädern zum Abtransport nach Russland.

Wer das Glück hatte, in einer russischen Kaserne zu arbeiten, bekam für die Kinder zum Mitnehmen Krautsuppe mit fettem Fleisch, eine Zeitlang hatten wir den Genuss, aber meistens haben wir gehungert und in den leeren Häusern nach Essbarem gesucht.

Der Krieg ging ja weiter, aber wir waren völlig uninformiert. Eine Zeitung oder Radio gab es ja nicht. An der Laune der Russen merkte man eine gewisse Siegesstimmung. Als dann am 8. Mai 1945 überall Böllerschüsse zu hören waren und die Russen besoffen auf der Straße tanzten, wussten wir, der Krieg ist zu Ende. Von dem Tage an waren wir nicht mehr Kriegsgefangene, sondern durften über unsere Zukunft selbst entscheiden. Natürlich hieß das zurück in die Heimat. Mit ein wenig Habe auf einem Handwagen liefen wir mit anderen in Richtung Tiefensee, wussten nicht, was uns dort erwartet.

Meine Mutter und wir drei Kinder „erreichten den Hof mit Müh und Not" – denn überall hatten wir unterwegs Verwüstungen, ausgebrannte Häuser und Leichen gesehen. Ein derartiges Bild bot sich auch in unserem Ort. Aber zum Glück stand noch unser Wohnhaus, wenngleich die so genannte „gute Stube" kohlrabenschwarz war. Die Russen hatten Feldsteine aufgeschichtet, darauf Holz gelegt, angezündet und mit Wasser gelöscht. Durch den entstehenden Dampf so eine Art Sauna. Wir konnten den Raum also nicht benutzen, im ganzen Haus roch es nach Rauch. Den Küchenherd fanden wir vor und auch ein paar Matratzen und Betten. So das Allernötigste war da. Schlimmer war es, dass wir keine Tiere mehr hatten und nicht wussten, wie wir die Landwirtschaft in Gang setzen sollten, auch fehlte der Papa. Auf unseren Feldern fanden wir einen langen

Schützengraben vor, er zog sich quer durch mehrere Felder. Um überhaupt ackern zu können, musste der Graben zugeschüttet werden. Da wir tagsüber genug andere Dinge zu erledigen, organisieren hatten, gingen wir bei Mondenschein auf das Feld. Meine Mutter und ich – denn ich war von nun an Partner, Gehilfe und nicht mehr Kind. Wir schaufelten die schwere Lehmerde in die Grube. Nach einigen Tagen war es vorbei mit der Nachtschicht, auf uns bzw. in unsere Richtung wurde geschossen. Wir sprangen in die Tiefe und waren gerettet. Ich trug am rechten Handgelenk ein großes Überbein davon, aber ein eingenähtes Fünf-Markstück drückte die Beule zurück.

Die Schüsse kamen von der polnischen Miliz; unser Land wurde so nach und nach besetzt. Zum Glück hatten unsere Großeltern auf ihrer Flucht vier Kühe gerettet, und wir bekamen eine davon. Auch von anderer Seite kam Hilfe, Gerätschaften, Kleintiere, Saatgut und was auch immer, man half sich gegenseitig. Natürlich fehlten die Männer. Die Frauen und Mütter haben enorm viel geleistet und gelitten. Meine Eltern hatten sich in Sachen Nationalsozialismus nichts vorzuwerfen. Im Gegenteil, mein Vater sagte immer, „das nimmt ein böses Ende …“

Wir Kinder waren nicht bereit, unseren hundertprozentigen Bürgermeister mit „Heil Hitler“ zu grüßen, daraufhin drohte er stets mit der Peitsche, denn wir sagten „Guten Tag.“

Und gerade dieser Mensch, sein Name Landeck, im linken ersten Haus in Tiefensee (von uns aus gesehen) hat seine Gesinnung mit dem Leben bezahlt. Seine Frau und sechs Kinder hat er in der Scheune selbst (und sich) verbrannt. Wir fanden die Knöchelchen der Kinder auf der Tenne – für mich unvergesslich der Anblick. Ja, die Angst ging auch nach dem Krieg um. Die Angst um die Männer, die noch vermisst gemeldet waren, und die Angst um die, die zurückkamen, denn sie wurden „abgeholt“ … Zu schweigen von der Trauer um die Gefallenen und

Toten. Auch meine Mutter konnte sich nicht abfinden mit der Ungewissheit, ob unsere Lieben je in die Erde gekommen sind. Also machte sie sich zu Fuß auf den Weg nach Großburg, um dort zu forschen.

Ein Einwohner half ihr graben, und tatsächlich fand sie Leichenteile. An Knöpfen und dem karierten Futter der Joppe meines Vaters erkannte sie auch weitere Beweise. Der Heimweg war ihr aber beinahe zum Verhängnis geworden. Wieder waren es polnische Milizen, die ihre Macht demonstrieren und von der Waffe Gebrauch machen wollten, oft waren sie auch betrunken. Aber irgendwie hat sie der flehende Blick oder die weiße Armbinde davon abgehalten.

Ja, es ist wahr, „In wieviel Not hat nicht der gnädige Gott über dir Flügel gebreitet.“ Die Schutzengel hatten in dieser Zeit viel zu tun!

Einen besonderen Schutz erfuhren wir in jener Nacht, als zwei Diebe unsere einzige Kuh stehlen wollten. Das war so: Wir hatten eine Vereinbarung mit Opa und Tante Elsa in Tiefensee getroffen, dass wir in allen Situationen zusammenbleiben, also nicht wieder der eine ohne den anderen die Heimat verlässt. Als meine Mutter, durch ein Geräusch geweckt, zwei Personen über das Hoftor steigen sieht, glaubt sie, es sei der Opa mit seiner Tochter. Als sie im Schlafzimmer überlegt, ob sie schon mal die Haustür öffnet, merkt sie den Irrtum. Diese zwei Personen machen sich bereits an der Stalltür zu schaffen, wollen also unsere einzige Kuh stehlen. Meine Mutter, geistesgegenwärtig, rennt in die Küche, nimmt zwei Herdplatten und schlägt sie aneinander, lärmt und ruft um Hilfe. Damit hatten die Eindringlinge wohl nicht gerechnet, denn sie verließen das Gehöft. Deren Wut war aber so groß, dass sie in unser Kinderzimmer schossen. Eine Kugel bohrte sich in die Wand, darunter lag mein schlafender Bruder. Von dieser Nacht an haben wir nicht mehr daheim geschlafen. Jeden Abend liefen wir den einen Kilometer nach

Tiefensee und fanden bei den Großeltern ein Lager. Das alles war dann schon im Frühjahr 1946. Wir spürten immer mehr, dass unsere Heimat uns fremd und feindlich wurde.

Es kamen polnische Familien, die selbst ihre Heimat Lemberg (heute ukrainisch *Lwiw*) verlassen mussten und in Schlesien angesiedelt wurden. Auch in unser Haus kamen fünf Personen. Außer einer Kuh und Kleiderläusen brachten sie nichts mit. Aber von nun an waren sie die rechtmäßigen Eigentümer, wir das Dienstpersonal. Obwohl alles friedlich vonstatten ging, war es kein Zustand! Alles, was wir uns in anderthalb Jahren geschaffen hatten, gehörte uns nicht mehr. Und in unseren Räumen sprachen fünf Erwachsene polnisch. Wir wurden in der Heimat fremd. Es ging sogar soweit, dass von nun an Schule und Kirche eingerichtet wurde nur in polnischer Sprache.

Schließlich wurden wir vor die Wahl gestellt: Entweder die polnische Staatsbürgerschaft annehmen oder die Heimat verlassen. Wir entschieden uns für das Letztere. Meine Mutter sagte: „Ich habe drei schulpflichtige Kinder, die sollen Deutsch lernen." Im Dezember 1946 war es dann so weit, innerhalb von drei Tagen sollten wir raus.

Wieder ein Fußmarsch mit wenig Gepäck, aber die Großeltern und Tante an unserer Seite.

In der Kreisstadt Strehlen standen Viehwaggons bereit, die dem Abtransport dienten. Zuvor mussten wir durch eine Sperre, die unsere Habseligkeiten durchsuchte. Alles, was diesen Kontrolleuren gefiel, wurde über eine Mauer geworfen. Der Abschied war schmerzlich und befreiend zugleich. Zusammengedrängt und hermetisch abgeschlossen befanden wir uns auf der Fahrt in ein „unbekanntes Land". Informationen gab es keine, und zu erblicken gab es auch nichts, wir waren buchstäblich eingeschlossen. Nur ab und zu wurde eine Wagentür aufgeschoben, und wir bekamen Tee. In den Ecken standen Eimer für die Notdurft. Hinzu kam eine große Kälte, die in uns kroch. Einige überlebten diesen Transport nicht. Die Toten wurden auf freier Strecke in den Schnee gelegt, ein Säugling war auch dabei.

Der Zug bewegte sich langsam vorwärts, oft stand er auch, aber wir wussten nicht, wo es war. Als es dann endlich so weit war, dass unser Ziel erreicht schien, durften wir aussteigen. Ich weiß nicht, ob wir zwei oder drei Tage im Viehwaggon unterwegs waren, aber nun atmeten wir frische, kalte Dezemberluft. Man brachte uns in ein sogenanntes Durchgangslager, mitten im Wald eine Baracke.

In meinem Umsiedlerpass heißt es:

Elsterhorst	14. Dezember 1946	erste Entlausung
	21. Dezember 1946	zweite Entlausung
	27. Dezember 1946	dritte Entlausung

Bei dieser Prozedur mussten alle nackt in eine Kammer/Raum mit Chemie, um das Ungeziefer zu töten. Ich weiß, wie ich mich mit meinen 13 Jahren schämte …

Mit sehr vielen Frauen und Kindern lebten wir vier Wochen in einer Baracke und schliefen auf Stroh. Die Verpflegung war mehr als mager. Rübenkaffee und mittags eine Suppe, alles empfingen wir in leeren Blechdosen und dazu trockenes Brot. Gehungert haben wir viel. Lager Elsterhorst – man lag zu ebener Erde, oder im „Doppelstockbett“, aber mit einem Bett nicht zu vergleichen. Gewaschen hat man sich in Schüsseln oder gleich am Brunnen.

Eine gewisse Beruhigung war, dass wir unter Deutschen lebten, keine russischen Soldaten, keine polnische Miliz, und alle im Lager sprachen deutsch.

Von Weihnachten 1946 und Neujahr 1947 haben wir nichts gemerkt, es fiel aus. Oder gab es doch eine Sonderration an Essen? Aber auch das haben wir fast unbeschadet überstanden. Nicht auszudenken, wenn wir in den Jahren 1944 bis 1947 einen Arzt gebraucht hätten, da war keiner. Meine Mutter hatte im Frühjahr 1946 Zahnprobleme. In Ermangelung eines Zahnarztes ist sie viele Kilometer bis Breslau gelaufen. Da viele Zähne krank waren, wurden ihr gleich 13 Zähne auf einmal gezogen. Das war besser als mehrmals diese weite Strecke zu laufen. Nein, was waren die Menschen damals stark, mutig und genügsam. Ich kann mich nicht erinnern, dass damals meine Mutter die Zustände beklagt hätte. Es wurde vorwärts geblickt und gehofft.

Schließlich hatten wir auch Glück, denn nach dem Lagerleben wussten wir, dass wir in Sachsen sind. Im Gasthof Köditz in Coswig bei Dresden waren wir noch einmal kurzzeitig einquartiert, um dann in Wohnungen aufgeteilt zu werden. Für uns war Weinböhla vorgesehen. Auf einem Stückchen Papier stand die Anschrift Anna Müller, Robert-Blum-Straße 4.

Besagte Frau Müller besaß ein Gartengrundstück, bewohnte die erste Etage (Zwei-Zimmer-Wohnung) und nahm uns freundlich auf. Herr Müller galt als vermisst, die Ehe war kinderlos. Frau Müller war 1900 geboren.

Uns, den vier Personen, wurde ein Zimmer zugewiesen, und die Küche und Toilette durften wir benutzen. Frau Müller war so verständnisvoll und freundlich, dass sie meiner Mutter anbot, mit in ihrem Schlafzimmer zu schlafen: „Zumal wir Kinder ja zeitiger zu Bett gehen."

Besonders lieb war Frau Müller zu meinem Bruder Kurt. Da er am 7. Januar gerade erst seinen 7. Geburtstag hatte, bereitete sie noch nachträglich einen kleinen Geburtstagstisch, so waren ein paar Holzklötzchen aufgebaut.

Sehr schnell waren wir eine Familie, aßen gemeinsam, erzählten und teilten Freud und Leid miteinander. In Weinböhla meldeten wir uns in der Schule an. Da es aber an Heften, Stiften und vor allem an Kohlen zum Heizen fehlte, fiel der Unterricht aus. Erst dann im April/Mai hatte ich nach drei Jahren wieder Schule, und im Juni wurde ich schon entlassen. Auf meinem Zeugnis steht „Leistungen konnten in der kurzen Zeit nicht festgestellt werden.“ Damals war die Grundschule mit 14 Lebensjahren zu Ende. Für mich ein Ausfall von drei Schuljahren, wo ich doch so gern gelernt hätte! Aber da ich die Älteste von meinen Geschwistern war, musste ich aus dem Haus und Geld verdienen. Im März 1947 wurde ich in Weinböhla konfirmiert, auch hier fehlte der vorangegangene Unterricht. Es waren eben alles Ausnahmesituationen.

Selbst die Feier verlief ruhig und bescheiden. Im Ort waren wir noch unbekannt, die schlesische Verwandtschaft weit verstreut wohnend. Mein größtes Geschenk war eine Flasche Apfelsaft, ich bekam sie vom Lebensmittelhändler Zabel aus der Maxstraße.

Dafür hat mich um so mehr die Feier in der Kirche erfreut, da waren viele Menschen. Es wurde gesungen und musiziert. Ganz persönlich bekam ich das Wort zugesprochen „Befiehl dem Herrn deine Wege und hoffe auf ihn; er wird's wohl machen.“ Psalm 37, und dieses „Wohlmachen“ ließ nicht lange auf sich warten. Das kam so, wir lebten in Harmonie in der gemeinsamen Wohnung. Meine Mutter fand Arbeit in einer Obstplantage, für einen Stundenlohn von 60 Pfennigen. Witwengeld gab es nicht, aber für uns drei Kinder gab es je 20 Ostmark. Doch Geld war zu dieser Zeit nicht so wichtig, denn zu kaufen gab es eh nicht viel. Aber es war ein materielles „Zubrot“, wenn wir ein paar Früchte oder Gemüse von der Plantage bekamen. Gehungert und gefroren haben damals fast alle Menschen, aber es war endlich Frieden, und man hoffte auf bessere Zeiten.

Ende April wurde Frau Müller sehr krank, sie kam in das Meißner Landkrankenhaus. Meine Mutter besuchte sie täglich, damals fuhr kein Bus, man nahm das Fahrrad. Als dann der erste Sonntag kam, hieß es, wir besuchen gemeinsam Frau Müller. Diese fünf oder sechs Kilometer wurden gelaufen und natürlich die gleiche Strecke zurück. Im Krankenhaus fanden wir Frau Müller in einem Einzelzimmer am Tropf vor, sie war also sehr krank. Aber zur damaligen Zeit sagte man weder der Patientin noch uns, wie schlimm es stand. Mit einem unguten Gefühl verließen wir das Krankenhaus, wenige Tage später war Frau Müller tot. Wir trauerten sehr. Für meine Mutter besonders schmerzlich, denn endlich wollten wir ohne Leid und Tränen leben.

Beim Erledigen aller Formalitäten stellte sich heraus, dass Frau Müller in den letzten Krankheitstagen einen Notar an ihr Bett kommen ließ und ein Testament verfasste. Im Text hieß es, „dass die Flüchtlingsfamilie Girwert als alleinige Erben eingesetzt werden … „allerdings mit dem Vermerk, „sollte der vermisste Ehemann noch leben, dann ist er der Erbe." Kurz danach kam vom Roten Kreuz die Mitteilung, dass Herr Müller gefallen sei. Also war von seiner Seite kein Erbberechtigter vorhanden. Frau Müller selbst hatte vier Brüder mit Familien, die aber alle leer ausgingen. Pflichtteile – so etwas gab es damals nicht. Wir selbst konnten es kaum fassen.

Fluchtgeschichte von Günter Thiel

Herr Günter Thiel hat mir im Dezember 2014 nach einem Treffen beim Bund der Vertriebenen seine Fluchtgeschichte, die er für seine Familie aufgeschrieben hat, zur Verfügung gestellt. Günter Thiel, Jahrgang 1931, lebt in Freital.

Vorab etwas zu seinen familiären Wurzeln

Die Großeltern und Eltern von Günter Thiel waren in Schlesien zu Hause. Vater Gustav Thiel und Mutter Gertrud geborene Berger heirateten 1930 in Karoschke (heute polnisch *Kuraczkow*) im Amtsbezirk Obernigk (heute polnisch *Oboroniki* Slaskie) – 1937 von den Nationalsozialisten umbenannt in Lindenwaldau. In dieser Zeit war Karoschke eine zirka 380 Seelen-Gemeinde.

Günter Thiel wurde 1931 geboren, seine Geschwister Gerhard 1933, Gisela 1936. Der Vater stammte aus einer kleinen Landwirtschaft. Er erlernte den Beruf des Zimmermanns. In der Zeit der Weltwirtschaftskrise wurde er arbeitslos. Die Mutter stammte aus einem Nachbardorf, ihre Eltern betrieben dort eine Windmühle mit Brotbäckerei und eine kleine Landwirtschaft. Die Arbeitslosigkeit des Vaters überschattete die junge Familie. Sie lebten vom wöchentlichen sogenannten Stempelgeld – sieben Reichsmark. Das Leben auf dem Dorf mit einem Stückchen Land, auf dem Kartoffeln, Gemüse und Roggen angebaut wurden, und einer Kleintierhaltung – Hühner, Ziege und Schwein – war in diesen knappen Zeiten die Gewähr für ausreichende Ernährung. Vater bekam wieder Arbeit – sein Wochenlohn etwa 30 Reichsmark. Sohn Günter erlebte ganz bewusst den Ausbruch des Zweiten Weltkrieges am 1. September 1939 und beobachtete die Flugzeuge, die pausenlos über das Dorf flogen, hörte von der Einberufung der Männer zum Kriegsdienst und sah die durchziehenden Infanterie- und Artillerieeinheiten.

Vater Gustav war zunächst vom Wehrdienst befreit und erhielt die Dienstverpflichtung als Zimmermann zur Siemens-Bauunion nach Labend in Oberschlesien. Hier wurden neue Panzerfabriken der Firma Krupp errichtet. Im Sommer erhielt er den Gestellungsbefehl und musste in Westdeutschland einrücken, kam von dort in das Elsass und nach Frankreich und war dort bis zur Invasion der Alliierten 1944 stationiert. Seitdem der Vater eingezogen war, lebte die Mutter mit drei Kindern von einer knappen Unterstützung, sowie einer schlecht bezahlten Feldarbeit, den Einkünften als Hilfsbriefträgerin und vom Austragen der Tageszeitung.

In Südfrankreich, bei einem Partisanenangriff, kam der Vater mit dem Leben davon. Die wenigen Soldaten, die es überlebt hatten, zogen quer durch Frankreich bis in das Elsass. Hier wurde er von der Wehrmacht einer Abteilung zur Erkundung der feindlichen Linien zugeteilt. Nachdem sich die Soldaten von den Vorgesetzten abgesetzt hatten, fassten sie den Entschluss überzulaufen und sich den Amerikanern zu ergeben. Nun in amerikanischer Gefangenschaft ging es an die Atlantikküste nach Le Havre und per Schiff nach Boston in ein Gefangenenlager. Es gab die Möglichkeit der Arbeitsaufnahme in einer Fleischverarbeitungsfabrik in Chicago. Von dort wurde er als Plantagenarbeiter nach Kalifornien zur Orangenernte gebracht. Später konnte er als gelernter Zimmermann beim Errichten von Häusern auf den Farmen arbeiten.

1948 erfolgte die Entlassung aus der Gefangenschaft. Es ging wieder per Schiff nach Le Havre und von dort nach Westdeutschland, nach Wiesbaden. Vater suchte über das Rote Kreuz nach seiner Familie und bekam die Adresse in Freital mitgeteilt. Günter kam an einem Nachmittag von Arbeit nach Hause, da stand an der Wohnungstür ein großer Seesack – Vater war da.

Eigentlich wollte die Familie in die amerikanische Zone. Aber die Stadt Wiesbaden, Vater hatte dort Arbeit bekommen, war auch schwer zerstört und Wohnung für die Familie zu bekommen ein schwieriges Problem. So entschieden sich die Eltern, in Freital zu bleiben, wo sie eine bescheidene Wohnung gefunden hatten.

Flucht und Vertreibung

Für uns Kinder begann, wie gewohnt, nach den Weihnachtsferien im Januar 1945 zunächst wieder der Schulunterricht in den seit dem Herbst bestehenden Ausweichquartieren. Ich glaube, wir hatten wohl auch Zeugnisse erhalten, denn wir mussten unsere Zeugnishefte zum Unterrichtsbeginn wieder bei den Lehrern zur Aufbewahrung abgeben. Mit dieser Maßnahme, die zwar immer so durchgeführt wurde, hatten wir auf Grund der kommenden Ereignisse keinen Nachweis mehr in der Hand über unseren Schulbesuch und den erreichten Leistungsstand.

Inzwischen konnte man aus dem täglichen Wehrmachtsbericht entnehmen, dass die Lage an der Ostfront immer bedrohlicher wurde. Es wurde zwar, wie schon immer in den letzten Jahren, von schweren, für den Feind verlustreichen Abwehrkämpfen gesprochen. Aber es tauchten immer mehr Ortsnamen in Polen auf, aus denen man entnehmen konnte, dass die Rote Armee immer weiter in Richtung Schlesien, Wartheland und Pommern vorrückte und in Ostpreußen schwere Kämpfe tobten.

Bald zogen die ersten Trecks mit ihren Pferde- und Ochsenwagen aus dem Wartheland, dem Kreis Kempen (heute polnisch *Kepno*) und den östlichen Dörfern des Kreises Militsch (heute polnisch *Milicz*) durch unser Dorf. Jetzt konnten wir bildhaft erleben, welches Schicksal uns unmittelbar bevorstand.

Obwohl wohl viele Leute sich noch daran klammerten, dass doch die versprochenen neuen Waffen die Lage noch einmal ändern könnten, breitete sich doch langsam Angst aus. Die Nachrichten vom Herbst 1944 über die verübten Gräueltaten der Roten Armee an Frauen, Kindern und alten Leuten in den Grenzdörfern Ostpreußens waren allgegenwärtig. Das war auch der Grund, warum es den Behörden und den Funktionären der Nationalsozialisten verhältnismäßig leicht fiel, die Menschen zum Verlassen ihrer Wohnstätten zu bewegen. Der weitere Kriegsverlauf im Osten bis zum bitteren Ende gab hier leider der Nazi-Propaganda recht, denn erst lange Monate nach Kriegsende gelang es der Roten Armee, die Masse ihrer Soldaten wieder zu disziplinieren.

Aber nun zurück zu den unmittelbaren Ereignissen im Januar 1945.

Am Sonnabend, 20. Januar, hatte ich Jungvolkdienst in Würzen angesetzt und bin an diesem schneidend kalten Wintertag mit dem Fahrrad in Richtung Nachbardorf losgefahren. Wir wollten Altstoffe sammeln. Ich bin aber nur bis zu Bäcker Bursian gekommen. Da standen Leute in großer Aufregung. Einer sagte: „Junge, geh nach Hause! Morgen müssen wir alle fort."

Unser Bürgermeister Weigert hatte nämlich inzwischen den Befehl vom Landratsamt Trebnitz (heute polnisch *Trzebnica*) erhalten, dass alle Bewohner unser Dorf am nächsten Tag, dem 21. Januar 1945, bis zehn Uhr zu verlassen hätten in Richtung Riemberg (heute polnisch *Roscislawice*), Pathendorf, Dyherrnfurt (heute polnisch *Brzeg Dolny*), Leubus (heute polnisch *Lubiaz*) bis in den Kreis Jauer (heute polnisch *Jawor*) links der Oder.

Mit den Bauernfamilien sollten auch alle anderen Dorfbewohner und sonstigen Anwesenden auf den überwiegend mit Pferden bespannten Ackerwagen mitgenommen werden. Zur Versorgung der im Dorf zurück bleibenden Tiere, wie Kühe, Schweine und andere, sollten die Polen und Ostarbeiter dableiben, die als Fremdarbeiter im Dorf waren. Alle Volkssturmmänner sollten sich unverzüglich beim zuständigen Bataillonskommando in Bad Obernigk melden. Man sprach zunächst von einer Vorsichtsmaßnahme, denn in spätestens drei Wochen würden wir wieder zu Hause sein. Angesichts der Lage und des schon hörbaren Kanonendonners hat das wohl kaum noch jemand ernsthaft geglaubt.

Zu Hause angekommen, waren Mutter und Geschwister schon in heller Aufregung. Die Nachricht hatte unsere Mutter schon erreicht. Sie hatte sich aber schon bald wieder gefasst und beruhigend auf uns Geschwister eingewirkt. Wir bewundern sie heute noch, mit welchem Mut und praktischer Sachlichkeit sie damals schon am Anfang unseres schlimmen Weges immer wieder die Dinge anpackte und uns Kindern auch in fast ausweglosen Situationen Mut und Trost spendete.

Es war abgesprochen, dass Tante Marie uns und die Großeltern mit dem Pferdewagen mitnimmt. Nachmittags wurde der Wagen mit dem in aller Eile zusammengepackten, uns notwendig erscheinenden Hab und Gut beladen. Dazu gehörten auch die Würste und die noch nicht geräucherten Schinken- und Speckseiten von unserem erst vor Weihnachten geschlachteten Schwein als „Eiserne Verpflegung".

Am Nachmittag kam auch noch unsere Nachbarin, die Kaufmannsfrau Hübel, und schenkte mir das fast noch neue Fahrrad ihres Sohnes Richard, der als Soldat irgendwo an der Front war. Dieses Fahrrad wollte ich schon immer gerne haben, weil doch Vaters altes Rad oft kaputt war. Aber immer wollte Frau Hübel das Rad weiter für ihren Sohn aufheben. Jetzt endlich in dieser Situation bekam ich es. Ich freute mich trotzdem sehr.

Unsere Mutter öffnete für uns Kinder die Speisekammer. Wir sollten noch einmal essen, was wir gerne wollten. Aber wir haben wohl in dieser Situation nicht mehr viel in unsere Mägen bekommen.

Dann brach die letzte Nacht an, die wir noch zu Hause verbringen konnten. Wir haben wohl kaum geschlafen und immer wieder versucht, im Radio etwas über die Frontlage zu erfahren. Am nächsten Morgen war es dann soweit. Es war Sonntag, der

21. Januar 1945, ein schöner sonniger Wintertag mit Temperaturen von minus 20 bis minus 25 Grad Celsius.

Die Landschaft war mit einer Schneedecke von einem halben bis einem Meter Höhe überzogen. Die Stunde des Aufbruchs war gekommen. Wir zogen uns warm an, ich die Jungvolk-Winteruniform. Mutter nahm das Familienstammbuch, eine Handvoll Fotobilder, die ich nun in unsere Familiengeschichte mit einbringen konnte, und die Sparbücher mit dem Nachweis unserer kleinen Ersparnisse an sich. Zuletzt schloss sie das Haus ab und der Schlüssel wurde wie immer hinter dem Schild der Schlesischen Feuerversicherung auf dem Bord über der Haustür versteckt.

Der Treck, so nannte man ab jetzt so eine mit Pferden oder Ochsen bespannte Wagenkolonne, hatte sich langsam auf der Dorfstraße versammelt. Auch Tante Marie fuhr mit dem Wagen aus dem Hof und reihte sich in die Kolonne ein. In Decken und Federbetten eingehüllt waren Großmutter (71) und unsere Schwester Gisela (8) auf dem Wagen untergebracht. Wir anderen liefen zu Fuß nebenher. Unser Großvater (76) hatte sich hinten an den Wagen einen Strick angebunden, an dessen Schlaufe er sich festhielt. In der anderen Hand hatte er seinen Spazierstock, und so lief er dann tagelang hinter dem Wagen her. Höchst selten mussten wir ihn mal zum Ausruhen auf den Wagen aufsteigen lassen.

Nun kam das Zeichen zum Aufbruch und der Treck zog unter Leitung von Bürgermeister Weigert los. An der Thielschen Hofausfahrt stand lächelnd der Pole Lucian und sah uns nach. Dabei werden ihm sicher viele Gedanken durch den Kopf gegangen sein, die ich glaube heute sehr zu verstehen. Am Straßenrand am Dorfausgang standen noch einige alte Leute, die unbedingt zu Hause bleiben wollten. Bei unserer Rückkehr im Sommer 1945 haben wir keinen mehr lebend angetroffen, und niemand wird je erfahren, wie sie zu Tode gekommen sind.

Bis zum Dorfausgang hatte uns auch unsere Katze begleitet. Dann blieb sie zurück und guckte uns nur noch hinterher. Ab jetzt galt unsere Aufmerksamkeit aber dem Pferd, dem lieben „Hans", von dessen Zuverlässigkeit in den kommenden Wochen so viel abhing und der uns tatsächlich nie im Stich gelassen hat.

In Bad Obernigk (heute polnisch *Oborniki Slaskie*) auf der Riemberger Straße kam der Treck zum ersten Mal auf der mit anderen Trecks total verstopften Straße für längere Zeit zum Stehen. Diesen Umstand nutzten unsere Mutter und die Großmutter, um noch schnell zu sehen, ob Tante Agnes mit ihrer Mutter und ihren Kindern, Gottfried (5) und Christa (4), noch zu Hause waren. Die Obernigker Frauen und Kinder, die nicht mit den Pferdewagen vom Rittergut Schaubert mitgenommen werden konnten, sollten nämlich mit der Eisenbahn abtransportiert werden. Bruder Gerhard und ich liefen schnell mit auf die Parkstraße, wo Thiels wohnten. Wir trafen die Tante mit ihren Kindern und der Mutter Wargin völlig teilnahmslos in der Küche sitzend an. Sie warteten immer noch, dass sie jemand auffordern würde, zum Bahnhof zu kommen. Tante Agnes wollte mit ihrer Familie versuchen, bis zu ihrer Schwester Frieda zu kommen, die in Hain im Riesengebirge verheiratet war. Wir konnten sie doch nicht mehr mitnehmen. Wie wir erst viel später nach dem Krieg erfuhren, hat in letzter Minute noch ein Soldat die Tante mit ihrer Familie aus dem Haus herausgeholt und hat sie dann in dem letzten Lazarettzug untergebracht, der noch auf dem Bahnhof Obernigk Verwundete aus den örtlichen Lazaretten aufnahm und abtransportierte. Wir haben uns schnell verabschiedet, denn wir hatten Angst, unsere Leute nicht mehr zu finden. Dabei haben wir auf einem kleinen Handwagen noch einen Wäschekorb voller Sachen mitgenommen, den später unsere Mutter in Jauer auf dem Bahnhof in Richtung Hain aufgegeben hat und der aber völlig ausgeplündert dort ankam.

Die erste Nacht verbrachten wir in Pathendorf. Die Bewohner hatten das Dorf bereits verlassen. Das Vieh brüllte in den Ställen. Das erste Mal übernachteten wir in fremden Wohnungen, wo noch kurz zuvor andere Menschen ihre Heimstatt hatten. Zum Nachdenken war aber nicht die Zeit. Unser ganzes Augenmerk galt ab jetzt immer zuerst dem Pferd. Das musste ordentliches Futter bekommen, was ja in jedem Dorf reichlich vorhanden war, und möglichst für die Nacht einen warmen Stall. Das Tier hat es uns gedankt und uns nie im Stich gelassen. In dieser Nacht zogen Wehrmachtseinheiten in großer Eile auch westwärts durch das Dorf, denn in diesem Chaos versuchte die Wehrmachtsführung, an der Oder eine neue Front aufzubauen.

Am nächsten Tag zogen wir auf einer Nebenstraße über Dyherrnfurt an der Oder entlang in Richtung Leubus, um dort auf die andere Oderseite zu kommen. Und hier, wo auf allen Straßen sich Trecks sternförmig auf den Übergang zu bewegten, brach das volle Chaos aus. Eisiger Wind kam auf. Stundenlanges Warten war angesagt. Laut weinende Mütter legten die ersten erfrorenen Babys in Decken gehüllt in den Schnee der Straßengräben ab. Keiner konnte sie begraben. Der Krieg war erbarmungslos in das Land zurückgekehrt, von wo er einmal ausgegangen war.

Pferde und Ochsen brachen vor Schwäche zusammen und mussten ausgeschirrt werden. Manche Trecks waren ja schon tagelang unterwegs. Auf einmal hieß es, dass nur noch die Eisenbahnbrücke bei Leubus zum Überqueren der Oder benützt werden kann. Inzwischen war die Dunkelheit über uns hereingebrochen, aber die Nacht war sternenklar. An einer günstigen Stelle versuchten die Wagen unseres Trecks auf den Bahndamm zu kommen, um zwischen den Gleisen weiter zu fahren. Zwischen die Gleise hatte man Holzbohlen und Bretter gelegt. Auch unser „Hans“ schaffte das mit beruhigenden Worten unserer Tante Marie.

Aber hinter uns rutschte das Pferdegespann der Familie Herzog rückwärts vom Damm herunter. Ich höre noch heute das Schreien der Herzog-Kinder. Aber keiner half. Alle kannten nur ein Ziel: Über die Oder! Irgendwie haben es aber auch Herzogs geschafft, denn Tage später haben sie unseren Treck wieder eingeholt.

In der Nacht vom 22. zum 23. Januar gegen ein Uhr nachts haben wir dann die Oder überquert. Volkssturmmänner, die die von Pionieren zur Sprengung vorbereitete Brücke bewachten, schrieen uns zu, dass wir nicht stehen bleiben sollten. Sie befürchteten das vorzeitige Zünden der Sprengladungen durch das dauernde ruckartige Anfahren der Wagen auf dem Holzbelag zwischen den Bahnschwellen. Gegen drei Uhr wurde dann tatsächlich die Brücke gesprengt, obwohl noch viele Flüchtlingstrecks auf der östlichen Oderseite waren.

Noch in dieser Nacht erreichten wir das völlig mit Flüchtlingen überfüllte Dorf Rogau (heute polnisch *Rogow Slaski*). Hier wollten wir den Rest der Nacht verbringen, denn wir waren am Rande der Erschöpfung und auch unser „Hans" brauchte eine Ruhepause.

Was uns in diesem Dorf erwarten sollte, werden wir in unserem Leben wohl nie vergessen. In dem kaum vorstellbaren Durcheinander wurden zunächst die Großeltern und Bruder Gerhard im Gasthaussaal untergebracht, wo die Menschen auf Stühlen, Tischen und auf dem Fußboden schliefen oder vor sich hindösten. Die Tante, unsere Mutter mit Schwester Gisela, die noch auf dem Wagen war, und ich wollten eine Unterbringung für das Pferd suchen und eventuell bei ihm auch eine Bleibe für den Rest der Nacht für uns finden. Das gelang uns auch. Auf dem Gutshof war für den „Hans" ein warmer Stallplatz und gutes Futter. In der dazugehörigen Futterküche, wo in einem Waschküchenkessel ein Feuer brannte, fanden auch wir Platz. Während man sich dort einrichtete, wurde ich zurück in den

Saal geschickt, um die Großeltern und Bruder Gerhard nachzuholen. Ich fand sie alle drei schlafend vor, die Großeltern auf Stühlen und den Bruder auf dem Fußboden. Ich selber war schon durch die große Übermüdung und das bisher Erlebte nicht mehr ganz bei Sinnen. Jedenfalls rüttelte ich alle Drei wach und hieß sie mit mir mitzukommen. Und wir liefen los. In der Futterküche angekommen, war Mutter gerade dabei, Brotschnitten vorzubereiten, da wir den ganzen Tag noch nichts gegessen hatten.

Jetzt erst, als es ans Essen gehen sollte, bemerkten wir, dass Bruder Gerhard fehlte. Ich rannte sofort zurück in den Saal. Aber alle Menschen dort kamen mir so fremd vor. Auch den Platz, wo der Bruder mit den Großeltern geruht hatte, konnte ich kaum noch wiederfinden. Mein Suchen unter den Tischen und Stühlen war ergebnislos, und mein Rufen nach dem Bruder rührte hier niemand. Der Bruder war nicht auffindbar, und mit dieser Nachricht bin ich zu unserer Mutter zurück. Sie konnte und wollte es nicht glauben, dass ihr Gerhard nicht mehr da war. Wir gingen noch mal zurück in den Saal, aber wir fanden ihn nicht. Mutter suchte dann in ihrer Angst den Bürgermeister des Dorfes, den sie auch fand, um eine Vermisstenmeldung aufzugeben. Der Bürgermeister sagte aber wörtlich zu ihr: „Liebe Frau, wir können ihnen nicht helfen. Tausende Kinder sind bestimmt schon ähnlich verloren gegangen. Wo soll ich denn suchen lassen?“ Die Verzweiflung unserer Mutter war unbeschreiblich, und ich fühlte mich dafür schuldig. Aber sie hat mich immer wieder getröstet und mir versichert, dass ich doch dafür in diesem Chaos keine Schuld haben würde. Unsere einzige Hoffnung war, dass Gerhard vielleicht nach dem Aufwachen im Saal dann auf der Straße mit den die ganze Nacht dort weiterfahrenden Trecks mitgelaufen wäre, um uns zu finden. Mit dieser Hoffnung reihten wir uns am Morgen wieder in die

Treckkolonnen in Richtung Jauer ein. Unser Dorf war nach den Ereignissen der Nacht total auseinandergerissen.

Ich fuhr mit dem Fahrrad den ganzen Tag weite Strecken an den Fahrzeugkolonnen immer wieder in Fahrtrichtung voraus in der Hoffnung, den Bruder wiederzufinden. Dabei fand ich auch immer wieder Wagen aus unserem Dorf. Aber niemand hatte den Gerhard gesehen. Oft musste ich vom Rad absteigen, wenn wieder Wehrmachtsfahrzeuge an den Trecks vorbeirollten.

Da, endlich! Bei dem Dorf Kunzendorf (heute polnisch *Trzebieszowice*) drang ein Schrei von vorn durch die Kolonne: „Da vorn ist der Thiel-Gerhard!“ Bei unserer Kaufmannsfrau Hübel, die sich mit ihrem Mann und den Bauersleuten Krikke, welche die Beiden mitgenommen hatten und sich vor einem Haus eine Pause gönnten, war unser Bruder Gerhard. Wie durch ein Wunder hatten wir ihn wieder, und unsere Freude war riesengroß.

Und hier sein Bericht: „Als ich in dem Gasthaussaal aufwachte, lag ich unter einem Tisch. Niemand kümmerte sich um mich, den kleinen elfjährigen Jungen. So lief ich im Morgengrauen in diesem Durcheinander zwischen Wehrmacht und Flüchtlingstrecks auf der Straße in das nächste Dorf. Ich irrte auf der winterlichen Straße und in den Dörfern weiter umher, bis mich eine auch vom Treck abgeschlagene Familie namens Kricke erkannte. Deren Tochter Trudel, die mich kannte, fing mich ab. Die alte Frau Hübel war dort mit dabei. Sie sagte zu mir: „Lieber Gerhard, du bleibst bei uns, denn unser Zielpunkt ist das Dorf Leipe im Kreis Jauer. Und da finden wir sicher deine Leute!“

Von da ab haben wir immer darauf geachtet, dass wir zusammen blieben und keiner, wenn auch nur für kurze Zeit, irgendwo zurückgelassen wurde.

Nach mehreren Tagesmärschen von zirka 30 Kilometern und mehreren Übernachtungen kamen wir am 27. Januar an unserem vorläufigen Zielpunkt, dem Dorf Leipe (heute polnisch *Lipno*) im Kreis Jauer, an. Auf dem Weg dort hin trafen wir in Jauer (heute polnisch *Jawor*) die Schwester von Tante Marie, Frau Lucia Jany, mit ihren Kindern, Ursula, Josef, Hans und Kunibert. Sie waren mit dem Obernigker Treck bis in diese Stadt gekommen. Ab hier zog Familie Jany dann mit uns weiter.

In Leipe wurden wir bei der Familie des Bauern Franz einquartiert. Hier wurden wir gut aufgenommen. Wir konnten uns endlich ausruhen, in richtigen Betten schlafen, und auch unsere mitgebrachten Speck- und Schinkenseiten wurden beim Bauern geräuchert. Auch in den Dörfern und Städten, durch die wir auf unserem Weg bis nach Leipe gezogen waren und wo wir auch übernachtet hatten, waren wir von den meisten Menschen, die ja noch zu Hause waren, fürsorglich aufgenommen worden. Aus den Häusern brachte man uns oft heiße Getränke. Die Menschen ahnten schon, dass es nicht mehr lange dauern würde, bis sie ein gleiches Schicksal erwarten würde. In Leipe hatte sich wieder unser ganzes Dorf eingefunden, einschließlich Bürgermeister Weigert als Treckführer.

Inzwischen war die Rote Armee zwischen Glogau (heute polnisch *Glogow*) und südlich von Breslau (heute polnisch *Wroclaw*) überall an die Oder herangerückt. Sie hatte schon Brückenköpfe gebildet, um die „Festung Breslau" von allen Seiten einzuschließen. Um die Stadt Steinau und den dortigen Oder-Übergang tobten erbitterte Kämpfe. Junge Soldaten der Unteroffiziersschule Jauer verhinderten tagelang gegen eine gewaltige feindliche Übermacht den Oder-Übergang. Die meisten von ihnen sind wohl im Glauben, die Heimat für eine gerechte Sache zu verteidigen, gefallen. Aber dann war kein Halten mehr. Die Rote Armee stieß mit ihren Panzerkräften in die niederschlesische Tiefebene vor.

Am 3. Februar erreichte die Rote Armee bereits den Raum Liegnitz (heute polnisch *Legnica*), Jauer, Schönau (heute polnisch *Swierzawa*), und wir hörten schon das kurze dumpfe Knallen der Panzerkanonen.

Überstürzt erhielten wir, wie auch die einheimische Bevölkerung, den Befehl, Schlesien unverzüglich über Merzdorf (heute polnisch *Marciszow*), Kupferberg (heute polnisch *Tarnau*), Landeshut (heute polnisch *Kamiena Gora*), Hirschberg (heute polnisch *Jelena Gora*), Zittau in Richtung Sudetenland zu verlassen. Ziel unseres Trecks war diesmal der Raum Eger (heute tschechisch *Cheb*). Dieser Weg war unter den immer noch winterlichen Bedingungen für Mensch und Tier eine ungeheure Strapaze, weil es ja jetzt durch die Gebirgsregionen des Riesen- und Isergebirges ging und das bergige Land sich auch im böhmischen Talkessel fortsetzte.

Auf der Höhe von Seitendorf (heute tschechisch *Hladke Zivotice*) auf der Straße nach Hirschberg (heute tschechisch *Jelena Gora*) begegneten wir einer Menschenkolonne, die sich dort mühsam in gleicher Richtung wie wir bewegte. Mit Schrecken sahen wir alle das erste Mal einen solchen Elendszug von KZ-Häftlingen. Es waren alles Frauen und Mädchen aus dem KZ Groß-Rosen. In ihrer gestreiften dünnen Häftlingskleidung und den Holzpantinen mussten sie jämmerlich gefroren haben. Und dauernd knallte es. Das waren die zumeist älteren SS-Männer, die den Zug begleiteten und alle, die vor Schwäche zurück blieben, im Straßengraben erschossen. Heute steht an der inzwischen gut ausgebauten Fernstraße ein Granitstein, wo in polnischer Sprache an dieses Martyrium der KZ-Frauen von Groß-Rosen (heute polnisch *Rogoznica*) erinnert wird. Als damaliger Augenzeuge habe ich mit meiner Frau und unseren beiden Kindern auf einer Fahrt durch die alte Heimat Anfang der siebziger Jahre dort Halt gemacht und über meine damaligen Erlebnisse berichtet. Für Ingrid und Hans-Christoph war das lebendiger Geschichtsunterricht.

Am Abend dieses damals schrecklichen Tages übernachteten wir in einer Spinnerei oder Weberei in Landeshut. Hier holte uns die Häftlingskolonne wieder ein und wurde ebenfalls in der Fabrik einquartiert, nur nicht zum Schlafen. Man stellte sie in der Nacht zum Arbeiten an die Maschinen. Am nächsten Morgen frühzeitig war Appell auf dem Fabrikhof und danach erfolgte der Abmarsch. Ich habe das alles selbst beobachtet. Der Häftlingszug hat sicher einen anderen Weg als wir genommen. Wir sind ihm jedenfalls nicht mehr begegnet.

Nach mehreren Tagen, wir hatten die Stadt Hirschberg schon hinter uns gelassen und auch das Dorf Spiller (heute polnisch *Pasiecznik*), wo wir ein Nachtquartier im Dorfgasthaus zwischen betrunkenen, braun uniformierten und sich in Sicherheit bringenden Nazi-Funktionären hatten, wurden wir und alle anderen auf der Straße befindlichen Trecks in einem Durcheinander von zurückflutenden Wehrmachtsfahrzeugen und in Gegenrichtung rollenden motorisierten Waffen-SS-Einheiten, von den „Kettenhunden" der Feldgendarmerie ins Isergebirge abgedrängt. Die Straße nach Lauban (heute polnisch *Luban*) wurde gesperrt, weil Panzerspitzen der Roten Armee bis dahin bereits durchgebrochen waren und sich schon vor uns befanden. Wir zogen auf der uns nun zugewiesenen Straße weiter. In einem großen Waldstück wollten wir übernachten und wir Dorfleute haben uns alle zusammen in einem verlassenen Försterhaus niedergelassen, wo sogar noch das elektrische Licht funktionierte. Die Zugtiere, Pferde und Ochsen, standen diesmal angeschirrt an den Wagen. Keiner von uns konnte in dieser Nacht schlafen. Angstvoll hörten alle auf das dumpfe Knallen der Panzerkanonen, das sich manchmal so anhörte, als ob die Panzer in unserer unmittelbaren Nähe wären. Ich hatte, wie auf dem ganzen bisherigen Fluchtweg auch andere Jungen meines Alters, die wir gerne zum Volkssturm gegangen wären, um mit der Waffe zu kämpfen, meine Jungvolk-Winteruniform an. Trotz Bitten unserer Mutter und anderer Dorfleute war ich nicht zu bewegen, sie auszuziehen. Ich erzähle das deshalb, damit auch die Enkel erkennen mögen, wie tief Schule und Hitlerjugend in der Lage waren, Vaterlandsliebe für Deutschland verbunden mit der Ideologie der Nationalsozialisten in uns hinein zu pflanzen.

In der Nacht ebbte dann die Panzerkanonade ab, und wir zogen am nächsten Tag die immer steiler werdende Straße dem Isergebirgskamm entgegen. Später haben wir erfahren, dass die Panzer der Roten Armee durch die Waffen-SS im Raum Lauban noch einmal zurückgeschlagen wurden.

Unterhalb der Tafelfichte erreichten wir den Isergebirgskamm. Dahinter lag das Sudetenland. Hier hatten wir auch die alte schlesische Grenze zur Tschechei erreicht. Die alten Grenzpfähle aus dem Jahr 1938 waren noch vorhanden.

Die Trecks hielten hier an, und alle Dorfbewohner nahmen das erste Mal Abschied von der Heimat. Bürgermeister Rudolf Weigert hielt eine tröstende Rede, versprach eine baldige Rückkehr durch den Sieg der zu erwartenden Wunderwaffen über die Rote Armee. Viele Leute, besonders die Alten, weinten. Diese Situation, die man heute im Alter und im Abstand zur damaligen Zeit erst richtig versteht, ist uns heute noch allgegenwärtig.

Nach vielem Hin und Her auf beschwerlichen Gebirgsstraßen, sogar einen Zipfel von Sachsen bei Zittau durchzogen wir, um es aber über Lückendorf bald wieder ins Sudetenland zu verlassen, kamen wir am 28. Februar 1945 in dem kleinen Dorf Niederkoblitz am Fuße des Geltschberges (726 Meter) an. Hier erhielt unser Bürgermeister den Befehl, nicht mehr weiter zu ziehen und in diesem Dorf mit dem Treck endgültig Halt zu machen. Auch hier nahmen uns die hier ansässigen sudetendeutschen Menschen freundlich und hilfsbereit auf. Damals ahnte ja noch niemand, was sie selbst noch im Jahre 1945 für ein hartes Schicksal treffen würde.

Das Dorf lag auf einer Anhöhe oberhalb der Fernstraße, die aus Richtung Böhmisch-Leipa (heute tschechisch *Ceska Lipa*) kam und im Tal durch das Nachbardorf Liebeschütz nach der Kreisstadt Leitmeritz (heute tschechisch *Litomerice*) führte. Die Zugtiere und Wagen wurden auf die einzelnen Bauernhöfe aufgeteilt. Wir kamen zuerst mit vielen anderen Leuten aus unserem Dorf in ein Notquartier zur Familie Hering und schliefen auf Stroh.

Bald kam dann unsere Mutter mit uns Geschwistern auf dem Hof der Familie Benisch unter. Die Großeltern erhielten ein vernünftiges Quartier bei einer anderen Familie im Dorf. Tante Marie mit ihrer Schwester und deren Kindern wohnten bei einer weiteren Bauernfamilie. Bei der Familie Benisch bekamen wir zwar nur ein fensterloses Schlafzimmer, aber mit ordentlichen Federbetten und Mitbenutzung der Wohnküche mit bald einem richtigen Familienanschluss. Viel dazu beigetragen haben auch die beiden wohl 16- und 18-jährigen Töchter Bertel und Traudel, mit denen wir Jungen und auch unsere Schwester bald, wie man so schön sagt, ein Herz und eine Seele waren. Frau Benisch hatte bald des Öfteren für uns alle mitgekocht, und wir lernten die sudetendeutsche Küche kennen. Dafür machten wir uns auch auf dem Feld mit nützlich. Bereits Anfang März konnte man auf die Felder. So hart wie der Winter war, so schnell war in jenem Jahr der Frühling eingezogen. Wir gingen oft mit auf die Hopfenfelder, die es hier überall gab, um die Hopfenpflanzen mit auszugraben. Nazi-Gauleiter Henlein hatte nämlich angeordnet, die Hopfenfelder zu beseitigen und an Stelle von Hopfen eine essbare Rüben- oder Krautart, die „Strünke" anzubauen. Dieser Anordnung wurde also noch in den letzten Kriegswochen von den dortigen Bauern Folge geleistet. Man glaubte wohl tatsächlich bei einigen Funktionären an eine Wende im Krieg und wollte wohl damit die Ernährung für die vielen Menschen sichern.

Wir erlebten ein schönes warmes Frühjahr. Manchmal konnte man den Krieg, besonders wir Kinder, bald vergessen, und auch die schlimmen Erlebnisse der Flucht im Winter rückten etwas in die Ferne. Dazu trug auch bei, dass die Front am schlesischen Mittelgebirgsrand seit Wochen zum Stehen gekommen war. Die Verwaltung brachte eine gewisse Ordnung in unser Leben.

Das ist mir heute noch unbegreiflich: Wir Flüchtlinge wurden registriert, bekamen wieder Lebensmittelkarten, und die Frauen, deren Männer Soldat waren, erhielten das Unterstützungsgeld rückwirkend und auch noch im Voraus. Unserer Mutter wurden damals vom Wehrkreiskommando Leitmeritz 2000 Reichsmark Vorschuss ausbezahlt. So viel Geld hatte sie noch nie besessen. Der normale monatliche Unterhalt für uns alle Vier betrug wohl im sechsten Kriegsjahr, so glaube ich mich zu erinnern, 140 Reichsmark. Für uns Jungen und Mädchen begann auch wieder der Schulbesuch. Unsere Schwester kam im Nachbardorf Liebeschütz (heute tschechisch *Libesice*) in die Volksschule. Bruder Gerhard und ich besuchten die Hauptschule im 13 Kilometer entfernten Leitmeritz. Auch in die örtlichen Jungvolkeinheiten wurden wir eingegliedert und die Mädchen bei den Jungmädchen. Wir kamen uns gegenüber den Einheimischen wie „Alte Krieger" vor, weil wir so viel über unsere Erlebnisse erzählen konnten.

Das frühlingshafte Wetter brachte uns aber bald schon wieder den Krieg in Erinnerung. Die amerikanischen Bomberverbände begannen, die Industriewerke in Komotau (heute tschechisch *Chomutov*), Dux (heute tschechisch *Duchcov*) und Brix (heute tschechisch *Most*) und die chemischen Werke bei Lovositz (heute tschechisch *Lovosice*) in unmittelbarer Nachbarschaft von Leitmeritz (heute tschechisch *Litomerice*) am Tage anzugreifen; in den laufenden Luftlagemeldungen im Rundfunk konnten wir die Anflugrichtung feststellen. Solange sie unser

Gebiet noch nicht erreicht hatten, drehte tagsüber immer ein deutsches Aufklärungsflugzeug seine Runden. Sobald das verschwand und nach einer kurzen absoluten Stille hörte man bald das Dröhnen vieler Flugzeugmotoren. Es dauerte nicht mehr lange und Hunderte der nachfliegenden viermotorigen „Fliegenden Festungen“ waren über uns. Bei blauem Frühlingshimmel sah das aus wie riesige silbern glitzernde Vogelschwärme. Wir hatten bald mitbekommen, dass die Bomber für uns ungefährlich waren. Aber sie wurden durch tief fliegende Jagdbomber begleitet.

Diese Tiefflieger kamen plötzlich über die Bergkuppen oder im Tal entlang und schossen auf alles, was sich unter ihnen bewegte, ganz gleich ob Bauern auf dem Felde oder andere Menschen, ob Groß oder Klein, die sich im Freien bewegten.

Und damit wurde besonders auch für meinen Bruder und mich der Schulweg nach Leitmeritz gefährlich. Normalerweise fuhren wir von dem kleinen Bahnhof Liebeschütz mit der Eisenbahn in die Stadt. Nachdem wir aber einmal erlebt hatten, dass der Zug in letzter Minute zum Halten auf freier Strecke kam und wir nur noch unter den Waggons Deckung suchen konnten, sind wir bald sehr oft gelaufen. Dabei immer schön am Straßenrand entlang um schnell im Straßengraben zu verschwinden. Wenn wir die Bomber schon hörten, sind wir nur noch im Straßengraben gelaufen um den Tieffliegern zu entgehen.

Der Schulunterricht ist aber nie ausgefallen. Wir wurden, wie auch schon zu Hause, in Ausweichobjekten unterrichtet. Die Schulgebäude waren auch hier durch das Militär belegt. Wenn Luftalarm gegeben wurde, noch bevor die Sirenen heulten, rannten wir aus den Unterrichtsräumen und versuchten, aus der Stadt herauszukommen. Einmal griff uns dabei ein Polizist auf und schickte uns in den Luftschutzkeller des in der Nähe befindlichen Bahnhofes, wo schon Leute saßen. Als wir dort erkannten, dass das der normale Hauskeller war, dessen Ziegelgewölbe notdürftig mit Balken verstärkt war, haben wir uns vorgenommen, uns nie wieder in einen solchen Keller schicken zu lassen. Ab da haben wir uns von der Polizei oder den Luftschutzwarten nicht mehr erwischen lassen. Bald hatten wir einen relativ sicheren Platz am Stadtrand in einer mit Bäumen und Sträuchern bewachsenen Schlucht ausgemacht, die man schnell von unserem Notschulquartier aus erreichen konnte. Auch andere Menschen und Soldaten brachten sich dort in Sicherheit. In Leitmeritz ist allerdings nie eine Bombe gefallen. Trotz dieser täglichen Gefahr wäre es uns und unserer Mutter nie in den Sinn gekommen, die Schule etwa nicht zu besuchen.

Anfang März kam noch ein anderer Treck aus Oberschlesien in Niederkoblitz (heute tschechisch *Chobolice*) an. Wir waren natürlich neugierig auf die Erlebnisse dieser Leute. Während wir Jungen uns mit einigen Gleichaltrigen auf der Dorfstraße unterhielten, stand in der Nähe auch ein dunkel gekleideter Mann und hörte uns zu. Dann kam er auf mich zu und fragte, ob unser Dorf vielleicht früher einmal Karoschke hieß. Ich bejahte das, und dann fragte er nach meinem Namen. Nachdem ich ihm geantwortet hatte, sagte er, dass er der Pastor Halm wäre, der mich 1931 in unserer Dorfkirche getauft hätte. Er bat mich, ihn zu unserer Mutter zu führen. Die erkannte ihn sofort wieder. Er war nämlich zu der damaligen Zeit mehrere Jahre Pastor in unserem Dorf. Er hatte auch unsere Eltern 1930 getraut. Später wurde er in das oberschlesische Dorf versetzt, mit dessen Bewohnern er nun wie wir hier bleiben sollte. Auf seine Frage hatte er bald von unserer Mutter erfahren, dass ich eigentlich vor Ostern konfirmiert werden sollte, aber dass dies wohl in dem hiesigen katholischen Umfeld schlecht möglich wäre. Pastor Halm war aber optimistisch. Er erkundigte sich bei den anderen Müttern aus unserem Dorf nach weiteren Konfirmanden. Er wollte seinen katholischen Amtsbruder im Nachbardorf

Liebeschütz bitten, ob er die dortige Kirche benützen dürfe, um für die überwiegend evangelischen Flüchtlinge zunächst hin und wieder Gottesdienst durchzuführen und eventuell auch eine Konfirmationsfeier auszurichten. Der katholische Pfarrer lehnte das, auch in Anbetracht dieser schlimmen Lage ab, und ließ die Benutzung seiner Kirche durch einen evangelischen Pastor nicht zu. Die Zeit für Ökumene war eben noch nicht reif.

Pastor Halm hielt aber an seinem Vorhaben fest. Zunächst richtete er für uns Konfirmanden die noch notwendigen Vorbereitungsstunden ein, und wir hörten gerne seinen einfühlsamen Worten an diesen wöchentlichen Nachmittagen zu.

Bald hatte er auch in dem anderen Nachbardorf Oberkoblitz einen evangelischen Bauern ausfindig gemacht. Der richtete seine Scheune für Gottesdienste her. Auf der Tenne wurden Bänke und Stühle aufgestellt, und am rückseitigen Scheunentor wurde innen ein großes mit Fichtenreisig umflochtenes Holzkreuz angebracht. Ein kleiner Tisch mit Kerzen diente als Altar. In diesem Raum hielt der Pastor jeden Sonntag Gottesdienst, und die Tenne fasste kaum alle Menschen.

Und hier in dieser Scheune bin ich mit allen anderen Mädchen und Jungen aus den beiden Flüchtlingstrecks am Sonntag, dem 1. April 1945, konfirmiert worden. Als Nachweis machte Pastor Halm in unser Familienstammbuch folgende Eintragung:

> Günter Herrmann Gustav Thiel wurde am 1. April 1945
> in Oberkoblitz Heute tschechisch *Homi Chobolice*)
> Kreis Leitmeritz konfirmiert. G. Halm Pastor
> (früher Karoschke)

Solche, fast an ein Wunder grenzende Zufälle gab es auch in dieser schlimmen Zeit. Pastor Halm haben wir später nach Kriegsende nie wieder gesehen.

Inzwischen ging der Krieg immer weiter. Die Ost- und Westfront rückten immer weiter zusammen. Unser Bürgermeister Weigert wurde noch in den letzten Kriegswochen zur Wehrmacht als Soldat eingezogen. Auch viele Pferde wurden noch von der Wehrmacht requiriert. Darunter war nun auch der „Hans“ von Tante Marie, der unser bisschen Hab und Gut so treu bis hierher gezogen hatte. In Leitmeritz wurden die Pferde gesammelt und zunächst auch dort untergebracht; in dieser Stadt wurden auch an der Elbbrücke Panzersperren aus Beton gebaut. Wir sahen Häftlinge aus dem KZ Theresienstadt in ihren blauweißen Häftlingskleidungen dort arbeiten. Die mussten den Beton, der in die Holzeinschalungen gegossen wurde, mit den Füßen feststampfen. Nach einem Pfiff ergoss sich jedes Mal eine Betonfüllung aus einer Baggerschaufel in die Verschalung. Die Männer konnten nur an die Wände zurückspringen. Sicher hat es bestimmt manchen im Beton begraben. Aber keinen interessierte das, und uns Jungen erst recht nicht. Leider muss man das so sagen. Aus heutiger Sicht ist das eine traurige Erkenntnis.

Wir vergnügten uns in diesen warmen Apriltagen an den Nachmittagen lieber mit den anderen Jungen und Mädchen aus dem Dorf im doch schon warmen Wasser des Feuerlöschteiches oder bestiegen den nahen Gelsch-Berg mit seinen steilen Anstiegen.

Der Wehrmachtsbericht sprach immer noch von schweren Abwehrkämpfen. Gelegentliche kleine Erfolge, wie die zeitweilige Rückeroberung der schlesischen Stadt Lauban, konnten nicht mehr darüber hinwegtäuschen, dass die Rote Armee und die Alliierten von allen Seiten anrückten und das Ende dieses Krieges sich abzeichnete, wenn auch in den letzten Wochen mit weiteren furchtbaren Verlusten auf allen Seiten. Die Rote Armee hatte Wien bereits erobert und hatte mit dem Sturm auf Berlin begonnen. Keiner sprach mehr von Wunderwaffen oder vom „Endsieg“, und lähmende Angst machte sich angesichts der nahenden Katastrophe breit.

Eines Morgens, es war der 1. Mai 1945, standen die Benisch-Mädchen mit Tränen in den Augen vor unseren Betten und berichteten, dass der Tod des „Führers beim Kampf um die Reichskanzlei“ über den noch intakten Rundfunksender Görlitz bekannt gegeben worden wäre. Nichts hielt uns ab, auch an diesem Tage nach Leitmeritz zur Schule aufzubrechen. Dort wurde eine Großkundgebung auf dem Marktplatz vorbereitet, an der dann die Wehrmacht- und SS-Garnison der Stadt, Hitlerjugend und alle sonstigen Nazi-Organisationen und alle Schulen der Stadt teilnahmen mit großer Anteilnahme der Bevölkerung. Überall hingen um den Platz herum lange Hakenkreuzfahnen an den Häusern herunter. Der SS-Kommandant von Leitmeritz hielt eine markige Ansprache über den nun notwendigen Kampf um den altgermanischen Siedlungsraum Böhmen und Mähren, an dem sich die „asiatischen Horden“ die Zähne ausbeißen würden. Und noch einmal sangen wir mit hoch erhobenem Arm das Deutschland- und Horst-Wessel-Lied. Während dieser Kundgebung rollten aus der östlichen Ausfallstraße über den Kundgebungsplatz in westlicher Richtung schwere LKW der Wehrmacht voller Soldaten und Nachrichtenhelferinnen, die sogar auf den Fahrerhausdächern lagen und uns lachend zuwinkten. Ein makabres Schauspiel!

Als wir an diesem Tage nach Hause kamen, hörten wir, dass in Prag, das als offene Stadt erklärt worden war, weil es voller Verwundeter lag, ein Aufstand der tschechischen Bevölkerung ausgebrochen sei.

Noch am Abend und dann die nächsten Tage rollten ununterbrochen auf der Straße, die aus Richtung Melnik/Prag in Liebeschütz in die Straße nach Leitmeritz mündete, Busse und LKW, voll beladen mit Verwundeten. Die Männer mit ihren blutverschmierten Verbänden lagen sogar auf den Busdächern.

Bald war die Straße in Richtung Westen von aus östlicher Richtung flüchtenden Einheiten der Wehrmacht zusätzlich belastet. Eine Wehrmachtskolonne kam von Liebeschütz den Berg herauf nach Niederkoblitz (heute tschechisch *Dolni Chobolice*) und quartierte sich hier ein. Die Soldaten hörten laufend außer dem Radio ihre Funkmeldungen ab.

Und dann kam der Tag, auf den so viele gewartet haben, aber vor dem die meisten eher große Angst hatten wegen der nun zu erwartenden Rache der Sieger, nämlich Dienstag, der 8. Mai 1945, mit der bedingungslosen Kapitulation Deutschlands.

Die Soldaten im Dorf gaben ihre Waffen entsprechend der im Radio durchgegebenen Kapitulationsbedingungen beim Bürgermeister ab, auf dessen Hof sie sich bald in einem großen Haufen türmten.

Im Laufe des Tages verließen sie das Dorf und wollten möglichst schnell die Amerikaner erreichen, die schon in Eger stehen sollten. Aber was sollte mit uns Flüchtlingen aus Schlesien in einem bald fremden Land werden? Keiner konnte uns darauf mehr eine Antwort geben. Ich weiß aber, dass unsere Mutter in den nun kommenden Wochen und Monaten in ihrer Verzweiflung mir manchmal sagte, dass es wohl besser gewesen wäre, wenn wir alle umgekommen wären.

So haben wir das Ende dieses schrecklichen Krieges erlebt, das wir keinesfalls als Befreiung aufgefasst haben.

Am Morgen des 9. Mai 1945 herrschte eine gespenstische Ruhe auf der noch am Vortage mit Militär vollgestopften Straße im Tal. Es waren nur noch vereinzelt deutsche Soldaten zu sehen und es kamen kaum, weder aus dem Osten noch aus Richtung Prag, irgendwelche Fahrzeuge. Nur an den Straßenrändern und teilweise auf den angrenzenden Feldern standen zurückgelassene Wehrmachtsfahrzeuge, die offensichtlich defekt waren oder keinen Kraftstoff mehr hatten. Als sich auch nachmittags nichts ereignete, machten wir Jungen uns auf den Weg zu den verlassenen Wehrmachtsfahrzeugen und stöberten in den auch mit Lebensmitteln und vor allem mit Waffen bepackten Fahrzeugen herum.

Mit einer aufgefundenen Leuchtsignalpistole schossen wir eine bunte Signalpatrone in die Luft. Da kam ein Mann aus dem Dorf gerannt und schrie: „Ihr seid wohl verrückt geworden. Lasst das ja sein!" Dann haben wir uns das doch nicht mehr getraut, ich habe aber einen Shell-Autoatlas von Deutschland gefunden und mitgenommen. Dieser Atlas hat uns in den kommenden Wochen und Monaten noch gute Dienste geleistet. Ich habe ihn immer wieder durch alle Plünderungsaktionen der „Sieger", ohne das er je gefunden wurde, durchgebracht.

Inzwischen feierten die in Niederkoblitz befindlichen Fremdarbeiter in einem Bauernhof das für sie glückliche Ende des Krieges mit viel Alkohol, und es kam zu den ersten Übergriffen gegen die Deutschen. Traudel Benisch, die die örtliche BDM-Führerin war und ich begruben unsere Dienstbücher und Abzeichen aus unserer „Führerzeit" unter einem großen Steinhaufen im Garten von Benischens Bauernhof.

Nun sahen und hörten wir auf der Straße im Tal die ersten Militärkolonnen der Roten Armee entlang ziehen, und angstvoll warteten alle Dorfbewohner auf den Augenblick, bis sie auch den Weg bergauf zu uns einschlagen würden. Aber auch in den nächsten Tagen passierte das nicht.

Inzwischen war aber bei uns das Brot knapp geworden, und einen Bäcker gab es nur unten in Liebeschütz. Da wir annahmen, dass die „Russen", wie diese Soldaten bald bei allen Deutschen hießen, uns Kindern vielleicht nichts tun würden, sind wir Jungen auf Brotsuche nach Liebeschütz losgezogen.

Am Dorfeingang angekommen sahen wir, dass die Leute überall weiße Fahnen aus den Fenstern ihrer Häuser herausgehangen hatten. Aus einem Haus hing auch eine rot-weiß-blaue Fahne. Herr Benisch sagte uns später, dass das eine tschechische

Fahne wäre. In diesem Haus würde schon immer eine tschechische Familie wohnen. Die Hauptstraße in Liebeschütz war durch eine haltende Militärkolonne verstopft. Zum ersten Mal sahen wir Soldaten in erdbraunen Uniformen. Die lagen unter den Fahrzeugen, unter den Kanonen und auf der Straße und schliefen an diesem sonnigen Frühlingstag. Es waren polnische Soldaten. Wir erkannten sie an den viereckigen Mützen der Offiziere. Von uns Jungen nahm niemand Notiz, und wir stiegen buchstäblich über die schlafenden Soldaten hinweg, um zum Bäcker zu kommen. Dort wartete schon eine Menschenmenge auf den nächsten Schub Brot. Der Bäcker backte ununterbrochen und verteilte ohne Geld und ganz neu für uns auch ohne Marken das Brot an alle Wartenden. Solange wie Mehl da war, sollte er auch für die Soldaten backen. Mit Brot beladen machten wir uns wieder auf den Heimweg und berichteten von unseren Erlebnissen da unten in Liebeschütz. Bald hingen auch die Leute in unserem Dorf weiße Fahnen aus Bett-Tüchern aus den Häusern heraus.

Es dauerte nicht mehr lange, und ein Trupp dieser polnischen Soldaten kam den Berg herauf in unser Dorf und wurde begeistert von den Fremdarbeitern, bei denen viele Polen dabei waren, begrüßt. Ein Offizier kam auf Benischens Hof und verlangte etwas zu essen. Frau Benisch deckte den Tisch und tafelte auf. Alle Hausbewohner mussten sich mit ihm an den Tisch setzen und mitessen (sicher eine Vorsichtsmaßnahme). Die beiden Benisch-Töchter hatten sich aber versteckt. Eine große Pistole hatte der Offizier neben sich auf den Tisch gelegt. Er sprach gut deutsch und fragte bald, ob alle zur Familie gehören würden. Unsere Mutter verneinte das und sagte, dass wir aus Schlesien wären.

Er sagte darauf hin, dass wir wohl aus großer Angst vor ihnen weggelaufen wären. Er nahm seine Pistole, wir wurden kreidebleich, und zielte auf jeden von uns Kindern und sagte, so hätten es die deutschen Soldaten mit den polnischen Kindern gemacht und sie dann erschossen. Keiner von uns brachte ein Wort heraus. Er bedankte sich für das Essen und ging wieder. Das war unsere erste Begegnung mit den von uns gefürchteten Feinden, und es war nicht die einzige, wo uns ein guter Mensch ohne Hass in der Uniform unserer bisherigen Feinde entgegen trat.

Tante Marie, die sich auf einmal auch ihrer polnischen Sprache wieder erinnerte, ist noch am 9. Mai mit einem Polen Peter, der bei der Bauernfamilie Remahne aus unserem Dorf im Krieg gearbeitet hatte und der mit uns mitgezogen war, nach Leitmeritz gelaufen, und beide kamen mit unserem Pferd „Hans" und den Remahne-Pferden zurück. Die Pferde waren von der Wehrmacht in einer Ziegelei konzentriert worden, aber nicht mehr zum Einsatz gekommen. Bald hatte die Tante das Pferd aber wieder los. Nach den polnischen Soldaten kamen dann Rotarmisten, also Russen, ins Dorf. Der „Hans" gefiel dem Kommandeur so gut, dass er ihn gleich als Reitpferd gegen ein dürres zerzaustes Panje-Pferd eintauschte.

Bald erklärte die Tante Marie unserer Mutter, dass sie mit ihrer Schwester und deren Kindern zusammen mit der Familie Remahne und deren Polen Peter nach Schlesien zurückfahren wollte. Unsere Großeltern und wir Vier könnten aber nicht mehr mitkommen, Tante Maries Schwester sprach genau so gut polnisch wie sie selbst und sie wollten sich, weil sie ehemalige Oberschlesier waren, als Polen ausgeben. Das war die schlimmste Enttäuschung, die wir seitens unserer Tante nun erfahren hatten. Besonders unsere Mutter traf das sehr schmerzlich. Gerade ihre Schwägerin, zu der unsere Mutter den ganzen Krieg über gehalten hatte, ließ uns jetzt mit unseren Großeltern im Stich.

In Erwartung der Tschechen stellte der Bürgermeister das alte zweisprachige Ortsschild aus der Zeit von vor 1938, das man eingelagert hatte, mit Hilfe einiger anderer Männer am

Ortseingang wieder auf und ließ das deutsche Schild verschwinden. Die Tschechen ließen sich aber offensichtlich noch Zeit. Daraus schlossen viele der einheimischen Sudetendeutschen, dass ein erneutes Zusammenleben mit den Tschechen wie vor 1938 vielleicht wieder möglich wäre. Auch unser Bauer und bisheriger Ortsbauernführer Benisch erinnerte sich daran, dass es sich eigentlich in der damaligen Tschechoslowakei so schlecht nicht leben ließ.

Im Nachbardorf waren aber bald Tschechen eingetroffen, die sich einfach auf den Bauernhöfen niederließen und den Deutschen erklärten, dass sie sowieso bald nach Brandenburg oder sonst wo nach Deutschland ausgewiesen würden. Nun machte sich doch langsam auch bei den Einheimischen Angst breit.

Aber immer noch regierte der deutsche Bürgermeister. Eines Tages erhielt er die Nachricht von neuen tschechischen Behörden, dass sich alle im Dorf befindlichen Reichsdeutschen, das waren wir Flüchtlinge, am Montag, dem 28. Mai 1945, auf dem Bahnhof Liebeschütz mit ihrem Gepäck einzufinden hätten. Zunächst begann nun unsere Ausweisung.

Es war wieder ein warmer sonniger Maientag. Auf dem Bahnhof stand ein alter offener 20-Tonnen-Kohlewaggon, dessen Seitentüren sich nicht mehr öffnen ließen. Der deutsche Bahnhofsvorsteher sagte uns, dass wir mit diesem Waggon abgeholt würden und wir uns darin einrichten sollten. Er selbst war gerade dabei, mit seiner Familie die Dienstwohnung für den tschechischen Nachfolger zu räumen. Er wollte ins Dorf in zwei Zimmer ziehen.

Wir waren etwa so vierzig Männer, Frauen und Kinder und richteten uns mit unserem Gepäck in drangvoller Enge in dem Waggon ein. Dabei kletterten wir irgendwie über die hohen Bordwände. Keiner wurde zurückgelassen. Aber keiner wurde jemals registriert. Wer später auf unserer langen Odyssee umkam, bis wir endlich 1946 bei Forst die neue deutsch/polnische

Neißegrenze überschritten, der ist bis heute ein namenloses Opfer dieses verdammten Krieges und der ersten Nachkriegszeit. Es sei denn, er hatte Verwandte, die unmittelbar bei dem Geschehen dabei waren.

Zunächst hofften wir mit dem bevorstehenden Abtransport auf eine baldige Rückkehr in die Heimat. Aus Richtung Leitmeritz kam auch bald ein mit Flüchtlingen voll besetzter offener Güterzug, an den unser Waggon mit angehangen wurde. Und ab ging es, vorn und hinten mit einer Lok und tschechischer Besatzung, in Richtung Böhmisch-Leipa (heute tschechisch *Ceska Lipa*). Nach längerem Aufenthalt ging es dann weiter in Richtung Deutsch-Gabel. Auf dem Bahnhof Deutsch-Gabel gab es wohl noch eine deutsche Bahnhofsmission. Die Schwestern kochten Essen für die vielen Flüchtlinge. Das sollte aber auf einmal zuerst für eine Einheit der Roten Armee ausgegeben werden. Aber die Rot-Kreuz-Schwestern wiesen auf die vielen Kinder und alten Leute hin, und da haben uns die russischen Soldaten doch zuerst essen lassen. Das hat uns tief beeindruckt, und das sollten wir an anderer Stelle noch oft erleben.

Irgendwann fuhr der Zug in Richtung Reichenberg (heute tschechisch *Liberec*) weiter. Unterwegs hielt er in einem Tunnel an. Die beiden Loks wurden noch mal richtig angeheizt. Wir sind bald im Rauch erstickt und dachten, unsere letzte Stunde wäre angebrochen. In Reichenberg war es mit unserer Fahrt zunächst endgültig Schluss. Die beiden Loks wurden abgehängt und der Zug abgestellt. Keiner sagte uns, wie es weitergehen sollte. Die deutschen Bahner wurden hier gerade von tschechischen Eisenbahnern abgelöst und davongejagt.

Da sahen wir, dass in einen aus D-Zugwagen bestehenden Zug Flüchtlinge einstiegen. Wir rannten hin und erfuhren, dass dieser Zug in Richtung der alten Reichsgrenze zum Riesengebirgskamm fahren sollte. Schnell holten wir unser Gepäck und versuchten, in den Zug hineinzukommen, was uns nach einiger Mühe auch gelang. Der Zug war nämlich schon voll besetzt. Die Menschen lagen auf den bis in Höhe der Fenster gestapelten Gepäckstücken. Es ist uns heute noch kaum begreiflich, wie unsere alten Großeltern diese Strapazen überstanden. Bald fuhr der Zug los. Im Nachbarwagen waren betrunkene tschechische Milizionäre. Als wir über ein hohes Viadukt fuhren, kamen sie zu uns herein und schrieen, dass sie uns „Deutsche Schweine" jetzt aus dem Fenster werfen würden. Aber es blieb nur bei dieser Drohung.

In Tannwald-Schumburg (heute tschechisch *Tanvald*) war unsere Fahrt endgültig zu Ende. Es hieß, die SS hätte auf ihrem Rückzug den Tunnel auf der Strecke zum Riesengebirgskamm gesprengt und wir sollten nun selber sehen, wie wir weiter kämen. Wir lagerten uns mit unseren Gepäckstücken mit Hunderten von Flüchtlingen, die mit dem Zug angekommen waren, auf dem Bahnhofsvorplatz, wo auch die Straße in Richtung Riesengebirgskamm und Grenze nach Schlesien vorbeiging. Hier lagerten wir wohl zwei Tage. Nachts drängten wir alle in das Bahnhofsgebäude hinein, weil es dauernd Schießereien gab. In dieser Stadt hatten, so glaube ich, die tschechischen Milizen die Macht übernommen und machten Jagd auf Deutsche. Auf dem Bahnhofsgelände sahen wir zusammengetriebene Deutsche arbeiten, die von mit Maschinenpistolen und Reitpeitschen bewaffneten Tschechen umstellt waren. Auch auf dem Bahnhofsvorplatz hielten sich solche bewaffneten und in deutsche Afrika-Uniformen eingekleideten Milizionäre auf, die aber zunächst untätig blieben.

Und bald geschah etwas Beschämendes!

Einheimische deutsche Pferdefuhrwerksbesitzer erboten sich, uns Flüchtlinge gegen Schmuck, Silber oder Gold die zirka zwölf Kilometer bis zur Grenze nach Ober-Polaun (heute tschechisch *Dolni Polubny*) zu bringen. Jeder, der noch etwas hatte, nutzte dieses Angebot. Nur dazu gehörte unsere Mutter mit unseren Großeltern nicht. Sie hatten nur noch ihre Eheringe und Mutters Armbanduhr, die sie einmal zu ihrer Konfirmation geschenkt bekommen hatte und die in meiner Wintermütze eingenäht war. So wollten wir diese einzige Uhr möglichst durch alle Plünderungen retten, was uns am Ende auch gelang. Wir hofften immer noch mit vielen anderen auf etwas Glück bei einem der Fuhrwerksbesitzer. Aber vergeblich!

Da, auf einmal eines Tages nachmittags, zogen sich die Milizmänner, die auch Verstärkung bekommen hatten, zu einer Beratung zurück. Danach schwärmten sie aus und forderten uns auf, zwecks Kontrolle auf Waffenbesitz unsere Koffer, Säcke, Taschen und sonstigen Gepäckstücke zu öffnen. Sie durchwühlten alles und nahmen uns noch, was ihnen gefiel, weg. Bei uns hielt bald ein junger Milizmann meine Winteruniformjacke in der Hand. Da waren zwar keine Schulterstücke und Abzeichen mehr dran, aber an den Silberknöpfen erkannte er die HJ-Bluse. Dann schrie er: „Wer hier Hitlerjunge?“ Ich trat vor und er packte mich. Ich dachte, dass jetzt meine letzte Stunde geschlagen hätte. Da kam ein älterer Milizmann dazu, sagte etwas auf tschechisch zu dem jüngeren und befahl uns, die Bluse ins Gebüsch zu werfen. Dann ließen sie von uns ab. Bald waren sie mit dem Suchen nach „Waffen“ fertig und zogen sich wieder zurück.

Und jetzt auf einmal ertönten Trillerpfeifen, die Milizleute schossen in die Luft und rannten mit den Reitpeitschen in der Hand auf uns zu und schrieen, wir sollten machen, dass wir nach Deutschland kämen.

In unserer Angst griffen wir wahllos nach den Gepäckstücken, die wir gerade noch in den Händen halten konnten, und rannten mit den anderen Leuten, auch die alten Großeltern, die Straße bergauf aus der Stadt hinaus. Bis zu den letzten Häusern verfolgten uns noch die Tschechen. Die Letzten von uns haben die Reitpeitschen zu spüren bekommen. Außerhalb des Ortes wurde es dann ruhiger. Die Tschechen waren ja zurückgeblieben, und wir liefen jetzt mit dem Rest unserer Habe immer bergan, bis wir abends in Ober-Polaun ankamen. Auf dem Kammbahnhof standen mehrere Personenzüge, die deutsche Eisenbahner von Hirschberg heraufgebracht hatten. Der Grenzbahnhof wurde von russischen Soldaten bewacht. Die kamen bald und plünderten nochmal unsere Habe. Es war inzwischen Abend, und die Bahner ließen uns in einen Zug einsteigen, der am nächsten Morgen nach Hirschberg fahren sollte. Wir saßen die ganze Nacht in dem unbeleuchteten Zug und waren froh, dass wir den Tschechen entkommen waren, wenn wir auch nicht mehr viel Gepäck besaßen.

Aber in der Nacht kamen die Russen mit ihren Taschenlampen und suchten nach Frauen und Mädchen, die später weinend zurückkamen. Unserer Mutter taten sie nichts, oder sie haben sie übersehen. Und draußen war die ganze Nacht bald nah, bald fern, eine Schießerei.

Am nächsten Tag kam eine Lokomotive von Hirschberg herauf und holte unseren Zug. Wir fuhren gemächlich über Oberschreiberhau (heute polnisch *Sklarska Poreba*) dem friedlich in der Sonne liegenden Hirschberger Talkessel der gleichnamigen Stadt entgegen. Auf dem Hirschberger Bahnhof angekommen, fühlten wir uns zunächst in alte Zeiten zurück versetzt. Überall ein geschäftiges Treiben zwischen deutschen Eisenbahnern und vielen Menschen, die irgendwo in Schlesien unterwegs waren. Dazwischen Durchsagen des Bahnhofspersonals, und kaum ein russischer Soldat war zu sehen. Man hieß uns aussteigen. Der Zug ging von hier erst einmal nicht mehr weiter. Wir Flüchtlinge lagerten uns wieder einmal, aber diesmal ohne Angst, im Bahnhofsgebäude. Die Bahnhofsmission arbeitete normal und betreute uns im Rahmen ihrer Möglichkeiten. Die Eisenbahner hatten am Bahnhofsgebäude eine große Landkarte von Schlesien angebracht, wo auch das gesamte Eisenbahnnetz darauf vermerkt war. Darauf konnte man durch aufgesteckte Fähnchen erkennen, wie weit das schlesische Eisenbahnnetz von Hirschberg aus wieder befahrbar gemacht war. Das Ziel war Breslau, was man erreichen wollte. Die Leitung der Reichsbahndirektion Breslau, die im Winter nach hier verlagert wurde, hatte gleich nach Kriegsende im Auftrag der Russen die Arbeit wieder aufgenommen. Pausenlos arbeiteten Bautrupps der Eisenbahn bei der Beseitigung der Kriegsschäden. Die Stadt Hirschberg war unzerstört. Die Front war in den Vorgebirgen der Sudeten noch vor dem 8. Mai 1945 zum Stehen gekommen, und die Bewohner der schlesischen Gebirgsregionen konnten in ihren Städten und Dörfern wohnen bleiben. Hier in Hirschberg haben sich dann in den nächsten Tagen viele unserer Dorfbewohner, die nicht mehr länger warten wollten, nach und nach auf den Weg nach Hause gemacht oder sind zunächst hier in der Gegend bei Verwandten untergekommen. Unsere Mutter hatte sich mit mir abgesprochen, dass wir noch etwas warten wollten, um mit der Eisenbahn möglichst weit an Breslau heranzukommen. Einen Fahrplan gab es nicht. Aber jeden Tag wurden Züge auf die wieder befahrbaren Strecken in Richtung Osten geschickt.

Mein Bruder Gerhard und ich gingen bald in die Stadt auf Erkundung. Wir waren überrascht, dass das Leben augenscheinlich den gewohnten Gang ging. Manch kleiner Ladenbesitzer hatte sein Geschäft wieder geöffnet und versuchte, etwas zu verkaufen. Der russische Militärkommandant hatte sich im größten Hotel der Stadt eingerichtet und einen deutschen Bürgermeister eingesetzt, der die Aufgabe hatte, die Verwaltung wieder zu organisieren und die Versorgung der Bevölkerung wenigstens mit dem Notwendigsten sicherzustellen. Alles das erfuhren wir nach und nach auch in Gesprächen unserer Mutter mit den Einheimischen und den Eisenbahnern.

In Hirschberg gab es auch eine Straßenbahn. Die verband die Stadt mit Bad Warmbrunn (heute polnisch *Cieplice*) und

Hermsdorf (heute polnisch *Sobieszow*) und endete in Giersdorf (heute polnisch *Podgorzyn*) unterhalb von Hain (heute polnisch *Przesieka*). Dorthin wollten ja Tante Agnes mit ihren Kindern und Mutter Wargin versuchen, im Winter zu Tantes Schwester Frieda zu kommen. Mutter und ich beschlossen, zusammen mit Großvater dahin zu fahren, um festzustellen, ob die Tante mit ihrem Anhang im Winter dort eingetroffen war. Großmutter mit meinen Geschwistern blieben also beim Rest unserer Habe auf dem Bahnhof zurück, und wir anderen fuhren mit der Straßenbahn die zirka 16 Kilometer bis zur Endhaltestelle und fragten uns dann durch bis nach Hain. Bald standen wir auch vor dem Haus, wo Frau Palaske, so hieß die Schwester von Tante Agnes, im ersten Stock wohnte. Wir klingelten. Es kam jemand die Treppe herunter und öffnete. Vor uns stand aber nicht Frau Palaske oder Tante Frieda, wie wir Kinder sie nannten, und auch nicht die Tante Agnes, sondern unser Onkel Max. Keiner wusste, was er vor Überraschung sagen sollte. Dann erfuhren wir, was sich hier alles ereignet hatte. Onkel Max war zusammen mit einem weiteren Kriegskameraden aus unserem Dorf, dem Adolf Schattmann, auf dem Marsch durch das Glatzer Bergland aus russischer Gefangenschaft geflohen. Herr Schattmann wollte versuchen, nach Hause zu kommen, und Onkel Max hat sich nur mit Hose, Pullover und Socken bekleidet durch das Sudetengebirge bis nach Hain zu seiner Schwägerin durchgeschlagen. Hier hoffte er, dass er vielleicht Tante Agnes und die Kinder wiedertreffen würde. Aber das war nicht der Fall. Sie war mit ihren Kindern und Oma Wargin zwar im Winter hier eingetroffen, aber bei nächster Gelegenheit weitergezogen. Sie wollte auf keinen Fall den Russen in die Hände fallen.

Ihre Schwester wusste nur, dass es ihr gelungen war, bis in die Stadt Asch (heute tschechisch *As*) im Sudetenland zu kommen. Danach fehlte jede Nachricht. Onkel Max wollte hier in Hain weiter untergetaucht bei seiner Schwägerin bleiben und abwarten, wie sich alles entwickeln würde. Solange die Russen nach deutschen ehemaligen Soldaten suchten oder Männer aufgriffen, die als solche angesehen wurden, um sie noch in Gefangenschaft abzutransportieren, wollte er hier versteckt bleiben. Mit diesen Nachrichten kehrten wir auf den Hirschberger Bahnhof zurück. Großmutter freute sich, dass zunächst einer ihrer Söhne diesen Krieg überstanden hatte. Von unserem Vater hatten wir ja seit Oktober 1944 nichts mehr gehört.

Auf der großen Übersichtskarte auf dem Hirschberger Bahnhof sahen wir, dass bis in die Nähe von Bolkenhain (heute polnisch *Bolkow*) im Kreis Jauer die Eisenbahnstrecke wieder in Ordnung gebracht war. Jetzt wollten wir doch nicht mehr länger warten. Mit zwei oder drei anderen Familien nutzten wir die nächste Gelegenheit und fuhren mit einem Zug in diese Richtung los. Noch vor Bolkenhain, bei dem kleinen Bahnhof Röhrsdorf, war die Fahrt zu Ende. Eine zerstörte Brücke lag vor uns. Jetzt ging es nur noch zu Fuß weiter. Wir schleppten noch zwei Kartoffelsäcke mit Kleidungsstücken außer den Taschen, die wir in der Hand trugen, mit uns. Die Säcke hatten wir mit Wäscheleinenstücken zusammengebunden, um daran Träger aus diesen Leinen anzuknoten. So trugen unsere Mutter und ich als ihr „Großer" je einen Sack auf dem Rücken und in jeder Hand eine Tasche. Das ging aber nicht lange, und wir hielten das nicht durch. Da wir unsere letzte Habe aber nicht auch noch verlieren wollten, haben wir die Säcke abgesetzt und nach etwa 100 Meter einen Sack nach dem anderen wieder nachgeholt. Und diese Strapaze ging so den ganzen Tag auf der Landstraße bei strahlend blauem Himmel und unbarmherzig sengender Sonne ohne Trinken und kaum was zu essen. Wenn ich heute so an unsere Enkel denke, die jetzt in dem Alter sind wie wir damals, dann ist es kaum nachvollziehbar, wie wir das durchgestanden haben. Und trotzdem sind wir jeden Tag bis zu 20 Kilometer vorangekommen. Nach mehreren Tagen einer solchen unmenschlichen Strapaze fanden mein Bruder und ich auf einem verlassenen Gutshof das einachsige Vordergestell mit Deichsel von einer Kutsche. Darauf befestigten wir das zufällig passende Dach von einem Hühnerstall. Von jetzt ab hatten wir ein Gefährt, wo wir alle unsere Sachen transportieren konnten. Wir beiden Brüder haben uns davorgespannt und den Karren nun den ganzen Tag gezogen.

In der Nähe von Jauer kamen wir dann in das unmittelbare Kampfgebiet. Hier kreuzten wir die Kampfstellungen vom Winter und Frühjahr. Alles war verlassen. Außer den Vögeln hörten wir keinen Laut in der wie sonntäglich daliegenden Landschaft. Vereinzelt begegnete uns ein Fahrzeug der Roten Armee. Die Soldaten nahmen kaum Notiz von uns. Über dem flachen Land schwebte ein süßlicher Leichengeruch von den noch nicht begrabenen toten Soldaten und dem toten Vieh mit den aufgedunsenen Leibern. Einer der schrecklichsten Augenblicke für mich war der Anblick eines Soldaten, der neben einem zerschossenen Panzer lag und dessen Gesicht durch die tage- und wochenlange Wärme wie mit braunem Pergament überzogen war und der uns aus seinen Augen anstarrte. Bald waren wir aber so abgestumpft, dass uns das auch als Kinder nicht mehr störte. Von weitem sahen wir große rote Felder und wenn man näher herankam, dann waren das die brachliegenden Felder, wo sich der Klatschmohn breit gemacht hatte und in voller Blüte stand. In manche Dörfer, durch die wir kamen oder wo wir uns eine Bleibe für die Nacht suchten, waren vereinzelt Bewohner schon zurückgekehrt. In den verlassenen Häusern suchten wir dann nach etwas Essbarem, und das waren meistens Kartoffeln. Wasser war unser einziges Getränk, was wir aus den Brunnen holten. Dabei vermieden wir aber Brunnen, wo die Abdeckung daneben lag.

Hier wusste man nie, was da hineingeworfen wurde. In jedem Dorf, meistens auf den großen Rittergütern, war mindestens ein kleiner Trupp Rotarmisten stationiert, die sich aber um uns nicht kümmerten. Die bewachten meistens das zusammengetriebene Vieh zur Versorgung der Armee, aber wie wir später feststellten, um es für den Abtransport in die Sowjetunion oder wir sagten, nach „Russland", bereit zu halten. Einmal haben wir eine solche Kuhherde auf einer Wiese angetroffen. Die wurde von deutschen Mädchen bewacht. Sie berichteten uns, dass sie von den Russen weggeholt wurden und mit der Kuhherde mit nach Russland müssten.

Städte wie Jauer und Neumarkt (heute polnisch *Sroda Slaska*), die am Wege lagen, haben wir gemieden oder möglichst nur am Rande berührt. Noch ein anderer Feind lauerte an den Straßenrändern. Dort lagerten oft über längere Strecken aufgeschichtete Haufen von Tellerminen. Schilder in kyrillischer Schrift, die wir bald als „Minen" entzifferten, warnten uns davor. Wir trauten uns bald nur noch auf der Straßenmitte zu laufen, weil wir dachten, dass schon am Straßenrand Minen im Boden stecken könnten. Offensichtlich waren hier schon Minensucher am Werk gewesen. Noch ein Wort zu Schildern! Aus uns unbekannten Gründen fehlten schon fast überall die deutschen Ortsschilder oder die Straßenhinweisschilder. Hin und wieder waren nur provisorische Schilder der Rotarmisten in kyrillischer Schrift als Hinweise angebracht. Da war uns der Shell-Straßenatlas, den ich am 9. Mai auf der Leitrmeritzer Straße „erbeutet" hatte, eine große Hilfe.

Bei Dyherrnfurt hatten wir nach etlichen Tagen die Oder erreicht. Aber auch hier war die Brücke zerstört. Wir zogen nun auf dem Oderdamm entlang in Richtung Breslau. Da kam uns ein Pferdefuhrwerk entgegen. Wir staunten nicht schlecht. Auf dem Wagen saßen gut genährte deutsche Soldaten mit sämtlichen Dienstgradabzeichen an ihren Uniformen. Die hielten an und fragten, wo wir denn herkämen.

Dann, auf unsere Frage sagten sie, dass sie als Kriegsgefangene auf dem in Sichtweite befindlichen Rittergut zu einem Viehkommando der „Russen“ gehören würden und auf die Oderwiesen zum Grasmähen fahren würden. Auf unsere Frage, wo denn ein Wachtposten wäre, sagten sie, dass der nicht gebraucht würde. Für einen geflohenen Gefangenen würden nämlich zehn andere erschossen und da gebe es kein Problem. Unsere Großmutter streichelte einen Soldaten und sagte wohl: „Ach, ihr armen Soldaten!“. Da sagte er zu ihr: „Großmutter weine nicht! Für uns alle kommen auch mal wieder bessere Zeiten. Wir haben in Breslau gekämpft und wenn es nach dem Essen gegangen wäre, da hätten wir die Stadt noch lange verteidigen können. Jetzt müssen wir aber weiter. Die Russen können uns mit dem Fernglas beobachten.“ Wir verabschiedeten uns und zogen weiter.

Bei der Stadt Auras (heute polnisch *Uraz*) hatte die Rote Armee eine Pontonbrücke über die Oder gebaut, und ein Rotarmist holte uns auf die andere Flussseite. Wir zogen durch die Stadt, die nur noch aus Ruinen bestand. Die Soldaten hatten sich offensichtlich hier in den Kellern eingerichtet, denn sie starrten uns aus den Kellerfensterhöhlen an. Aber auch hier ließen sie uns unbehelligt weiterziehen.

Bei Hennigsdorf hatten wir endlich die Straße nach Bad Obernigk und damit unseren Heimatkreis Trebnitz erreicht. Am Bahnsteig des verlassenen Bahnhofs hing noch das Schild „Räder müssen rollen für den Sieg“. Diese Schilder hingen während des Krieges auf allen Bahnhöfen. Jetzt war das der blanke Hohn. Nun ging es aber so schnell wie möglich weiter, und bald hatten wir Bad Obernigk erreicht. Auch hier hatte der Krieg den Ort gegenüber dem Winter, als wir westwärts zogen, verändert. Ganze Häuserreihen waren nur noch ausgebrannte

Ruinen, und auch hier machte alles einen toten Eindruck. Kein Mensch war auf unserem Weg durch den Ort zu sehen. Auf einmal fremdartiger Gesang!

Eine Abteilung Rotarmisten zog singend im Gleichschritt und mit Holzgewehren an uns vorüber. Wahrscheinlich wurde exerziert. Hier sahen wir zum ersten Mal, wie ein Offizier in die Reihen sprang und einen Soldaten ohrfeigte. Damals wussten wir noch nicht, dass das in der Roten Armee durchaus zu dieser Zeit noch üblich war.

Nachdem wir Bad Obernigk verlassen hatten, waren wir nun nicht mehr weit von unserem Heimatdorf entfernt, und die Spannung stieg. Wie würde es zu Hause aussehen? Hinter einer letzten Straßenbiegung sahen wir dann den ersten Bauernhof, den Hof vom Bauern Novak. Auf der Straße stand ein wild aussehender Zivilist mit wirrem schwarzen Haar und ebensolchem Vollbart und sah uns entgegen. Wir gingen vorsichtig näher. Da kam er auf uns zu, begrüßte uns auf Deutsch und sagte: „Erkennt ihr mich nicht? Ich bin doch der Schattmann Adolf und bin vom russischen Kommandanten als deutscher Bürgermeister eingesetzt worden." Da war die Freude groß. Das war nämlich der Freund und Kriegskamerad, der mit Onkel Max die letzten Kriegsmonate zusammen war und dann gemeinsam mit ihm aus der Gefangenschaft geflohen war. Er sagte uns, dass schon etliche Dorfbewohner wieder zurückgekommen wären. Unsere Tante Marie mit ihrer Schwester und deren Kindern wären schon lange wieder da. Sie würden mit dem Lucian auf dem Thielschen Hof leben. Wir zogen schnell weiter und sahen, dass an der Dorfstraße nur die „Schubert-Villa" und der Hof des Bürgermeisters Weigert abgebrannt waren. Bald erblickten wir unser Haus, welches offensichtlich unversehrt war. Aber vorher erreichten wir den Thielschen Bauernhof. Im Vorgarten wehte eine polnische Fahne an einem Stock. Wir wurden mit Überraschung, nicht mit Freude, begrüßt. Man hatte sicher nicht mit einer Rückkehr von uns allen gerechnet und dass die Großeltern vor allem wieder dabei waren. Jetzt musste man ja in dem Haus wieder zusammenrücken. Wir saßen noch in Tante Maries Küche und es wurde erzählt, wie mühsam jetzt das Leben wäre.

Ich sah zum Fenster hinaus und bemerkte erst jetzt, dass unsere Kirche nicht mehr da war. Das war uns auf der Straße noch gar nicht aufgefallen. Lucian wusste nur von einer Brandstiftung. Aber wer die Kirche angezündet hatte, war auch ihm unbekannt. Er war nämlich kurz nach unserem Weggang wieder zu seiner Mutter nach Polen gegangen und hatte den elterlichen Hof wieder übernommen. Erst später erfuhren wir, dass Tante Marie ihn nach ihrer Rückkehr wieder geholt hatte. Sie hatten offensichtlich schon länger ein Verhältnis miteinander.

Nach dieser ersten Begrüßung gingen wir zu unserem Grundstück. Haus, Nebengebäude (unser „Schuppen") und der Schweine- und Ziegenstall waren unversehrt. Die Haustür war aufgebrochen, und der Schlüssel lag immer noch hinter dem Schild der Schlesischen Feuerversicherung, da, wo ihn unsere Mutter im Winter abgelegt hatte. Was wir jetzt im Hausinneren vorfanden, hat uns nicht überrascht. Vom Krieg verwüstete Häuser waren für uns nichts Neues mehr. Wir standen bald im ganzen Haus in Bettfedern, weil alle Federbetten aufgeschlitzt und ausgeschüttet waren. Das ganze Haus war total verwüstet und mit Kot und verschimmelten Speiseresten verunreinigt. Es stank widerlich. Es war Gott sei dank nur ein Fenster herausgebrochen. Wir waren also am Freitag, dem 8. Juni 1945, nach unserer ersten Odyssee wieder nach Hause zurückgekehrt und niemand glaubte daran, dass wir jemals wieder unsere Heimat verlassen müssten.

Für die erste Nacht zu Hause richteten wir uns notdürftig in einer Stube ein, die uns am sichersten erschien. Man hatte uns gesagt, dass in der „Siedlung" ein Trupp Rotarmisten mit Kuhherde und dem Ortskommandanten ihre Unterkunft hätten. In der Nacht gingen sie oft noch auf Raub aus oder suchten Frauen. Nach Sonnenuntergang war es total finster, denn Strom gab es nicht, und Kerzen hatten wir auch nicht.

Aber es blieb in dieser Nacht ruhig, und in weiteren Nächten haben wir zumindest in unserem Umfeld nichts bemerkt. Trotzdem hat sich unsere Mutter in diesen lauen Nächten oft stundenlang draußen hinter unserem Haus in den Haselnusssträuchern versteckt.

In den nächsten Tagen haben wir erst einmal unser Haus gereinigt und alles, was von der Einrichtung noch vorhanden war, wieder notdürftig instand gesetzt und das kaputte Fenster mit Brettern zugenagelt. Unser Brunnen war nicht geöffnet, und wir haben daraus wieder das Wasser getrunken. Kartoffeln waren im Keller noch vorhanden. Brot, Fett und Fleisch waren Fremdwörter. Wir hatten noch einen winzigen Rest Schinkenspeck von unserem Schwein mitgebracht. Den hat Mutter in kleinste Stücke geschnitten und mit der Schwarte dann am ersten Sonntag, den wir wieder zu Hause waren, gebraten. Schlimm war der Salzmangel. Wir haben die geringen Mengen, die wir bei uns oder in anderen verlassenen Häusern gefunden hatten, in Wasser aufgelöst, in Flaschen abgefüllt und so sparsam verwendet.

Eines Abends, wir saßen gerade in der Küche bei unserem kärglichen Abendbrot, da kratzte etwas an der Küchentür, die in den Hausflur hinausführte. Zunächst erstarrten wir vor Angst. Aber das Kratzen kam uns auch bekannt vor. Früher kam nämlich unsere Katze auf diesem Weg in die Küche. Auf einmal sprang die Tür auf und unsere Katze stürmte tatsächlich herein. Als sie uns sah, machte sie wieder kehrt und rannte davon. Sie hatte also die Zeit im Dorf überlebt. Nach und nach gewöhnte sie sich wieder an uns.

Unser neuer Bürgermeister organisierte in Absprache mit dem Ortskommandanten im Dorf die Gemeinschaftsarbeit aller zurückgekehrten Dorfbewohner mit dem Ziel, das Notwendigste an Nahrungsmitteln für alle zu sichern, auch im Hinblick auf den kommenden Winter.

Mit dem Kommandanten hatte unser Herr Schattmann ein gutes Verhältnis. Er beherrschte die russische Sprache sehr gut, die er im Krieg gelernt hatte. Sicher nahm er auch an den hin und wieder stattfindenden „Saufgelagen“ dort teil. Einmal hat er sogar eine Kuh „organisiert“, die dann geschlachtet und unter den Dorfbewohnern aufgeteilt wurde.

Alle, ob jung oder alt, beteiligten sich nun an der ungewohnten Gemeinschaftsarbeit. Zuerst sollte das in den Scheunen noch lagernde Brotgetreide ausgedroschen werden. Aber die noch vorhandenen Dreschmaschinen auf den Bauernhöfen konnten nicht verwendet werden, weil es keinen elektrischen Strom gab. Aber auf dem Hof der Lippert „Tulla“ stand noch ein so genannter Querdrescher aus der Zeit vor dem ersten Weltkrieg, wo noch kein Strom im Dorf war. Eine solche Maschine wurde damals mit Pferde- oder Ochsenkraft im Rundlauf über einen so genannten „Göpel“ angetrieben. Der war noch hinter der Scheune bei Lipperts fest im Erdreich eingebaut. Er wurde von uns mit einer Antriebsstange, ähnlich einer Kardanwelle beim Auto, die auch noch gefunden wurde, mit der kleinen Dreschmaschine verbunden.

Als Ersatz für die nicht vorhandenen Arbeitstiere haben Erwachsene und wir Jungen dann den Göpel und damit die Dreschmaschine in Bewegung gesetzt. Und das manchen Tag lang. Außerdem haben noch weitere Leute mit Dreschflegeln, die auch noch vorhanden waren, wie zu Urgroßmutters Zeiten auf der Tenne einer Scheune Getreide ausgedroschen. Not macht eben erfinderisch.

Die ausgedroschenen Roggen- und Weizenkörner wurden dann gleichmäßig unter die Dorfleute verteilt. Wir haben mit einer alten Handkaffeemühle unsere Körner dann zu Hause gemahlen. Mutter versuchte, aus diesem groben Vollkornmehl Brot zu backen. Das ging aber nicht, weil wir keinen Sauerteig oder Hefe hatten. So konnten wir nur so eine Art Wasser-Mehl-Schrot-Suppe kochen. Hier muss ich daran denken, dass wir auch das Feuer im Herd nicht ausgehen lassen konnten. Neues Feuer konnten wir nur mit Hilfe der Sonne mit einer Glasscherbe als Brennglas wieder entfachen.

Was das Getreide betraf, so war uns eigentlich vor dem nächsten Winter nicht bange. Im Herbst 1944 war ja wie jedes Jahr das Wintergetreide ausgesät worden, und im Sommer war eine reichliche Ernte zu erwarten. Kartoffeln sollten auch noch angebaut werden, obwohl es nach der Jahreszeit schon reichlich spät war.

Die gemeinsame Arbeit erforderte aber auch frühmorgens und nach der Mittagspause einen gemeinsamen Beginn. Wir hatten in unserem Hause die alte Ladenglocke unserer Urgroßeltern wiedergefunden. Auf dem Hügel hinter unserem Hause, dem „Remahneberg", haben wir Jungen aus dem Dorf gemeinsam mit Otto Lippert, dem früheren Küster in unserer Kirche, einen Pfahl eingegraben, die Glocke entsprechend daran befestigt und mit einem Strick versehen. Da wir die in meiner Wintermütze eingenähte Armbanduhr unserer Mutter bisher retten konnten, erhielten mein Bruder und ich vom Bürgermeister den Auftrag, jeden Tag den Beginn der Arbeitszeit durch Läuten anzuzeigen.

Die Aktivitäten unseres Bürgermeisters gefielen dem Polen Lucian überhaupt nicht. Er sagte einmal zu unserer Mutter: „Der Schattmann muss weg. Der macht aus dem Dorf noch eine Kolchose. Das kann er aber mit uns Polen nicht machen." Er sagte das, obwohl sich noch kaum Polen im Dorf angesiedelt hatten.

Nach und nach durchstreiften zwielichtige junge Kerle mit rot-weißen Armbinden und bewaffnet von auswärts kommend unser Dorf. Es war polnische Miliz, die zum Beispiel auch in Bad Obemigk ein Hauptquartier einrichtete. Die wollten zwar von den Russen nichts wissen und gingen den Soldaten lieber aus dem Wege. Die wiederum interessierte es kaum, was die Polen trieben. Und wir dachten uns auch noch nichts dabei. Oft hatten sie Listen mit dabei, hielten uns Jungen an und fragten, ob die Leute schon eingetroffen wären, deren Namen sie auf den Listen hatten. Es waren frühere aktive Mitglieder der NSDAP, Polizisten, Bürgermeister und ähnliches Wir verneinten das grundsätzlich. Die meisten von ihnen waren ja auch nicht wiedergekommen.

Die nun bald überall auftauchende polnische Miliz verbreitete langsam Angst und Schrecken. In Prausnitz (heute polnisch *Prusice*) hatte man den früheren Amtsvorsteher Golinski, den sie aufgegriffen hatten, mitten auf dem Marktplatz in einen Käfig gesperrt und ihn langsam verhungern und verdursten lassen. Von Obernigk kam die Nachricht, dass die Miliz eine Gruppe ehemalige Hitlerjungen, unter ihnen den Obemigker HJ-Scharführer und Gärtnersohn Horst Glatzer, aufgegriffen und in einer Sandgrube auf grässliche Art totgeschlagen hatten.

Und nun begann die „wilde" Vertreibung der Deutschen östlich der Oder!

Es war am Morgen des 28. Juni 1945, einem Donnerstag, dem Geburtstag unserer Großmutter. Bürgermeister Schattmann lief frühmorgens durch das Dorf und schrie laut, dass alle Deutschen sich innerhalb von zwei Stunden mit zehn Kilogramm Gepäck in Obernigk auf der Trebnitzer Straße beim Hauptquartier der polnischen Miliz einzufinden haben. Wir hätten alle das Land zu verlassen. Schnell packten wir wieder unsere Habseligkeiten auf den zweirädrigen Karren, mit dem wir erst vor zwanzig Tagen wieder nach Hause gekommen waren, und reihten uns in die Kolonne auf der Dorfstraße ein, wie im Winter, nur alle diesmal ohne Pferd und Wagen. Auch unsere Großeltern waren wieder dabei und sahen nun mit uns erneut einer ungewissen Zukunft entgegen. Familie Jany war ebenfalls dabei. Nur unsere Tante Marie blieb unter dem Schutz von Lucian auf dem Bauernhof zurück. Sie sagte, sie wolle versuchen, den Hof für Thiels zu retten. Keiner von uns glaubte so etwas.

Dann zogen wir zurückgekehrten Dorfbewohner wieder los und ließen zum letzten Mal das Dorf hinter uns, was wir aber immer noch nicht so richtig glauben wollten und konnten. Wir glaubten damals eher den immer mal wieder auftauchenden Gerüchten, dass die Amerikaner bald kommen würden und die Russen und Polen davonjagen würden. Immer, wenn in der Ferne so eine Art Geschützdonner zu hören war, keimte da neue Hoffnung auf. Ich hatte irgendwo ein deutsch/englisches Wörterbuch gefunden und versuchte damit schon meine Englischkenntnisse aufzubessern.

In Bad Obernigk hatte sich schon auf der Trebnitzer Straße vor dem Milizgebäude eine große Menschenmenge mit Handwagen und ähnlichen kleinen Gefährten eingefunden. Die zurückgekehrten Obernigker wurden nämlich zu gleicher Zeit wie wir ausgewiesen. Erst 1998, als ich in Löbau eine ehemalige Mitschülerin von der Holtei-Schule wiederfand, habe ich von ihr erfahren, dass sie damals mit ihren Eltern und Geschwistern auch in dieser Menschenmenge war. Wir standen bis in den Nachmittag alle vor dem Milizgebäude und keiner wusste, was hier mit uns geschehen würde. Lucian war mit hierher gekommen und versuchte für Familie Jany bei seinen Landsleuten ein Bleiberecht zu bekommen. Aber die Miliz war unerbittlich und machte ihm klar, dass alle Deutschen ausgewiesen würden. Die Milizmänner liefen immer geschäftig rein und raus aus dem Gebäude. Dann formierte sich ein größerer Trupp von ihnen, entsicherte seine Waffen, lief auf uns zu und schrie: „So, Ihr deutschen Schweine! Nun könnt Ihr zu Eurem Hitler nach Berlin marschieren!"

Mit der Miliz als Begleitmannschaft setzten sich die Massen in Bewegung, wieder wie im Winter, in Richtung Pathendorf, dann aber direkt westwärts über Wohlau (heute polnisch *Wolow*) in Richtung Steinau (heute polnisch *Scinawa*) an der Oder. Kurz davor blieben dann die polnischen Milizleute zurück und drohten uns, dass wir „Deutschen Schweine" ja nicht wieder zurückkommen sollten. Ein älterer Rotarmist in einem Dorf noch vor der Oder sagte uns, dass wir morgen alle in Deutschland sein würden. Wir wussten nicht, wie er das wohl meinte, denn keiner von uns hatte eine Ahnung, ob Deutschland noch existierte und wo das wohl beginnen sollte. Oder hatte man den russischen Soldaten gesagt, dass die zukünftige Grenze Deutschlands im Osten die Oder wäre? Aus heutiger Sicht eine gewagte Spekulation!

Neben der zerstörten Brücke überquerten wir auf einer Notbrücke der Roten Armee die Oder und durchzogen die im Winter total zerstörte Stadt, wo niemand mehr wohnte. Der Brandgeruch schwebte noch über den Ruinen. Um die Oder zu überwinden, hatte hier die Rote Armee zwei Reihen Panzer in den Fluss gefahren, und dann sind sie wohl darüber hinweg gefahren. Wir vermuteten das an der Lage der vielen zerschossenen T 34 im Uferbereich. In den engen Straßen der Stadt lagen weiter in großer Zahl die zerschossenen T 34, und wir hatten ungefähr eine Vorstellung, was sich hier im Winter abgespielt hatte. In dieser Stadt lagen aber keine Toten mehr auf der Straße. Es war aber auch kein Mensch und kein Rotarmist zu sehen. Bald hatten wir den westlichen Stadtrand erreicht, und jetzt war mein Shell-Atlas wieder gefragt.

Unser „Handwagentreck" entschied sich für eine Straße über Lügen (heute polnisch *Lugi*) – Hanau (heute polnisch *Dlugopole*) – Bunzlau (heute polnisch *Boleslawiec*). Wie es dann weitergehen sollte und vor allem wohin, das wusste keiner von uns. Kurz hinter Steinau (heute polnisch *Scinawa*) in Thiendorf stießen wir noch auf ein Häuflein Groß-Muritscher. Dort dabei war unsere Tante Frieda, die frühere Gastwirtsfrau mit ihrem sechsjährigen Sohn Erwin. Die Groß-Muritscher blieben aber bald zurück.

Wir zogen hier durch ein fast menschenleeres Land immer auch auf der Suche nach etwas Essbarem und Wasser aus Brunnen, die unserer Meinung nach noch in Ordnung waren. Es war so gut wie kein Laut zu hören.

Eine eigenartige Sonntagsruhe lag scheinbar über der sommerlichen Landschaft. Die Dörfer machten von weitem einen friedlichen, ungestörten Eindruck. Wenn eines in Sichtweite kam, machten wir erst mal Halt. Wir Jungen wurden vorgeschickt, um zu erkunden, ob Rotarmisten da wären und ob sie einen friedlichen Eindruck machten, was meistens auch der Fall war. Trotzdem haben wir uns zum Übernachten meistens Scheunen oder Häuser mit wenig Fenstern und möglichst nur einer Tür ausgesucht, um vor ungebetenen Besuchern sicher zu sein. Die Soldaten, die wir antrafen, waren meistens mit dem Zusammentragen von noch vorhandenen Nähmaschinen, Radios, Fahrrädern, Möbeln und ähnlichem in den schon vorher geplünderten Häusern beschäftigt. Bei unserem Durchzug durch die Städte Lüben und Haynau haben wir dann ganze Berge von diesen Dingen gesehen, die zum Abtransport nach Russland bereitgestellt wurden.

Die Dörfer, durch die wir nun kamen, hatten kaum direkte Kriegsschäden, weil der Krieg hier wohl sehr schnell drüber hinweggegangen war. Nur die Städte, durch die wir zogen, waren stark zerstört. Hier wurde wahrscheinlich erbittert gekämpft. Das wussten wir auch aus dem Wehrmachtsbericht im Winter.

In dem Dorf Kreibau (heute polnisch *Kvzywa*) haben wir mehrere Tage Pause auf unserem Marsch eingelegt In einem verlassenen großen Sägewerk, wo im Krieg Holzbaracken hergestellt wurden, haben wir uns niedergelassen. Es war nämlich ein paar Tage regnerisches Wetter, und wir mussten auch einmal eine größere Ruhepause einlegen. Auf dem großen Gelände gab es aber nur zwei Gebäude, wo man vor Wind und Wetter und auch unliebsamem Besuch geschützt war. Das war das frühere Umkleide- und Pausengebäude der Arbeiter, wo auch ein gemauerter Küchenherd vorhanden war. Das zweite Gebäude war die Werkstatt- und Maschinenhalle. In dieser Halle haben wir Thiels uns mit niedergelassen. Da man aber nur zwischen den Maschinen auf dem Betonfußboden schlafen konnte, haben wir nach Unterlagen gesucht. In einer Ecke standen dicke Rollen eines auf Dachpappe aufgenähten wollähnlichen weißen Materials, was sich warm anfühlte. Das haben wir auf dem Fußboden zum Schlafen ausgebreitet. Und so haben wir, wie immer, da wir sonst nichts zum Zudecken hatten, in unseren Kleidungsstükken geschlafen. Am Morgen nach der ersten Nacht hier haben wir es bald nicht mehr vor Kratzen, Jucken und Stechen auf unserer Haut ausgehalten. Überall hatten sich die weißen Fäden in unsere Kleidung gebohrt. Die Luft flimmerte von diesem Zeug, wenn wir uns versuchten abzuklopfen, irgendwie sagte uns dann jemand, dass dies wohl Glaswolle wäre, mit der die Barackenwände isoliert wurden. Noch tagelang hatten wir das Hautjucken auf unseren Körpern, und es dauerte lange, bis wir die letzten Glaswollreste aus unseren Kleidungsstücken heraus hatten. Es blieb uns nichts weiter übrig, als im Gelände Bretter zusammenzusuchen und dann darauf zu schlafen. Aber eines Tages konnte ich fast vor Schmerzen nicht mehr aufstehen. Ich war richtig steif und hatte mir auf diesem kalten Fußboden wahrscheinlich eine Nierenentzündung geholt. Mutter hatte große Angst, denn wenn unsere Dorfleute weiter gezogen wären, hätten wir alleine zurückbleiben müssen. Die Sonne ließ sich aber bald wieder sehen. Es wurde wieder warm, und ich habe mich wieder einigermaßen erholt.

Das Gebäude mit dem Küchenofen, der laufend geheizt wurde, war auch voll mit Leuten aus unserem Dorf belegt. Viele waren schon krank, und die ersten Anzeichen von Typhus machten sich bemerkbar, wahrscheinlich von dem schlechten Wasser, welches wir immer unterwegs aus den Dorfbrunnen getrunken haben. Wir konnten ja nicht wissen, was da hineingeworfen wurde.

Auf der Herdplatte von dem Küchenofen haben die Frauen Kartoffelpuffer, ohne alles, gebacken. Die Kartoffeln haben wir aus den Mieten ausgebuddelt, wo die Keime schon oft bis zu einem halben Meter aus der Erdüberdeckung herausgewachsen waren. Oft stanken die schon widerlich und waren matschig. Aber wir haben sie trotzdem als Puffer gegessen, weil wir nichts anderes hatten. Einmal hätten wir uns bald alle vergiftet. Bei unserem Herumstreifen nach etwas Essbarem in dem verlassenen Dorf hatten wir Jungen die Molkerei entdeckt. Auf dem Lagerboden waren aufgerissene Papiersäcke mit einer breitgetretenen gekörnten gelben Masse, die ganz stark nach Käse roch. Einen noch zugenähten Sack haben wir mitgenommen. Einige unserer Leute glaubten zu wissen, dass das Trockenkäse wäre, den man nur in Wasser aufzulösen und aufzukochen brauchte, um ihn zu essen. Die Frauen haben das auch so gemacht, und viele Leute, auch wir, haben davon gegessen. Es schmeckte nicht schlecht. Aber bald haben wir solche Bauchkrämpfe bekommen, dass wir dachten, es würde uns die Gedärme zerreißen. Den größten Teil dieser Käsesuppe haben wir wieder erbrochen. Und bald ging es uns Gott sei Dank wieder besser. Erst viel später hat uns jemand gesagt, dass das nur ein Zusatzmittel für die Käseherstellung gewesen wäre. Es war eben noch mal gut gegangen.

In der Ecke neben dem warmen Ofen lag eine alte Frau, die auch irgendwann zurückgelassen wurde. Diese Frau war am Verhungern und konnte schon nichts mehr essen, als wir ankamen. Sie hat tagelang gejammert und mit dem Tode gerungen. Wir waren aber alle schon so abgestumpft, dass das keinen mehr berührte. Auch wir Kinder und Halbwüchsigen hatten uns daran gewöhnt. Das Leben neben ihr im Raum ging deshalb weiter, und die Frauen haben jeden Tag die Kartoffelpuffer auf dem Ofen gebacken. Eines Tages war die Frau dann tot, und jeder war froh, dass das Jammern ein Ende hatte.

Ein paar Männer haben sie dann auf dem Sägewerksgelände begraben. Auch dieser Mensch gehört zu den namenlosen Opfern dieser schlimmen Vertreibungszeit, die nichts mit der angeblichen humanitären Umsiedlung der Deutschen aus den Ostgebieten zu tun hat.

In der Hoffnung, vielleicht weiterem Elend zu entgehen, verließen uns hier die Familie Jany und Frau Bartsch mit ihrer Tochter Ruth und wollten versuchen, wieder zurück in unser Dorf zu kommen. Das ist den beiden Frauen auch ausnahmsweise gelungen. Anlässlich eines Besuches von uns bei Hans Jany, der mit seiner Familie jetzt in Heidenau/Sachsen lebt, haben wir erfahren, wie sich das damals zugetragen hat: Nachdem wir weitergezogen waren, haben die beiden Mütter ihre Kinder bei einer deutschen Familie, die sie in Kreibau noch ausfindig gemacht hatten, zurückgelassen. Dann haben sich die beiden Frauen auf den zirka 100 Kilometer langen Rückweg nach Obernigk begeben. Bei der polnischen Miliz hatten sie dann doch noch die Genehmigung zur Rückkehr erhalten. Mit diesem Papier sind die Frauen dann wieder zurück nach Kreibau und haben ihre Kinder abgeholt.

Wir anderen Dorfleute waren inzwischen schon ein ganzes Stück weitergezogen. Bei der Überquerung der Autobahn Berlin-Breslau kurz hinter Kreibau lag eine alte Frau, wahrscheinlich ebenfalls verhungert, zusammengebrochen auf der Brücke. Beim Vorbeiziehen bemerkten wir ein paar Deutsche, die einen Wachtposten der Roten Armee baten, doch die Frau zu erschießen, um ihre Leiden zu verkürzen. Das lehnte er aber ab mit dem Hinweis, dass er das nicht dürfe.

Bald tauchte die Stadt Bunzlau vor uns auf. Am Stadtrand durchquerten wir wieder ein verlassenes und mit zerstörtem Kriegsgerät übersätes Stellungssystem. Die Stadt war ein Ruinenfeld. Kein Mensch war zu sehen, und wieder breitete sich diese unheimliche Stille, vermengt mit dem uns schon bekannten Brandgeruch aus. Und in dieser Stille hörten wir auf einmal ein lautes Krächzen oder Quietschen, dem wir immer näher kamen. Als wir den Ring, so heißen in Schlesien die zentralen Marktplätze mit dem Rathaus, erreicht hatten, sahen wir auch die Ursache des Geräusches. In dem leichten Sommerwind schaukelte an einem Wandkonsol einer Gasthausruine wie zum Hohn ein altes Blechschild mit der Aufschrift „Trinkt das gute Landskronbier!“.

In dem kleinen, auch menschenleeren Dorf Birkenbrück (heute polnisch *Brzeznik*) hinter Bunzlau war aber dann für uns alle diese Elendswanderung zunächst zu Ende. Hier brach bei vielen unserer Dorfbewohner die Typhuserkrankung richtig aus und das ohne Aussicht auf ärztliche Hilfe. Hier starb Frau Ida Remahne. Sie hinterließ ihre drei kleinen Kinder Gerhard, Werner und Renate in der Obhut ihrer unverheirateten Schwester Anna. Es sah so aus, als müssten wir hier nur noch darauf warten, bis uns alle die Krankheit erreichen würde. Dazu kam bei den meisten noch eine schlimme Magen- oder Darmkrankheit, die sich nach dem Genuss von Pilzen herausstellte und sich tagelang hinzog. Im Umfeld des Dorfes gab es nämlich jede Menge Pilze; immer auf der Suche nach etwas Essbarem haben wir große Mengen davon gegessen. Sicher waren da auch welche dabei, die zwar nicht giftig waren, aber zu den Ungenießbaren zählten.

Bald kamen in diesem Dorf immer mehr Vertriebene aus der Gegenrichtung an. Sie erzählten, dass an der Lausitzer Neiße von den Soldaten der Roten Armee niemand mehr auf die andere Seite oder umgekehrt gelassen würde. Da drüben wäre es noch schlimmer, und tausende vertriebene Schlesier würden dort auf den Feldern kampieren müssen. Keiner wisse wohl, wo die vielen Menschen untergebracht werden sollen. Viele werden wohl auch auf eine Rückkehrmöglichkeit gewartet haben. Zu der sich ausbreitenden Krankheit kam immer mehr Hoffnungslosigkeit, weil niemand wusste, wo wir eigentlich einmal eine neue Bleibe bekommen würden.

Vor uns die Rote Armee, die niemand westwärts weiterziehen ließ, und hinter uns der versperrte Rückweg in unsere Heimat. Außerdem waren wir ja von aller Information abgeschnitten. Ich muss hier einmal einflechten, dass es für uns bis zu unserer endgültigen Vertreibung weder eine Zeitung gab, noch durften wir ein Rundfunkgerät besitzen. Wenn ich heute daran denke, dass zu gleicher Zeit in den vier Besatzungszonen Deutschlands, von deren Existenz wir absolut keine Ahnung hatten, bereits die deutsche Zivilverwaltung wieder aufgebaut wurde und der Schulunterricht für die Kinder wieder begonnen hatte, so wird einem noch heute unsere absolut rechtlose Lage in der damaligen Zeit so richtig bewusst. Wir befanden uns tatsächlich im „wilden Osten". Wir waren rechtloses Freiwild, und es war absolut verständlich, wenn die Rote Armee für uns der Sieger und nicht der Befreier war.

In dieser Situation fasste die Familie Schattmann Senior mit ihren Töchtern den Entschluss, zu versuchen, bei Verwandten unterzukommen, bei denen die Annahme bestand, dass sie noch zu Hause im Waldenburger Gebirge wären. Auch unsere Großeltern und unsere Mutter wussten von weitläufigen Verwandten im Gebirge. Das war die Familie Vogt in Wüstegiersdorf im Waldenburgischen. Deren Tochter Elsa war 1938 auf dem Thielschen Bauernhof und absolvierte dort das für jedes Mädchen angeordnete Landjahr.

So trennten wir Thiels uns hier in Birkenbrück von unseren Dorfleuten und zogen bald darauf mit Familie Schattmann dem neuen Ziel entgegen.

Mitte Juli 1945 kamen wir in Langhelwigsdorf (heute polnisch *Pogwizdow*) Kreis Jauer an. Wir waren also wieder in dem Landstrich, wo wir im Winter das erste Mal unser Treckziel hatten und wo wir im Mai dann auf unserem Rückweg aus dem Sudetenland schon einmal durchgezogen waren. Hier waren die Menschen noch zu Hause oder wieder zurückgekehrt.

Jeder versuchte, so gut es ging, seiner bisherigen Tätigkeit nachzugehen. Die Bewohner waren ja meistens alle Bauern. Bis hierher reichte die Macht der Polen zu dieser Zeit noch kaum. Das Sagen hatten die örtlichen Kommandanten der Roten Armee und immer noch der von ihnen eingesetzte deutsche Bürgermeister. Der Kommandant in Langhelwigsdorf residierte auch hier mit einem Trupp Soldaten im gutsherrlichen Schloss und ließ das Rittergut unter Aufsicht seiner Soldaten und ukrainischen bzw. russischen Zivilisten von Deutschen bewirtschaften. Ansonsten kümmerte er sich nicht um das örtliche Leben. Viel wichtiger war ihm und seinen Offizieren seine mehr oder weniger große Kuhherde und gutes Essen. So sah es zumindest in unseren Augen aus.

In diesem Bauerndorf mussten wir Thiels zurückbleiben, weil Großmutter auf einmal furchtbar geschwollene Beine bekam und nicht mehr Laufen konnte. Die Schattmanns zogen weiter. Bei der früheren Gastwirtsfamilie Machalitza bekamen wir zunächst Dauerunterkunft. Wir konnten die nun ungenutzte Gaststube bewohnen. Es wurden noch ein paar Betten mit Bettzeug hineingestellt, und wir konnten endlich auch wieder richtig schlafen. Wir sagten Frau Machalitza, dass wir, wenn Großmutter wieder einigermaßen gesund wäre, zu unseren Verwandten nach Wüstegiersdorf (heute polnisch *Gluszyca*) gehen wollten. Nachdem wir etwas zur Ruhe gekommen waren, sind dann unsere Mutter und ich von Bolkenhain mit der Bahn, die ja seit Mai in den Gebirgsregionen wieder verkehrte, nach Wüstegiersdorf gefahren. Unsere Mutter war auch noch nie dort. In dem unversehrten schönen Gebirgsdorf standen wir bald vor dem großen Gasthaus mit Fleischerei. Das gehörte der Familie Vogt. Wir wurden zunächst mit großer Freude aufgenommen, bekamen ordentlich zu essen, und man hörte sich den Bericht über unser Schicksal mit großer Anteilnahme an. Als wir aber unser Anliegen vorbrachten, da war auf einmal in dem großen Haus kein Platz mehr, und man wüsste ja selbst noch nicht, wie die Zeiten sich entwickeln würden.

Wir sollten doch lieber in Langhelwigsdorf abwarten, ob wir nicht wieder nach Hause zurück könnten. Unsere Mutter, der das Betteln fremd war, nahm wortlos ein uns überreichtes Essenpaket und wir fuhren noch am gleichen Tag zurück. So war das wieder einmal mit der viel gerühmten Solidarität unter Verwandten in großer Not! Mit dieser abschlägigen Nachricht kehrten wir nach Langhelwigsdorf zurück. Frau Machalitza sagte: „Ihr könnt hier bei uns wohnen, solange ihr wollt!"

Wir wurden hier schnell heimisch. Bei Machalitzas war die örtliche Küche der Roten Armee eingerichtet worden. Auf dem Hof stand die Feldküche, und in der großen Gasthausküche wurde das Essen zubereitet. Neben einigen Soldaten war die ganze Familie Machalitza mit ihren erwachsenen Töchtern hier beschäftigt. Ein Offizier hatte die Aufsicht. Bald war unsere Mutter mit Hilfe von Frau Machalitza ebenfalls Küchenhilfe, und für uns fiel auch Essen mit ab. Die Russen waren da großzügig. In unserem Falle lag das wohl auch an dem Offizier. In der Gaststube stand nämlich noch das Klavier. Oft kam er mit der einen Tochter von Machalitza herein, und die beiden spielten dann vierhändig auf dem Klavier. Da sah er ja unsere kranke Großmutter, den alten Großvater und uns hohlwangige Kinder. Wir haben oft erlebt, dass immer, wenn die russischen Soldaten selber genügend zu essen hatten, sie auch uns und besonders vor allem Kinder am Essen teilhaben ließen. Hier konnten wir das erste Mal seit langer Zeit wieder Fleisch und Fett zu uns nehmen. Das bekam uns aber zuerst schlecht. Wir kriegten einen schlimmen Durchfall und mussten ganz vorsichtig sein und den Körper erst langsam wieder daran gewöhnen.

Eines Tages zog eine große Kolonne russischer Soldaten unter Bewachung durch das Dorf, wahrscheinlich nach Jauer auf den Bahnhof. Soldaten des Küchenkommandos schauten sich auch diesen Durchzug an.

Wir erfuhren dann, dass das demoralisierte Soldaten der Kampftruppen waren. Die hatte man entwaffnet, und so wurden sie in die Heimat zurückgeschickt. Dort sahen sie bestimmt einem schlimmen Schicksal entgegen.

Mit unserer Großmutter wurde es immer schlimmer. Im Dorf mühte sich die evangelische Gemeindeschwester um die kranken Leute. Sie besuchte uns bald und stellte bei Großmutter Wassersucht fest. Sie hatte keine Medikamente und konnte nur gut zureden, da auch in diesem Falle keine Hausmittel helfen würden. Langsam stieg das Wasser von Tag zu Tag im Körper immer höher, und dann kam der Tag, wo Großmutter in unserem Beisein starb und wir den Großvater nur noch trösten konnten. Wieder wurden wir Geschwister, wie schon so oft, unmittelbar mit dem Tod konfrontiert. Großvater und Mutter wollten, dass Onkel Max, den wir noch in Hain vermuteten, vom Tod seiner Mutter benachrichtigt würde. Das konnte aber nur geschehen, wenn man ihn aufsuchte. Bruder Gerhard (12) und ich (14) beschlossen, uns dahin auf den Weg zu machen. Die Gemeindeschwester gab uns noch eine Nachricht an ihr Schwesternhaus in Hirschberg mit auf den Weg. Wir sollten uns dort bei den Schwestern melden. Sie würden uns zu essen geben und uns bestimmt auch unterstützen, wenn wir Hilfe brauchten.

Wir zogen also auf der Landstraße in Richtung Hirschberg los. Das war nicht ungefährlich. Oft knallten Schüsse in den Wäldern. Überall trieben sich Banditen und auch Deserteure der Roten Armee herum. Unsere Mutter hatte bestimmt große Angst. Aber sie ließ uns doch ziehen. Immer wenn ein Militärfahrzeug auftauchte, haben wir uns schnell abseits der Straße versteckt. Aber wir kamen doch in mehr oder weniger großen Abständen durch die Ortschaften, die ja alle bewohnt waren. Da fühlten wir uns sicher. Nach unserer Ankunft in Hirschberg meldeten wir uns bei den Schwestern. Dort wurden wir erst mal reichlich mit Essen versorgt.

Dann sammelten die Schwestern für uns 16 Reichsmark, damit wir den Fahrpreis für die Straßenbahn in Richtung Hain bezahlen konnten. In Hirschberg und im ganzen Riesengebirge versuchten nämlich nun die Polen, langsam Fuß zu fassen. Sie hatten sich die Straßenbahn schon angeeignet. Der Fahrpreis sollte in Zloty bezahlt werden oder wie bisher in Reichsmark. Dafür hatte man einen Umrechnungskurs von 1 Zloty = 2 Reichsmark festgelegt. In Hain trafen wir den Onkel auch wieder an. Am nächsten Tag zogen wir alle drei los, weil der Onkel bei der Beerdigung unserer Großmutter teilnehmen wollte. Der Weg war für ihn nicht ungefährlich, da deutsche Männer, bei denen man vermuten konnte, dass sie Soldat gewesen waren, immer noch aufgegriffen und in Gefangenschaft abgeführt wurden. Es ging aber alles gut. Auf dem Weg zurück nach Langhelwigsdorf, es war – wie so oft in diesem Jahr – ein heißer Sommertag, spürte ich aber bei mir schon das Fieber im Kommen.

Unsere Großmutter wurde in Decken gehüllt, ohne Sarg, auf dem kleinen Dorffriedhof in Langhelwigsdorf begraben. Pastor Macheu von der Kirchgemeinde hielt die Trauerrede. Dabei konnte ich mich kaum noch auf den Beinen halten und wäre bald mit in das Grab hineingefallen. Am nächsten Tag konnte ich nicht mehr aufstehen. Ich hatte Typhus mit Durchfall und hohem Fieber. Der Onkel brach wieder nach Hain auf, und wir waren nun mit der Krankheit allein. Bald hatte es auch meine Schwester erwischt. Mutter hielt sich mit eisernem Willen und doch krank aufrecht. Nur Bruder Gerhard und unser Großvater wurden wohl von der Krankheit verschont. Uns besuchte bald nur noch die Gemeindeschwester. Wir wollten ja auch möglichst niemand anstecken. Sie gab unserer Mutter den Rat, uns Kranken Kartoffelbrei zu geben. Die Därme sollten schleimig versorgt werden. Das Fieber wurde versucht, mit Wadenwickeln zurückzudrängen. Ich hatte tagelang ein solches Fieber, dass ich unter Wahnvorstellungen litt.

Einmal glaubte ich, unseren Vater in Wehrmachtsuniform zu sehen und wie er zur Tür hereintrat. Die Gemeindeschwester war hilflos. Sie konnte nichts mehr tun. Sie hatte ja keine Medikamente, und es gab keinen Arzt.

Langsam breitete sich eine Typhus-Epidemie in unserem schlesischen Umfeld aus und wurde zu einer Gefahr für die Soldaten der Roten Armee. Ursache waren die Kleiderläuse, von denen wir laufend befallen wurden, und das undefinierbare Wasser, das wir oft getrunken hatten. Jetzt griffen die Ärzte der Roten Armee ein. In Jauer wurde ein Seuchenlazarett eingerichtet. Jeder sträubte sich, wenn er dorthin eingeliefert werden sollte, weil man dort eher starb als wieder gesund entlassen zu werden.

Eines Tages gingen also zwei uniformierte Ärztinnen von Haus zu Haus und kontrollierten den Krankenstand. Wir waren aber schon wieder auf dem Wege der Besserung. Sie untersuchten uns trotzdem. Meiner Mutter empfahlen sie, uns immer schöne Hühnersuppe vorzusetzen. Auf Mutters Frage, wo sie die denn hernehmen solle, konnten sie auch nur lächeln und mit der Schulter zucken. Aber dann wurden sie ernst und erklärten, dass unsere Schwester an TBC erkrankt wäre und ob das unsere Mutter wüsste. Mutter wies diese Vermutung zurück. Die

Ärztinnen wollten das aber an den Augen erkannt haben. Jahre später, als wir bereits in Freital waren, wurde diese Vermutung aber tatsächlich durch den Freitaler Amtsarzt bestätigt, und unsere Schwester kam in Behandlung.

Von uns wurde also damals niemand in das Seuchenlazarett Jauer abtransportiert. Die Ärztinnen schrieben aber an alle Haustüren von Häusern, wo sie Kranke angetroffen hatten, in kyrillischen Buchstaben ein Wort, das wir nicht verstanden. Bald merkten wir, dass das ein Hinweis war für die Soldaten, solche Häuser wegen der Krankheit nicht mehr zu betreten.

Da hin und wieder immer noch von ihnen geplündert wurde, haben viele Dorfleute, wo keiner krank war, diese Worte nachgeschrieben, um vor den Plünderern etwas sicherer zu sein.

Der Herbst kam, die Krankheit war überstanden und die Lebensgeister kehrten zurück. Mich hatte es am schwersten erwischt. Haarausfall war ja normal. Aber ich musste buchstäblich das Laufen wieder erlernen. Ich konnte auch lange nicht mal ein leeres Gefäß aus gebückter Haltung hochheben, weil ich furchtbare Schmerzen im Nierenbereich hatte. Aber nach und nach habe ich auch das ohne ärztliche Behandlung überwunden.

Unser gesundheitlich unverwüstlicher Großvater entwickelte sich bald zu einem perfekten „Hamsterer". Mit Stock und Rucksack bewaffnet ging er zu den Bauern und bat um etwas Essbares. Und meistens kam er auch nicht leer zurück. Bei den Bauersfrauen fand er meist ein offenes Ohr. Bald dehnte er seine Wanderungen auch bis in die Nachbardörfer aus und trug so mit seinen bescheidenen Sammelergebnissen dazu bei, unsere kärglichen Mahlzeiten mit aufzubessern.

Im Laufe des Herbstes erfolgte fast schlagartig die Einwanderung polnischer Familien. Die meisten von ihnen kamen aus Ostgalizien, das nun zur SU gehörte. Die überwiegend polnischen Bewohner wurden dort von den Behörden nach Polen „ausgesiedelt" und sollten sich nun in den bisherigen deutschen

Ostgebieten ansiedeln. Sie kamen auch nur mit der notwendigsten Habe an und richteten sich zuerst in den Bauernhöfen und danach in den anderen Häusern ein. Sie erklärten oft, dass sie ja auch nicht freiwillig hierher gekommen wären, sondern von den „Russen" aus ihrer Heimat vertrieben wurden. Nun wurde es aber eng im Dorf. Die bisherigen deutschen Eigentümer und sonstigen Bewohner wurden von den neuen Bewohnern, nachdem die sich das meiste bewegliche Inventar angeeignet hatten, in ein oder zwei Räumen zum Zusammenrücken aufgefordert. Zum Verlassen ihres bisherigen Zuhauses wurde zunächst kaum jemand gezwungen. Am Verbleib besonders der deutschen Bauernfamilien waren die neuen Herren sogar sehr interessiert, weil das für sie nun die kostenlosen Arbeitskräfte waren.

Bei Machalitza war inzwischen die Küche des örtlichen Kommandos der Roten Armee abgezogen und auf dem Rittergutshof eingerichtet worden. Der neue polnische „Chef" duldete uns nicht länger in unserer bisherigen Bleibe. Der immer noch amtierende, vom Kommandanten eingesetzte deutsche Bürgermeister und sein Stellvertreter, an den unsere Mutter sich wandte, hat uns sofort eine andere Unterkunft im Dorf verschafft. Jetzt wohnten wir in einem früheren Geschäftshaus, was der hier auch wohnenden Frau Geißler gehörte, in einer komplett eingerichteten Wohnung. Die früheren Bewohner dieser Wohnung waren von der Flucht im Winter nicht mehr zurückgekehrt. Wir wohnten jetzt auch sozusagen in fremdem Eigentum. In diesem Hause begann eigentlich unsere langjährige Freundschaft zur Familie Westphal. Unsere Wohnungsnachbarin hier war die alte Mutter Grauer. Zu der hatte unsere Mutter bald, wie auch zu den anderen Hausbewohnern, einen guten Kontakt. Die Tochter von Frau Grauer war Frau Westphal, die mit ihren Kindern zwar nicht hier im Hause, aber auch im Dorf wohnte. Frau Westphal war im Krieg aus Berlin, wo sie sich verheiratet hatte, vor den Bombenangriffen in ihre alte Heimat evakuiert worden. Hier hatte sie das Kriegsende überrascht. Mit ihren Kindern hatten wir Geschwister uns auch bald angefreundet, und noch heute sind wir Freitaler Thiels mit dem ältesten Sohn Kurt und seiner Frau, die im Mecklenburgischen leben, sehr verbunden.

Inzwischen war der Winter 1945/46 mit viel Schnee und Kälte eingekehrt, und das erste Weihnachtsfest fernab von unserem eigentlichen Zuhause stand vor der Tür. Von unserem Vater waren wir weiter ohne jegliche Nachricht. In der Dachgeschosswohnung in unserer neuen Bleibe wohnte eine Frau Heimann, deren Mann auch bisher nicht aus dem Krieg zurückgekehrt war, zusammen mit ihrer halberwachsenen Tochter. Bei Frau Heimann traf sich unsere Mutter bald oft an Winterabenden mit noch anderen Frauen zu „spiritistischen Sitzungen". Die Frauen saßen dabei um den Runden Tisch von Frau Heimann herum, auf dem eine Kerze brannte. Unsere Mutter glaubte zwar auch nicht an solche Dinge. Und doch ließen sie alle immer wieder ihre Eheringe an einem Haar befestigt über den Bildern ihrer Ehemänner kreisen. Daran wollten sie erkennen, dass die Männer noch am Leben wären, und an dieses Stückchen Hoffnung klammerten sie sich.

Ein trauriges Weihnachtsfest stand uns bevor. Auch an ein kleines Stückchen Fleisch zum Festessen war wohl kaum zu denken. Wir hatten ja mit der „Russenküche" nichts mehr zu tun. In der knapp sechs Kilometer entfernten Stadt Bolkenhain hatten sich zwar schon eine Menge polnisch/galizischer Händler niedergelassen, bei denen man schon wieder viele Dinge des täglichen Bedarfs und auch Fleisch kaufen konnte. An den oft englischen Aufschriften konnte man erkennen, dass es sich um amerikanische Hilfslieferungen an das polnische Volk handelte, die in dunklen Kanälen gelandet waren. Die Preise waren für uns aber meist so unerschwinglich, dass wir unsere verbliebenen Reichsmark nur für das Notwendigste wie Zucker, Salz und Mehl ausgeben konnten.

Und da kam uns wieder einmal ein Zufall zu Hilfe! Kurz vor Weihnachten besuchte Großvater auf seinen Touren auch die tief verschneiten Mietergärten der früheren Mitbewohner der jetzt verlassenen Gutsmolkerei. Dort hatte er oft schon ein paar von früher noch im Boden befindliche Möhren ausgegraben oder Petersilie bzw. Sellerie geerntet. Unter einem Johannisbeer- oder Stachelbeerstrauch hatte er einen mehrfach angeschossenen Hasen gefunden, der noch warm war. Die Soldaten machten oft Jagd auf das Wild mit ihren Maschinenpistolen. Der Hase war ihnen wahrscheinlich entkommen, und damit war unser Festtagsbraten gesichert. Um ein Haar wäre er aber bald noch verloren gegangen. Eines Abends nämlich vor Weihnachten in der Dunkelheit ging wieder einmal ein Trupp Plünderer, das waren diesmal russische oder ukrainische Zivilisten, die bei den Rotarmisten lebten, auf so genannte „Waffensuche" bei den Deutschen. Diesmal war unser Haus dran. Bevor sie in unsere Wohnung eindrangen, haben wir noch schnell Mutters Armbanduhr in der Asche im Küchenherd versteckt. Die fanden sie nicht und auch den Hasen in der Speisekammer nicht. Die schmale Tür, die von der Küche abging und vor der der Großvater saß, haben sie wohl übersehen. Damit war unser Festtagsbraten endgültig gerettet.

Bald mussten wir aber auch aus dieser Wohnung wieder ausziehen. Eine deutsche Familie aus dem Dorf, die aus ihrem Haus von den Polen vertrieben wurde, glaubte sich auf einmal zu entsinnen, dass sie doch mit den früheren Bewohnern der von uns genutzten Wohnung verwandt wären und deshalb das Recht hätten, jetzt hier zu wohnen. Also mussten wir weichen. Wir sind dann noch zweimal in Langhelwigsdorf umgezogen, bis wir im Hause von Frau Friebe in der früheren Poststube eine dauerhafte Bleibe gefunden hatten.

Im Frühjahr 1946 nahm wohl die polnische Verwaltung ihre Arbeit auf. Ein polnischer Bürgermeister, der aber auch sehr zugänglich den Deutschen gegenüber war, übernahm nach einer kurzen „Doppelherrschaft" mit dem bisherigen deutschen Bürgermeister die Amtsgeschäfte.

Nachdem auch eine polnische Post ihre Arbeit aufgenommen hatte, schrieb unsere Mutter an Tante Marie in unserem Heimatdorf und teilte ihr mit, wo wir uns befanden. Kurze Zeit darauf erhielten wir Antwort. Die Tante schickte uns eine inzwischen zu Hause eingegangene Nachricht von unserem Vater. Das war eine vorgedruckte rote Karte in deutscher und englischer Sprache, wo mit seiner Unterschrift kurz mitgeteilt wurde, dass er sich in amerikanischer Gefangenschaft befindet. Da war bei uns die Freude groß. Nun wussten wir endlich, dass er den Krieg lebend überstanden hatte und sich in den USA befand.

In diesem Frühjahr 1946, wo auf den Feldern die Arbeit wieder losging, brauchten die Rotarmisten auf dem Rittergut viele Arbeitskräfte. Mutter und ich gingen zunächst freiwillig dorthin, weil es auch in regelmäßigen Abständen „Produkte", das heißt Lebensmittel, als Arbeitsvergütung gab. Die „Produkte" bestanden in der Regel aus dem Soldatenbrot, schwarzem gepressten Tee, Salz, Zucker und etwas Mohnöl. Das Brot nannten wir „Petroleumbrot", weil es so stark nach Motorenöl roch. Später erfuhren wir, dass die Blechformen, in denen es gebacken wurde, tatsächlich mit Dieselöl ausgestrichen wurden. Trotzdem sind weder die Soldaten noch wir jemals davon krank geworden. Der Arbeitstag war zwölf Stunden lang und wurde nur von einer zweistündigen Mittagspause unterbrochen. Bald war die Arbeit nicht mehr freiwillig, sondern jeder, der einmal nicht zu Arbeitsbeginn erschien, wurde von den Soldaten geholt. Die Arbeit war ähnlich wie beim früheren Gutsbesitzer, Herrn von Losch, organisiert. Auf dem Feld hatte der deutsche „Ackervogt" das Sagen und ansonsten die Untergebenen des Kommandanten und seine Offiziere, die im Schloss residierten. Die Untergebenen des Kommandanten waren russische und ukrainische Zivilisten, die im Krieg nach Deutschland zur Arbeit geholt waren. Dazwischen hatte die Handvoll Soldaten so eine Art Oberaufsicht, die aber von keiner Seite ernst genommen wurde. Die Deutschen waren ja immer eine ordentliche Arbeit gewöhnt und brauchten keine Antreiber. Da hatte man auch kleine Freiheiten und die neuen Herren ihre Ruhe.

Mutter arbeitete mit den anderen Frauen auf dem Feld. Wer mit Maschinen und anderer Technik umgehen konnte, war bald „Spezialist"" und bekam Sonderverpflegung.

Der alte Franz (75), ein früherer Gutsarbeiter und ich (15), bildeten das „Holzkommando". Wir waren für das gesamte Feuerholz, das einzige Brennmaterial, das für die Öfen auf dem Gut zur Verfügung stand, verantwortlich. Unser „Chef" war ein Ukrainer, den wir alle „Briefträger" nannten. Er war immer mit einer Uniformjacke und einer Dienstmütze der früheren deutschen Post bekleidet, sprach gut deutsch, und wir kamen gut mit ihm aus. Unsere Werkzeuge waren Axt, Beil, Bügel- und Schrotsäge und ein Sägebock. Das Holz mussten wir zunächst aus dem Wald holen. Immer, wenn uns das ausgegangen war, informierten wir den „Briefträger". Der veranlasste dann, dass ein Soldat ein Pferd an einen Panjewagen anspannte. Dann warf der sich seine MP auf den Rücken, wir drei stiegen auf den Wagen, und dann ging es mit „Karacho" in Richtung Bolkenhain. An einem Waldstück machten wir Halt. Dann sagte der Soldat:„Nu, dawai!", zeigte auf das Waldstück und warf sich zum Schlafen in den Straßengraben. Wir beide, der alte Franz und ich, fingen nun vom Waldrand angefangen an, alles was dort stand an dünnen und dicken Bäumen umzusägen. Wenn wir glaubten, genug für eine Fuhre Holz zusammen zu haben, weckten wir den Soldaten. Dann wurde alles aufgeladen, und zurück ging es auf den Gutshof. Mit Hilfe von meinem Arbeitskollegen habe ich hier gelernt, wie man möglichst gefahrlos Bäume fällt, ich habe später mit anderen Jungen aus dem Dorf auch mal eine Buche oder Lärche für unseren häuslichen Brennholzbedarf gefällt. Das war insofern für uns Jungen nicht ungefährlich, weil die Polen auch die Forstverwaltung aufbauten und polnische Förster einsetzten. Aber die haben uns nie erwischt.

Aber nun wieder zurück zu unserer Arbeit auf dem Gutshof! Wenn wir auf diese Weise Holz beschafft hatten, sägten und hackten wir dann tagelang bei jedem Wetter im Freien auf dem Gutshof unser Holz. Täglich vor Feierabend trugen wir dies in zwei große Räume im Küchengebäude und bekamen von der deutschen „Chefköchin", Frau Titzmann, eine große Portion Essen. Aus unseren Vorratsräumen holten sich alle „Ofenheizer" das nötige Holz ab. Wenn wir alles Holz auf diese Art verarbeitet hatten, dann ging es wieder in den Wald. Einmal forderte uns der „Briefträger" auf, mit zum Magazin zu kommen. Er gab uns einen großen Kartoffelsack. Den sollten wir aufhalten und dann warf er uns Konservenbüchsen zu, bis der Sack voll war. Das war eine besondere Anerkennung für unsere Arbeit, denn nie ging das Feuer wegen Holzmangel in den Öfen aus. Wir beiden „Holzspezialisten" teilten uns den Reichtum. Zu Hause haben wir oft geraten, was wohl in den Büchsen wäre, weil nämlich jegliche Etiketten fehlten. Da gab es manche Überraschung, wenn statt Fleisch beim Öffnen dann Gemüse zum Vorschein kam.

Bald kamen wir aber mit dem Holzsägen und -hacken nicht mehr nach, weil in den großen Waschkesseln im Schlosskeller tagelang Tomatenpüree gekocht wurde. Das wurde dann in große Fässer abgefüllt und in Richtung Russland abtransportiert. Auf den Gutsfeldern wurden nämlich riesige Mengen Tomaten angebaut. Auf dem ausgeruhten Boden, der noch nie Gemüse gesehen hatte, wurden die Pflanzen bald bis eineinhalb Meter hoch und trugen reichliche Früchte. Wir Jungen aus dem Dorf holten uns oft für den eigenen Bedarf zu Hause jede Menge davon. Wir durften uns nur nicht erwischen lassen, da die Soldaten zu Pferde über die Felder ritten und nach Dieben Ausschau hielten. Aber wir waren das unsichtbare Bewegen in der Landschaft noch vom „Jungvolk“ her gewöhnt und wurden nie erwischt.

Das Brennholz für den Gutsbetrieb wurde nun auf andere Art beschafft. Oberhalb des Dorfes war im Fichtenhochwald nämlich eine Gruppe deutscher Waldarbeiter unter Aufsicht eines polnischen Försters damit beschäftigt, Grubenholz für die Waldenburger Steinkohlegruben einzuschlagen. Mit Hilfe der deutschen Bergleute wurde dort die Kohleförderung wieder aufgenommen, und der Bedarf an Grubenholz war sicherzustellen. Das auf Länge geschnittene Holz war an den Waldwegen und Straßenrändern zum Abtransport aufgestapelt. Jetzt fuhren wir also mit dem Soldaten hierher, um Holz zu holen. Das erste Mal ließ er uns, nachdem wir in Sichtweite der Holzfällerkolonne waren, mit Pferd und Wagen zurück. Der polnische Förster, der auch bewaffnet war, hatte uns vom Berghang aus schon gesehen. Der Soldat drehte sich in aller Ruhe eine „Machorka“, hängte seine MP auf den Rücken und ging dem Förster und den Holzfällern, die aufgehört hatten zu arbeiten, entgegen. Dann redeten die beiden Bewaffneten zusammen. Der Soldat winkte uns. Wir sollten mit dem Wagen kommen, und er befahl dem alten Franz und mir, den Wagen mit dem Holz vom nächsten Stapel zu beladen. Der polnische Förster kochte vor Wut. Der Soldat lachte, und die deutschen Waldarbeiter beobachteten lächelnd das Schauspiel. Der Soldat verabschiedete sich vom Förster, und wir fuhren mit unserer Holzladung zurück. Ab sofort wurde nur noch auf diese Weise das Holz beschafft, und wir beiden „Holzspezialisten“ hatten mehr Zeit zum Sägen und Hacken.

Irgendwann wurde ich dem „Spezialkommando Kreissäge“ zugeteilt. Dort arbeiteten zwei deutsche Männer. Ich Halbwüchsiger wurde ihnen als Helfer zugeteilt. Wir waren für die Herstellung der Tomatenpfähle und des gesamten Holzsortimentes für den Gutsstellmacher verantwortlich. Aus dünnen Fichtenstangen, die von irgendwoher angeliefert wurden, sägten wir jeweils vier Tomatenpfähle. An manchen Tagen waren das etliche hundert Pfähle entsprechend dem augenblicklichen Bedarf der Feldbrigaden.

Dazwischen erhielten wir vom Gutsstellmacher, der sein ganzes Leben schon auf dem Gut verbracht hatte, entsprechende Aufträge. Wir stellten alles, was er an Bohlen, Brettern und anderen Holzprofilen für seine Arbeit brauchte, mit Hilfe der Kreissäge her. Dazu bauten wir die Säge entsprechend um. Alle Schutzvorrichtungen am Blatt wurden entfernt, der Sägetisch fest verschraubt, und schon konnte man dicke alte und vor allem trockene Balken, die überall auf dem Gut herumlagen, der Länge nach trennen und weiter verarbeiten. Arbeitsschutz kannten wir nicht. Aber es gab auch nie einen Unfall. Wir an der Kreissäge waren die absolute Spitze bei den „Spezialisten", hatten manche Freiheiten und bekamen die meisten Sonderrationen.

Im späten Frühjahr oder Frühsommer 1946 bereiteten die Polen für ihre Landsleute die Wahlen für ihr erstes Nachkriegsparlament, den Sejm, vor. Im Vorfeld der Wahlen wurde für alle Deutschen das Tragen einer weißen Armbinde mit polnischem Gemeindestempel an der Kleidung angeordnet. Nun waren wir schon von weitem als Deutsche zu erkennen, ähnlich wie im Krieg die Polen mit dem aufgenähten „P". Die Zeit vor den Wahlen war sehr spannungsgeladen. Uns Deutschen war es verboten, den Ort zu verlassen. Die Milzstreifen über Land wurden verstärkt. Im früheren Laden von Frau Geißler hatten die Polen eine kleine Kneipe eingerichtet. Dort wurde offensichtlich jetzt oft heiß diskutiert, und es gab manche Schlägerei. Die polnischen „Neusiedler" waren nämlich keine Anhänger der kommunistischen provisorischen Regierung und keine Freunde der Russen, weil sie selbst auch Vertriebene aus Ostgalizien waren. Einmal hatte man uns Halbwüchsige beim Zuschauen aus entsprechender Entfernung entdeckt. Schon hatte man den ganzen Streit vergessen, und nun ging gemeinsam die Jagd auf uns Deutsche los. Wir retteten uns in solchen Fällen auf den Guthof der Rotarmisten. Dem Posten gab das Spaß, und die Polen ließ er grundsätzlich nicht auf das Gut.

Wenn die Luft rein war, zogen wir wieder von dannen.

In diese Zeit fällt auch das erste und bisher letzte Schlachten eines Haustieres durch mich. Frau Heimann, die immer noch mit ihrer Tochter in dem Haus von Frau Geißler in der Dachwohnung wohnte, fütterte in der zur Wohnung gehörenden Abstellkammer ein Kaninchen. Das war schon schlachtreif. In dieses Haus, wo inzwischen die von mir genannte Kneipe betrieben wurde, war nun auch ein polnischer „Hausherr“ eingezogen. Der war nun dabei, das ganze Haus auf der Suche nach „verborgenen Schätzen“ auf den Kopf zu stellen. Frau Heimann befürchtete, dass der Pole auch in ihrer Wohnung eine „Suchaktion“ durchführen würde und dabei das Kaninchen entdecken würde. In ihrer Angst kam sie zu uns mit der Bitte, dass ich doch das Kaninchen schlachten solle, damit es nicht in die Hände der Polen fällt. Ich hatte so etwas ja auch noch nie gemacht, aber wusste vom Zuschauen früher zu Hause ungefähr, wie man so etwas macht. Ich ging also mit. Frau Heimann gab mir ein scharfes Schlachtmesser und eine Schüssel warmes Wasser und ließ mich dann mit dem Tier in der nur von einem kleinen Fenster erhellten Kammer allein. Über mir hörte ich den Polen im Spitzboden rumkramen. Ich sah das Tier an, das mir sehr Leid tat, und wusste nicht, ob ich es wohl töten könnte. Die Geräusche über mir trieben mich aber doch zu der Tat. Ich packte das Kaninchen bei den Ohren, hielt es hoch und gab ihm, wie ich es einmal beim Onkel gesehen hatte, mit der flachen Hand einen Schlag hinter die Ohren. Der Schlag hatte es aber noch nicht betäubt, und es strampelte und quiekte. In meiner Aufregung nahm ich dann einfach das Messer und schnitt ihm die Gurgel durch, obwohl ich wusste, dass man das so nicht machte. Aber das Tier brauchte nicht zu leiden und war sofort tot. Ich war froh, dass es vorbei war und ließ in meiner Aufregung das Blut auch noch in die Schüssel mit dem warmen Wasser laufen. Beim Fellabziehen und Ausweiden der Innereien hatte ich dann aber meine Ruhe wieder gefunden und habe es wohl auch ganz gut gemacht. Frau Heimann freute sich jedenfalls und bedankte sich. Der Pole hatte davon nichts bemerkt. Ich habe in meinem Leben nie wieder ein Tier geschlachtet.

In dem Haus, in dem wir in der Poststube wohnten, hatte sich auch ein polnischer „Hausherr" eingerichtet. Das war ein junger Mann, mit dem wir uns ganz gut auch in Deutsch unterhalten konnten. Er war nach seinen Worten lange in einem Konzentrationslager gewesen. Sein Gesicht war, wahrscheinlich durch Schläge, mit einer großen Schramme verunstaltet. Er war trotzdem ein gutmütiger Mensch, mit dem wir, vor allem unsere Mutter, die immer sehr beherzt war, gut auskamen, auch wenn er mal einen kleinen Wutanfall bekam. Bald holte er noch weitere Verwandte oder Freunde mit ins Haus. Wir lebten aber bis auf kleine Reibereien immer friedlich miteinander. Franz, so hieß er, betätigte sich manchmal als Schuster für seine Landsleute. Sein „Materiallager" war ein vollgummibereiftes Rad einer Kanone, das gegenüber vom Haus auf dem Platz liegen geblieben war. Da ging er dann hin und schnitt dicke Gummischeiben als Sohlenbelag ab und reparierte damit die Schuhe.

Einmal hat er meinen Geschwistern sehr geholfen. Bruder Gerhard war mit anderen Kindern zum Spielen auf einer Viehkoppel. Dort weidete auch ein Esel, der mehrmals am Tage vor einen kleinen Wagen gespannt wurde, mit dem zwischen den zwei Gutshöfen der Roten Armee im Dorf Milch und ähnliches transportiert wurde. Auf diesem Esel wollten die Jungen reiten. Der Esel, das schlaue Tier, wusste das und stellte sich immer in Bereitschaft. Ein Junge nach dem anderen stieg dann auf. Der Esel lief los, fiel dann in einen kurzen Galopp und blieb plötzlich stehen. Der Reiter flog dann im hohen Bogen herunter. Unser Gerhard flog dabei eines Tages mit einem seiner barfüßigen Beine in einen im Grase versteckten Glasscherben und schnitt sich die Fußsohle auf. So barfuss wie er war, ist er stark blutend nach Hause gerannt. Dort waren nur unsere Schwester Gisela und der Großvater anwesend. Gisela ist in ihrer Angst zum Franz gegangen und hat ihn um Hilfe gebeten. Er kam sofort mit und hat durch einen straffen Verband aus irgendwelchen Tüchern die Blutung versucht zum Stillstand zu bringen. Dann musste Gerhard sich mit hochgestelltem Fuß ins Bett legen. So haben Mutter und ich den Gerhard dann bei der Rückkehr von der Arbeit angetroffen. Die immer noch aktive Gemeindeschwester hat dann täglich den Verband gewechselt und wohl auch irgendeine Salbe draufgeschmiert. Arztbehandlung, Tetanusimpfung mit Nähen der Wunde waren damals Fremdworte für uns. Die Wunde ist ohne Nachwirkungen langsam verheilt.

Eines Tages, als Mutter und ich in der Mittagspause nach Hause kamen, war helle Aufregung im Dorf. In den Morgenstunden, während wir bei den Russen schon auf Arbeit waren, hatte polnische Miliz wahllos Männer, Frauen und Halbwüchsige aus den Häusern geholt und zu einer zirka sechs Kilometer entfernten Sandgrube an der Fernstraße nach Hirschberg bei dem Dorf Seitendorf getrieben. Dort mussten sie unter Schlägen und Misshandlungen Leichen ausgraben, die beim Sandholen entdeckt wurden. Spät abends kamen die Leute zurück und keiner der Dorfleute konnte sich erklären, wer die Frauen erschossen und dann dort verscharrt hatte. Wir Thiels waren wohl die Einzigen, die wussten, dass es sich um KZ-Häftlinge vom Winter 1945 handelte, die auf ihrem Marsch von der

SS erschossen wurden. So haben wieder einmal Unschuldige für die Verbrechen der SS geradestehen müssen. An anderer Stelle hatte ich schon erwähnt, dass heute an dieser Stelle etwas abseits der schönen Autostraße ein schlichtes Denkmal steht mit polnischer Inschrift, wo das deutsche Wort „Groß-Rosen“ eingemeißelt ist.

Immer mehr verdichteten sich nun Gerüchte, dass alle Deutschen östlich der Lausitzer Neiße nach Deutschland in die so genannten Besatzungszonen „umgesiedelt“ würden. Eines Tages durften wir nach der Arbeit bei den Russen nicht nach Hause gehen, sondern wir hatten vor dem Schloss zu warten, bis wir einzeln in die Kommandantur hineingerufen wurden. Dort wurden wir nach unserem Namen gefragt. Der wurde dann in ein Dokument, was in russischer und polnischer Sprache abgefasst war, eingesetzt. Dieses Dokument sollten wir der polnischen Miliz auf Verlangen vorzeigen. Keiner wusste, was das zu bedeuten hatte. Milizleute gingen in den nächsten Tagen von Haus zu Haus und registrierten alle Deutschen auf Listen. Wir zeigten unsere Dokumente, und damit kamen wir Thiels nicht auf die nunmehr ersten so genannten „Umsiedlungslisten“. Jetzt wussten wir, dass dieses Schreiben ein Arbeitsdokument der Roten Armee war. Tage später hingen dann rote Plakate in deutscher Schrift im Dorf an vielen Stellen, wo mitgeteilt wurde, dass die Deutschen im Zuge der Verwirklichung des Potsdamer Abkommens „umgesiedelt“ würden und der erste Transport an einem bestimmten Tag in die britische Besatzungszone Deutschlands erfolgen sollte. Das erste Mal hörten wir etwas von diesem Abkommen. Jetzt versuchte unsere Mutter beim polnischen Bürgermeister, uns auch auf eine der Listen schreiben zu lassen. Wir befürchteten jetzt mit den anderen Familien, wo Angehörige bei der Roten Armee arbeiteten, zurück zu bleiben und einem ungewissen Schicksal entgegen zu sehen. Der Bürgermeister lehnte Mutters Ansinnen mit dem Hinweis auf das Arbeitsdokument ab.

Nach der Ernte, wohl Ende August, ging nun der erste Transport mit Langhelwigsdorfern ab, und im Dorf wurde es um die zurückgebliebenen Deutschen sehr still. Nun hatten die meisten polnischen Bauern aber auch ihre bisherigen Arbeitskräfte verloren.

Eines Abends, wir saßen gerade beim Abendbrot, da klopfte es an die Tür. Mutter ging öffnen, und ein älterer Pole trat ein, der sich als der „Schumann"-Pole vorstellte. Wir konnten oder wollten die polnischen Namen immer noch nicht aussprechen. So war es weiter üblich, dass die Polen oft den Namen der deutschen Familien verwendeten, mit denen sie zunächst nach ihrem Zuzug zusammen gewohnt hatten. Dieser Pole war also jetzt der polnische Bauer auf dem großen Hof der „ausgesiedelten" Familie Schumann. Auch er sprach wie viele Polen gut deutsch, im Gegensatz zu uns Deutschen, die wir uns kaum bemühten, die Sprache der Anderen zu erlernen. Da war sicher auch noch ein Teil unserer alten Überheblichkeit im Spiel. Der Pole setzte sich an den Tisch und guckte, was wir da noch zu essen hatten. Dann packte er aus seiner Tasche Brot, Butter und Wurst aus und lud uns ein, doch davon zu essen. Langsam brachte er dann sein Anliegen vor. Ich sollte bei ihm auf dem Hof arbeiten. Auch Bruder Gerhard sollte mitkommen. Er brauchte nur mit dem etwas jüngeren Sohn seines Nachbarn, dem „Müller"-Polen, zu spielen. Dazu würden wir gutes Essen bekommen und jeden Tag noch ein Essenpaket für die Familie. Wir sagten aber, dass wir bei den Russen arbeiten würden und noch nicht wussten, wie wir da wegkommen sollten. Er verabschiedete sich und sagte, dass er doch auf uns warten würde und es würde uns schon sicherlich etwas einfallen, wie wir bei den Russen wegkämen. Wir hatten schon bemerkt, dass bei den Rotarmisten nach der Getreideernte nicht mehr so sehr auf Arbeitsdisziplin geachtet wurde. Auch bei uns „Spezialisten“ gab es nicht mehr so viel Arbeit. Also gingen wir die nächsten Tage erst mal unregelmäßig zur Arbeit und dann gar nicht mehr. Nachdem sich nichts ereignete, ging ich dann zum Schumann-Polen und mein Bruder mit zu seinem Nachbarn. Der polnische Bauer hatte Frau und Kinder und ein polnisches Dienstmädchen, die im Krieg in Stuttgart gearbeitet hatte. Es gab, wie versprochen, gut zu essen, und ich gehörte bald zur Familie. Am gemeinsamen Esstisch gab es manchen Spaß, wenn das junge Mädchen sich mir gegenüber versuchte in der schwäbischen Mundart verständlich zu machen und ich sie doch ganz schlecht verstand. Ihr Deutsch war eben nicht meines. Das begriffen die polnischen Menschen nicht so richtig, obwohl es ja auch bei ihnen Unterschiede im Dialekt gibt.

Ich arbeitete hier bald mit den zwei großen gelb gefleckten Ochsen, die im Stall standen, obwohl ich gar nicht richtig wusste, wie man mit solchen Tieren umzugehen hatte. Mit denen sollte ich mit dem Ackerwagen fahren. Als erste Arbeit hatte ich den Ochsenstall auszumisten. Ich glaube, der Pole hatte vor diesen großen Tieren Angst, denn sie standen wohl auf einer halben Meter hohen Mistschicht. Mir selber war auch nicht wohl, aber irgendwie hatte ich dann das Ausmisten geschafft. Eines Tages sollte Getreide auf dem Hof gedroschen werden, und der Bauer fragte mich, ob ich mit der Dreschmaschine und vor allem dem dazugehörigen Elektromotor umgehen könnte. Das hatte ich oft genug auf dem Thielschen Bauernhof bei Onkel und Tante gesehen, wo wir schon als Kinder oft beim Dreschen helfen mussten. Den Umgang mit dem Elektromotor hatte ich dann beim „Spezialkommando Kreissäge“ bei den Russen richtig gelernt. Nun habe ich es versucht und die Dreschmaschine in Gang gesetzt. Das Getreide ausdreschen war dann für uns alle kein Problem mehr. Unser Bruder Gerhard beschäftigte sich wohl immer nachmittags mit dem

Jungen der anderen Familie. Mir gefiel die Arbeit gut, und wir hatten alle auf dem Hof ein gutes Verhältnis.

Bald wurden alle im Dorf verbliebenen Deutschen beim Bürgermeister der Großgemeinde Poischwitz (heute polnisch *Paszowice*), zu der die Gemeinde Langhelwigsdorf gehörte, registriert. Mutter musste also auch dort hin.

Davon gibt es noch eine Eintragung im Familienstammbuch unserer Eltern mit folgendem Wortlaut:

13. September 1946 Gromada Dluga wies Soltys
Gymina Paszowice
(Die Ortschaften hatten damals schon polnische Namen.)

Eines Tages, es war Sonnabend, 5. Oktober 1946, war ich noch abends mit dem Ochsengespann auf dem Feld Futter holen. Da kam das polnische Mädchen angerannt und sagte, dass ich sofort auf den Hof zurückkommen solle. Meine Mutter war dort eingetroffen, und alle saßen traurig am Tisch. Mutter hatte nämlich erfahren, dass am nächsten Tag der letzte Transport aus Langhelwigsdorf nach Deutschland ginge, und ich sollte sofort nach Hause kommen. Sie war schon beim Ortsbürgermeister gewesen, um sicher zu sein, dass wir diesmal auf der Liste wären. Er aber sagte, er könne uns immer noch nicht dort eintragen, weil befürchtet werden musste, dass die Russen alle Deutschen, die ein Arbeitspapier besäßen, noch vom morgigen Sammelplatz zurückholen könnten. Wir waren aber fest entschlossen, nun das Land zu verlassen. Jetzt wollten wir nicht mehr unter den fremden Menschen leben. Der polnische Bauer bat meine Mutter immer wieder, mich doch dazulassen. Er würde mich wie einen eigenen Sohn behandeln und gut für mich sorgen. Am Ende verstand er aber doch auch, dass unsere Familie nicht getrennt werden wollte. Wir bekamen noch ein großes Essenpaket mit, und am nächsten Tag wollte er noch Reiseverpflegung an die Sammelstelle bringen, was er auch tat. Wir hatten noch viele

Tage im Quarantänelager in Freital davon zu essen. Jetzt packten wir unsere Habseligkeiten wieder ein und verbrachten die letzte Nacht in Langhelwigsdorf.

Am nächsten Morgen waren, neben dem polnischen Ortsbürgermeister, der uns zum Verladebahnhof nach der Stadt Jauer begleiten musste, auch einige polnische Bauern mit ihren Pferdewagen zum Sammelplatz auf der Dorfstraße gekommen, um unser Gepäck zu transportieren. Wir Deutschen waren nur noch ein kleines Häuflein. Spezialisten, wie der Elektromeister Gröschel mit seiner Familie oder die immer noch aktiv bei der Roten Armee Tätigen mit ihren Familien, mussten zurückbleiben. Wir begannen nun unseren etwa 20 Kilometer langen letzten Fußmarsch auf schlesischer Erde nach der Stadt Jauer. In der Nähe von Poischwitz hielt uns eine Pferdekutsche mit Offizieren der Roten Armee an. Jetzt waren wir bald sicher, dass sie uns Thiels aus der Kolonne herausholen würden. Sie sprachen längere Zeit mit dem Bürgermeister. Dann ließen sie uns langsam an sich vorbeiziehen. Aber es ereignete sich nichts. Auf dem Bahnhof in Jauer angekommen, übergab uns der Bürgermeister an das dortige polnische Empfangspersonal. Zu meiner Mutter sagte er: „Na, Frau, nun habe ich sie und ihre Familie auf die Liste geschrieben!“ und die bedankte sich bei ihm.

Auf dem Bahnhof befanden sich schon viele Deutsche aus den umliegenden Dörfern des Kreises Jauer. Zunächst erhielten wir alle eine Waggonnummer, die wir umhängen mussten. Alle Leute aus Langhelwigsdorf hatten die Nummer Eins, und Herr Heinrich Glattor wurde zum Waggonältesten bestimmt. Mit Herrn und Frau Glattor und ihrer im Krieg verwitweten Tochter, Frau Böhm mit ihren Kindern, und unserer Familie hat sich später eine langjährige Freundschaft herausgebildet. Dazu gehörte auch die erst in Freital verwitwete Frau Warmbrunn.

Auf dem Bahnhofsgelände stand eine Feldküche, wo wir Tee bekamen, aber nichts zu essen. Die letzte Nacht vor unserem

Abtransport verbrachten wir in einem leerstehenden Lagergebäude am Bahnhof in völliger Dunkelheit, weil hier die elektrische Anlage noch defekt war und eine andere Lichtquelle nicht vorhanden war.

Am Morgen des nächsten Tages mussten wir alle mit unserem Gepäck antreten. Dann ging es durch ein Zelt. Dort waren rechts und links lange Tischreihen aufgebaut, hinter denen Polen standen. Wir mussten dort unsere Gepäckstücke öffnen und alles auf den Tischen ausbreiten. Hier wurde noch einmal „gefilzt", wie wir so schon sagten. Dann durften wir die übrigen Sachen einpacken, und ab ging es in die diesmal geschlossenen 20-Tonnen-Güterwagen. Auf kleinstem Raum zwischen unseren Gepäckstücken eingepfercht richteten wir vierzig Leute uns hier ein. Unser Waggon war der Erste hinter dem Personenwaggon der Miliz, die zu unserem Schutz gegen Banditen, die immer noch ihr Unwesen trieben, mit uns fuhr. Es war wohl gegen Abend, als der Zug losfuhr. Oft hielt er dann lange auf freier Strecke, bis wir am 9. Oktober 1946 den Güterbahnhof Forst auf der östlichen Seite der Laußitzer Neiße erreichten. Hier mussten wir alle ohne unser Gepäck den Zug verlassen. In einem Bahngebäude wurden wir aus großen Flit-Spritzen mit einem weißen Entlausungspulver bestäubt. Inzwischen waren auch die Waggons und unser Gepäck mit diesem Pulver innen reichlich eingesprüht worden. Dann zog der Zug wieder an, und wir rollten langsam über die Neißebrücke. Es war Mittwoch, am späten Nachmittag des 9. Oktober 1946. Nun hatten wir, was wir damals eigentlich immer noch nicht glaubten, unsere Heimat endgültig verloren.

Damit gehört auch unsere Familie zu all den anderen zirka zwölf Millionen nach dem Ende des zweiten Weltkrieges aus ihrer Heimat vertriebenen Deutschen, die den Krieg mit dem Verlust ihrer Heimat am bittersten bezahlt haben.

Dank des Autors

Herzlichen Dank Herrn Dr. Rupert Neudeck (Grünhelm e. V.) für sein Geleitwort.

Ebenso danke ich ganz herzlich der Regierungsdirektorin i. R. Frau Inge-Maria Alf für die Vermittlung von persönlichen Kontakten und das Korrekturlesen.

Ich danke dem Historiker, Herrn Gregor Delvaux de Fenffe, der mir die Genehmigung gab, seine geschichtlichen Ausarbeitungen zu Flucht und Vertreibung in diesem Buch zu veröffentlichen.

Dank sage ich für die mir gewährten Interviews mit:
Frau Sibylle Schulz, Herrn Peter Weszkalnys, meinen Schulkameraden Egon Rochner und seiner Frau, Heinz Weiß und Manfred Regel für die Vermittlung und die Ergänzungen des Fluchtberichtes seiner Schwester Gertrud Brauer.

Ich danke für die mir zur Verfügung gestellten Berichte von Frau Gertrud Brauer, Frau Katharina Buchholz, Frau Elsa Girwert, Herrn Bernhard Kille, Frau Eva Kretzschmar, Herrn Werner Lindemann, für den Bericht seiner Mutter und seine Berichtigungen, Frau Esther Neugebauer, Frau Elfriede Rick, Herrn Harry Rose, Herrn Günter Thiel.

Herrn RA Friedrich Zempel danke ich für die Kontakte zum BdV.

Dank gilt auch Herrn Bernhard Kille und Herrn Werner Raabe für die Vermittlung der Berichte von Frau Ilse Browne und Frau

Liddy Schneider, ebenso danke ich Herrn Heinz Quester für die Hilfe bei der Suche nach russischen und polnischen Ortsnamen.

Herrn Christoph Hille – Druck & Verlag Hille, Dresden – sage ich besonders Dank für die Übernahme meines dritten Buches, einer weiteren Demonstration gegen das Vergessen.

Grünhelme e. V.

Der Grünhelme e. V. ist eine deutsche Hilfsorganisation mit Sitz in Köln. Der Verein setzt sich für den Bau bzw. Wiederaufbau von Gemeindeinfrastrukturen sowie sozialen, ökologischen, kulturellen und religiösen Einrichtungen in ehemaligen Kriegs- und Krisengebieten ein und wurde im April 2003 von Rupert Neudeck und Aiman Mazyek gegründet. Die beiden sind seitdem die vertretungsberechtigten Vorstandsmitglieder des Vereins. Der Verein bezeichnet die ursprüngliche Konzeption des US-amerikanischen „Peace Corps“ als sein Vorbild und versteht sich als parteipolitisch neutral sowie nationalitäts- und religionsübergreifend. Betont wird dabei die Begegnung, der christlich-islamische Dialog und die Zusammenarbeit von Christen und Muslimen. Aiman Mazyek ist zugleich Vorsitzender des Zentralrats der Muslime. Im Zusammenhang mit dem Nahostkonflikt kritisierte die Organisation wiederholt Israel.

Dem Kuratorium des Vereins gehören unter anderem Gerhart Baum, Mohammed Aman Hobohm, Wolfgang Thierse, Philipp Rösler und Ruprecht Polenz an. Auch Peter Scholl-Latour und Günter Grass zählten bis zu ihrem Tode dazu.

Quelle: Wikipedia

- Günter Hofmann, geboren 1940 in Mylau, Vogtland
- Facharbeiterausbildung zum Funkmechaniker in Radeberg
- Studium an der Ingenieurschule für Post- und Fernmeldewesen in Leipzig
- 1965 nach Abschluss des Studiums Anstellung als Fachlehrer an der Spezialschule für Funkwesen, durch Willensbekundung zum „Spatendienst" bei der NVA für unwürdig im „sozialistischen" Bildungswesen erklärt
- danach bis 1990, Entwicklungsingenieur im Funkwerk Dresden und wissenschaftlicher Mitarbeiter und Entwicklungsingenieur im IGT/GGV Dresden
- 1991 bis zum Ruhestand im Jahr 2000 Angestellter im Bundesamt für Post und Telekommunikation
- von 1972 bis 1993 Kirchvorsteher der Lutherkirchgemeinde Freital-Döhlen, damit verbunden war die ehrenamtliche Tätigkeit innerhalb der Kirchgemeinde
- bekennender Christ in der DDR-Zeit
- bis Frühjahr 1990 parteilos, kein Mitglied der DSF, Mitglied der FDJ und des FDGB – keine politischen Funktionen
- 1990 vor der ersten freien Wahl Eintritt in die CDU

- Mai 1990 erste freie Kommunalwahl, gewählter Abgeordneter für die CDU-Kreistagsfraktion Freital
- 1994 Kommunalwahl erneut gewählter Kreisrat im Kreistag Weißeritzkreis
- 1999 Ende der zweiten Wahlperiode des Kreistages – keine weitere Kandidatur für den Kreistag
- 1993 bis 1999 gewählter Vertreter und Beisitzer im Ausschuss für Kriegsdienstverweigerung beim Kreiswehrersatzamt in Dresden
- seit 2000 ehrenamtlicher Mitarbeiter beim Diakonischen Werk – Stadtmission Dresden e. V.

Veröffentlichungen:

- „WIDER DAS VERGESSEN“
  Meine Erinnerungen an die Jahre 1989 bis 1999
  (Im Eigenverlag – 2008)
- „Vergeßt den Oktober 1989 nicht!“
  (Verlag und Druckerei Hille Dresden 2010)
- „Prager Flüchtlingszüge 1989“
  (Verlag und Druckerei Hille Dresden 2014)

Günter Hofmann

Vergeßt den Oktober 1989 nicht!

Würdelos in der Diktatur

Gedächtnisprotokolle aus den Tagen der Friedlichen Revolution

212 Seiten · 14,8 cm x 21,0 cm
Broschur
ISBN 978-3-939025-14-6 · 12,90 €

Günter Hofmann gehört zu denen, die die DDR schon damals als Diktatur empfunden und durchlitten haben – und die daher den Aufbruch vom Herbst 1989 als eine wirkliche Befreiung erlebt haben. Er war in Dresden dabei und er führt uns vor Augen, dass die SED-Diktatur nicht von allein zusammenbrach, sondern der Weg in die Freiheit durch mutige Menschen geebnet wurde, die ein hohes Risiko auf sich nahmen und zum Teil einen sehr hohen Preis für unsere Freiheit zahlten. (Michael Beleites)